A MORTE DA SRA. WESTAWAY

RUTH WARE

A MORTE DA SRA. WESTAWAY

Todas as famílias têm seus segredos,
alguns valem até assassinato...

Tradução de Alyda Sauer

Rocco

Título original
THE DEATH OF MRS WESTAWAY
Every Family Has Its Secrets,
Some Are Worth Killing For...

Primeira publicação por Harvill Secker, um selo da Vintage.
Vintage faz parte do grupo de empresas da Penguin Random House.

Copyright © Ruth Ware, 2018

Ruth Ware assegurou seu direito de ser identificada como autora desta obra em concordância com o Copyright, Designs and Patents Act 1988.

Direitos para a língua portuguesa reservados com exclusividade para o Brasil à
EDITORA ROCCO LTDA.
Rua Evaristo da Veiga, 65 — 11º andar
Passeio Corporate — Torre 1
20031-040 — Rio de Janeiro — RJ
Tel.: (21) 3525-2000 — Fax: (21) 3525-2001
rocco@rocco.com.br
www.rocco.com.br

Printed in Brazil/Impresso no Brasil

CIP-Brasil. Catalogação na publicação
Sindicato Nacional dos Editores de Livros, RJ.

W235m   Ware, Ruth, 1977-
    A morte da sra. Westaway: todas as famílias têm seus segredos, alguns valem até assassinato- / Ruth Ware; tradução Alyda Sauer. - 1. ed. - Rio de Janeiro: Rocco, 2021.

    Tradução de: The death of mrs Westaway: every family has its secrets, some are worth killing for-
    ISBN 978-65-5532-053-4
    ISBN 978-65-5595-037-3 (e-book)

    1. Ficção inglesa. I. Sauer, Alyda. II. Título.

20-67018   CDD: 823
    CDU: 82-3(410.1)

Camila Donis Hartmann - Bibliotecária - CRB-7/6472

O texto deste livro obedece às normas do Acordo Ortográfico da Língua Portuguesa.

Para minha mãe. Sempre.

Nota aos leitores:

A morte da Sra. Westaway começa em Brighton nos dias de hoje, mas os leitores que conhecem a cidade vão observar uma discrepância — o West Pier continua existindo. Espero que os residentes de Brighton gostem do ressurgimento dessa adorável marca registrada, mesmo que só na ficção.

Um para tristeza
Dois para alegria
Três para menina
Quatro para menino
Cinco para prata
Seis para ouro
Sete para um segredo
Que jamais será revelado

29 de novembro de 1994

As pegas-rabudas estão de volta. É estranho pensar que eu as odiava assim que cheguei nessa casa. Lembro que, do táxi que peguei na estação, eu as vi alinhadas no muro do jardim, assim, alisando as penas.

Hoje havia uma empoleirada no galho gelado de um teixo bem na frente da minha janela e me lembrei do que minha mãe costumava dizer quando eu era pequena. Sussurrei baixinho "Oi, Sra. Pega", para afastar o azar.

Fui contá-las enquanto me vestia, tremendo perto da janela. Uma no teixo. A segunda no cata-vento da construção decorativa do jardim. Havia uma terceira no muro do quintal da cozinha. Três para menina.

Parecia um presságio, e estremeci um segundo. Desejando, imaginando, esperando...

Mas não, havia mais no gramado congelado. Quatro, cinco... seis... e uma saltitando nas bandeiras da varanda, bicando o gelo nas capas da mesa e das cadeiras.

Sete. Sete para um segredo que jamais será revelado. Bem, o segredo está certo, mas o resto totalmente errado. Terei de contar, e logo. Não haverá escolha.

Tinha quase acabado de me vestir e notei um movimento nas folhas de rododendros nos arbustos. Na hora, não deu para ver o que provocava aquilo, mas então os ramos se abriram e uma raposa deslizou sem ruído na grama coberta de folhas, seu vermelho dourado extremamente brilhante contra as cores desbotadas pelo gelo do inverno.

Eram bastante comuns na casa dos meus pais, mas por aqui é raro vê-las de dia, que dirá uma tão ousada ao ponto de atravessar o extenso gramado na frente da casa. Eu tinha visto coelhos mortos e sacos de lixo rasgados por elas, mas raramente são tão atrevidas. Aquela devia ser muito corajosa, ou estar muito desesperada para se exibir tão próximo à casa. Mais de perto reparei que talvez fosse desespero mesmo, porque ela era jovem e terrivelmente magra.

As pegas não notaram logo, mas a que estava no terraço, mais observadora do que as outras, percebeu a forma do predador que se esgueirava na direção delas e alçou voo das bandeiras congeladas feito um foguete, berrando o alarme muito estridente no silêncio da manhã. Depois disso, a raposa perdeu a esperança. Os outros pássaros voaram, um depois do outro, até restar apenas um, empoleirado no teixo fora do alcance da raposa que, por sua vez, recuou abaixada pelo gramado como um facho de ouro derretido e deixou a pega solitária no galho, crocitando sua vitória.

Uma. Um para tristeza. Mas isso é impossível. Nunca mais ficarei triste, apesar de tudo, apesar da tempestade que sei que está chegando. Sentada ali no estúdio, escrevendo isso, eu sinto — o meu segredo — arder por dentro com uma felicidade tão grande que até acho que às vezes fica visível através da minha pele.

Vou mudar esses versos. Um para alegria. Um para amor. Um para o futuro.

1

A menina se inclinava como se apoiasse o corpo no vento, agarrada ao pacote molhado de peixe com fritas embaixo do braço enquanto a ventania atacava o papel, tentando desfazer o embrulho e lançar o que continha no cais, para alimentar as gaivotas.

Atravessou a rua e apertou o bilhete amassado dentro do bolso, olhou para trás para ver se havia alguém no escuro, mas não havia ninguém. Não que ela pudesse ver, pelo menos.

Era raro o cais ficar tão completamente deserto. Os bares e boates ficavam abertos até tarde da noite, despejando moradores e turistas bêbados nas pedras da praia até de madrugada. Mas, naquela noite, até os festeiros mais resistentes tinham resolvido não sair, de modo que agora, faltando cinco minutos para as dez da noite daquela terça-feira chuvosa, Hal tinha a calçada só para ela, e as luzes que piscavam no cais eram o único sinal de vida além das gaivotas esvoaçando e gritando sobre as águas escuras e agitadas do Canal.

O cabelo preto e curto de Hal caía nos olhos, os óculos estavam embaçados, e seus lábios, rachados com o sal da maresia trazida pelo vento. Mas ela apertou mais ainda o embrulho embaixo do braço, saiu da beira-mar e entrou em uma das estreitas ruas residenciais com suas casas brancas, onde o vento diminuiu tão de repente que ela quase tropeçou. A chuva não diminuía, aliás, sem a ventania, parecia mais forte ainda. Ela pegou a Marine View Villas.

Esse nome suntuoso era mentira. Não havia casarões, só uma sequência acanhada de casas geminadas, com a pintura descascada pela constante exposição à maresia. E não tinham vista — nem do mar, nem de lugar nenhum. Talvez tivessem quando as casas foram construídas. Mas de lá para cá surgiram construções mais altas e grandiosas, mais perto do mar, e qualquer vista que as janelas da Marine View Villas pudessem ter estava reduzida a muros de tijolos e telhados de ardósia, até do apartamento de Hal no sótão. Agora a única vantagem de morar subindo três lances de escada estreita e precária era não ter de escutar vizinhos marchando sobre a sua cabeça.

Mas aquela noite parecia que os vizinhos tinham saído, e que estavam fora havia bastante tempo, pelo monte de correspondência no chão que emperrava a porta da frente. Hal teve de dar um empurrão com força para conseguir abrir e entrou tropeçando na escuridão gelada, apalpando a parede à procura do timer que acendia as luzes. Nada aconteceu. Podia ser fusível ou lâmpada queimados.

Na pouca luz que entrava da rua, ela juntou a correspondência, se esforçou para pegar as cartas para os outros moradores no escuro e depois começou a subir a escada para seu apartamento.

A escadaria não tinha janelas e, logo depois do primeiro lance, a escuridão virou um breu. Mas Hal conhecia os degraus de cor, desde a tábua quebrada do patamar até o carpete solto no último lance. Ela subiu devagar, cansada, pensando em jantar e ir para a cama. Nem tinha mais certeza se estava com fome, mas o peixe com fritas tinha custado cinco libras e cinquenta e, a julgar pelo número de contas que segurava, não podia desperdiçar aqueles cinco e cinquenta de jeito nenhum.

No último lance de escada, ela abaixou a cabeça para escapar do vazamento da claraboia, abriu a porta e finalmente chegou em casa.

O apartamento era pequeno, só um quarto que dava para um espaço mais amplo, que servia de cozinha, sala de estar e tudo o mais. Também estava maltratado, com a pintura descascando, o carpete surrado e janelas de madeira que gemiam e batiam quando soprava o vento do mar. Mas tinha sido o lar de Hal todos os seus vinte e um anos, e, por mais frio que sentisse e cansada que estivesse, seu coração sempre se alegrava um pouquinho quando ela entrava.

Parou na porta para limpar a maresia dos óculos, polindo as lentes no rasgão do joelho da calça jeans, e depois largou o embrulho de peixe com fritas na mesinha de centro.

Fazia muito frio, ela estremeceu ao ajoelhar diante do aquecedor a gás, clicou no botão até acender e o calor começou a voltar para suas mãos vermelhas. Desenrolou o papel do embrulho molhado de chuva e respirou o cheiro forte de sal e vinagre que encheu o pequeno cômodo.

Espetou uma batata morna e mole com o garfo de madeira e começou a separar a correspondência, tirando os folhetos de entrega em domicílio para a reciclagem de papel e formando uma pilha com as contas. As batatas estavam salgadas e saborosas, e o peixe empanado ainda quente, mas Hal teve uma sensação incômoda no estômago que foi crescendo à medida que a pilha de contas aumentava. Não era bem o tamanho da pilha, o que a preocupava era a quantidade de cartas com carimbo de "ÚLTIMO AVISO". Ela empurrou o peixe e ficou nauseada de repente.

Precisava pagar o aluguel — isso era inegociável. E a conta de luz também ia para o topo da lista. Sem geladeira e sem luz, o pequeno apartamento ficava quase inabitável. O gás... bem, era novembro. A vida sem calefação seria desconfortável, mas dava para sobreviver.

Só que a carta que fez seu estômago dar cambalhotas era diferente das contas padrão. Era um envelope barato, que obviamente o remetente tinha deixado na sua porta, e a única coisa escrita com esferográfica era "Harriet Westerway, cobertura".

Não havia endereço do remetente, mas Hal nem precisava dele. Teve um pressentimento horrível de que sabia quem o tinha enviado.

Hal engoliu uma batata frita que parecia presa na garganta e empurrou o envelope para baixo da pilha de contas. Cedeu ao impulso irresistível de enfiar a cabeça na areia. Desejou desesperadamente poder delegar o problema para alguém mais velho, mais sábio e mais forte resolver.

Mas não havia ninguém. Não mais. Além disso, bem lá no fundo, Hal tinha uma coragem sólida e insistente. Pequena, magricela e pálida que fosse, não era infantil como as pessoas pensavam. Já não era criança havia mais de três anos.

Foi essa coragem que a fez pegar o envelope de novo e rasgar na dobra, mordendo o lábio.

Dentro só havia uma folha de papel, com três frases datilografadas.

Sentimos não tê-la encontrado. Queremos conversar sobre sua situação financeira. Entraremos em contato novamente.

O estômago de Hal deu uma cambalhota, e ela tirou do bolso o papel que tinha aparecido no trabalho aquela tarde. Eram idênticos, exceto pelas partes amassadas e uma mancha de chá que tinha derramado na primeira folha ao abrir.

A mensagem não era novidade para Hal. Já ignorava ligações e textos como esses havia meses.

Era a mensagem por trás dos bilhetes que fazia suas mãos tremerem ao apoiá-las cuidadosamente na mesa de centro, lado a lado.

Hal tinha o hábito de ler nas entrelinhas, decifrava a importância do que as pessoas não diziam, tanto quanto do que diziam. Era seu ofício, de certa forma. Mas as palavras não ditas ali nem precisavam de decodificação.

Diziam: sabemos onde você trabalha.

Sabemos onde você mora.

E voltaremos.

O restante da correspondência era apenas lixo, e Hal jogou na lixeira para reciclagem antes de sentar no sofá. Ficou um tempo com a cabeça apoiada nas mãos, procurando não pensar no seu irrisório saldo bancário, ouvindo a voz da mãe como se ela estivesse ali, com recomendações sobre a prova final. *Hal, sei que você está estressada, mas precisa comer alguma coisa! Você está magra demais!*

Eu sei, respondeu Hal dentro da própria cabeça. Era sempre assim quando estava aflita ou preocupada, seu apetite era a primeira vítima. Mas não podia se dar ao luxo de ficar doente. Se não pudesse trabalhar, não receberia o pagamento. Mais especificamente, não podia se dar ao luxo de desperdiçar uma refeição, nem mesmo aquela toda molhada nas bordas e começando a esfriar.

Ignorou a dor na garganta e pegou outra batata frita. Não chegou a levá-la à boca porque alguma coisa na lixeira chamou sua atenção. Uma coisa que não devia estar ali. Uma carta em um envelope branco, endereçada à mão e enfiada na lixeira junto com os cardápios de entrega em domicílio.

Hal pôs a batata na boca, lambeu o sal nos dedos e se inclinou para pegar a carta no meio de jornais velhos e latas de sopa.

Estava escrito *Srta. Harriet Westaway, apartamento 3c, Marine View Villas, Brighton*. O endereço estava um pouco borrado da gordura dos dedos de Hal e da sujeira da lixeira.

Ela devia ter posto ali por engano, junto com os envelopes vazios. Bom, pelo menos aquela não devia ser uma conta. Parecia mais um convite de casamento, mas era improvável que fosse. Hal não se lembrava de ninguém prestes a casar.

Enfiou o polegar no espaço da lateral do envelope e rasgou para abrir.

O papel que tirou de dentro não era um convite de casamento. Era uma carta, escrita em papel espesso e caro, com o nome de uma firma de advocacia no topo. Naquele segundo Hal sentiu um aperto no estômago, e uma série de possibilidades aterradoras se abriram diante dela. Será que alguém a estava processando por alguma coisa que tinha dito em uma leitura de cartas? Ou... meu Deus... a firma que cuidava do apartamento. O proprietário, Sr. Khan, tinha passado dos setenta e vendido todos os outros apartamentos daquela construção, um por um. Ficou apenas com o de Hal principalmente por pena dela e carinho pela sua mãe, mas essa extensão de prazo não podia durar para sempre. Um dia ele precisaria do dinheiro para um lar de idosos, ou sua diabetes levaria a melhor e os filhos dele teriam de vender. Não importava se as paredes estavam descascando com a umidade e se a luz acabava quando ela ligava o secador de cabelo junto com a torradeira. Era um lar, o único que Hal conhecia. E se ele a despejasse, a chance de encontrar outro lugar com aquele preço não era mínima, era inexistente.

Ou será que... Mas não. Ele nunca recorreria a um advogado.

Seus dedos tremiam ao desdobrar a carta, mas, quando viu os detalhes do contato embaixo da assinatura, percebeu aliviada que não era uma firma de Brighton. O endereço era em Penzance, Cornualha.

Não tinha nada a ver com o apartamento... Graças a Deus. E muito pouco provável que fosse de um cliente descontente, tão longe de casa. A verdade era que ela não conhecia ninguém em Penzance.

Hal engoliu mais uma batata, abriu a carta em cima da mesa de centro, empurrou os óculos mais para o alto no nariz e começou a ler.

Querida Srta. Westaway,

Escrevo por instrução da minha cliente, sua avó Hester Mary Westaway, de Trepassen House, St. Piran.

A Sra. Westaway faleceu dia 22 de novembro, na casa dela. Sei que essa notícia pode ser um choque para a senhorita, por favor aceite minhas sinceras condolências por sua perda.

Como advogado e executor da Sra. Westaway, é meu dever contatar os beneficiários do testamento. Devido ao valor substancial do patrimônio, teremos de fazer o inventário e a avaliação dos passivos fiscais da herança, e o processo de distribuição não poderá ocorrer até que esse inventário termine. Mas, se nesse meio tempo a senhorita puder me fornecer cópias de dois documentos que confirmem a sua identidade e endereço (uma lista com os documentos aceitáveis de identidade foi anexada a esta), eu poderei começar a providenciar a burocracia necessária.

De acordo com o desejo da sua falecida avó, também devo informar aos beneficiários os detalhes do seu funeral. Será às 16h no dia 1 de dezembro na Igreja de St. Piran. Acomodações no local são muito limitadas, de modo que os membros da família estão convidados a ficar na Trepassen House, de onde partirá uma procissão.

Por favor, escreva para a governanta da sua falecida avó, a Sra. Ada Warren, se desejar se valer dessa oferta de acomodação, e ela providenciará um quarto para a senhorita.

Por favor, aceite mais uma vez meus sentimentos e a promessa de toda a minha atenção nessa questão.

Sinceramente,
Robert Treswick
Treswick, Nantes e Dean
Penzance

Ela deixou a batata frita cair no colo, mas não se mexeu. Ficou ali sentada lendo e relendo a breve carta, depois a lista de documentos de identificação aceitáveis, como se aquilo fosse esclarecer os fatos.

Patrimônio substancial... beneficiários do testamento... O estômago de Hal roncou, ela pegou a batata do colo e comeu distraída, buscando o sentido daquelas palavras diante de si.

Porque *não* tinha sentido. *Nenhum.* Os avós de Hal tinham morrido havia mais de vinte anos.

2

Hal não sabia quanto tempo tinha ficado ali sentada, confusa com a carta, olhando para a folha branca dobrada e a página de busca do celular. Quando levantou a cabeça, o relógio do microondas marcava cinco para meia-noite. Ela espreguiçou e se deu conta de que o aquecedor a gás tinha ficado aceso aquele tempo todo. Levantou, desligou o gás ouvindo os estalos do resfriamento e acrescentando mentalmente outros cinquenta centavos de libra à conta que já estava lá. Então reparou na foto que ficava sobre a lareira.

Estava ali desde sempre, pelo menos há dez anos. Mas ela pegou o retrato e examinou como se fosse novo. Era de uma menina, que devia ter nove ou dez anos de idade, e uma mulher, na praia de Brighton. As duas riam e semicerravam os olhos por causa do vento que soprava seus cabelos pretos e compridos para o alto, formando desenhos cômicos idênticos. A mulher abraçava a menina, e a sensação era de tanta liberdade e confiança entre as duas que Hal sentiu o coração apertar com uma dor que já havia quase se acostumado a sentir nos últimos três anos — e que nunca diminuía.

A menina era Hal — e ao mesmo tempo não era. Não era a menina na frente do fogo agora, cabelo curto de menino, orelhas furadas, tatuagens nas costas despontando por cima da gola da camiseta.

A menina da foto não tinha necessidade de marcar a pele com lembranças porque tudo que queria lembrar estava bem ao seu lado. Não se vestia de preto porque não estava de luto. Não abaixava a cabeça e levantava a gola quando voltava para casa porque não tinha do que se esconder. Estava aquecida, bem alimentada e, acima de tudo, era amada.

O peixe com fritas tinha esfriado, mas Hal embrulhou tudo no papel e jogou na lata de lixo no canto. Estava com a boca seca do sal, e a garganta doía de tristeza. E de repente achou que a ideia de uma caneca de chá bem quente antes de dormir seria reconfortante. Faria o chá e encheria uma bolsa de água quente com o restante da chaleira para cortar o gelo dos lençóis e ajudá-la a dormir.

A chaleira começou a chiar e Hal tateou o armário sobre ela à procura dos saquinhos de chá. Como se fosse o que realmente estava procurando, sua mão encostou em outra coisa. Não na caixa leve de papelão fino, mas numa garrafa de vidro, meio cheia. Nem precisava tirar do armário para saber o que era, mas tirou mesmo assim e balançou, sentiu o líquido oleoso para lá e para cá. Vodka.

Bebia pouco ultimamente. Não gostava da pessoa que era com um copo na mão. Mas avistou as duas cartas na mesinha de centro, destampou a garrafa com movimentos rápidos e serviu uma dose generosa na xícara em que pretendia tomar o chá.

A chaleira borbulhava quando ela levou a xícara aos lábios, sentiu o cheiro acre, quase petróleo, e viu o pulso tremer à luz fraca que vinha do poste da rua. Por um segundo aquele gosto imaginado se espalhou forte pela boca — o calor de fogo seguido pela leve sensação viciante. Mas então o estômago reagiu, ela derramou tudo na pia, passou uma água no copo e fez o chá.

A caminho do quarto com o chá, ela se deu conta com certa fadiga de que tinha esquecido a bolsa de água quente. Mas não se importou, porque estava cansada demais, e o chá quente e gostoso. Hal se encolheu na cama ainda vestida, bebendo o chá e olhando fixamente para a tela clara do celular.

Era o Google Imagens exibindo um cartão postal pintado à mão que podia ser dos anos 1930, com uma casa de campo. A fachada era comprida, de pedra pintada de creme e janelas estilo georgiano, coberta de hera. Chaminés despontavam do telhado de ardósia, uma dúzia ou mais, cada uma de um estilo diferente. No fundo havia outra parte da casa, parecia de tijolos vermelhos e construída também em estilo diferente. Um gramado se espalhava pela frente em declive, e uma inscrição rabiscada por cima da imagem dizia: *Tomamos um chá muito bom na Trepassen House antes de seguir para Penzance.*

Aquela era a Trepassen House. *Aquilo* era a Trepassen House. Não um pequeno chalé modesto, nem uma casa vitoriana com varandas e um nome pretensioso. Era uma mansão de campo aristocrática.

Uma parte, por menor que fosse, de um lugar como aquele faria mais do que saldar todas as suas contas. Podia recuperar a segurança que havia perdido quando a mãe morreu. Até mesmo poucas centenas de libras dariam mais espaço para respirar do que estava tendo havia meses.

O relógio no topo da tela informava que era meia-noite e meia, e Hal sabia que precisava dormir, mas não desligou o celular.

Ficou ali sentada na cama com o vapor do chá embaçando os óculos, pesquisando, rolando a tela e com uma mistura estranha de emoções que a esquentavam mais do que o chá.

Excitação? Sim.

E muita apreensão também.

Mas o principal era uma coisa que não ousava sentir havia muitos anos. Esperança.

3

No dia seguinte, Hal acordou tarde. O sol já entrava pelas cortinas do quarto. Continuou deitada, quieta, sentindo uma mistura de excitação e medo na boca do estômago, tentando lembrar de onde vinha aquilo.

A lembrança chegou como um soco na barriga.

O medo era da pilha de contas na mesa de centro, e, pior do que as contas, daquelas duas cartas datilografadas que não chegaram pelo correio...

Mas a excitação...

Tinha passado a noite procurando se convencer de que não havia motivo para se animar. O fato de ser onde Hester Westaway tinha morado não era garantia de que ela fosse realmente a proprietária daquela casa imensa no cartão-postal. As pessoas simplesmente não possuíam casas daquele tamanho hoje em dia. E o fato de ter morrido lá também não significava que fosse dela. Agora aquilo devia ser um lar de idosos.

Mas e a governanta, sussurrou uma voz em sua cabeça. *E aquela frase sobre preparar um quarto para você. Não diriam isso sobre um lar para idosos, não é?*

— Não importa — disse Hal em voz alta, e se assustou com a própria voz no apartamento silencioso.

Ela levantou, alisou a roupa amarrotada e pôs os óculos. Deu uma boa olhada no espelho.

Não importava se Hester Westaway era dona de um quarto, uma ala ou um chalé na propriedade, ou de todo aquele maldito lugar. Certamente tinham cometido um erro. Ela não era avó de Hal. O dinheiro era de outra pessoa, e ponto final.

Ia responder aquela carta no dia seguinte e dizer isso para o Sr. Treswick.

Mas hoje... Hal olhou para o relógio de pulso e balançou a cabeça. Hoje mal tinha tempo para tomar uma chuveirada. Eram onze e vinte e já ia se atrasar para o trabalho.

Hal estava no chuveiro, a água quente tamborilava na cabeça e afastava todos os seus pensamentos, então a voz sussurrou de novo, em meio ao barulho da água.

Mas e se for verdade? Escreveram para você, não é? Eles têm seu nome e endereço.

Só que não era verdade e pronto. Os únicos avós que Hal teve morreram anos atrás, antes dela nascer. E, o nome da avó não era Hester, era... Marion?

Talvez Marion fosse o segundo nome. As pessoas fazem isso, não é? Usam um nome no dia a dia e têm outro nos documentos. E se...

Cale a boca, pensou Hal. Apenas cale essa boca. Você sabe que não é verdade. Está querendo se convencer porque deseja que seja verdade.

Mesmo assim, a voz continuou resmungando na cabeça dela. E finalmente, mais como um esforço para se convencer do que qualquer outra coisa, Hal fechou a torneira, se enrolou numa toalha e voltou para o quarto. Embaixo da cama havia uma caixa pesada de madeira. Ela a puxou para o meio do quarto e fez uma careta ao ouvir o guincho dos rodízios no assoalho, torcendo para que os vizinhos de baixo não estivessem dormindo até mais tarde.

Dentro havia um ninho de rato de papéis importantes — documentos de seguro, o contrato de aluguel do apartamento, contas, o passaporte... Hal foi examinando as camadas como arqueóloga da própria história. Passou pela taxa da licença de televisão, pela conta de um cano que tinha estourado no sótão e depois por documentos que eram só tristeza — o atestado de óbito da mãe, a cópia do testamento dela, o relatório da polícia, a carteira de motorista já desbotada que nunca mais foi usada. Por baixo de tudo havia um véu dobrado formando um quadrado — gaze fina preta ornada com gotas de azeviches nas bordas.

Hal sentiu um nó na garganta ao pôr essas coisas de lado, e apressou a busca entre as mais antigas que estavam por baixo — papéis que sua mãe quis guardar, mais organizados do que o amontoado de Hal. Tinha um envelope com as provas dela, um programa de uma peça da escola em que atuou, uma foto em que ela parecia acanhada com um antigo namorado.

E, por fim, uma pasta de plástico etiquetada "Importante — certidões de nascimento" com a letra bonita da mãe, e dentro duas certidões vermelho e creme, escritas à mão e com o emblema da coroa todo enfeitado, bem extravagante. *Cópia de certidão de registro*, dizia o topo da página. Primeiro a de Hal, *Har-*

riet Margarida Westaway, nascida em 15 de maio de 1995, mãe: Margarida Westaway, ocupação: estudante.

O espaço para "pai" tinha apenas um risco, como se quisessem impedir que acrescentassem alguma teoria.

E, embaixo dessa certidão, uma outra, mais antiga e mais amassada — *Margarida Westaway*. A mãe dela. Hal verificou a coluna de parentesco — *pai: William Howard Rainer Westaway, ocupação: contador*, logo em seguida *mãe: Marion Elizabeth Westaway, nome de solteira: Brown*. Não havia ocupação para sua avó.

Pronto, então era isso.

Hal não tinha se dado conta da esperança que nutria, contra todas as possibilidades, até a frustração se instalar e as ideias de liquidação de débito e de segurança murcharem como um balão furado.

Patrimônio substancial... murmurou a voz sedutora em seu ouvido. *Beneficiários do testamento... membros da família...*

Ainda resta seu pai, disse a voz novamente, enquanto Hal se vestia. *Você tem outra avó, sabe?* Hal balançou a cabeça com amargura. Se o subconsciente pode nos trair, o de Hal tinha acabado de fazer isso.

Tinha criado fantasias sobre o pai anos a fio, tecia histórias cada vez mais elaboradas para as colegas da escola para acobertar a própria ignorância e a raiva que sentia da mãe por não lhe contar quase nada. Ele era um piloto que tinha morrido quando seu avião caiu no mar. Era um policial disfarçado que foi forçado a voltar à vida real pelos superiores. Era uma celebridade cujo nome não podia ser revelado, senão a família seria caçada pelos jornais e a vida dele seria arruinada.

Finalmente, quando os boatos chegaram aos ouvidos dos professores, alguém teve uma conversa discreta com a mãe, e ela teve de contar a verdade para Hal.

O pai de Hal tinha sido um encontro de uma noite só — um homem que a mãe tinha conhecido numa boate em Brighton e com quem tido ido para a cama, pela primeira e última vez. Ele tinha sotaque espanhol, e isso era tudo o que a mãe de Hal sabia.

— Você nem descobriu o nome dele? — Hal perguntou incrédula.

A mãe mordeu o lábio e balançou a cabeça, enrubesceu e pareceu mais constrangida do que nunca.

Disse que sentia muito. Que não queria que Hal descobrisse dessa maneira, mas tinha de parar de inventar essas... a mãe interrompeu a frase, era bondosa demais para dizer a palavra que estava pensando, mas, mesmo aos sete anos de idade, Hal já lia nas entrelinhas e tinha sensibilidade suficiente para saber o que a mãe não tinha dito.

Essas mentiras. O fato era que o pai dela não era ninguém especial. Quem ele era, onde vivia agora, ela não fazia ideia, e provavelmente nunca saberia. Devia ter voltado para a Espanha ou para o México, ou para de onde quer que tivesse saído. Mas de uma coisa Hal tinha certeza: ele não era um Westaway.

De onde quer que o engano tivesse partido, não era dali. Mas era um engano. Em algum ponto, os fios da meada tinham se cruzado. Talvez houvesse outra Harriet Westaway em outra cidade, a que tinha realmente direito ao dinheiro. Ou então podia ser como um daqueles programas de caça aos herdeiros, nos quais alguém morre sem herdeiros legítimos e o dinheiro se perde se os executores da herança não encontram algum parente, por mais distante que seja, para levar tudo.

Qualquer que fosse a verdade, o dinheiro não era dela, e não podia recebê-lo. E a voz dentro da sua cabeça não teve resposta para isso.

Hal se apressou, empurrou os papéis para baixo da cama e terminou de se vestir. Não encontrou a escova, mas penteou o cabelo como pôde, com os dedos, diante do espelho perto da porta da frente. Seu rosto estava mais pálido e manchado do que nunca, as mechas molhadas de cabelo preto faziam com que parecesse uma figurante de *Oliver Twist*. Maquiagem ajudaria, mas não era o estilo de Hal.

Quando estava vestindo o casaco ainda úmido da véspera, a voz manifestou a última observação. *Você pode receber esse dinheiro, sim. Pouca gente seria capaz disso, mas se existe alguém que consegue, é você.*

Cale a boca, pensou Hal, cerrando os dentes. Cale a boca.

Mas não disse por não acreditar.

Disse porque era verdade.

1º de dezembro de 1994

    Hoje é o primeiro dia do Advento, e a atmosfera devia ser de muitos recomeços e contagem regressiva para um evento formidável, mas, em vez disso, acordei com o peso de um medo inominável.
    Não lia cartas havia mais de uma semana. Não senti necessidade, mas hoje, sentada à mesa perto da janela com o edredom nos ombros, senti os dedos formigando e achei que talvez me consolasse embaralhá-las. Só depois de passar algum tempo separando, embaralhando e abrindo várias sequências, sem que nenhuma parecesse adequada, me dei conta do que precisava fazer.
    Não tinha velas no quarto, por isso peguei uma de um dos grandes candelabros de estanho da sala de jantar e uma caixa de fósforos da lareira. Pus a caixa de fósforos no bolso, mas a vela não cabia, então enfiei na manga do casaco para o caso de encontrar alguém na escada e me perguntarem o que estava fazendo.
    No quarto, arrumei tudo na mesa: cartas, vela, fósforos e uma xícara de chá vazia. Derreti um pouco da vela embaixo e grudei na xícara, acendi e passei o baralho de tarô na chama três vezes.
    Feito isso, soprei a chama e fiquei sentada espiando pela janela o gramado coberto de neve, com as cartas na mão. O baralho parecia diferente, mais leve. Como se todas as dúvidas e sensações ruins tivessem evaporado com o fogo. E eu sabia o que fazer.
    Espalhei os arcanos maiores virados para baixo na mesa, escolhi três cartas e as botei na minha frente, separadas. Passado. Presente. Futuro. As perguntas se amontoavam na minha cabeça, mas procurei clarear o pensamento, me concentrar em uma coisa só, não numa pergunta, mas na resposta que se desenrolava dentro do meu corpo.
    Então virei as cartas.

A primeira, a que representava o passado, era a dos Amantes de pé — que me fez sorrir. É um erro comum no tarô assumir a leitura mais óbvia de uma carta, mas dessa vez parecia a certa. No meu baralho, a carta mostra um homem e uma mulher nus e abraçados, cercados de flores, ele com a mão no seio dela, e uma luz do alto iluminando os dois. Adoro essa carta — gosto de ver e de tirá-la — mas as palavras que vêm junto nem sempre são positivas: luxúria, tentação, vulnerabilidade. Só que aqui, com a limpeza de fogo, eu via apenas o significado mais simples — um homem e uma mulher que se amam.

A carta que virei em seguida era a do Louco — mas de cabeça para baixo. Não era o que eu esperava. Novos começos, nova vida, mudança — tudo isso, sim. Mas invertido? Ingenuidade. Loucura. Falta de senso. Senti o sorriso se desfazer nos lábios e empurrei a carta, passei rapidamente para a terceira e mais importante — o futuro.

Era outra carta de cabeça para baixo, e senti um aperto no estômago. Pela primeira vez, quase desejei não ter começado essa leitura, ou pelo menos não tê-la feito agora, hoje. Conheço meu baralho bem demais e não preciso virar a carta de cabeça para cima, mas, mesmo assim, observei bem, como se nunca a tivesse visto, e de cabeça para baixo. Justiça. A mulher no trono estava séria, consciente de suas responsabilidades e da impossibilidade de encontrar a verdade em um mundo como o nosso. Na mão esquerda, ela segurava a balança e na outra uma espada, pronta para desferir o castigo ou a misericórdia.

Fiquei um bom tempo olhando para a mulher no trono, procurando entender o que estava dizendo e, até agora, enquanto escrevo isso, ainda não sei. Esperava que escrever no meu diário ajudasse a esclarecer o que as cartas indicavam, mas tudo que sinto é confusão. Desonestidade? Será que isso é mesmo verdade? Ou estou lendo errado? Fico remoendo todos os outros significados mais profundos e sutis, a vontade de ser enganada, as armadilhas do pensamento preto no branco, as suposições equivocadas — e nada disso me tranquiliza.

Andei pensando naquela última carta o dia inteiro — no futuro. E continuo sem entender. Queria ter alguém com quem conversar, falar disso. Mas já sei o que Maud pensa do tarô. "Um monte de besteiras" comentou quando eu me ofereci para ler as cartas para ela. E quando acabou cedendo, foi com desprezo e ceticismo. Pude ver esses pensamentos estampados em seu rosto quando abri as cartas que escolheu, e quis saber o que ela queria perguntar.

— Se você é mesmo vidente, não devia saber? — ela disse, tocando na carta com a ponta do dedo.

Balancei a cabeça, tentei disfarçar minha irritação e disse que tarô não era um truque de mágica, o tipo de mentalização barata que os mágicos fazem nos programas de TV de sábado à noite, dizendo o nome das pessoas ou o que está gravado na tampa dos seus relógios de bolso. É algo maior, mais profundo, mais real do que isso.

Purifiquei o baralho depois disso, não só porque ela havia tocado nas cartas, mas porque tocou nelas com desprezo na alma. Mas agora que me lembrei daquele dia, entendi uma coisa. Quando Maud virou a carta do futuro, eu disse algo que devia ter lembrado hoje, porque é um consolo. Disse que as cartas não preveem o futuro. Elas são capazes apenas de mostrar como uma situação concreta pode evoluir, com base nas energias que liberamos durante a leitura. Outro dia, outro estado de espírito, um conjunto diferente de energias e a mesma pergunta podia ter uma resposta bem diversa.

Nós temos livre arbítrio. A resposta que as cartas dão pode mudar nosso caminho. Eu só preciso entender o que estão dizendo.

4

Era quase meio-dia, e Hal andava apressada à beira-mar, segurando o casaco contra o vento gelado e cortante que batia em seu rosto, nos dedos e nos joelhos, onde havia o rasgão da calça jeans.

Apertou o botão do sinal para pedestres e teve aquela sensação de novo. Excitação. Ansiedade. Esperança...

Não. Esperança não. Não tinha motivo para esperar nada. Os papéis que a mãe deixara na caixa tinham posto um ponto final nisso. Não havia como ser verdade. Receber aquele dinheiro seria... bem, não adiantava tentar escapar da realidade do que estava pensando. Seria fraude. Pura e simplesmente. Um crime.

Se alguém pode fazer isso, é você.

A ideia traiçoeira ficou incomodando no fundo da sua mente ao atravessar a rua, e Hal balançou a cabeça, tentando ignorar. Mas era difícil. Porque se alguém tinha a capacidade de aparecer numa casa estranha e declarar que uma mulher que nunca tinha visto era sua avó, esse alguém era ela.

Hal fazia a leitura com frieza, era uma das melhores no ramo. De seu pequeno quiosque no West Pier de Brighton, ela lia a sorte, cartas de tarô e fazia previsões psíquicas. Mas o tarô era sua especialidade, e as pessoas vinham de lugares distantes como Hastings e Londres para suas leituras, e muitas retornavam inúmeras vezes, iam para casa e contavam para amigos os segredos que Hal havia revelado, os fatos que apresentava e que não poderia saber, as previsões que tinha feito.

Ela procurava não considerar essas pessoas tolas, mas elas eram. Não tanto os turistas, mas os grupos de mulheres que queriam se divertir e só faziam perguntas sobre o tamanho do pênis do noivo e a possibilidade de ele ser um fiasco na noite de núpcias. Elas gritavam e aplaudiam quando Hal soltava suas frases mais usadas — o Louco para um recomeço, a Imperatriz para feminilidade e fertilidade, o Diabo para sexualidade, os Amantes para paixão e compromisso. De vez em quando, ela manipulava as cartas que precisava para uma mensagem positiva e as empurrava para a cliente, para evitar alguma carta negativa como as menores ou trunfos como a Morte e o Papa. Mas no fim do dia não importava a carta que escolhiam. Hal fazia as imagens combinarem com o que as mulheres queriam ouvir, franzia a testa e balançava a cabeça em doses certas para elas ficarem impressionadas e dava tapinhas de consolo nas mãos delas quando chegava à conclusão da leitura (sempre era que haveria amor e felicidade, mas tempos difíceis podiam existir, até com os pares menos comprometedores).

Hal não se importava de enganar essas pessoas. Mas as outras, sim. As que sempre voltavam. As que acreditavam, que juntavam quinze, vinte libras e a procuravam muitas vezes querendo respostas que Hal não podia dar, não porque não via o que elas queriam, mas porque não tinha coragem de mentir para elas.

As mais fáceis eram as que marcavam hora, davam seus nomes verdadeiros e número do telefone, pois Hal podia procurá-las no Google e no Facebook. Até os clientes que apareciam por acaso se revelavam muito. Hal adivinhava a idade, o estado civil, observava o sapato bonito, mas gasto, que indicava uma queda financeira, ou a bolsa de grife recém-comprada que sinalizava o inverso. À luz suave do seu quiosque, ainda dava para ver a linha branca de uma aliança recém removida, ou as mãos trêmulas de alguém que sentia falta da sua bebida matinal.

Às vezes Hal só lembrava como sabia aquelas coisas depois; na hora da leitura, parecia que as cartas realmente falavam com ela.

— Vejo que você teve uma decepção — dizia ela. — Com um filho...?

A mulher arregalava os olhos, fazia que sim com a cabeça e contava uma história de aborto espontâneo, do bebê que nascia morto, de infertilidade. Só depois é que Hal pensava, como eu soube disso? Então se lembrava de ter visto a mulher à janela da sala de espera espiando outra mulher passeando com um bebê no canguru e uma menininha com pedaços de algodão doce em volta da boca, a expressão de tristeza dela, e entendia.

Nessas horas Hal se sentia mal, chegava até a devolver o dinheiro e inventava que as cartas tinham dito que seria má sorte aceitar pagamento, apesar disso acabar estimulando o fervor da clientela que fazia questão de retornar com dinheiro nas mãos.

Mas, em geral, Hal gostava daquele ofício. Gostava dos grupos de mulheres das despedidas de solteira, barulhentas e bêbadas. Gostava até dos homens que chegavam falando alto e céticos, cheios de duplos sentidos sobre desvendar suas bolas de cristal. E ela achava que ajudava um pouco as clientes mais vulneráveis. Não era imoral ao ponto de só falar o que elas queriam ouvir, falava também o que elas *precisavam* saber. Que a verdade não estava no fundo da garrafa. Que as drogas não eram a resposta. Que elas podiam abandonar o homem responsável pelos hematomas que apareciam por baixo da gola da blusa.

Ela custava menos do que um terapeuta e era mais ética do que muitos que punham propaganda embaixo das portas propondo a cura de doenças incuráveis com cristais, ou oferecendo contato com amados e filhos mortos... Por um preço, é claro.

Hal nunca fez essas promessas. Balançava a cabeça quando os clientes perguntavam se ela podia fazer contato com David, ou Fabien, ou com a bebê Cora. Ela não fazia sessões espíritas, não lucrava com o sofrimento que era aparente demais.

— As cartas não preveem o futuro — ela sempre repetia.

Era uma forma de se proteger quando a inevitabilidade das coisas tinha resultado diferente, mas também de dizer o que as pessoas precisavam saber: que não havia respostas definitivas.

— As cartas apenas mostram como as coisas podem ser, com base nas energias que vocês trazem para a leitura hoje. São um guia para vocês moldarem seus atos, não uma prisão.

Só que por mais que ela tentasse explicar o contrário, a verdade era que as pessoas gostavam do tarô porque dava a elas a ilusão de controle, de haver forças orientando suas vidas, um para-choque para o destino aleatório e sem sentido. Mas gostavam de Hal porque ela era boa no que fazia. Tinha habilidade para tecer histórias a partir das imagens que os clientes viravam diante dela, capacidade de ouvir o sofrimento, as perguntas e as esperanças, e, acima de tudo, era boa *leitora* de linguagem corporal.

Ela sempre foi tímida, calada diante de estranhos, peixe fora d'água no ensino médio, mas o que não tinha percebido era que em todos aqueles anos calmamente observando os outros à distância, tinha aprimorado esse distanciamento e aprendido as habilidades que um dia se tornariam seu ofício. Observava a versão que as pessoas davam delas mesmas, os sinais que apresentavam quando estavam nervosas, esperançosas, ou tentando escapar da verdade. Ela descobriu que as verdades mais importantes muitas vezes estavam no que as pessoas *não* falavam, e aprendeu a ler os segredos que elas escondiam bem à vista, em seu comportamento, nos trajes e nas expressões que passavam pelos rostos quando achavam que ninguém estava vendo.

Diferente da maioria de seus clientes, Hal não acreditava que as cartas tivessem qualquer poder místico além da sua própria capacidade de revelar o que as pessoas não admitiam nem para elas mesmas.

Mas agora, passando apressada pelo Palace Pier, sentindo o cheiro de peixe com fritas levado pelo vento que vinha do mar e com o estômago vazio roncando, Hal se pegou imaginando. Se ela acreditasse... *se* ela acreditasse... o que as cartas diriam sobre a Trepassen House... sobre a mulher que não era sua avó... sobre a escolha diante dela? Não tinha ideia.

5

— Bom dia, docinho!

— Bom dia, Reg — disse Hal.

Ela pôs uma moeda de cinquenta pence no balcão de Reg.

— Um chá, por favor.

— Pois é. Hoje está fazendo um frio de rachar, não é? Certo. Vamos ver. Uma xícara de chá — ele disse baixinho para si mesmo enquanto punha o saquinho de chá numa caneca branca rachada. — Chá de rosas para minha rosinha preferida.

Reg não era de Brighton, era de Londres e pontuava as conversas com muitas expressões cockney que Hal nunca sabia se eram genuínas. Reg era definitivamente cockney, pelo menos ele mesmo contava que tinha nascido ao som dos Bow Bells, os sinos da igreja de St. Mary-Le Bow, e crescido correndo pelas ruas do East End londrino. Mas havia um toque de pantomima no seu personagem, e Hal desconfiava que tudo fazia parte de um discurso ensaiado de que os turistas gostavam. Disfarce de cockney com suas tortas de melado e xícaras de chá de rosas.

Ele olhou para a chaleira elétrica e franziu a testa.

— A droga da chaleira está demorando de novo. Acho que a tomada está frouxa. Tem dez minutos, Hal?

— Não... — Hal consultou o relógio de pulso. — Tinha de abrir ao meio-dia.

— Ah, não se preocupe. Não há ninguém lá para o seu lado, eu teria visto passar por aqui. E Chalky ainda não chegou, por isso não se preocupe com ele. Entre e venha tomar seu chá sentada.

Ele abriu a porta e fez sinal para Hal entrar. Ela hesitou um pouco, mas acabou entrando.

Chalky era o Sr. White, o administrador do píer. Hal era informal e até certo ponto determinava seus horários, mas o Sr. White gostava que os quiosques abrissem cedo pela manhã. Ele sempre dizia que nada era mais deprimente do que um cais com tudo fechado. O West Pier já tinha de trabalhar mais do que o gêmeo, o Palace, para atrair os frequentadores, e quando as vendas caíam, como sempre acontecia no inverno, o Sr. White começava a avaliar as concessões dos quiosques que faturavam menos. Se havia uma coisa que Hal não podia perder no momento era o seu quiosque.

Fazia calor dentro do quiosque de Reg e havia um cheiro muito forte de bacon vindo da grelha nos fundos. O produto de Reg era sanduíches de bacon e xícaras de chá nos meses de inverno, e sorvete Mr. Whippy e latas de Coca-Cola no verão.

— Só um minutinho — disse Reg. — Mas está tudo bem com você, minha querida?

— Estou bem — respondeu Hal, apesar de não ser exatamente a verdade.

Aquelas duas folhas de papel datilografadas na mesa de centro do apartamento lhe davam um aperto no estômago, e ela temia encontrar outro envelope quando abrisse o quiosque aquela manhã. *Quem dera...* Ah, quem dera se a carta do Sr. Treswick fosse mesmo para ela...

A chaleira já havia esquentado bastante. Hal observou Reg manipulando com destreza a torneira e a caneca com uma das mãos e virando o bacon na grelha com a outra. Conversar com ele de costas para ela era mais fácil do que cara a cara. Assim Hal não precisava ver sua expressão de preocupação.

— Eu acho que... — ela disse e engoliu em seco, teve de se esforçar para continuar.

Mas quando as palavras saíram, não eram as que ela pretendia dizer.

— A verdade é que posso ficar melhor do que bem. Recebi uma carta ontem à noite, informando que posso ser herdeira de uma fortuna secreta.

— Você o quê? — Reg virou para ela com a caneca na mão e cara de espanto. — O que você disse?

— Recebi uma carta ontem. De um advogado. Dizendo que posso receber uma "herança substancial".

— Você está brincando comigo? — disse Reg com as sobrancelhas quase encostando na linha do cabelo inexistente.

Hal balançou a cabeça, Reg viu que era sério e balançou a cabeça também, enquanto dava o chá para ela.

— Tenha cuidado, querida. Há muitos malandros desses por aí. Minha patroa recebeu um comunicado assim outro dia, dizendo que tinha ganhado a loteria venezuelana, ou alguma outra bobagem do gênero. Não dê dinheiro nenhum. Nem preciso dizer, não é? — ele piscou para ela. — Você não é boba.

— Não acho que seja um golpe — disse Hal, sinceramente. — É mais provável que seja um engano. Acho que devem ter me confundido com outra pessoa.

— Você acha que é uma daquelas caçadas de herdeiros, alguém morre e eles saem atrás dos parentes perdidos?

Reg franziu a testa de novo, mas dessa vez sem preocupação, mais como se tentasse resolver um dilema.

— Pode ser — disse Hal.

Ela deu de ombros e bebeu com cuidado um gole do chá escaldante. Estava quente e amargo, mas bom. A lembrança gelada e pegajosa das cartas na mesa de centro começava a desbotar, e ela teve outra, mais antiga — a sensação de como era acordar de manhã sem se preocupar com cada conta, não pensar de onde sairia o dinheiro para pagar o aluguel, nem se preocupar com a batida na porta. Meu Deus, o que não daria para ter essa segurança de volta...

Sentiu alguma coisa solidificando dentro dela — uma determinação férrea...

— Bem — disse Reg finalmente —, se alguém merece uma trégua, é você, minha querida. Trate de pegar o dinheiro que oferecerem e fuja, esse é o meu conselho. Pegue o dinheiro e fuja.

6

— Até logo – disse Hal, quando as três garotas, meio altas de bebida, saíram do quiosque, gritando e rindo pelo cais, em direção aos bares e boates. — Que a sorte as favoreça — acrescentou como sempre dizia, mas elas já estavam longe, não dava para ouvir.

Hal olhou para o relógio de pulso e viu que eram nove da noite, o píer ia fechar logo.

Estava cansada, na verdade exausta, e mais cedo naquela noite, enquanto o tempo se arrastava e o cais estava sem movimento, tinha pensado em desistir, botar a placa de fechado e ir para casa, mas ainda bem que ficou. Depois de poucos clientes durante o dia, às sete da noite chegaram duas colegas de trabalho perguntando o que deviam fazer com um patrão que as assediava, e depois as três bêbadas queriam se divertir às oito. Ela não ganhou grande coisa, mas com sorte cobriria o aluguel do quiosque aquela semana, mais do que podia garantir na baixa temporada.

Hal suspirou, desligou o pequeno aquecedor a seus pés e levantou, pronta para apagar a pequena placa iluminada do lado de fora do quiosque.

Na placa estava escrito *Madame Margarida*, com letras desenhadas, e, apesar da descrição não combinar com Hal, porque conjurava uma espécie de clichê cigano, ela não teve coragem de mudar.

Especialidade em TARÔ, leituras psíquicas e de palma da mão, diziam as letras menores embaixo, mas Hal não gostava de ler palmas das mãos. Talvez pelo contato físico, o calor úmido das palmas suarentas na dela. Ou talvez fosse a falta de equipamento, porque, mesmo cética, ela adorava as cartas do tarô como objetos concretos, as imagens bem desenhadas, a suave fragilidade.

Quando Hal desligou o interruptor dentro do quiosque e a placa apagou lá fora, alguém bateu no vidro. Ela levou um susto e ficou paralisada um instante, até parou de respirar.

— Eu estava esperando — disse uma voz feminina de mau humor. — Você não quer clientes?

Hal suspirou, sentiu a tensão se esvair e abriu a porta.

— Desculpe — ela usou a voz calma e profissional que tinha se tornado parte da sua personalidade assim que pegava as cartas. Ficava entre serena e séria, um tom mais grave do que o dela, só que foi mais difícil personificá-la dessa vez, com o coração ainda disparado depois da súbita onda de medo. — A senhora devia ter batido mais cedo.

— Se você fosse mesmo médium, saberia que eu estava aqui — disse a mulher em tom triunfante e amargo.

Hal engoliu outro suspiro. Ia ser uma daquelas...

Ainda era um mistério para ela o fato de as pessoas céticas sentirem tanta atração pelo seu quiosque. Ninguém era forçado a ir lá. Ela não prometia nada com seus serviços, não fingia curar nada, nem recomendava atitudes perigosas, e ainda dizia que suas leituras eram apenas divertimento. Não tinham ninguém melhor para desmascarar? Elas continuavam aparecendo, cruzavam os braços, faziam bico e se recusavam a ser conduzidas, pareciam gostar, com certa tristeza, de qualquer fracasso, mesmo querendo desesperadamente acreditar.

Mas ela não podia se dar ao luxo de dispensar nenhum cliente.

— Por favor, entre e sente-se, a noite está muito fria — disse Hal.

A mulher puxou uma cadeira, mas não disse nada. Ficou sentada envolta por seu casaco de tweed espinha de peixe, os lábios rachados atados e os olhos semicerrados.

Hal sentou à mesa, pegou a caixa de cartas de tarô e começou a introdução que sempre usava quando chegavam novos clientes. Algumas adivinhações para impressionar os ouvintes com sua sagacidade, uma pitada de bobagens, tudo misturado com uma história resumida de almanaque sobre o tarô, destinada a pessoas que conheciam pouco a arte e precisavam de um contexto para entender o que ela ia fazer.

Tinha dito apenas algumas frases e a mulher interrompeu.

— Você não parece ser médium.

Ela examinou Hal de cima a baixo, reparou na calça jeans rasgada, no brinco grande em forma de espinho na orelha direita, nas tatuagens que apareciam por baixo da camiseta.

— Pensei que estaria vestida a caráter, com um véu cheio de penduricalhos. Como devia ser. "Madame Margarida", diz a placa, mas você não parece uma madame. Parece mais um menino de doze anos.

Hal apenas sorriu, balançou a cabeça, mas aquelas palavras tinham quebrado seu ritmo e, ao encerrar o pequeno discurso, se pegou pensando no véu em casa, na gaveta embaixo da cama, o véu de gaze preta, com as gotas prateadas costuradas nas beiradas. Ela gaguejou nas frases já gastas e ficou feliz de chegar logo ao fim da lengalenga.

Terminou e acrescentou, como sempre fazia.

— Por favor, diga o que a trouxe a consultar as cartas hoje.

— Você não devia saber? — retrucou a mulher.

— Sinto muitas perguntas na senhora — disse Hal, procurando não parecer impaciente. — Mas o tempo é curto.

E eu quero ir para casa, pensou, mas não disse. Ficaram um tempo em silêncio. O vento uivava nos travessões do cais, e Hal ouviu as ondas quebrando ao longe.

— Estou diante de uma escolha — a mulher acabou dizendo, meio resmungando, como se as palavras tivessem de ser torcidas para sair dela.

Ela se mexeu na cadeira e fez a chama da vela tremelicar.

— Sim — disse Hal com cuidado, sem perguntar. — Sinto que você tem dois caminhos à sua frente, mas são cheios de curvas e não consegue avistar nada mais adiante. E você quer saber qual deles deve seguir.

Em outras palavras, uma escolha. Coisa precária, e tinha de ser, já que quase não havia base sobre a qual trabalhar, mas a mulher meneou a cabeça, contrariada.

— Vou embaralhar as cartas — disse Hal.

Ela abriu a caixa de laca onde guardava as cartas de trabalho, embaralhou rapidamente e as espalhou em um longo arco sobre a mesa.

— Agora pense na pergunta que a trouxe para essa consulta e indique uma carta para mim. Não encoste nela, apenas aponte com o dedo para a carta que a atrai.

O maxilar da mulher estava rijo, e Hal sentiu um turbilhão desproporcional nela. O que a fez ir consultá-la aquela noite não era uma pergunta comum. A mulher foi lá a contragosto, recorreu a algo em que acreditava apesar de não querer. Ela se inclinou e uma cruz cintilou através do casaco de lã abotoado. Apontou com a mão trêmula para uma carta, como se suspeitasse de uma armadilha.

— Essa? — disse Hal tirando a carta do meio das outras, e a mulher fez que sim com a cabeça.

Hal botou a carta fechada no centro da mesa e olhou discretamente para o relógio que ficava atrás da mulher. Costumava fazer a cruz celta, mas não ia gastar meia hora com aquela mulher, cansada, com frio e com a barriga roncando. O máximo que ia fazer era uma seleção de três cartas.

— Essa carta — Hal tocou na carta que a mulher tinha escolhido —, representa a situação atual, o problema que gerou a consulta. Agora escolha outra.

A mulher apontou o dedo para uma segunda carta, que Hal botou ao lado da primeira, também fechada.

— Essa carta representa o obstáculo que a senhora enfrenta. Agora escolha a última carta.

A mulher hesitou e então apontou para a primeira carta à esquerda do arco. Uma carta que as pessoas raramente escolhem. Em geral optavam pelo meio de uma série espalhada uniformemente, escolhiam a carta mais perto delas, ou algumas poucas, do tipo mais sugestionável, seguiam a instrução implícita em "última carta" e iam para a carta à direita, na base do baralho.

Escolher a primeira era incomum, e Hal se surpreendeu. Mas pensou que já devia saber. Aquela era uma pessoa perversa e do contra, alguém que faria o contrário do que pensavam que você queria.

— Essa última carta representa o conselho que as cartas dão — disse Hal.

Ela virou a primeira carta e ouviu a mulher engasgar, levar a mão ao rosto para cobrir a boca e abafar um nome. Hal olhou para ela e viu que tinha arregalado os olhos cheios de lágrimas, que estava assombrada e, de repente, soube. Soube por que a mulher estava lá e soube o que a imagem da carta representava para essa mulher diante dela.

O jovem que partia com um saco de bagagem era belo e sorria, com o rosto moreno virado para o sol e só o abismo aos pés dele dava uma pista do sentido mais profundo e sombrio da carta — impetuosidade, ingenuidade, impulso.

— O nome dessa carta é o Louco — disse Hal baixinho.

A mulher soluçou e meneou a cabeça, mas Hal se esforçou para continuar.

— Mas o tarô não é feito de sentidos simples. O Louco, embora possa simbolizar tolice, nem sempre significa isso. Às vezes essa carta indica começar de novo, às vezes significa fazer coisas sem pensar no caminho à frente, sem levar o futuro em consideração.

A mulher deu outro soluço seco e sem ar e falou alguma coisa que pareceu "O futuro dele!", num tom de descrença tão amargo que Hal não resistiu e estendeu a mão.

— Eu... perdão, mas... sua pergunta é sobre o seu filho?

A mulher desatou a chorar, fez que sim com a cabeça, e Hal ouviu as palavras que saíam aos borbotões, nomes de drogas, de centros de tratamento em Brighton que reconheceu, troca de agulhas, dinheiro roubado de bolsas, bens da família vendidos e penhorados, noites insones à espera de uma ligação que não vinha. A história entre os soluços rasgados era bem clara, a luta desesperada para salvar o filho que não queria ser salvo.

Uma escolha, a mulher tinha dito, e Hal sabia que escolha era aquela, e desejou não ter aberto aquela porta.

Com o coração apertado, Hal virou a segunda carta. Era a Roda, invertida.

— A segunda carta que escolheu representa o obstáculo que a senhora e seu filho enfrentam juntos. Essa é a Roda da Sorte, ou a Roda da Vida. Simboliza sorte e renovação, o ciclo da vida, e mostra que vocês chegaram a um ponto crítico — a mulher moveu a cabeça meio relutante indicando que sim e secou os olhos com as mãos. — Mas aqui está invertida, é o que dizemos quando a carta está assim, de cabeça para baixo. A Roda invertida representa má sorte. Esse é o obstáculo que surgiu na sua vida. Há forças negativas aqui que estão fora do seu controle, mas não são todas completamente externas — são o resultado de escolhas que fizemos no passado, escolhas suas e do seu filho, é claro.

— Escolhas dele — disse a mulher com amargura. — Escolhas dele, não minhas. Ele era um bom menino, até começar a andar com aqueles garotos da escola e começar a traficar. O que eu podia fazer? Ficar parada, vendo meu filho afundar na depravação?

Os olhos dela eram buracos negros, e ela mordia o lábio rachado enquanto esperava a resposta de Hal, enfiando os dentes até tirar sangue. Hal balançou a cabeça. De repente quis muito que aquilo acabasse logo.

— A última carta representa uma possível forma de agir, mas... — a fome nos olhos da mulher fez Hal acrescentar rapidamente — é importante saber que isso não é uma receita. As cartas não preveem o futuro, elas não dão uma rota infalível. Simplesmente dizem qual poderia ser o resultado do seu problema num dia específico. Algumas situações não têm solução simples, a única coisa que podemos fazer é desviar o curso para diminuir os danos.

Ela virou a carta, e a Sacerdotisa virou o rosto sereno para a luz fraca e tremulante. Uma lufada de vento passou pelo quiosque e ao longe Hal ouviu o grito de uma gaivota.

— O que quer dizer? — perguntou a mulher sem nenhum ceticismo, querendo respostas desesperadamente. Olhou fixo para a figura na carta, sentada em seu trono, as mãos abertas como se desse uma bênção — Quem é ela? Algum tipo de deusa pagã?

— De certa forma — Hal disse lentamente. — Alguns a chamam de Perséfone, outros dizem que ela é Artemis, deusa da caça. Alguns a chamam por nomes mais antigos. Em francês, é chamada de *la papesse*.

— Mas o que ela significa? — disse a mulher outra vez, com maior urgência.

Ela segurou o pulso de Hal com dedos que pareciam garras, apertando muito, até doer, e Hal teve de controlar a necessidade de se desvencilhar dela.

— Significa intuição — disse Hal secamente.

Livrou-se da mão da mulher fingindo arrumar as cartas em uma única pilha, com a Sacerdotisa em cima.

— Ela simboliza o desconhecido, tanto o desconhecido dentro de nós, quanto o futuro. Significa que a vida está mudando, que o futuro é sempre incerto, por mais informação que possamos ter.

— Então o que eu devo fazer? — gritou a mulher. — Não posso ficar revivendo isso sem parar, mas se o expulsar, que tipo de mãe eu serei?

— Eu acho... — Hal engoliu em seco e parou de falar.

Ela detestava essa parte. Detestava quando vinham em busca de respostas que ela não podia dar. Pensou bem e recomeçou.

— Olha, essa é uma mão muito incomum.

Hal virou o resto das cartas, abriu todas espalhadas e mostrou para a mulher a percentagem das cartas maiores e menores, o fato de que a grande maioria das cartas eram cartas numeradas.

— Essas cartas — as numeradas, com os naipes — são o que chamamos de cartas menores. Claro que elas têm significado próprio, mas são mais... mutáveis, talvez. Mais abertas a interpretações. Mas essas outras... — ela tocou nas cartas que a mulher tinha escolhido e no resto dos trunfos espalhados — ... essas cartas simbólicas são chamadas de arcanos maiores, ou trunfos. Ter uma seleção inteira de trunfos como a sua é bastante incomum. Não há tantas cartas assim no baralho. E a questão é que no tarô essas cartas representam os fortes ventos do destino, pontos de virada em nossas vidas, e quando temos um grande número dessas cartas em uma leitura, pode significar que a situação está fora do nosso controle, que o resultado será determinado pelo destino.

A mulher não disse nada, só ficou olhando para Hal, com o olhar tão ávido que Hal quase sentiu medo. O rosto dela à luz da vela estava sombreado e os olhos fundos, escuros.

— Finalizando — disse Hal baixinho —, a senhora tem de resolver o que as cartas estão dizendo, mas tenho a impressão de que a Sacerdotisa diz para ouvir sua intuição. A senhora já conhece a resposta. Está aí no seu coração.

A mulher recuou e meneou a cabeça bem devagar, mordeu os lábios pálidos, rachados.

Então ela levantou, jogou notas amassadas na mesa e deu meia-volta. Bateu a porta do quiosque ao sair com uma lufada de vento. Hal pegou as notas e alisou, depois balançou a cabeça ao ver quanto a mulher tinha deixado.

— Espere! — chamou.

Hal correu para a porta e fez força contra o vento para abrir. A porta escapou de suas mãos e bateu de novo na lateral do quiosque. Hal fez uma careta vendo o frágil vidro vitoriano, mas nem dava para olhar para trás e ver se tinha resistido. A mulher já estava longe.

Ela começou a correr, escorregando nas tábuas molhadas.

— *Espere!*

O vento ganhou força e os olhos de Hal arderam com um misto de chuva e maresia quando chegou na entrada do píer. A placa iluminada sobre a entrada criava sombras compridas e tremulantes.

— Espere, volte aqui! — ela gritou na noite chuvosa tentando enxergar a figura escura — Isso é demais!

Hal estava sem ar, mas procurou controlar a respiração e ouvir o barulho de passos correndo na escuridão, mas só ouvia o rugido do mar e a pancada de chuva.

O cais estava deserto, e a mulher tinha desaparecido nas sombras, fluindo como a chuva.

—⚏—

Quando desistiu, Hal estava molhada e tremia de frio, ainda segurava as notas amassadas que amoleciam encharcadas pela chuva. A mulher tinha deixado sessenta libras. Uma soma ridícula, mais de quatro vezes o que Hal costumava cobrar por uma leitura de quinze minutos. E por quê? Por algumas adivinhações simples e por dizer para ela prestar atenção no que já sabia?

Ela balançou a cabeça, guardou as notas no bolso e deu meia-volta, pronta para voltar e fechar o quiosque. Passou por baixo da entrada coberta e abaixou a mão automaticamente para acariciar o cão-guia de plástico com uma fenda na cabeça para doações de caridade, como centenas de crianças sempre faziam ao passar por ele. Hal sempre alisava a cabeça dele quando era pequena, toda vez que ia visitar a mãe e, às vezes, quando tinham um pouquinho de dinheiro sobrando, a mãe deixava Hal botar uma libra na fenda. Era um hábito que ela tentava manter, só que ultimamente as libras tinham encolhido e virado moedas de cinquenta pence, às vezes de um penny.

Essa noite, com a lembrança daquelas duas cartas ainda fresca, ela não pretendia dar nada, mas agora, passando pelos portões altos em arco, Hal parou e voltou.

O cachorro continuava sentado pacientemente embaixo do toldo inadequado, junto com duas outras caixas de doações, só que essas outras não faziam tanto sucesso com as crianças. Uma era um navio emoldurado, para o Royal National Lifeboat Institute, e a outra uma casquinha de sorvete gigante com uma placa dizendo *Apoie a caridade escolhida pelo West Pier! Esse mês vamos doar para:* com um espaço onde escreviam a boa causa atual.

Hal abaixou para ver o papel molhado que tinham posto ali. Foi difícil decifrar as letras porque a chuva ou a água do mar tinha entrado atrás do plástico e borrado a tinta, mas deu para ler as palavras. O *Projeto Farol — reabilitação de drogas em Brighton e Hove*. Hal enfiou a mão no bolso para pegar o punhado de notas que a mulher tinha deixado e pensou na pilha de avisos em vermelho na mesa de centro e no bilhete deixado na porta do quiosque.

A mão dela tremia contando as notas e então ela botou tudo na casquinha de sorvete, procurando não pensar no sapato que poderia comprar, nas contas que poderia pagar e nos jantares quentes que poderia comer com aquele dinheiro.

A última nota passou pela fenda e, quando ela ia voltando, a casquinha acendeu e o brilho das cores suaves lançou sombras na noite chuvosa enquanto ela se afastava.

7

Hal tremia de frio ao voltar para o quiosque. Devia ter posto o casaco quando partiu no encalço da mulher. Agora estava molhada, tinha de voltar para casa a pé com a roupa gelada e gastar mais dinheiro no gás para se aquecer antes de dormir.

Foi andando com cuidado para evitar as tábuas quebradas, sentindo a madeira molhada e escorregadia sob seus pés e as poças que cintilavam com a pouca luz que havia. Ainda não eram dez horas, mas o píer estava quase todo fechado — o salão de baile estava fechado, o quiosque de chá do Reg também e o de algodão doce tinha as persianas fechadas por dentro. *Não há dinheiro no interior da loja*, dizia o cartaz. Se Hal não tivesse visto o aviso centenas de vezes teria dificuldade para ler, com os fachos das luzes balançando com a ventania, formando sombras estranhas em tudo. O píer não fechava no inverno — fechou uma vez só, mas agora funcionava o ano inteiro, como o seu gêmeo mais adiante — mas era clara a sensação de final de festa até o fim da estação, e Hal suspirou pensando nos longos dias de inverno que teria pela frente. E pensou, será que conseguiria sobreviver? E se não conseguisse, qual seria a alternativa?

Ao chegar no quiosque notou que a porta estava fechada, e não lembrava de tê-la fechado. Girou a maçaneta, entrou no quiosque às escuras, ficou aliviada quando o vento diminuiu e o calor que restava do aquecedor a envolveu.

— Olá, querida — disse uma voz, e o abajur de cúpula vermelha sobre a mesa acendeu.

Hal sentiu o sangue sumir do rosto, o coração acelerou, ecoando em seus ouvidos como ondas quebrando na areia.

O homem iluminado pelo abajur era muito alto, muito largo e muito careca. Ele sorria, mas não era um sorriso amigável. Era um sorriso de alguém que gostava de assustar as pessoas, e Hal se assustou.

— O que... — ela tentou falar, mas a voz não saía — O que está fazendo aqui?

— Quem sabe uma leitura das cartas — disse o homem num tom simpático, mas alisava alguma coisa no bolso do casaco de um jeito que Hal não gostou.

Ele ciciava um pouco, assobiava pela separação dos dois dentes da frente.

— Já fechei — ela conseguiu dizer e tentou manter a voz firme.

— Ah, não faça assim — disse o homem em tom de reprovação. — Você pode fazer uma leitura para um velho amigo da sua mãe, não pode?

Hal sentiu alguma coisa esfriar e parar dentro dela.

— O que você sabe da minha mãe?

— Andei perguntando sobre você. Curiosidade amigável.

— Quero que saia — disse Hal.

Havia um botão de emergência no quiosque, mas ficava do outro lado, onde o homem estava, e de qualquer forma, ia depender do segurança do píer estar na sala dele.

O homem balançou a cabeça, e ela sentiu o pânico aumentar e falta de ar.

— Eu disse, saia daqui!

— Tsc, tsc — fez o homem balançando a cabeça, e o sorriso falhou um segundo, mas continuava lá nos olhos dele, achava divertido o terror que via Hal tentando esconder.

A luz do abajur fazia a careca dele brilhar.

— O que sua mãe diria para a menininha que trata um velho amigo dela desse jeito?

— Eu não sou menininha — disse Hal cerrando os dentes.

Ela cruzou os braços para impedir que as mãos tremessem.

— E não acredito mesmo que você conheceu a minha mãe. O que você quer?

— Acho que sabe o que eu quero. Não pode dizer que nós não tentamos de forma simpática. O Sr. Smith escreveu pessoalmente aquela carta para você. Ele não faria isso para nenhum outro cliente.

— O que você quer? — ela insistiu, mas não era realmente uma pergunta.

Hal sabia. E sabia também o que a carta queria dizer.

O homem balançou a cabeça de novo.

— Ora, ora, Srta. Westaway. Chega de brincadeira. Você sabia muito bem os termos quando fez o negócio.

— Eu já paguei três ou quatro vezes mais — disse Hal.

Ela ouviu o tom de desespero na própria voz.

— Pelo amor de Deus! Vocês sabem disso. Devo ter dado para vocês mais de duas mil libras. Peguei emprestado só quinhentas.

— Termos são termos. Você concordou com os juros. Se não gostasse, não devia ter assinado.

— Eu não tive escolha!

Mas o homem apenas sorriu e balançou a cabeça mais uma vez.

— Que coisa feia... Sempre temos escolhas, Srta. Westaway. Você escolheu pegar dinheiro emprestado do Sr. Smith, e ele quer de volta. Ele é um homem bem razoável. Sua dívida hoje é de... — ele fingiu consultar uma folha de papel, mas Hal tinha certeza de que era só encenação. — Três mil, oitocentos e vinte e cinco libras. Mas o Sr. Smith foi gentil, ofereceu aceitar três mil em dinheiro como pagamento final e estamos acertados.

— Eu não tenho três mil libras! — retrucou Hal.

Ela sentiu a voz mais alta e engoliu para abaixar para um tom mais racional. *Devagar.*

Era a voz da mãe em sua cabeça, suave e tranquila. Hal se lembrava da mãe explicando como devia lidar com clientes difíceis. *Faça com que entendam que você está no controle, não eles. Não deixe que eles ditem exigências — lembre que você está no comando dessa leitura. Você faz as perguntas. Você determina o ritmo.*

Quem dera aquilo fosse uma leitura. Se aquele homem estivesse do outro lado da mesa, com as cartas entre os dois... Mas não estava. Ela teria de lidar com a situação real.

Dava para fazer.

— Olha... — disse ela mais calma.

Ela deu um suspiro vacilante, descruzou os braços desfazendo a postura defensiva e abriu as mãos para exibir honestidade. Até se esforçou para sorrir, mas a sensação foi de um sorriso cadavérico.

— Olha, quero acertar isso tanto quanto vocês... mais, até. Mas não tenho três mil libras, nem como conseguir. É impossível. Então vamos ver o que eu posso oferecer, que seu patrão ache razoável. Cinquenta libras por semana?

Ela nem parou para pensar como ia conseguir o dinheiro. Naquela época do ano, simplesmente não tinha cinquenta libras por semana. Mas talvez o Sr. Khan deixasse atrasar um mês do aluguel, e o Natal em geral gerava um pequeno aumento nos negócios, com as festas de fim de ano de colegas de trabalho e as compras tarde da noite. De qualquer modo, ela ia arranjar o dinheiro.

— Olha aqui.

Ela foi até a mesa e pegou a caixa com fecho que deixava ao lado com a receita do dia. Suas mãos tremiam tanto que quase não conseguiu destrancar, mas finalmente abriu e, quando pegou as notas, olhou para ele e sorriu, um sorriso de menina, tímido, implorando, apelando para a natureza boa do sujeito... Se é que ele tinha.

— Olha, aqui tem... vinte... trinta... quase quarenta libras. Leve isso para começar.

Tudo bem se ainda precisava pagar o quiosque para Chalky White. Tudo bem que tinha as contas e o aluguel e o fato de não ter comida em casa. Faria qualquer coisa para ele sair do quiosque e ganhar algum tempo.

Mas o homem estava balançando a cabeça.

— Olha, você tem de entender que se a decisão fosse minha, eu adoraria. Não há nada que eu mais queira do que ajudar uma jovem como você, sozinha no mundo — ele olhava em volta, avaliando o que tinha no quiosque. — Mas não sou eu que resolvo. E o Sr. Smith acha que tem sido muito generoso, e que você se aproveitou dessa generosidade. O Sr. Smith quer o dinheiro dele. Fim de papo.

— Senão o que vai ser? — perguntou Hal, de repente cansada daquilo tudo.

Ela enfiou o dinheiro no bolso, e dentro dela, bem lá no fundo, sentiu uma faísca de raiva que foi esquentando e substituindo o medo gelado.

— O que ele vai fazer? Confiscar minhas coisas? Não tenho nada para oferecer para vocês. Se vendessem tudo o que eu tenho, não chegaria a três mil libras. Vai me processar? Eu não assinei nada, vocês não têm nada além da sua palavra contra a minha. Ou talvez ele dê queixa na polícia? Quer saber...? — ela fez uma pausa como se tivesse a ideia naquele momento. — Está aí uma boa ideia. Talvez ele devesse fazer isso mesmo. Acho que ficariam interessados nos seus métodos de cobrança de empréstimos.

Isso apagou o sorriso da cara do homem, e ele se inclinou para frente, ficando tão perto do rosto de Hal que deu para ela sentir a saliva dele na testa enquanto ele cuspia as palavras. Hal se esforçou para não recuar.

— Ora, Srta. Westaway, essa é uma sugestão muito, muito idiota. O Sr. Smith tem muitos amigos na polícia, e acho que eles ficariam irritados de ouvi-la falar essas coisas sobre um amigo. Diz que não assinou nada? Bem, adivinhe o que isso significa, Srta. Sabichona. Nenhuma prova. Não tem nada para levar para a polícia, a não ser sua palavra contra a minha. Vou dar uma semana para arranjar esse dinheiro e não quero ouvir nenhuma besteira sobre não ter como fazer isso. Venda alguma coisa, assalte alguém, fique na esquina vendendo boquetes no banco de trás dos carros por vinte libras cada. Estou me lixando para o que vai fazer. Quero o dinheiro daqui a uma semana. Você diz que não tem nada agora? Você pode ter muito menos do que isso, queridinha. Bem menos.

Dito isso, ele deu meia-volta e, com um gesto casual, derrubou tudo que havia na estante atrás da mesa. Hal estremeceu quando as coisas despencaram: a bola de cristal em seu suporte de madeira, os enfeites esculpidos em madeira e pintados, o pote de argila que tinha feito de presente para a mãe num Natal bem distante, os livros e xícaras, e o vaso de porcelana com palitos Kau Chim... Tudo despencou e quebrou na mesa e no chão.

— Ops... — disse o homem com cara de paisagem e o *s* ciciado fez a exclamação parecer ainda mais sarcástica.

Ele virou para ela e deu um largo sorriso de dentes separados.

— Desculpe. Sou meio estabanado. Quebro ossos também. Montes de ossos. Foram três dentes outro dia. Acidentalmente. Mas acidentes acontecem, não é?

Hal percebeu que estava tremendo. Queria fugir do quiosque, bater na porta do segurança, se esconder embaixo do cais até ele ir embora, mas não podia, não ia se entregar. Não ia demonstrar medo.

— Vou embora agora — disse ele.

O homem passou por ela a caminho da porta, estendeu a mão e virou a mesa, as cartas do tarô voaram e a xícara de chá que Hal tinha deixado ali de manhã se espatifou no chão. O resto de chá frio espirrou no rosto dela e a fez se encolher.

Na porta, ele parou e levantou a gola do casaco para se proteger da chuva.

— Até logo, Srta. Westaway — aqueles *sss* sibilantes, como assobios. — Nos vemos semana que vem.

Ele bateu a porta e foi embora.

—ɯ—

Hal ficou ali, paralisada por um longo tempo, ouvindo os passos dele se afastando no cais. Então foi como se alguma coisa dentro dela se soltasse e, com as mãos trêmulas, ela trancou a porta do quiosque, na qual se encostou tremendo de alívio e de medo.

Tinha feito aquele empréstimo quase um ano antes, e agora não conseguia acreditar quão burra tinha sido. Mas na época ela se sentia encurralada, era inverno, o que ganhava no píer tinha diminuído muito, até que, numa semana horrível, ela conseguiu apenas setenta libras. Os outros comerciantes por perto deram de ombros e disseram que algumas semanas eram assim mesmo, inexplicavelmente ruins. Mas, para Hal, foi um desastre completo. Não tinha nenhuma economia para usar, nenhum segundo emprego. O aluguel já estava atrasado, as contas também, e não tinha sequer como cobrir a licença de funcionamento do quiosque. Ela tentou de tudo, anunciou vaga onde morava, mas ninguém queria um apartamento em que a moradora dormia no sofá no único cômodo. Tentou trabalho em algum bar, mas não conseguia conciliar com os horários que tinha de estar no cais e, de qualquer modo, bastava uma espiada no seu currículo, sem experiência, para todos balançarem a cabeça. Até na agência de empregos as pessoas desanimavam ao saber que ela não tinha concluído o ensino médio. O fato da mãe ter morrido duas semanas antes das provas não importava.

Entre em contato com algum parente, tinha dito um dos caras no cais, *cobre um favor de algum amigo*, e Hal não soube como responder, não sabia como explicar que estava completamente sozinha no mundo. Sim, tinha sido criada em Brighton, até teve amigos lá, antes da morte da mãe, mas era difícil explicar como se afastaram depois do acidente. Lembrava de ter ido ao colégio um dia depois do enterro da mãe, de ouvir as colegas rindo de contas de celulares, de namorados, de ficarem de castigo por algum mau comportamento... e de sentir que vivia em um mundo à parte. A imagem que não saía da sua cabeça naquela época era de um trilho de trem comprido diante dela, pré-planejado: ensino médio, universidade, estágios, carreiras... então a reviravolta, e ela jogada numa rota completamente diferente, em que precisava apenas sobreviver, pagar as contas, viver um dia depois do outro, enquanto os amigos continuavam no caminho conhecido que Hal também devia ter seguido, se não fosse aquele carro em alta velocidade.

Não houve tempo para concluir o ensino médio. Ela largou os estudos, assumiu o quiosque e se virou como pôde — num momento tentava esquecer, tosou o cabelo para não ver a mãe no espelho e sofrer tanto todos os dias, bebia até apagar quando podia comprar a bebida, e, em outro momento, se agarrava com intensidade dolorosa às lembranças tatuadas na pele.

A pessoa que era agora não era a menina que devia ser. A menina que dava dinheiro para os sem-teto, que gastava alguns trocados no píer, passava os domingos comendo pipoca e assistindo a filmes ruins... Essa menina não existia mais. No lugar dela surgiu alguém empedernido, alguém que precisou usar essa armadura para sobreviver. A segurança sorridente daquela menina na praia tinha sido arrancada, mas, por dentro, ela descobriu uma força bem diferente, que mal sabia que estava lá, uma determinação fria e radical que fazia com que se levantasse nas manhãs geladas para ir a pé até o cais, mesmo quando seu nariz escorria de tanto frio e seus olhos ficavam vermelhos de tanto chorar, uma espécie de aço que ajudava a prosseguir, a por um pé na frente do outro, mesmo quando estava cansada demais para ir adiante.

Ela se tornou uma pessoa diferente.

A pessoa que era agora passava pelos pedintes e virava o rosto. Tinha vendido a televisão e, de qualquer modo, nunca tinha folga aos domingos. Estava sempre cansada de tanto trabalhar, e sempre faminta, e acima de tudo... acima de tudo, solitária.

Alguns meses depois do enterro, ela viu um grupo de antigos amigos no shopping em Brighton, e eles nem a reconheceram. Passaram direto por ela, conversando e rindo. Ela chegou a virar e abrir a boca, pronta para chamá-los, mas desistiu. Um abismo tinha se formado entre eles, e era largo demais para transpor. Eles não entenderiam a pessoa em que Hal tinha se transformado.

Por isso ficou vendo o grupo se afastar sem dizer nada. Semanas depois, eles se espalharam por universidades país afora, por empregos e carreiras e projetos antes de irem para a faculdade, e agora ela não via mais ninguém, nem de longe.

Mas ela não sabia como explicar tudo isso para o trabalhador do píer. Ela só disse que não, com a garganta apertada, confusa e com raiva por ele acreditar, de forma tão simplória, que todo o mundo devia ter alguém com quem contar. *Não, eu não tenho como fazer isso.*

Não lembrava mais quem tinha sugerido, mas acabou sabendo de alguém que emprestava dinheiro sem exigir garantias. Os juros eram altos, mas o agiota aceitava pagamentos em prestações pequenas, até deixava passar uma semana se a pessoa não pudesse pagar. Não era nada oficial, não tinha escritório, encontros em lugares estranhos, envelopes com dinheiro. Mas parecia resposta a uma prece, e Hal mergulhou de cabeça.

Só alguns meses depois ela lembrou de perguntar quanto já havia pago da dívida.

A resposta foi um susto. Tinha recebido quinhentas libras emprestadas — havia pedido trezentos, mas o homem foi generoso e sugeriu que Hal pegasse um pouco mais para enfrentar os momentos piores.

Ela estava pagando algumas libras por semana, havia cerca de quatro meses. E agora a dívida tinha chegado a mil libras.

Hal entrou em pânico. Tinha usado a parte do empréstimo que não foi gasta para pagar e aumentou as prestações ao máximo. Mas tinha sido otimista demais. Não aguentou o novo esquema e, depois de uma semana especialmente ruim no píer, ela deixou de pagar uma parcela e um mês depois, outra. As prestações foram diminuindo e os avisos dos cobradores do Sr. Smith foram ficando cada vez mais agressivos. Então Hal entendeu que não tinha saída.

Depois de um tempo, ela fez a única coisa que podia fazer. Simplesmente parou de pagar. Parou de atender ligações de números estranhos. Parou de atender à porta. E passou a olhar para trás quando caminhava sozinha para casa à noite. Sempre achando que sua única sorte era que não sabiam o endereço de onde ela trabalhava. No píer estava a salvo. E até agora, tinha pelo menos se sentido segura sabendo que havia um limite para o que eles podiam fazer. Não tinha bens materiais que pudessem tomar, e era quase certo que o negócio deles funcionava na ilegalidade. Não iam querer processá-la.

Mas agora tudo indicava que a tinham rastreado e perdido a paciência.

Quando a tremedeira diminuiu, as palavras que o homem tinha dito ecoaram em sua cabeça. *Ossos quebrados. Dentes quebrados.*

Hal jamais se considerou covarde, ou vaidosa, mas só de pensar naquela bota com ponteira de aço vindo acidentalmente na direção do seu rosto, no barulho ao bater no seu nariz e nos seus dentes, ela se encolheu.

E então, o que podia fazer? Pedir dinheiro emprestado estava fora de cogitação. Não tinha ninguém a quem pedir, de qualquer maneira ninguém que tivesse essa quantia à disposição. E quanto a marcar ponto na esquina como o homem havia sugerido... Hal sentiu a boca curvar de tristeza e repulsa. Brighton tinha um próspero comércio sexual, mas ela não estava desesperada a esse ponto. Ainda não.

Só restava... roubar.

Você tem dois caminhos à sua frente, mas são cheios de curvas... você quer saber qual deles deve seguir...

Hal chegou ao seu prédio, entrou pela porta da frente e ficou parada no corredor, atenta. Não havia barulho de cima e, quando chegou ao final da escada, viu que a porta do seu apartamento estava fechada e que não havia luz por baixo dela.

Mas quando examinou de perto a fechadura, viu que havia uma diferença nos arranhados em volta, como se alguém tivesse tentado abrir. Ou seria só paranoia? Claro que todas as fechaduras tinham arranhões em volta, de descuido na hora de enfiar a chave que batia no metal.

Inseriu a chave com o coração disparado, sem saber o que poderia encontrar lá dentro, mas, assim que abriu a porta e acendeu a luz, achou que tudo estava milagrosamente intocado. Lá estava a correspondência que tinha deixado na mesa. Lá estava seu laptop. Nada quebrado, nada roubado como parte do pagamento.

O coração voltou ao ritmo normal, ela suspirou, nem tanto de alívio, mas quase. Fechou a porta, trancou duplamente e tirou o casaco. Só quando foi à cozinha botar a chaleira para ferver é que notou duas coisas.

A primeira foi um monte de cinza na pia, que não estava lá quando saiu. Parecia uma folha de papel queimada, talvez duas. Examinou mais de perto e viu letras em um dos pedaços que ainda não tinha se desmanchado, prateadas contra o fundo preto... *ção finan*, ela leu, e embaixo, *tato novamente...*

Hal sabia o que era, mesmo sem olhar para trás, para a mesa de centro onde tinha deixado as cartas do Sr. Smith arrumadas ao lado das contas. Sabia que não estariam mais lá, antes de procurar. Mesmo assim teve de verificar, afastou a pilha de avisos e buscou as outras desesperadamente, caso tivessem voado da mesa com o vento quando abriu a porta.

Nada. As cartas tinham sumido... e com elas as únicas provas que poderia mostrar para a polícia.

E havia outra coisa faltando também, ela percebeu assustada. A fotografia, o retrato de Hal com a mãe, de braços dados na praia de Brighton, os cabelos esvoaçando ao vento que vinha do mar.

Ela estava se aproximando da estante onde a foto devia estar e pisou em alguma coisa. Olhou para baixo e lá estava a moldura virada para cima na lareira com o vidro espatifado por algum pé, o retrato arranhado e rasgado por algum salto de sapato na moldura quebrada.

Com as mãos trêmulas e os olhos rasos de lágrimas, Hal se forçou a pegar o porta-retrato e o aninhou como se fosse um animal pequeno e ferido, catando os cacos de vidro do papel. Mas não adiantou. A foto estava rasgada e destruída, e os rostos sorridentes daquela menina com a mãe tinham desaparecido para sempre.

Não ia chorar. Ela se recusava a chorar. Mas sentiu uma coisa enorme, amarga e louca de dor surgir dentro dela. Era a injustiça que machucava mais, feito ácido na garganta. Teve vontade de berrar contra a injustiça daquilo tudo.

Quero uma trégua, ela queria soluçar. *Só uma vez quero que aconteça uma coisa boa comigo.*

Ela caiu de joelhos, curvada pelo peso de tudo e ficou um instante encolhida sobre os cacos de vidro, de cabeça baixa, abraçou os joelhos contra o peito e se fez bem pequena para se sentir segura. Mas não existia mais segurança, ninguém para abraçá-la, limpar a bagunça e fazer um chá para ela. Ia ter de enfrentar aquilo sozinha.

Começou a recolher os cacos de vidro que juntava cuidadosamente com a manga do casaco e se lembrou da voz rouca de Reg, seu carinhoso sotaque cockney. *Se alguém merece uma trégua é você, minha querida. Trate de pegar o dinheiro que oferecerem e fuja, esse é o meu conselho. Pegue o dinheiro e fuja.*

Ah, se ela pudesse... Jogou os cacos na lata de lixo e os pedaços da fotografia rasgada foram junto.

Você tem dois caminhos à sua frente, mas são cheios de curvas... e você quer saber qual deles deve seguir...

O celular ainda estava no bolso. Ela o pegou quase sem pensar e abriu o site das linhas de trem.

1 de dezembro

7:00h

Brighton para Penzance, ida e volta.

Ela clicou.

Se tem alguém que pode fazer isso é você...

O preço das passagens apareceu na tela, e ela fez uma careta. O dinheiro que tinha no bolso não era suficiente. Nem para uma passagem só de ida. E já tinha chegado ao limite do cheque especial. Mas talvez... *quem sabe*, se o site não consultasse seu banco... Ela pegou o cartão do banco, digitou o número e prendeu a respiração.

Milagrosamente o pagamento foi efetuado.

Mesmo assim, Hal só acreditou quando o celular vibrou com um e-mail. *Aqui está tudo de que você precisa para sua viagem para Penzance*, dizia, e abaixo um número para pegar a passagem, confirmando a compra.

Seu estômago deu cambalhotas como se estivesse num navio em mar bravo, no abismo entre as ondas. Ia mesmo fazer isso? E qual era a alternativa? Esperar sentada a próxima visita dos capangas do Sr. Smith?

Posso ser herdeira de uma fortuna secreta.

O que tinha dito para Reg ecoava em sua cabeça, meio deboche, meio promessa. Hal ficou de pé e sentiu a rigidez nas pernas, o cansaço dos músculos agora que a adrenalina do medo tinha diminuído.

Pode ser verdade. E se não fosse, talvez ela pudesse tornar aquilo real. Só precisava acreditar.

—ɷ—

Foi para o quarto querendo se convencer de que ia direto para a cama. Em vez disso, pegou a mala gasta da mãe que estava em cima do armário e começou a arrumá-la para a viagem. Xampu, desodorante. Isso era fácil. A roupa era mais complicado. Preto não era problema, mais da metade do seu armário tinha roupas pretas ou cinza. Mas não podia aparecer no enterro de uma desconhecida de calça jeans rasgada e camiseta, as pessoas iam esperar um vestido, e ela só tinha um.

Tirou o único vestido do fundo da gaveta onde havia guardado depois do enterro da mãe três anos antes, num dia calorento de junho. Era discreto, mas muito fresco para dezembro, de algodão fininho e mangas curtas. Podia usar com meia-calça, só que sua única meia-calça estava desfiada no alto da coxa. Hal desenrolou a meia e examinou o estrago. Tinha interrompido o fio corrido com uma gota de esmalte de unhas, e ia ter de torcer para aquilo não soltar.

Depois separou duas camisetas, um casaco com capuz e sua calça jeans menos rasgada. Um sutiã reserva. Um punhado de calcinhas. E finalmente seu precioso laptop e dois livros.

A última coisa era a mais difícil. Identidade. Estavam esperando algum documento de identidade, e na carta pediam para ela levar. O problema era que Hal não tinha ideia da informação que eles já tinham. Sua certidão de nascimento completa nem pensar, mas podia levar o passaporte, ou a certidão abreviada, porque em nenhum dos dois era mencionado o nome dos pais. Apenas confirmavam o que eles já sabiam: o nome de Hal. O problema era que neles constava sua data de nascimento.

Se estavam esperando alguém de trinta e cinco anos tudo acabaria assim que a vissem, nem iam precisar chegar ao passaporte. Mas Hal achava que podia se fazer passar por qualquer idade, de quinze a vinte e cinco, talvez até trinta, esticando a sorte. A não ser que Hester Westaway tivesse casado e tido filhos muito cedo, a chance era boa da mulher que procuravam estar nessa faixa etária, mas se os documentos dos advogados fossem de um bebê nascido em dezembro de 1991 e Hal apresentasse o passaporte dizendo que tinha nascido em maio de 1995...

Hal pegou a carta e procurou a lista de documentos aceitáveis. Na segunda coluna era endereço e não tinha problema. "Conta de luz ou gás", dizia a carta. Bem, Hal tinha montes dessas. E as contas não diriam nada além do que eles já sabiam, a não ser o estado do seu cheque especial.

Mas a primeira coluna era mais problemática. Passaporte, carteira de motorista ou certidão de nascimento. Ela não tinha carteira de motorista e seria muito difícil alterar o passaporte sem dinheiro. Então restava... a certidão de nascimento.

Hal vasculhou a caixa que ficava embaixo da cama de novo, à procura do envelope que tinha deixado de lado mais cedo. Achou, e sua certidão estava embaixo da certidão da mãe. Havia a completa e... sim, embaixo de todas, a abreviada. *Nome: Harriet Margarida Westaway*, dizia. *Nascimento: 15 de maio de 1995. Sexo: Feminino. Localidade: Brighton, East Sussex.*

Se eles ainda não tivessem a data do nascimento, seria fácil, um simples procedimento de entrega dos seus documentos verdadeiros.

Se tivessem... Hal examinou o papel com cuidado, segurando contra a luz. Não era um documento muito sofisticado, o papel tinha marca d'água, mas não era evidente na superfície, e a tinta não parecia nada especial. Com um pouco de tempo e um escaneador talvez pudesse usar o documento verdadeiro para forjar algo bem convincente.

As linhas das dobras eram antigas e bem finas, então Hal dobrou de novo com cuidado e guardou no compartimento da mala, junto com a conta de luz.

Estava fechando o zíper da mala e parou. Abriu a gaveta da mesa de cabeceira e pegou uma pequena caixa de metal bem gasta, já perdendo a tinta. Era de cigarros Golden Virginia, mas já perdera o cheiro de tabaco havia muito tempo.

Hal abriu a lata e encostou os dedos nas cartas que continha, sentiu as bordas puídas, a maciez do papelão velho e observou as imagens passando, os rostos olhando para ela, julgando.

Obedeceu ao impulso, virou o baralho na mão, não embaralhou, fez um único corte de olhos fechados, com uma única pergunta na cabeça.

Abriu os olhos.

A carta na palma da sua mão era de um jovem numa paisagem de tempestade, atrás dele o céu cheio de nuvens e um mar revolto a seus pés. Segurava uma espada levantada como se fosse desferir um golpe. O Valete de Espadas. Ação. Intelecto. Decisão.

Naquele instante Hal soube o que diria se estivesse lendo as cartas para algum cliente. Espadas é o naipe da mente, do pensamento e da análise, e o valete é uma carta cheia de energia e segurança. Há o mar tempestuoso em volta, mas ele está por cima, com a espada erguida. Sempre que surge o desafio, o valete está pronto para enfrentá-lo e deve ser temido.

Não existe nada que represente uma luz verde no tarô, ela diria. Mas essa carta talvez seja o mais próximo disso.

Mas por trás e além do jogo conhecido, ela ouvia a voz da mãe, palavras que ela sempre repetia para Hal. *Nunca acredite, Hal. Nunca acredite na sua ladainha. O ator que perde o contato com a realidade, o escritor que acredita nas próprias mentiras... eles estão perdidos. Isso é uma fantasia, nunca esqueça isso, por mais que queira acreditar.*

E havia a verdade escorregadia, o viés de confirmação tão conhecido dos cientistas e céticos. Ela queria acreditar na mensagem do valete. Queria acreditar na luz verde dele, mesmo quando juntou as partes do baralho, guardou na lata e fechou a tampa.

Foi escovar os dentes no banheiro minúsculo olhando para seu reflexo no espelho, sem foco e estranho sem os óculos, e pensou: eu não preciso decidir. Posso esperar. Nada é final. Mas levou a escova de dentes quando voltou para o quarto. Parou hesitante ao lado da cama, tremendo com o vento gelado que entrava pela janela e então, como se reagisse a um desafio, pôs a escova na mala aberta, fechou o zíper e deitou na cama.

Demorou para largar o livro e apagar a luz, mais ainda para adormecer. E, quando dormiu, sonhou com um jovem ao lado dela, de espada em riste.

8

Hal aprendeu o tarô com a mãe, conhecia as imagens praticamente desde antes de aprender a andar — a Sacerdotisa sorridente, o Papa sério, a Torre assustadora com as almas perdidas despencando. E tinha acompanhado a mãe ao quiosque de tarô quando menina, nas férias em que a mãe não encontrava ninguém para cuidar dela. Sentava quietinha atrás de uma cortina num canto, lendo um livro, ouvindo as idas e vindas habilidosas da mãe, e passou a entender a tática quase sem sentir — as perguntas que induziam respostas, as variações sutis, "Um irmão..." a cliente franzia um pouco a testa, "não, espere, alguém como um irmão. Um amigo? Um parente masculino?"

Aprendeu até que ponto podia generalizar e quando devia recuar ao atingir um obstáculo. Observava como a mãe parava de usar uma afirmação ao ver o cliente balançar a cabeça e como mudava o rumo dizendo calmamente "Ah, tudo bem, vou deixar para você decifrar essa imagem. Talvez o sentido surja para você mais tarde, ou pode ser um aviso para o futuro."

Muita coisa tinha aprendido sem experimentar. Mas fazer ela mesma uma leitura... Isso era bem diferente.

Mas, no fim das contas, ela não teve escolha. Dois dias antes de Hal completar dezoito anos, sua mãe morreu atropelada num dia quente de verão, na frente do apartamento em que moravam, por um motorista que estava acima do limite de velocidade e que nunca foi encontrado. Hal ficou perdida, sofrendo e... quebrada.

Quando o administrador do píer, Sr. White, a procurou algumas semanas depois, o ultimato que deu não foi maldoso. Ele disse que queria dar à Hal o direito da primeira oferta. Mas o quiosque não podia continuar fechado na alta estação. Se ela queria ocupá-lo, era dela, sem dúvida. Mas teria de começar logo. Estavam em junho, o píer cheio todos os dias e noites, e quiosques fechados eram ruins para todos.

Então Hal pegou as cartas da mãe, acendeu a placa de neon do lado de fora do quiosque e foi a sua vez de bancar a Madame Margarida.

Os clientes costumeiros eram fáceis. Tinha observado a mãe ler diversas vezes para aquelas pessoas, tinha ouvido detalhes sobre maridos inconstantes, patrões mal-humorados, filhos infelizes. E os bêbados que entravam por acaso não eram problema, ela podia blefar com eles e, além disso, costumavam ser turistas que jamais voltariam.

Eram as pessoas com hora marcada que a preocupavam. As que pagavam consulta de uma hora inteira, que telefonavam antes para ter certeza de que ela estaria lá.

Com essas pessoas, Hal fazia uma coisa que a mãe não fazia. Ela as enganava.

Era assustador o que se podia descobrir *online*. Hal não havia usado o Facebook antes de a mãe morrer, mas naqueles primeiros dias de insegurança ela criou um perfil falso, com uma foto inofensiva de uma menina loura tirada das imagens do Google, e deu-se o nome de "Lil Smith".

Lil foi uma escolha consciente. Um nome que podia ser apelido de Lily, Lila, Lillian, Elizabeth ou uma centena de outros nomes. Smith era óbvio, assim como a beleza comum da menina.

Era espantoso como as pessoas aceitavam imediatamente o pedido de amizade de alguém que nunca tinham visto, mas ela nem precisava fazer isso sempre, porque a configuração de privacidade delas era aberta ao público e ela descobria detalhes da família, do trabalho, dos estudos e da cidade natal sem ter de sair do próprio quarto.

Agora, no trem que seguia rápido para o oeste, ela abriu seu laptop e se concentrou nos Westaway com certo nervosismo.

O primeiro resultado no Google foi um obituário no Penzance Courier de Hester Mary Westaway, nascida em 19 de setembro de 1930, falecida em 22 de novembro de 2016 em Clowe's Court, St. Piran. O breve obituário informava que ela era viúva de Erasmus Harding Westaway, com quem teve três filhos e uma filha. *Deixa seus filhos, Harding, Abel e Ezra Westaway, e seus netos*, dizia a nota.

Ela era supostamente filha de um desses homens?

Abel e Harding não usavam muito o Facebook, mas também não eram difíceis de encontrar. Apareceu um resultado da busca para cada nome, e Harding tinha contribuído com a informação de que vivia em St. Piran e indicava que

Abel era seu irmão. Hal rolou a página do perfil dele, viu fotografias de casamentos e batizados, reuniões de família e primeiros dias na escola, e sentiu um nó na garganta. Havia uma esposa, Mitzi Westaway (Parker, de solteira), e três filhos, Richard, Katherine e Freddie, todos adolescentes.

Abel era bem mais novo do que Harding, um homem que parecia simpático, de barba castanha e cabelo cor de mel escuro. O status de relacionamento dele não estava visível, mas, nas fotos do perfil, Hal notou um belo homem de olhos azuis chamado Edward em muitas imagens. Havia uma fotografia marcada dos dois juntos em Paris no Dia dos Namorados em 2015, e outra dos dois de mãos dadas em um evento formal. *Baile Black & White pelos órfãos das Filipinas*, dizia a legenda. Os dois estavam de smoking, e Abel sorria para o companheiro com certo orgulho aflito.

Os dois perfis passavam uma atmosfera de riqueza que fez o coração de Hal doer de inveja. Não havia ostentação, nada de iates nem de cruzeiros pelo Caribe. Mas havia menção casual de férias em Veneza, esqui em Chamonix, escolas particulares e planejamento tributário. O vídeo de fotos do perfil mostrava crianças andando a cavalo, carros com tração nas quatro rodas e equipamento de polo, e as lembranças do Facebook eram de refeições em restaurantes e reuniões de família.

De Ezra, não havia sinal.

A julgar pelo Facebook, Abel e Harding tinham idade suficiente para ter um filho de vinte e poucos anos, mas era a filha que chamava mais a atenção de Hal. *Deixa seus filhos.* O que teria acontecido com a filha?

Sem um nome não havia como descobrir, e não havia menção a uma irmã nos perfis de Abel e de Harding. Depois de pensar um pouco, Hal... ou melhor, Lil Smith, pediu amizade para o filho mais velho de Harding, Richard Westaway. Não pediu para Abel de propósito. Ele tinha só noventa e três amigos e não parecia o tipo que aceitava pedidos de amizade de meninas misteriosas. Harding era uma opção ainda pior: tinha só dezenove amigos e não abria sua conta havia quase quatro meses. Richard, por outro lado, tinha 576 amigos e tinha acabado de publicar o lugar em que estava, num posto de gasolina fora de Exeter.

Hal estava abrindo outra aba e apareceu uma notificação — Richard tinha aceitado seu pedido. Ela clicou no perfil dele e gostou da primeira foto que viu — Richard com a cara suja de lama brandindo uma espécie de taça. *Arrasamos St Barnabus no rugby MAIS UMA VEZ. Tenho certeza de que o jogador de abertura deles era uma menina com pelos no rosto*, dizia a legenda. Hal rolou os olhos nas órbitas e voltou para a pesquisa no Google.

Não havia nada sobre Trepassen House no registro de propriedades, e Companies House não tinha negócios registrados. Não estava na lista de lares ou clínicas, nem era inspecionado como restaurante. Nada indicava que fosse algo além de uma casa particular. Mas apareceu no Google Maps e Hal mudou para visão de satélite e, em seguida, da rua. A visão com foto da rua foi inútil, só mostrava uma estradinha rural com muros dos dois lados, teixos e rododendros cobrindo tudo que havia atrás deles. Hal clicou na estrada alguns quilômetros numa direção e na outra até chegar a um portão de ferro, mas a foto tinha sido tirada de um ângulo que não mostrava nada da casa, e ela voltou para o satélite.

A imagem borrada era pequena demais para mostrar qualquer coisa além de um telhado de duas águas e um terreno verde cercado com árvores aqui e ali. Pelo menos serviu para Hal ver que o lugar era grande. Muito grande. Parecia quase uma mansão. Essa gente tinha dinheiro. À beça.

— Bilhetes, por favor — disse uma voz sobre o ombro dela, interrompendo seus pensamentos, e Hal viu um guarda uniformizado parado ao seu lado no corredor do trem.

Ela procurou na carteira e lhe entregou o bilhete.

— Vai passar o fim de semana em casa, não é? — ele disse enquanto marcava o bilhete com o furador, e Hal já ia balançar a cabeça, mas alguma coisa a impediu.

Afinal de contas, precisava assumir o papel em algum momento.

— Não... estou voltando para um enterro.

— Ah, sinto muito — o guarda lhe devolveu o bilhete. — Alguém próximo?

Hal engoliu em seco. Sentiu o penhasco abrir sob os pés. É só uma encenação, pensou. *Não difere do que você faz todos os dias.*

As palavras empacaram na garganta, mas ela se forçou a continuar.

— Minha avó.

Naquele instante sentiu a declaração pelo que era: uma mentira. Mas logo refez sua expressão, não de sofrimento, que seria exagero, por aquela mulher com quem não tinha proximidade alguma. Mas uma espécie de lamento solene. E estremeceu, teve o mesmo arrepio de quando acendeu a luz do lado de fora do quiosque, então encarnou o papel.

— Sinto muito a sua perda — disse o guarda meneando a cabeça bem sério, e seguiu pelo corredor para o próximo vagão.

Hal estava guardando o bilhete na carteira quase vazia quando o trem entrou em um túnel, as luzes piscaram e, por um segundo, a única iluminação que havia era o brilho do seu laptop e as fagulhas das rodas nos trilhos, como relâmpagos contra os tijolos escuros do túnel.

A tela do computador dela brilhou cor de esmeralda, o gramado imenso, a estradinha estreita e sinuosa, e de repente Hal sentiu raiva.

Como é que uma família, uma pessoa, podia ter tanto? Nas terras de Trepassen House caberiam não só a casa de Hal como a rua inteira e grande parte da rua seguinte. O que pagavam para cortar todos aqueles gramados devia ser mais do que ela ganhava em um mês. Mas não era só isso, era tudo. Os cavalos. As férias. A aceitação casual de tudo aquilo.

Como podia estar certo algumas pessoas terem tanto e outras tão pouco?

As luzes acenderam de novo com um piscar, e outra notificação apareceu no Facebook. Outra atualização do Richard. Hal clicou e uma foto ocupou a tela — Richard e a família diante de uma parede de madeira, todos sorrindo orgulhosos. Harding segurava o filho com tanta força que o menino chegou a perder o prumo.

Richard compartilhou uma lembrança do Facebook, dizia a notificação, e Hal leu, *Dia de premiação em St A's. Mamãe tão cheia do velho orgulho materno que pensei que ia rasgar alguma coisa. Vamos ver se papai cumpre nosso trato — quinhentinho por não ter ficado em matemática — e depois ALÔÔÔÔ Ibiza!*

O trem saiu do túnel, e Hal sentiu de novo aquele aperto na boca do estômago, mas soube naquele instante que não ia voltar atrás.

Porque o aperto não era só nervosismo. Não era só inveja. Era também uma espécie de excitação.

9

Eram quase três horas quando o trem parou em Penzance. Hal parou um pouco embaixo do grande relógio pendurado sobre a plataforma, com o barulho da estação ecoando em volta, tentando resolver o que fazer.

Uma placa indicava táxis, ela pendurou a mala no ombro e seguiu a seta até a entrada da estação. Mas a poucos metros da placa de "fila aqui", ela parou e examinou a carteira.

Depois de um sanduíche no trem, ovo e agrião, o mais barato, por uma libra e trinta e sete pence, sobraram trinta e sete libras e cinquenta e quatro. Será que isso bastaria para chegar a St. Piran? E se bastasse, como é que ela ia voltar?

— Está esperando, filho? — disse uma voz atrás dela, e Hal pulou de susto.

Virou para trás, mas não viu ninguém. Só quando um rosto apareceu na janela de um táxi ela percebeu que quem tinha falado era o motorista.

— Ah, desculpe — ela guardou a carteira na bolsa e foi até o táxi. — Estou sim.

— Desculpe, querida — o rosto do homem estava vermelho. — Não vi direito, foi o cabelo curto, sabe?

— Tudo bem — disse Hal sinceramente.

Acontecia muito e ela não se incomodava mais.

— Pode me dizer quanto é a viagem até a igreja de St. Piran? Estou com pouco dinheiro aqui — Aqui e em qualquer lugar, ela pensou, mas não disse. O motorista virou para o outro lado e começou a batucar alguma coisa numa tela sobre o painel, um GPS, ou celular, pensou Hal, mas não tinha certeza.

— Mais ou menos vinte e cinco libras, minha querida — ele respondeu.

Hal respirou fundo. Então era isso. Se entrasse naquele táxi estava perdida, não tinha como voltar sem contar com a boa vontade de quem encontrasse no destino. Ia mesmo fazer isso?

"O trem que sai agora da plataforma 3 é o de 14:49h com atraso para Londres Paddington", anunciou a voz metálica nos alto-falantes da estação, interrompendo os pensamentos de Hal como se o universo lembrasse mais uma vez que ela não precisava fazer aquilo, que podia simplesmente dar meia-volta e pegar o trem de volta para casa.

Onde o Sr. Smith estaria à espera dela dali a seis dias...

Se alguém pode fazer isso, esse alguém é você.

— Ouviu o que eu disse? — perguntou o motorista.

O jeito de falar arrastado típico de Cornwall fazia com que as palavras não soassem tão frias como seriam, vindas de um taxista de Brighton.

— Vinte e cinco libras, eu disse, tudo bem?

Hal respirou fundo de novo e olhou para trás, para a estação. As fotos do Facebook e do Google apareceram diante dela, a propriedade enorme, as férias, os carros, as roupas, como um folheto das lojas Jack Wills...

Hal pensou no salto de sapato batendo na fotografia da mãe dela. Nos enfeites quebrados no quiosque e no medo que sentiu quando aquela luz acendeu. Pensou no que daria por apenas duas mil libras daquele dinheiro — que não compraria um daqueles carros, talvez um décimo de um.

Eles já têm tudo. Não precisam de mais dinheiro.

Teve novamente aquela sensação de alguma coisa afiada e dura se cristalizando dentro dela, como uma dor quente que resfria e vira uma decisão empedernida.

Se falhasse, estaria perdida. Por isso tinha de garantir que não ia falhar.

— Está bem.

O motorista virou para trás e abriu a porta do carro. Sentindo que estava prestes a pular no abismo, Hal empurrou a mala da mãe e subiu no táxi em seguida.

— Parece um funeral — disse a voz do banco da frente do carro, Hal se assustou e levantou a cabeça.

— Desculpe, o que o senhor disse?

— Eu disse que parece um funeral — o motorista repetiu. — Na igreja. É para isso que está aqui? Parente, é?

Hal espiou pela janela através da chuva que tinha começado quando saíram de Penzance. Era difícil enxergar no aguaceiro, mas ela pôde ver uma pequena igreja de pedra num promontório com nuvens escuras rodopiando atrás e um pequeno grupo de gente de preto na entrada do cemitério.

— É — respondeu ela baixinho e depois mais alto quando o motorista botou a mão em concha na orelha. — Sim, é por isso que estou aqui. É... — ela hesitou, mas a segunda vez foi mais fácil — É minha avó.

— Ora, sinto muito a sua perda, querida — disse o taxista, tirando o quepe e botando no banco ao lado.

— Quanto eu devo? — perguntou Hal.

— Vinte está ótimo, meu anjo.

Hal fez que sim com a cabeça, contou uma nota de dez e duas de cinco, botou na pequena bandeja entre os dois e parou. Será que dava para uma gorjeta? Ela olhou para as moedas que restavam na carteira, contou baixinho e ficou imaginando como ia da igreja para a casa. Mas dali dava para ver o taxímetro digital que registrava vinte e duas libras e cinquenta pence. Droga. Ele estava cobrando menos. Hal sentiu-se culpada e botou mais uma libra na bandeja.

— Muito obrigado — disse o motorista ao pegar a gorjeta. — Cuidado com essa chuva, minha querida, ela hoje está de matar.

As palavras dele fizeram Hal estremecer, mas ela só meneou a cabeça, abriu a porta e desceu do carro na chuvarada.

O táxi foi se afastando espirrando água das poças na estrada, e Hal ficou parada um instante, para se localizar. A chuva molhou as lentes dos seus óculos e ela acabou tirando para ver o portão da igreja na sua frente e a igrejinha cinzenta encolhida no topo do penhasco. Um muro baixo de pedra rodeava o cemitério e, além dele, Hal avistou uma fenda escura no solo. A visão estava muito embaçada para ter certeza, mas, a julgar pela forma, ela achou que devia ser a cova aberta à espera do caixão da mulher que ela estava prestes a calotear.

Por um instante ela teve vontade de sair correndo, sem se importar com o fato da estação de trem mais próxima estar a mais de 15km de distância, com o fato de não ter dinheiro, com o fato do casaco e sapato baratos não serem páreo para a tempestade.

Enquanto hesitava ali parada no aguaceiro, sentiu um tapinha no ombro e virou violentamente para ver um homenzinho de barba grisalha e bem aparada olhando para ela através de óculos embaçados.

— Olá — disse ele, sua voz um misto estranho de insegurança e determinação. — Posso ajudá-la? Meu nome é Sr. Treswick. Veio para o funeral?

Hal pôs os óculos rapidamente, mas eles não contribuíram para tornar o rosto diante dela mais familiar. Mas o nome Treswick acendeu uma luzinha e

Hal buscou freneticamente entre os nomes em sua memória, tentando combinar a figura com algum membro da família. E de repente, numa onda de alívio e nervosismo misturados, descobriu.

— Sr. Treswick... o senhor escreveu para mim! — ela disse e estendeu a mão. — Eu sou Hal... quero dizer, Harriet Westaway.

Dito assim, pelo menos, não era mentira. De qualquer modo, não exatamente.

Fez-se uma pausa. Hal sentiu o estômago virar do avesso de tanto nervosismo. Aquela era a hora da verdade. Ou uma delas. Se a verdadeira Harriet Westaway tivesse trinta e cinco anos, ou fosse loura, ou se tivesse um metro e oitenta de altura, seria o fim de tudo, antes de começar. Ela poderia dar adeus a entrar na igreja, que dirá à herança. Seria voltar para Brighton no mesmo trem, com a carteira vazia e seu orgulho consideravelmente ferido.

O Sr. Treswick não falou nada logo de início, só balançou a cabeça, e Hal sentiu o estômago oco. Meu Deus, acabou. Tudo acabado.

Mas, antes que ela pudesse pensar no que dizer, ele segurou sua mão e apertou entre as luvas quentes de couro.

— Ora, ora, ora... — ele continuava a balançar a cabeça, incrédulo, percebeu Hal. — Ora, eu nunca imaginaria... Estou muito, muito contente que tenha podido vir. Não sabia se receberia a carta com tempo. Não foi tarefa fácil encontrá-la, devo dizer. Sua mãe...

Pareceu que ele tinha desistido de repente de prosseguir no caminho que aquela conversa levava e parado de falar; disfarçou sua confusão tirando os óculos para secar.

— Bem — disse ele ao botar os óculos de novo —, não se preocupe com isso agora. Digamos apenas que não tínhamos muita esperança de encontrá-la a tempo. Mas estou muito satisfeito por ter conseguido vir.

Sua mãe. No mar de incertezas, aquelas palavras pareciam algo firme em que podia se apoiar, um fato que podia começar a aprimorar. Então era como tinha pensado, a filha morta da Sra. Westaway era seu elo em tudo aquilo.

Hal viu uma imagem dela mesma chapinhando em lama movediça e encontrando uma coisa sólida para descansar um pouco.

— Sim — ela concordou, e conseguiu sorrir apesar dos dentes cerrados por causa do frio —, estou con-contente também.

— Ah, mas você está tremendo — disse o Sr. Treswick solícito. — Deixe-me levá-la para dentro da igreja. O dia está horrível e temo que St. Piran não tenha calefação nenhuma, por isso não melhora muito lá dentro. Mas pelo menos não chove. Você já...

Ele parou quando chegaram ao portão, abriu e se afastou para Hal passar primeiro.

— Eu já...? — ela quis saber quando pararam sob o telhado do portão um instante.

O Sr. Treswick secou os óculos de novo. Mas Hal viu que seria inútil porque tinham de andar muito para atravessar o cemitério.

— Já conheceu seus tios? — ele perguntou timidamente, e Hal sentiu uma onda de calor no coração, apesar do tempo gelado. Tios. *Tios*. Tinha dois tios.

Não tem não, pensou séria, tentando abafar a sensação. *Eles não são seus parentes*. Mas não podia pensar assim. Se ia fazer esse papel não bastava fingir, precisava acreditar.

Mas o que ia dizer? Como responder à pergunta dele?

Hal ficou um bom tempo parada, pensando, e de repente se deu conta de que estava encarando o Sr. Treswick de boca aberta, e ele olhando para ela intrigado.

— Não — ela desembuchou.

Para isso, pelo menos, não precisava pensar. Não havia motivo para fingir que conhecia as pessoas ali, que revelariam a mentira assim que encontrassem o Sr. Treswick.

— Não, nunca os conheci. Para falar a verdade... — ela mordeu o lábio, sem saber se aquele era o caminho certo, mas certamente era melhor dizer a verdade sempre que pudesse, não era? — Para falar a verdade — Hal prosseguiu apressada —, eu nem sabia que tinha tios até receber sua carta. Minha mãe nunca falou deles.

O Sr. Treswick não disse nada, só balançou a cabeça mais uma vez, e Hal não sabia se era resignação ou espanto.

— Vamos? — ele perguntou, olhando para o céu cor de chumbo. — Acho que a chuva não vai diminuir, então é melhor correr.

Hal fez que sim com a cabeça e juntos eles correram a curta distância do portão até a igreja.

Na entrada, o Sr. Treswick secou os óculos mais uma vez e apertou o cinto da capa antes de levar Hal para dentro, mas quando ia segui-la, inclinou a cabeça como um cão e virou para trás ao ouvir o barulho de um carro.

— Ah, com licença, Harriet, acho que é o cortejo do funeral chegando. Posso deixar que encontre um lugar para sentar por sua conta?

— Claro que sim — disse Hal, e ele desapareceu na chuva.

A porta estava entreaberta para barrar o vento e a chuva, mas ao entrar a primeira coisa que ela notou não foi o frio e sim a falta de gente. Eram só umas quatro ou cinco pessoas espalhadas nos bancos. Hal achava que o grupo de pessoas de luto que tinha visto do táxi tinha chegado tarde, que iam se juntar aos que já estavam na igreja, mas percebeu que deviam ser só as que estavam ali.

Três mulheres bem idosas sentadas no segundo banco na frente, um homem de uns quarenta anos que parecia contador sentado no fundo e uma mulher com uniforme de enfermeira municipal parada na entrada, como se preparasse uma saída rápida se o ritual demorasse demais.

Hal olhou em volta para resolver onde ia sentar. Havia alguma regra nos funerais? Tentou lembrar como foi o da mãe dela no Crematório de Brighton, mas a lembrança era só de uma capela lotada de gente do píer e vizinhos, clientes agradecidos, velhos amigos e pessoas que ela nem reconhecia, cujas vidas sua mãe havia influenciado. No fundo, eles ficaram de pé, apertados contra a parede para dar espaço para mais gente, e ela viu Sam, do quiosque de peixe com fritas, cedendo o lugar para uma vizinha idosa de Marine View Villas. Alguém tinha guardado lugar para Hal na frente, mas, quanto ao resto, ela não sabia como tinham resolvido quem sentava onde, ou se havia alguma hierarquia de luto.

Mas se havia regras, certamente alguém que não conhecia a falecida devia ficar no fim da fila.

Acabou sentando no fundo, mas não tão à vista quanto o contador e a enfermeira. Ficou uns três bancos à frente deles, à direita. Seus óculos ainda estavam molhados, ela os tirou para secar e prestou atenção no barulho de passos, na chuva batendo no telhado e na tosse das mulheres na frente. Procurou não tremer.

Hal tinha só dois casacos, a jaqueta de couro bem gasta que usava todos os dias e um tipo capa, comprida e verde-escura que tinha sido da mãe e que era grande demais para ela. O de couro era preto, pelo menos, mas não parecia adequado para um enterro, por isso tinha ido com o outro. Aqueceu bem no trem, mas tinha ficado guardado muito tempo e perdeu sua resistência à água, de modo que o tecido encharcou logo na rápida corrida do táxi. Sentada na igreja fria, ela sentiu a água da chuva escorrendo na pele. Viu que as mãos estavam azuladas e teve de enfiá-las nos bolsos do casaco fino para impedir que tremessem de frio. No fundo de um bolso, ela sentiu uma coisa redonda e áspera arranhando a pele da mão. Tirou do bolso e sorriu. Luvas. Uma coisa quente, pelo menos. Foi como um presente da mãe.

Estava calçando as luvas quando começaram a tocar um órgão, abriram as portas da capela e uma lufada de vento fez os papéis com tributos do funeral voarem pela ala central.

O padre, ou vigário, Hal não sabia se era um ou outro, entrou na frente e atrás dele quatro homens de terno preto carregando um caixão de madeira, escuro e estreito.

O último da esquerda era o Sr. Treswick, Hal reconheceu logo, e ele tinha tirado a capa para revelar o terno e a gravata pretos. Estava meio sem jeito naquela posição, porque era mais baixo do que os outros três e tinha de ficar levantando a ponta dele para compensar.

Na frente, à direita, estava um homem quase careca que devia ter cinquenta e poucos anos, que Hal achou que devia ser Harding Westaway. Ela examinou bem o rosto redondo e bonachão e o cabelo fino rareando para gravar na memória. Parecia aquele homem que depois de uma boa refeição sempre queria mais, beliscava nozes, queijo, frutas, e ainda reclamava de indigestão. Tinha um jeito de realizado e ao mesmo tempo inseguro. Estranha combinação. Enquanto Hal o observava, ele passou a mão no cabelo, vaidoso, como se sentisse o olhar dela.

À esquerda dele havia um homem de barba, cabelo louro-escuro, já grisalho nas têmporas, que parecia Abel Westaway, e Hal então identificou o quarto homem como o terceiro filho, Ezra.

Ele era de longe o mais jovem do grupo e, enquanto os irmãos eram claros, Ezra era moreno e bem bronzeado. Também era a única pessoa na igreja que não expressava tristeza. Aliás, quando passou ao lado dela, Hal ficou chocada porque ele deu um sorriso largo que não era nada apropriado para o momento e o lugar.

Confusa, ela virou para o outro lado e fingiu não ver, sentindo o rosto arder.

Não foi só o sorriso, que já era bem ruim. É que havia um quê de paquera naquele sorriso largo, no olhar cintilante, quase uma piscadela. *Ele não sabe que é seu tio*, pensou ela. *Não tem ideia de quem você é.*

Isso porque ele não é seu tio, retrucou sua consciência com desdém.

Eram duas vozes brigando na cabeça dela. Hal apertou a testa com as mãos enluvadas, sentiu o frio da chuva na lã molhada e sabia que, se não se controlasse, não chegaria nem ao cortejo, iam descobrir que era uma impostora antes mesmo de sair da igreja.

Os homens passaram lentamente por ela, deixaram o caixão estreito na frente da igreja e seguiram em fila para os primeiros bancos, seguidos pelo pequeno grupo de familiares.

E começou a cerimônia.

10

Uma hora depois acabou... ou quase. A pequena congregação saiu em fila na chuva e ficou em volta da cova enquanto baixavam o caixão na terra, e o padre entoou bênçãos em voz alta para ser ouvido com o vento uivante que vinha do mar.

Estava quase escurecendo e a temperatura tinha caído ainda mais. Hal tremia em seu casaco fino, mas mesmo assim achava bom o vento e a chuva. Com aquele tempo ninguém desconfiaria que sua expressão não era de tristeza. As lágrimas eram de verdade, ela piscava para se livrar das gotas que escorriam do cabelo para dentro dos olhos. Ninguém ia esperar que ela chorasse, sabia disso, mas a prova seguinte era o velório na Trepassen House, e Hal sabia que lá não ia poder escapar do escrutínio de todos. Foi um alívio não ter de pensar na expressão do rosto ou na linguagem corporal de defesa por alguns minutos. Ali, encolhida perto da cova, com o vento batendo nos rostos deles, ela podia cruzar os braços para se proteger e responsabilizar o tempo.

Finalmente o padre disse as últimas palavras, e Harding jogou um punhado de terra que pegou num balde coberto ao lado da cova. Fez barulho de lama, não de terra seca, na tampa do caixão. Ele passou o balde para o irmão Abel, que jogou seu punhado e balançou a cabeça, mas Hal não entendeu o que o gesto significava. E o balde foi passando, e as pessoas jogando terra, algumas flores murchas pela chuva depois dos punhados de terra. O último que pegou o balde foi Ezra. Ele jogou a terra sem cerimônia e virou para Hal logo atrás dele, que procurava não chamar atenção.

Ele não disse nada, só passou o balde e Hal pegou. Ela teve a sensação de que o que ia fazer era muito errado, quase uma blasfêmia naquele ato simbólico de enterrar uma mulher que ela nem conhecia. Mas a família toda olhava para ela e não teve escolha.

A terra estava grudenta de chuva, ela teve de tirar a luva e enfiar as unhas na lama.

A terra bateu no caixão com um som estranho de conclusão e ela devolveu o balde para o clérigo.

— Das cinzas às cinzas — disse o padre sobre o ruído do vento e das ondas. — Do pó ao pó certos de que voltaremos na ressurreição da vida eterna...

Hal limpou disfarçadamente a mão suja de lama no casaco e tentou abafar aquelas palavras, mas as lembranças continuavam se intrometendo; do bondoso vigário que presidiu a cremação da sua mãe, das palavras de consolo sem sentido e das promessas nas quais não podia acreditar. Sentiu a lama áspera embaixo das unhas e lembrou, com uma força que parecia um soco no peito, a sensação das cinzas da mãe, ásperas na palma da mão, quando as espalhou em outro dia de dezembro, há três anos. Tinha ido para a praia de Brighton num dia que ventava tanto quanto agora, mas sem chuva, caminhou na beira do mar, pés descalços frios em contato com as pedras, e parou no meio da vegetação vendo as cinzas sendo levadas para o mar.

Ali parada olhando para o buraco molhado da cova, Hal sentiu o coração apertar de novo com a dor da perda, como se uma ferida antiga quase fechada tivesse levado uma pancada. Será que realmente valia a pena fazer aquilo... passar por tudo de novo, os tristes rituais de luto e lembranças, pelo que pode ser só um abajur feio ou uma coleção de cartões postais?

Você tem *dois caminhos à sua frente, são cheios de curvas...*

Sentiu as unhas furando as palmas das mãos e pensou no Valete de Espadas partindo ao encontro da tempestade no mar, espada erguida e expressão determinada.

A verdade era que não havia mais dois caminhos. Tinha escolhido um e eliminado a possibilidade do outro, como se nunca tivesse existido. Não tinha volta, não adiantava rever a decisão. Tinha feito a escolha para sobreviver e agora a única saída era seguir adiante, se aprofundar na fraude. Literalmente, não podia se dar ao luxo de fracassar.

Finalmente foram ditas as últimas palavras, o padre começou a recolher suas coisas e o resto da família foi saindo, indo para os carros com as golas levantadas para se proteger do vento e da chuva.

Hal sentiu um aperto de medo no estômago. Tinha de falar alguma coisa e rápido. Precisava pedir carona para um deles, mas a ideia de abordar aqueles completos desconhecidos sem mais nem menos de repente se transformou na coisa mais apavorante do mundo. Não era só o medo de ser descoberta. Era mais básico, mais infantil. Ia pedir para quem? E como?

— Eu... — ela disse, mas sentiu a garganta seca e rouca. — Eu... é...

Nenhum deles virou para ela. Harding ia na frente, cercado pelos três filhos adolescentes e ladeado por uma mulher que devia ser Mitzi. Hal reconheceu Richard do Facebook, já mexendo no celular enquanto seguia o pai para o estacionamento. Abel e Ezra iam atrás, entretidos numa conversa. Hal viu Abel passar o braço nos ombros do irmão e apertar com força, como se o consolasse, e Ezra sacudiu os ombros com certa impaciência.

Os outros já tinham se espalhado em volta de alguns carros embaixo dos teixos.

Hal corria o risco de ser deixada para trás naquele cemitério deserto. Pânico a fez falar.

— Com licença — ela resmungou de novo, agora mais alto, e então sentiu uma mão no ombro como antes, virou e viu o Sr. Treswick oferecendo o guarda-chuva.

— Harriet. Quer uma carona para Trepassen?

— Sim, quero sim — Hal sentiu as palavras se atropelando, quase incoerentes. — Ah, muito obrigada, eu não sabia se...

— Não há lugar nos carros do cortejo, todos estão ocupados, mas se não se importar de ir no meu carro...

— Nã...não me importo — disse Hal, batendo os dentes de frio e engolindo em seco para se controlar e deixar transparecer menos a gratidão. — Obrigada, Sr. Treswick, agradeço muito.

— De nada. Segure o guarda-chuva... cuidado para que ele não vire do avesso, essas rajadas do mar são imprevisíveis... eu levo a sua mala.

— Ah não — protestou Hal. — P-pode deixar!

Mas era tarde demais. O homenzinho já tinha pegado a mala do chão de cascalho e o guarda-chuva já estava na mão dela. Ele foi indo na chuva para o carro que estava estacionado onde o táxi havia parado para Hal descer.

—ɷ—

Dentro do Volvo, o Sr. Treswick ligou a calefação no máximo e, quando partiram sobre as poças do caminho, Hal sentiu o frio diminuir nas pontas dos dedos.

No cemitério, tinha pensado que nunca mais ia esquentar, como se o frio tivesse atravessado seus ossos. Agora o ar quente que saía das aberturas no painel fazia seus dedos formigar e doer com o choque térmico, mas o gelo por dentro parecia impenetrável.

— São mais ou menos dois quilômetros até Trepassen — disse o Sr. Treswick enquanto serpenteavam na descida para a estrada principal, com os limpadores de para-brisa batendo freneticamente de um lado para outro.

Pararam no cruzamento, o Sr. Treswick tentou, em vão, enxergar se vinha algum veículo na estrada e, com a sensação de ter a vida dos dois nas mãos, acelerou assim mesmo, ganhando velocidade.

— Espero que a Sra. Warren tenha feito chá para nós. Vai passar a noite aqui?

— Eu... — Hal sentiu uma pontada de culpa.

Ela não tinha respondido, não daria tempo e não saberia o que fazer se o convite de hospedagem fosse cancelado.

— Eu gostaria, sim, mas não pude avisar para a Sra. Warren que vinha. Sua carta só chegou há dois dias... achei que a resposta não chegaria em tempo...

— Ah, desculpe, eu devia ter dado o número do telefone — disse o Sr. Treswick. — Mas não tem importância, a Sra. Warren poderá arrumar um quarto para você, com certeza. Devo avisar... — ele olhou de lado para o casaco e a roupa molhada de Hal — ... que Trepassen não tem aquecimento central, a Sra. Warren nunca conseguiu instalar. Mas há muitas lareiras e sacos de água quente e coisas assim. Você deve ficar... — ele hesitou — bem... confortável.

— Obrigada — disse Hal humildemente, mas alguma coisa no tom de voz dele a fez duvidar da veracidade daquelas palavras.

— Devo dizer que fiquei surpreso ao saber que Maud teve uma filha.

Maud. Então esse era o nome da filha que faltava. M. Westaway, como a mãe dela. Será que o erro nasceu daí? Hal sentiu uma onda de alívio pelo fato de não ter levado sua certidão de nascimento completa e também outra coisa, uma espécie de alarme. O que o Sr. Treswick quis dizer quando se declarou surpreso ao saber que Maud teve uma filha? Alguma coisa que ela precisava saber? Será que podia perguntar, ou sua ignorância revelaria a fraude?

— É... o que quer dizer? — ela acabou perguntando.

— Ah — o Sr. Treswick riu. — Ela era muito independente quando jovem. Sempre jurou que jamais se casaria, que nunca teria filhos. Lembro que disse um dia para ela, quando devia ter uns doze anos, que poderia mudar quando crescesse, e ela deu risada, disse que eu era um velho tolo... ela era muito direta, sua mãe. Ela disse que filhos não passavam de cadeados nos grilhões patriarcais do casamento. Foi essa a frase que ela usou, lembro muito bem. E na época achei uma frase bem incomum, especialmente para uma criança da idade dela. Por isso fui pego desprevenido quando soube que ela teve uma filha... E foi bem jovem também, não é?

— Sim... tinha dezoito anos — Hal disse baixinho —, quando me teve.

Dezoito. Quando era criança essa idade parecia normal, de alguém adulto. Agora que estava com vinte e um nem imaginava o que a mãe tinha vivido, a complicação que foi ter um filho tão nova e cuidar dele sozinha.

Assim que aquelas palavras saíram da sua boca, ela percebeu o erro e sentiu um arrepio gelado de fúria na nuca pelo que tinha acabado de deixar escapar. Droga. *Droga*. Que erro burro, amador.

Aquela era a primeira regra da leitura a frio — seja sempre vaga, não ofereça informação específica, a menos que possa recuar ou distorcer o significado se errar feio. Diga sempre "estou recebendo o nome de um homem... um nome com F...?" e não "estou ouvindo seu primo Fred". Se tiver de adivinhar algo específico, que seja algo provável estatisticamente, como "vejo um carro azul...?" e nunca um verde.

Hal tinha acabado de cometer dois erros graves com menos de cinco palavras. Deu uma informação específica que era desnecessária e estatisticamente improvável de estar correta. Quantas mulheres tiveram filho aos dezoito anos? Dois por cento? Menos? Ela não sabia.

Mas, mesmo descartando isso, ela não conhecia fatos da vida dessa mulher para arriscar palpites. E se Maud tivesse agora cinquenta e poucos anos de idade de forma que essa matemática elementar revelasse para o Sr. Treswick que o relacionamento delas era impossível? E se ela ainda estivesse na casa dos pais aos dezoito anos? Hal tinha se deixado levar pela observação do Sr. Treswick de que ela era bem jovem por se tratar de uma informação que soava parecida com a vida dela. Mas havia bem jovem, e bem jovem. Uma mãe de vinte e cinco anos era "bem jovem" atualmente. Tinha feito uma besteira, e das grandes.

Hal olhou nervosa para ver se o Sr. Treswick já estava franzindo a testa e fazendo as contas na cabeça. Mas parecia que ele não tinha percebido o erro dela. Aliás, parecia que ele não tinha sequer ouvido seu comentário. Estava pensando em outras coisas.

— Os grilhões patriarcais do casamento — disse ele, dando uma risadinha. — Essa frase sempre me faz lembrar da sua mãe. Mas é claro — ele olhou para ela com um brilho nos olhos — que ela nunca se casou, não é?

— Nã-não — respondeu Hal.

Apesar do gelo nos ossos, ela sentiu o rosto quente com o sopro do aquecimento do carro. Que burrice a dela. Dali por diante não ia mais dar informação nenhuma, só corroborar o que os outros já tinham contado.

Mas talvez... Viraram uma esquina esguichando água com os pneus, e Hal encostou o rosto na janela fria e procurou pensar. Talvez não tenha sido tão tola de admitir a idade da mãe. Era possível, até provável, que fosse descoberta em algum momento. Talvez fosse melhor dar informação verdadeira agora, porque quando a pegassem poderia fingir que foi tudo um mal-entendido, não um golpe a sangue frio. Se começasse a mentir agora não teria saída mais tarde. Não sem um processo por fraude.

Maud Westaway. Se soubesse o nome antes teria procurado no Google enquanto estava no trem e descoberto alguma coisa sobre essa mulher que devia ser sua mãe. Como era? Que idade tinha? E o que aconteceu com ela?

Agora era tarde demais. Não podia pegar o celular e começar a pesquisar na frente do Sr. Treswick. Mas a ideia de ter alguns fatos básicos que servissem de munição antes de encontrar os supostos "tios" era tentadora. Não podia se arriscar de novo. Será que poderia se afastar quando chegassem à casa? Talvez, se pedisse para trocar a roupa molhada...?

Ficou em silêncio o resto da viagem, o Sr. Treswick também, mas ele olhava para ela de vez em quando enquanto o Volvo percorria o longo caminho pelo campo. Quando a velocidade diminuiu, Hal endireitou as costas, e o Sr. Treswick falou mais alto do que o barulho dos limpadores de para-brisa.

— Chegamos — ele apontou para a esquerda, os faróis douravam as gotas de chuva. — Trepassen House. Ah, os portões estão abertos. Muito bom. Devo dizer que não estava gostando da ideia de ter de encarar as trancas com esse tempo.

Passaram devagar pelos enormes portões de ferro fundido e seguiram por um longo caminho de cascalho.

Bem lá na frente havia uma casa baixa e comprida, e Hal levou um susto ao perceber que reconhecia. Surgiu uma imagem na cabeça dela, janelas altas, o gramado, e lá estava, diante dos seus olhos, como um truque de mágica.

Hal sentiu a boca abrir e por um segundo pareceu inexplicável. Mas logo entendeu, com uma onda de tristeza. Claro. Era o cartão postal que tinha encontrado online. *Tomamos um chá muito bom na Trepassen House.* A foto tinha sido tirada mais adiante no gramado, e o susto com o reconhecimento repentino foi só o encaixe da perspectiva. Mas, mesmo lembrando da imagem, ela notou as diferenças — a hera e a trepadeira-da-virgínia, que eram apenas riscos pequenos naquele cartão postal original, agora cobriam a frente da casa, pareciam estrangular as janelas e as colunas que sustentavam a varanda. A pintura não era mais o branco imaculado do cartão, estava rachada e esfarelada, e os gramados crescidos, ervas despontando entre as lajotas do pátio.

Hal sentiu a esperança diminuir um pouco e levar junto a certeza que tinha sentido no trem. Onde estavam os pôneis, os sinais das férias fora do país, os ternos caros? Se havia dinheiro ali, não estavam gastando havia muito tempo.

Passaram por um bosque de teixos e a chuva parou um instante quando estavam sob a copa dos galhos. Nesse momento, um misto de branco e preto surgiu da árvore em cima deles, o Sr. Treswick desviou e bateu com o pneu numa das pedras de granito que marcavam a estradinha.

— Maldição! — ele soou aborrecido ao manobrar o carro de volta para o caminho e foi indo mais devagar até a casa.

A chuva recomeçou quando deixaram o abrigo do bosque.

— O que foi aquilo? — perguntou Hal, olhando para trás. — Uma gaivota?

— Não, uma pega. A casa está infestada delas, absolutamente tomada. Elas podem ser muito agressivas, por incrível que pareça.

Ele passou por baixo de um arco e parou o carro num pátio de carruagem de cascalho, que ficava à direita da fachada principal. Desligou o motor e secou as mãos trêmulas na calça.

— Dizem que essa é a origem do nome. *Piasenn* é o nome que dão às pegas em Cornwall. E *tre* significa fazenda. Por isso acham que Trepassen é corruptela de Tre Piasenn — Fazenda das Pegas. Se é verdade ou não, eu não sei, mas certamente está à altura do nome. Outra teoria diz que tem a ver com o termo usado aqui para passado, *passyen*. Eu não sei. Não entendo dessa linguagem — ele alisou o cabelo e soltou o cinto de segurança, parecendo, pela primeira vez para Hal, muito abalado. — Eu... não gosto muito de pássaros, é uma espécie de fobia. Por mais que queira superar isso, não consigo. E as pegas daqui... — ele estremeceu um pouco — Bem, como eu disse, são muitas e nada tímidas. Pelo menos — ele pegou o guarda-chuva e deu um sorrisinho meio triste —, pelo menos nessa casa não há perigo de sentir tristeza.

— Tristeza? — perguntou Hal, espantada.

— Sim, você não conhece a cantiga? Um para tristeza, dois para alegria e assim por diante? Mas alegria também parece improvável. Eu nunca vi menos do que meia dúzia de pegas reunidas aqui.

— Sim... — Hal disse devagar — Sim, eu conheço a cantiga — ela pôs a mão no ombro, tocou na pele por baixo do casaco fino lembrando. — Conheço pelo menos os quatro primeiros versos. Vai até seis?

— Vai — disse o Sr. Treswick, e então franziu o cenho. — Deixe-me ver... um para tristeza, dois para alegria, três para menina, quatro para menino. O que vem depois, cinco para prata... seis acho que é ouro. Sim, está certo, seis para ouro.

Seis para ouro, pensou Hal. Ela mordeu o lábio. Se fosse supersticiosa, poderia achar que era um presságio. Mas não era.

Anos trabalhando com as cartas não a tornaram mais crente, aliás, bem ao contrário. Havia muitas pessoas que liam cartas que acreditavam. Tinha conhecido algumas. Mas Hal sabia, pois tinha visto de perto e de forma bem pessoal, que os sinais e símbolos eram criados por pessoas que buscavam padrões e respostas — esses símbolos e sinais não significavam nada por eles mesmos.

Agora que o Sr. Treswick tinha mostrado, ela viu as pegas se abrigando da chuva no bosque de teixos. Havia duas no chão, ciscando as frutinhas vermelhas. Quatro nos galhos. E a última, a que tinha mergulhado no carro, estava na chuva, no telhado da varanda, olhando para eles com desprezo.

— E o sete? — ela perguntou animada. — Mais ouro?

— Não — riu o Sr. Treswick. — Infelizmente não — ele desceu do carro e deu a volta correndo com o guarda-chuva aberto, falando mais alto para compensar o martelar da chuva no tecido. — Sete é o último verso da cantiga. Sete pegas são para um segredo que jamais será revelado.

Podia ser a chuva ou o vento que soprava no vale. Mas Hal não conseguia parar de tremer quando tirou sua mala do carro e seguiu o Sr. Treswick, sob a proteção do guarda-chuva, até a entrada da Trepassen House.

4 de dezembro de 1994

 Fiquei nauseada outra vez essa manhã, desci de camisola, escorregando nos degraus da escada íngreme, passando pelo longo corredor até o banheiro, e ajoelhei no piso gelado para vomitar os restos do jantar de ontem.

 Depois escovei os dentes e soprei na mão para me certificar de que meu hálito não estava azedo, mas, quando abri a porta para o corredor, Maud estava parada ali, de braços cruzados sobre a camiseta velha e puída dos Smiths que usa em vez de pijama.

 Ela não disse nada, mas não gostei do que vi naquela expressão. Era um misto de preocupação e mais alguma coisa, não sei bem o quê. Acho que talvez fosse... pena. E a ideia me deu raiva.

 Ela estava encostada na parede, bloqueando a passagem, e não se moveu quando eu saí e fechei a porta do banheiro.

 — Desculpe — afastei o cabelo do rosto e procurei parecer calma. — Esperou muito?

 — Sim — ela disse friamente. — Bastante tempo. Você está bem?

 — Claro que sim — eu respondi, passando por ela fazendo com que recuasse para a parede. — Por que não estaria? — perguntei, virando para trás.

 Ela deu de ombros, mas sei o que queria dizer. Sei exatamente o que queria dizer. Pensei na cara que ela fez, nos olhos pretos e rasos me seguindo quando eu voltava para o sótão. E sentada na cama escrevendo isso sobre os joelhos, vendo as pegas dando rasantes sobre o jardim coberto de neve, fico pensando... até que ponto posso confiar nela?

11

O Sr. Treswick entrou por uma porta lateral que dava em um vestíbulo com piso de cerâmica. Hal foi atrás dele balançando a cabeça enquanto o sibilar da chuva foi substituído pelo ruído dos pingos de água do seu casaco e do guarda-chuva.

— Sra. Warren! — ele chamou e sua voz ecoou pelo corredor — Sra. Warren! É o Sr. Treswick.

Depois de um breve silêncio, Hal ouviu ao longe as batidas de salto alto na cerâmica, e cada passo correspondia a um tilintar desconhecido. Ela espiou pelos painéis de vidro da porta à esquerda e avistou uma senhora idosa toda de preto andando e mancando no corredor.

— Essa é a Sra. Warren? — Hal sussurrou para o Sr. Treswick sem pensar. — Mas ela parece...

— Deve ter oitenta anos, se não mais — falou o Sr. Treswick baixinho. — Mas nunca quis saber de se aposentar enquanto sua avó estava viva.

— É você, Bobby?

O sotaque dela era todo de Cornwall, e a voz rachada como a de um corvo. O Sr. Treswick fez uma careta e, apesar de nervosa, Hal se divertiu ao ver que as bochechas dele ficaram vermelhas por baixo da barba grisalha por fazer. Ele tirou o sobretudo e tossiu.

— Robert Treswick, sim, Sra. Warren — ele disse, mas ela balançou a cabeça.

— Fale mais alto, rapaz, não estou ouvindo. Todos vocês, jovens, são iguais. Ficam resmungando, falando para dentro.

Ela se aproximou e Hal viu que usava uma bengala, cuja ponta metálica era a origem do tilintar na cerâmica que tinha ouvido. Dava um ritmo estranho e irregular aos seus passos, clique clique... tlim, clique clique... tlim.

Finalmente ela chegou à porta e parou atrapalhada com a bengala. O Sr. Treswick logo segurou a porta aberta e ela passou mancando.

— Bem — ela ignorou o Sr. Treswick e fixou os olhos surpreendentemente escuros e brilhantes em Hal. Havia neles uma expressão que Hal não conseguiu traduzir, mas não era simpatia. Longe disso. Uma espécie de... especulação, talvez? Não havia nem sombra de um sorriso na voz dela quando falou. — Você é a menina. Ora, ora, ora.

— Eu... — Hal engoliu em seco.

A sensação era de que tinha engolido poeira, e de repente percebeu que adotado uma postura defensiva, braços cruzados e o cabelo caído na frente para esconder o rosto. *Pense no cliente*, ela ouviu a voz da mãe. *Pense no que querem ver quando a procuram.* Desejou ter tirado o brinco enorme, mas agora era tarde demais. Deu um sorriso forçado, deixou a expressão mais aberta e menos ameaçadora possível.

— Sim, sou eu.

Hal estendeu a mão, mas a mulher deu meia-volta como se não tivesse percebido.

— Não me avisaram que você vinha — disse a Sra. Warren de costas —, mas abri um quarto mesmo assim. Você deve querer trocar de roupa.

Era uma ordem, não um pedido, e Hal fez que sim, retraída.

— Siga-me — disse a Sra. Warren.

Hal notou o olhar do Sr. Treswick e ergueu uma sobrancelha inquisitiva. Ele deu um sorriso e apontou para a escada, mas a Sra. Warren não tinha esperado Hal concordar e já começava a subir com dificuldade, degrau por degrau, as articulações inchadas de artrite agarradas ao corrimão.

— Terá de ser no sótão — ela disse enquanto Hal se apressava atrás dela, batendo a mala em cada degrau. Havia bordas de metal em cada um deles, mas a poeira era tanta que mal dava para ver, as bordas ou o desenho do tapete.

— Tudo bem — concordou Hal, sem ar quando chegaram ao fim do primeiro lance e a Sra. Warren recomeçou a subir o segundo, esse com um tapete mais comum, áspero e irregular. — Problema nenhum.

— Não adianta reclamar — retrucou ela de cara fechada, como se Hal tivesse resmungado. — Não fui avisada, por isso você vai ter de se ajeitar.

— Está ótimo — disse Hal.

Ela engoliu a pontada de ressentimento com o tom da Sra. Warren e sorriu de novo, torcendo para o sorriso se manifestar na voz.

— Sinceramente, eu nem sonharia reclamar. Estou muito grata por ter um quarto.

Chegaram ao que parecia o topo. Dali não havia mais escada para subir, só um corredor de cerâmica com uma longa fila do que pareciam quartos dos dois lados. Devia haver uma janela aberta em um deles porque soprava uma corrente de ar gelada tão forte que levantava a poeira em volta dos tornozelos de Hal.

— O lavatório é aqui — disse a Sra. Warren secamente, inclinando a cabeça para uma porta no fim do corredor. — O banheiro fica no andar de baixo.

"O" banheiro? Certamente devia ter mais de um banheiro na casa, não é?

Mas a Sra. Warren tinha aberto uma das portas que Hal achava que fossem quartos e revelado uma escada estreita junto à parede. Apertou um interruptor e uma lâmpada sem lustre piscou e iluminou um lance de degraus de madeira sem tapete nem carpete, apenas com uma faixa estreita de linóleo no patamar. A velha senhora começou a subir batendo a bengala com ponta de metal na madeira.

Hal esperou no pé da escada, fingindo recuperar o fôlego.

Ela não gostou de alguma coisa naquela escada, talvez o fato de ser tão estreita, ou a falta de luz natural, porque não tinha janelas, nem uma claraboia, ou talvez porque parecesse isolada do resto da casa, a porta de baixo escondia sua existência. Mas se resignou, empurrou a porta até onde pode, suspendeu a mala e seguiu a Sra. Warren até o fim.

— Aqui é onde os empregados dormiam? — Hal perguntou ouvindo o eco da sua voz naquele espaço fechado.

— Não — respondeu a Sra. Warren sem virar para trás.

Hal se sentiu desprezada, mas, quando chegaram lá em cima, a Sra. Warren parou e olhou para ela, parecendo um pouco mais suave.

— Não mais. Mudaram os quartos dos empregados para o andar sobre a cozinha quando reformaram — disse ela. — Claro que estão todos fechados agora, sou a única que resta e durmo lá embaixo, perto do quarto da Sra. Westaway, caso ela precise de mim à noite.

— Entendo — disse Hal humildemente.

Ela estremeceu. Nunca se sentiu tão deslocada, com seu casaco molhado, a meia-calça com fio puxado, o cabelo preto e curto secando cheio de pontas por causa da chuva.

— Ela teve sorte de ter a senhora.

— Teve sim — concordou a Sra. Warren, a boca uma linha fina com lábios apertados em sinal de reprovação. — Deus sabe que a família não ligava para o conforto dela, só que agora vejo vocês todos bem felizes de virem para cá ciscar o butim feito pegas.

— Eu... eu não... — Hal começou a falar, mas parou quando a Sra. Warren deu meia-volta e seguiu por um corredor curto e sem iluminação até uma porta fechada.

Ela girou a maçaneta com a mão deformada.

O que dizer? Afinal era verdade, pelo menos quanto a ela. Fechou a boca e esperou enquanto a Sra. Warren brigava com a maçaneta emperrada, com a bengala embaixo do braço.

— Umidade — disse a Sra. Warren virando a cabeça, mexendo na maçaneta. — O batente incha.

— Deixe-me... — Hal ia oferecer, mas era tarde demais, a porta cedeu de repente e uma onda de luz fria clareou a entrada.

A Sra. Warren recuou e deixou Hal passar. O quarto era pequeno, tinha só uma cama de metal num canto, uma pia no outro e uma janela com grade que dava para o jardim. Não tinha tapete, só tábuas no assoalho e um tapetinho minúsculo cheio de nós perto da cabeceira da cama. Também não havia aquecimento, só uma pequena lareira com carvão e gravetos.

As grades da janela provocaram uma sensação estranha na boca do seu estômago, e Hal não sabia bem por quê. Devia ser o fato inusitado de encontrá-las ali no sótão. No térreo, podiam ser necessárias para impedir a entrada de intrusos. Mas ali no alto só havia uma explicação, não eram grades para impedir alguém de entrar, e sim de sair. Mas aquilo não era um quarto de criança, e as grades não serviam, portanto, para proteger um bebê. Era um quarto de empregada, longe do resto da casa, impraticável para uma criança pequena.

Que tipo de pessoa precisava impedir que os empregados escapassem?

— Bem, então é isso — disse a Sra. Warren aborrecida. — Tem fósforos sobre a lareira, mas estamos com pouco carvão, por isso não pense que pode ter fogo o tempo todo. Não há dinheiro para queimar. Vou deixá-la arrumar suas coisas.

— Obrigada — disse Hal.

O quartinho era gelado, ela batia os dentes mesmo tentando impedir forçando os maxilares.

— Quando é que eu tenho de descer?

— Os outros ainda não chegaram — disse a Sra. Warren, respondendo sem responder direito. — Sem dúvida pegaram a estrada costeira, é sempre ruim nessa época do ano, com as tempestades.

Ela foi saindo antes de Hal poder perguntar mais alguma coisa, e desceu a escada estreita. Hal esperou, ouviu a porta de baixo bater com força e afundou na cama para examinar o lugar.

O quarto tinha apenas dois metros por dois de área, e as grades na janela davam a sensação de ser uma cela, mesmo com a porta aberta. Era extremamente frio. Hal percebeu que dava para ver a respiração condensar no ar se soprasse com força. Tinha um edredom verde na cama que ela puxou para se enrolar. Teve medo de puxar e o frágil cetim se desintegrar, mas sentia frio demais para ficar sem ele.

Pensou em acender o fogo, mas parecia sem sentido, já que ia ter de descer para encarar a família. E só de pensar em pedir mais carvão para a mal-humorada Sra. Warren Hal se acovardava, lembrando dos lábios apertados e da expressão zangada.

Será que a Sra. Warren não gostava de toda a família assim, ou era só com ela? Talvez fosse pelo aviso de última hora de que ela viria. Mas a Sra. Warren não pareceu surpresa. Podia ser seu vestido e sapatos encharcados. Ou será que ela suspeitava de alguma coisa? Tinha alguma coisa que Hal não conseguiu classificar na expressão dela quando a viu, certa avaliação desconfiada. Era como uma criança que vê um gato aparecer no meio dos pombos e recua para assistir ao ataque. Por quê?

Hal estremeceu de novo, apesar do edredom, lembrou-se do que tinha resolvido na viagem, pegou o celular na bolsa e abriu a tela de pesquisa. Digitou na janela de busca com dedos gelados e relutantes, não só de frio, e esperou um bom tempo antes de clicar.

Maud Westaway St. Piran desaparecida morta

Então clicou em buscar.

O pequeno ícone ficou rodando muito tempo, então Hal examinou as barras da conexão no canto superior direito da tela. Duas de cinco. Nada bom... mas devia bastar para pegar a internet, não é?

Finalmente os resultados apareceram e Hal sentiu o estômago dar cambalhotas, pois bem no topo da lista estava a matéria que sabia que ia aparecer. Um link de jornal sobre a morte da mãe dela.

Maud [riscado] *Westaway St*. Piran [riscado] *desaparecida morta*, dizia o texto cinza claro sob o link, mostrando que não atendia à pesquisa de todos os termos, mas que, mesmo assim, aquela reportagem era a melhor combinação.

Hal não clicou. Não precisava. A informação que queria não estava nessa matéria, com seus detalhes mórbidos e clima de tristeza. "Médium autodidata", lembrava Hal, e "figura conhecida no lugar, com sua indumentária característica", como se sua mãe estivesse prestes a ser internada numa instituição, em vez da mulher pé no chão que era, trabalhando para se manter e criar a filha da melhor forma possível.

"Grande perda para a comunidade do cais", isso era verdade.

Hal ainda se lembrava de como as pessoas se preocuparam com ela ao voltar para o quiosque da mãe, a simpatia sem palavras em seus rostos, meses e meses depois sempre encontrava xícaras de chá quente deixadas discretamente do lado de fora do quiosque nos dias frios, e os erros de troco na barraca de peixe com fritas que eram sempre a favor dela.

Hal foi rolando os links sobre o acidente para baixo, tentando decifrar com a visão turva o texto em outras matérias. Clicou em algumas, mas nenhuma tinha relação. Havia um terrier West Highland desaparecido em St. Piran e um punhado de links totalmente irrelevantes, de sites de nomes de bebê à secretaria de turismo de St. Piran.

Por fim ela apagou a tela, puxou o edredom sobre os ombros e ficou sentada lá, espiando o jardim na chuva pela janela com grade.

Quem quer que tenha sido Maud Westaway, o que quer que tenha acontecido com ela, nada disso deixou rastros.

12

O barulho de pneus no cascalho interrompeu os pensamentos de Hal. O edredom de cetim escorregou dos ombros, ela puxou automaticamente porque tremia com a corrente de vento gelado e logo o deixou cair quando foi até a janela verificar quem tinha chegado.

Não dava para ver o rosto das pessoas lá embaixo, só o topo das cabeças e os guarda-chuvas correndo para a entrada da casa, mas os carros estacionados estavam visíveis, as duas limusines pretas, lustrosas feito tubarões, que tinham estado no cortejo fúnebre.

A família havia chegado. O verdadeiro teste ia começar.

Hal ficou enjoada de tão nervosa, com a cabeça vazia de tensão. Era agora. O encontro cara a cara com seus supostos parentes. Ia mesmo fazer isso?

Ela enganava as pessoas para ganhar a vida. Nos momentos de sinceridade nua e crua, ela sabia disso. Mas aquilo era diferente. Não era só dizer para pessoas ingênuas o que queriam ouvir, ou que já soubessem. Agora era crime.

— Chá nada — ouviu Hal, a voz subia a escada quando ela chegou ao segundo andar. — O que eu quero é conhaque, ou uísque, se não tiver, Sra. Warren.

Hal não ouviu a resposta da Sra. Warren, mas um dos irmãos fez um comentário e deu uma risada, e ela ouviu um dos filhos de Harding reclamar que tinha de largar o celular.

Era agora. O momento da verdade. As palavras flutuaram em sua mente sem convite, e ela riu. Verdade? Não. Mentiras. Era o momento das mentiras.

Tinha se preparado para aquilo a vida inteira.

Se existe alguém que pode fazer isso é você, Hal.

Ela flexionou os dedos, sentiu-se como uma lutadora de boxe antes da luta, ou não, não era bem isso, porque aquilo ia ser uma prova de agilidade mental, não física. Como a de um mestre antes de uma partida de xadrez, talvez. Ela se via de cima, a mão pairando sobre um peão, pronta para o primeiro movimento.

O frio estava diminuindo, ela sentiu o rosto quente de nervoso ao descer o lance seguinte de escada, o coração batia forte dentro do vestido preto.

— Vamos ver se consigo um chocolate quente para você, querido — Hal ouviu uma voz feminina que não era da Sra. Warren, pois essa era rápida e bem fluente, talvez Mitzi. — Aquela espera mórbida em volta do túmulo passou do limite, Harding. Kitty está congelada, onde estão as drogas dos aquecedores nessa casa?

— Não existem, Mit, você sabe muito bem disso. Mas espero que a lareira esteja acesa na sala de estar.

Hal fez a curva da escada e viu todos eles, Harding despindo um casaco impermeável Barbour, Abel cutucando o celular num canto, ainda de capa de chuva, Mitzi tirando as camadas de agasalhos dos filhos.

Nenhum deles olhou para ela ao descer o último lance da escada, até ela pisar numa tábua solta e Ezra levantar a cabeça.

— Oláááá... — ele disse, e Hal sentiu o rubor no rosto quando todos viraram para ela, com expressões que iam de curiosidade até surpresa. — Eu a vi no enterro, não é?

— Sim — respondeu Hal nervosa, com a garganta seca como se tivesse um espinho arranhando. — Sim, meu nome é Hal, apelido de Harriet. Harriet Westaway.

A expressão deles não mudou até ouvirem uma tosse seca atrás de Harding.

— Harriet é... filha da Maud.

Era o Sr. Treswick, e sua voz suave cortou o vozerio como faca cortando queijo.

O nome não significava nada para os membros mais jovens do grupo, nem para Mitzi, que continuou falando como se ele não tivesse dito nada, levando os filhos para outro cômodo pelo corredor, reclamando em voz alta do cheiro de mofo enquanto se afastava.

Mas para os três irmãos foi como se ele tivesse dito um palavrão, ou quebrasse o vaso chinês de porcelana que ficava no pé da escada. Harding apalpou a cadeira atrás dele e sentou de repente, como se não confiasse mais nas pernas. Abel engoliu ar de susto e pôs a mão no pescoço. Só Ezra não se mexeu. Ficou parado e empalideceu.

— Ela teve... ela teve uma filha? — Harding foi o primeiro a falar, como se tivesse de fazer força para as palavras saírem. — Por que não soubemos disso?

— Ninguém sabia — respondeu o Sr. Treswick. — Exceto, evidentemente, a mãe de vocês. Talvez sua irmã tenha contado para ela, não tenho certeza.

Mas Abel balançou a cabeça.

— Ela teve uma filha — ele disse, repetindo as palavras do irmão, com ênfase totalmente diferente, sem acreditar no que dizia, ou na realidade daquelas palavras. — Ela teve uma filha? Mas... mas isso não tem sentido.

Hal sentiu um aperto no estômago e teve de agarrar o corrimão com força, as palmas das mãos escorregando na madeira por causa do suor.

— Não tem sentido! — repetiu Abel. — Ela não... ela não...

— Mesmo assim — disse o Sr. Treswick —, aqui está Harriet.

Hal desceu para o hall de entrada com o coração disparado, pensando no papel que tinha de desempenhar. *É natural estar nervosa*, pensou. *Está vendo a sua família pela primeira vez. Pode usar esse medo, apropriar-se dele.*

— Eu não sabia que tinha um tio — ela comentou, sem tentar ocultar o tremor da voz, e estendeu a mão para Harding. — Que dirá três.

Ele a cumprimentou, seus dedos grossos e quentes tocando os dela, gelados, segurou a mão dela com suas duas mãos, como se selasse um elo entre eles.

— Ora, ora, ora — disse ele. — É um grande prazer conhecê-la, Harriet.

Mas foi Abel que a puxou para um abraço, amassou os óculos de Hal na capa de chuva molhada, com tanta força que ela sentiu o coração dele batendo no rosto.

— Bem-vinda ao lar — ele disse com a voz trêmula de emoção sincera. — Oh, Harriet. Seja bem-vinda ao *lar*.

5 de dezembro de 1994

Maud sabe. Ela veio ao meu quarto ontem à noite, depois que fui dormir, mas antes disso eu já sabia. Soube pela expressão dela quando me olhava à mesa do jantar, empurrando no prato, com o garfo, o bacalhau já frio e o brócolis mole, sentindo a náusea subir à garganta.

Eu soube ali, pelo olhar dela e pelo jeito de empurrar o prato e levantar, que tinha descoberto.

— Sente-se — ordenou-lhe a mãe. — Não vai sair da mesa sem pedir permissão.

Maud lançou um olhar quase de ódio para a mãe, mas sentou.

— Posso sair da mesa? — disse ela, cuspindo cada palavra como se fossem as espinhas do bacalhau que tinha deixado na beira do prato.

A mãe olhou bem para ela, e vi alguma coisa passar na expressão dela, o desejo de frustrar e a consciência de que um dia ia abusar de Maud, e que, se Maud a desafiasse, não poderia fazer mais nada.

— Pode — ela acabou dizendo, contrariada, mas, quando Maud levantou, acrescentou: — Depois de comer o peixe.

— Não consigo — disse Maud, jogando o guardanapo na mesa. — Nem a Maggie. Olha só... é nojento. Só espinhas e essa merda branca sem gosto.

Vi a ponta do nariz da minha tia embranquecer, como sempre acontecia quando ela ficava furiosa.

— Você não vai falar da comida desse jeito nessa casa — ela disse.

— Também não vou mentir sobre ela, Deus sabe que já tem mentira de sobra nessa casa!

— O que quer dizer?

A mãe dela também tinha levantado e as duas se encaravam, tão parecidas e tão diferentes... Maud é calorosa, a mãe é fria, Maud é passional, a mãe é contida, mas a amargura e a raiva no rosto das duas as tornavam mais iguais do que eu tinha visto antes.

— *Você sabe.*

Dizendo isso, Maud pegou o bacalhau frio com a mão e enfiou na boca. Pensei ter ouvido as espinhas estalando quando ela mastigou e senti a ânsia de vômito mais forte, tive de me esforçar muito para me segurar.

— Está feliz? — questionou Maud, mas mal deu para entender o que dizia com a boca cheia.

Sem esperar resposta, ela deu meia-volta e foi embora, bateu a porta da sala de jantar com tanta força que a louça tremeu na mesa.

Abaixei a cabeça sobre o prato, procurei esconder minhas mãos trêmulas, espetei uma batata e pus na boca, com os olhos lacrimosos.

Não olhe para mim, pensei desesperada, sabendo que a fúria fria da minha tia podia ser redirecionada para quem tivesse o azar de atrair sua atenção. Não olhe para mim.

Mas ela não olhou. Em vez disso, ouvi quando empurrou a cadeira e quando bateu a porta do outro lado da sala. Quando levantei a cabeça, felizmente estava completamente sozinha.

Maud foi ao meu quarto bem mais tarde. Estava sentada na cama de camisola, com um saco de água quente nos pés, arrumando minhas cartas. Ouvi passos na escada e logo fiquei nervosa, sem saber quem era, mas então ouvi a batida na porta e soube.

— Maud?

— Sim, sou eu — ela confirmou em voz baixa, não queria que ninguém ouvisse. — Posso entrar?

— Pode — sussurrei de volta.

Maud girou a maçaneta e abaixou a cabeça para passar pela porta baixa do sótão. Usava um cardigan imenso e estava descalça.

— Meu Deus! Você não está congelando? — perguntei, e ela fez que sim com a cabeça, batendo os dentes.

Sem dizer nada, eu a empurrei para a cama estreita, bati no travesseiro ao meu lado e ela deitou encostando os pés gelados na minha perna quando se ajeitou.

— Odeio ela — disse Maud. — Odeio muito. Como é que você aguenta ficar aqui?

Não tenho escolha, pensei, mas sabia que tinha tantas escolhas quanto Maud, talvez até mais.

— Ela age como se vivêssemos em 1950 — continuou Maud, com amargura. — Sem TV, você e eu presas aqui em cima como freiras, a Sra. Warren trabalhando na cozinha... será que não vê que as pessoas não vivem mais assim? As outras pessoas da nossa idade estão indo para noitadas, se embebedando, transando... você não se incomoda de estarmos trancadas aqui na terra de fantasia do pós-guerra da mamãe?

Eu não sabia o que dizer. Não podia contar que nunca quis tomar porre e sair para noitadas. Que nunca fiz isso, nem quando tive chance.

— Talvez eu combine mais com isso do que você — falei. — Mamãe sempre disse que eu era uma menina antiquada.

— Fale da sua mãe — ela pediu baixinho, e senti um nó na garganta ao me lembrar da mamãe como sempre aparece na minha memória, cuidando do jardim com papai ao lado, cantarolando Paul Simon, capinando as cebolas ou plantando mudas. Procurava não me lembrar do pesadelo dos últimos meses, mamãe dando o último suspiro no respirador e o ataque do coração do papai poucas semanas depois.

— Não há nada para falar — eu disse, tentando disfarçar a tristeza. — Ela morreu. Os dois morreram. Fim de papo.

A injustiça ainda me espanta, mas também tem um lado certo, acabei entendendo isso. Eu era filha de duas pessoas completamente apaixonadas. Feitas para ficarem juntas, na vida e na morte. Eu só queria que a morte não tivesse chegado tão cedo.

— Eu quero entender... — disse Maud, com a voz bem baixa. — Quero entender como deve ser... não odiar sua mãe.

Dessa vez não foi o gelo dos pés dela e sim o veneno na voz que me fez tremer.

Minha tia não era uma mulher fácil, sei disso, e sabia antes de ir morar lá. O fato de ela ter conseguido brigar com o meu pai já dizia tudo que eu precisava saber. Ele era o homem mais gentil do mundo. Mas nada me preparou para a realidade que encontrei ali.

— Eu queria poder fugir — ela falou com raiva, o rosto apoiado nos joelhos. — Ela deixou que ele fosse embora.

Maud não disse quem, nem precisava. Nós duas sabíamos de quem estava falando. Ezra, mandado para o internato. Ele tinha escapado.

— É aquela coisa com os meninos, você acha? — perguntei.

Maud deu de ombros, tentou parecer despreocupada, mas não me enganou. O rosto dela estava molhado do choro depois do jantar.

— As meninas não merecem educação formal — disse ela com uma risada amarga. — Ou não valem o preço de uma escola, de qualquer maneira. Mas não importa o que ela pensa, tenho o dobro da inteligência dele. Estarei em Oxford enquanto ele ainda estará fazendo provas de segunda época numa merda de supletivo em Surrey. Vou mostrar para ela, esse verão. Aquelas provas são minha passagem de ida para sair daqui.

Eu não falei o que estava pensando. Que era: e eu? Se Maud for embora, o que eu vou fazer? Ficarei presa aqui, sozinha, com a mãe dela?

— Eu odiava esse quarto — disse Maud. — Ela costumava nos trancar aqui quando éramos pequenos, como castigo. Mas agora... nem sei. Parece que ajuda a escapar do resto da casa.

Ficamos um longo tempo em silêncio. Tentei imaginar... tentei imaginar ter uma mãe que fizesse aquilo e qual seria a reação de uma criança que sofresse assim... e minha imaginação falhou.

— Posso dormir aqui hoje? — ela perguntou, e fiz que sim com a cabeça.

Ela rolou para o outro lado e apaguei a luz. Virei para o meu lado, de costas para ela, e ficamos no escuro sentindo o calor das costas uma da outra, o movimento e o estalo do colchão cada vez que uma se mexia.

Já estava quase dormindo quando ela falou, e foi tão baixinho que não tive certeza se era fala ou suspiro em pleno sono.

— Maggie, o que você vai fazer?

Não respondi. Fiquei ali olhando para a escuridão, o coração descompassado com aquelas palavras.

Ela sabe.

13

A meia hora seguinte foi um emaranhado de perguntas e respostas evasivas, mais difícil do que Hal poderia imaginar, mas estranhamente excitante ao mesmo tempo.

Enquanto conversava aos tropeços, tentando desesperadamente lembrar-se do que tinha dito para quem, ela se viu abandonando a analogia com o xadrez e voltando para a imagem de lutadora de boxe, enrolando as ataduras nos punhos antes de entrar no ringue para desviar dos socos, se esquivar de perguntas e devolver questões constrangedoras para a pessoa com quem falava.

Mas aquela não era uma luta de um contra um. Um oponente só seria muito mais fácil. Estava acostumada com isso, apesar de ser um ambiente muito menos controlado do que o seu pequeno quiosque. Mas aquela rixa confusa era totalmente diferente, vozes embaralhadas, interrompendo umas às outras, exigindo dela respostas antes de ter terminado de responder para outra pessoa, incluindo histórias e lembranças. Era tão diverso do que ela estava acostumada que fiou zonza com o barulho.

Toda a sua vida em família significou uma coisa: ela e a mãe. As duas unidas, autossuficientes. Na sua criação, Hal nunca sentiu falta de nada, mas às vezes desejava os programas de família das outras crianças na escola, os muitos irmãos, irmãs, primos com quem brincar e pilhas de presentes no Natal e nos aniversários, dados pela numerosa tribo de parentes.

Agora, com todos ali em volta, falando ao mesmo tempo, perguntando sobre sua infância, escola, a situação atual, ela só imaginava como podia ter invejado os tios e tias das outras crianças.

Harding era o mais difícil, só fazia perguntas diretas com sua voz alta de sargento, como se fosse um interrogatório. O estilo de Abel era bem diferente, mais leve, mais amigável. Várias vezes, quando Hal topava com alguma coisa que não podia responder, ele interrompia com uma risadinha e contava uma história dele. Ezra não falava nada, mas Hal sentia que não parava de olhar para ela, só observando.

Foi Mitzi que finalmente interrompeu com uma risada que, em outra circunstância, Hal acharia irritante.

— Deus do céu, meninos! — ela abriu caminho na roda de ternos escuros, bateu no ombro de Abel e segurou a mão de Hal. — Deixem a pobre menina em paz alguns minutos! Olhem só para ela... está assoberbada. Quer que eu traga um chá para você, Hal?

— S-sim — disse Hal. — S-sim, por favor.

No cais, ela procurava esconder a gagueira momentânea, mantinha a voz baixa e falava bem devagar de propósito, para parecer mais velha e enfatizar que estava no controle, que os clientes estavam no território dela. Mas ali percebeu que aquele desconforto era um álibi que podia usar em seu benefício. Não devia tentar esconder sua confusão, sua juventude, longe disso. Seguiu Mitzi pela sala de estar curvando os ombros para parecer ainda menor, deixou a franja cair sobre o rosto dando a impressão de adolescente tímida. As pessoas costumavam subestimar Hal. Às vezes isso podia ser vantajoso.

Ela deixou Mitzi guiá-la até um sofá perto do fogo no qual um dos netos Westaway cutucava o celular de tal jeito que Hal achou que devia ser um jogo. Não era Richard. Quem era o outro...? Freddie?

— Pronto — disse Mitzi carinhosamente quando Hal sentou. — Você quer beber alguma coisa? Já tem idade para uma taça de vinho?

Sim, há alguns anos, pensou Hal, mas não disse. Beber ali não seria boa ideia. Ela deu uma risada.

— Prefiro aquele chá que você ofereceu antes, por favor.

— Volto já — disse Mitzi, dando um tapa com força na cabeça do filho. — Freddie, desligue isso.

Freddie nem fingiu largar o celular quando a mãe se afastou, mas olhou de lado para Hal.

— Oi — disse Hal. — Eu sou Harriet.

— Oi, Harriet. O que é essa tatuagem?

— A minha tatuagem?

Hal ficou surpresa e então percebeu que o vestido de algodão tinha caído um pouco e exibia o ombro e parte de uma asa.

— Ah, essa? — ela apontou para as costas, e ele fez que sim.

— Parece um pássaro.

— É uma pega.

— Legal — ele falou sem olhar, resolvendo alguma parte difícil do jogo, e então acrescentou. — Eu quero fazer uma tatuagem, mas mamãe diz que só por cima do cadáver dela.

— É ilegal antes dos dezoito anos — explicou Hal.

Agora ela estava em território seguro.

— Nenhum tatuador dos bons concordaria em fazer, e você não vai querer ir a um dos que fazem. Que idade você tem?

— Doze — disse ele com tristeza, desligou o celular e olhou para ela pela primeira vez. — Posso ver?

— Hummm... — ela se sentiu invadida, mas não sabia o que dizer. — Bem... pode. Eu acho.

Ela virou e sentiu Freddie puxar a gola do vestido para expor o pássaro com o bico virado para o lado. Os dedos dele estavam gelados, e ela tentou não tremer.

— Legal — ele disse de novo, dessa vez com inveja. — Você escolheu por causa desse lugar? Você sabe... todos que tem aqui — ele apontou para as árvores lá fora e Hal virou para a janela.

Estava escuro demais para enxergar qualquer outra coisa que não fossem galhos molhados, mas ela visualizou mentalmente a fileira de pegas pousadas nos galhos dos teixos. Então balançou a cabeça e puxou o vestido para cobrir o passarinho.

— Não. Minha mãe... o no...

Tarde demais Hal se deu conta de que tinha baixado a guarda e quase cometido um erro horroroso. A verdade era que tinha feito a tatuagem em memória da mãe. Margarida. Um para tristeza. Na época, pareceu apropriado. Mas sentiu um terror gélido ao perceber que ia revelar o verdadeiro nome da mãe. Que burrice...

— O nome... o apelido que ela usava para mim era pega — ela disse depois de uma pausa demorada que pareceu um abismo se abrindo embaixo dela.

Para uma história inventada foi fraquíssima, mas o melhor que conseguiu na pressa. Mesmo assim, achou que o menino não percebeu o longo silêncio.

— Ela é irmã do papai? — perguntou ele.

Hal fez que sim com a cabeça.

— Sim.

— Bem, acho que eu devia dizer que *era* irmã do meu pai. Ela morreu, não é?

— Freddie! — Mitzi chegou com uma xícara de chá e, quando botou na mesa de centro, deu um tapinha no joelho do menino. — Isso não é... desculpe, Harriet. Ele é um adolescente, o que mais posso dizer?

— Tudo bem — disse Hal naturalmente.

Não foi só a informação que ele ofereceu para ela, confirmando o que ela já imaginava. Foi o fato de estar subitamente em terreno seguro. Ouvir aquelas palavras de outras pessoas não era chocante — aliás, ela preferia a franqueza do menino aos termos delicados como "se foi" ou "adormeceu" que algumas pessoas usavam. A mãe dela não estava dormindo, nem na sala ao lado. Estava morta. Nenhum eufemismo seria capaz de suavizar essa realidade. E isso, ao menos, era verdade.

— Sim, ela morreu — disse Hal para Freddie. — Fiz essa tatuagem em memória a ela.

— Legal — disse o menino mais uma vez, automaticamente, mas ele parecia sem jeito agora, com sua mãe presente. — Você tem outras?

— Tenho — respondeu Hal no mesmo instante em que Mitzi interrompeu.

— Freddie, pelo amor de Deus, pare de incomodar a pobre Harriet com perguntas pessoais. Isso não é conversa apropriada para...

Ela parou de falar e engoliu as palavras "um funeral".

Hal sorriu, ou tentou sorrir, e pegou o chá.

— Está tudo bem mesmo.

Era mais fácil responder às perguntas sobre suas tatuagens do que às perguntas que Abel, Harding e Ezra tinham feito. Ela sentiu certo mal-estar quando viu Harding dar um tapinha no ombro de um dos irmãos e seguir com a mulher dele para a lareira.

— Está esquentando, Harriet? — perguntou ele ao se aproximar do pequeno grupo sentado no sofá. — Esse lugar está no limite da decadência, lamento dizer. Mamãe não acreditava em conforto moderno, como aquecimento central.

— A propriedade é... é da família há muito tempo? — perguntou Hal.

Ela se lembrou do que a mãe tinha dito sobre as leituras de tarô, para não deixar que os clientes fizessem todas as perguntas, para fazer as dela também, que era mais fácil direcionar a conversa se estivesse no lugar do motorista, e a clientela acharia boa essa demonstração de interesse.

— Minha mãe nunca falou desse lugar — Hal acrescentou sinceramente.

— Ah, centenas de anos, eu acho — disse Harding.

Ele se instalou de costas para o fogo e levantou a barra do paletó para se esquentar.

— A parte mais antiga é aqui onde estamos agora, foi construída no século XVIII e foi uma fazenda modesta por muitos anos. Então nosso tataravô, avô da minha mãe, ganhou muito dinheiro no fim do século XIX com argila para porcelana perto de St. Austell e usou para reformar o lugar em grande estilo. Manteve a parte georgiana da velha casa de fazenda nas salas e quartos principais, mas construiu várias alas e aposentos de empregados no estilo Arts & Crafts, dando uma aparência imponente ao lugar. Infelizmente o filho dele não era bom negociante e perdeu o controle da mina para o sócio. Desde então ficaram com pouco dinheiro para a manutenção, por isso a casa ficou congelada a partir da década de 1920. Precisaria investimento de um bom milhão de libras para recuperá-la, quantia que certamente o comprador médio não tem à disposição, coisa que uma das grandes cadeias de hotéis poderia realizar. Claro que agora o que vale mesmo é a terra.

Ele espiou pela janela o enorme gramado sob a chuva e Hal imaginou que ele calculava casas da Barratt Homes despontando feito cogumelos e ouvia o barulho da caixa registradora cada vez que uma semente germinava e era vendida.

Hal fez que sim com a cabeça e bebeu o chá porque não tinha o que dizer. Suas mãos ainda estavam frias apesar do calor do fogo, mas sentiu o rosto quente, espirrou de repente e teve um calafrio.

— Saúde — disse Abel.

Harding recuou um passo e quase tropeçou na grade protetora da lareira.

— Ai meu Deus, espero que você não tenha se resfriado de ficar na chuva no enterro.

— Duvido — disse Hal. — Sou muito resistente.

Mas ela estragou a fala espirrando de novo. Abel sacou um impecável lenço de algodão e estendeu para ela, solícito, mas Hal balançou a cabeça.

— Biscoito, Hal? — ofereceu Mitzi, Hal pegou um e lembrou que não tinha comido nada desde o café. Mas quando pôs o biscoito na boca, sentiu que estava seco e velho, por isso gostou quando ouviu uma tosse no outro canto da sala e o Sr. Treswick falando.

— Um momento da atenção de todos, por favor?

Harding olhou para Abel, que deu de ombros, e os dois atravessaram a sala comprida para se aproximar do advogado que estava ao lado de um piano de cauda, remexendo em papéis. Hal já ia levantar, mas ficou em dúvida se o chamado era para ela também.

— Você também, Harriet — disse o Sr. Treswick.

Ele largou a pasta com os papéis e abriu a porta do corredor. Hal sentiu uma corrente de ar gelado que vinha de fora, contrastando muito com a sala aquecida pela lareira.

— Sra. Warren! — chamou o advogado, e a voz dele ecoou pelos corredores estreitos. — Pode vir aqui um minuto?

— As crianças precisam ficar? — Mitzi quis saber, e o Sr. Treswick balançou a cabeça.

— Só se elas quiserem ouvir. Mas Ezra sim... aliás, onde ele está?

— Acho que deu uma saída para fumar — disse Abel.

Abel saiu e voltou com o irmão, que tinha o cabelo preto encaracolado todo molhado de chuva.

— Desculpem — disse Ezra com um sorriso maroto, como se houvesse uma piada que só ele soubesse. — Não me dei conta de que ia encenar o número do Hercule Poirot, Sr. Treswick. Vai revelar quem é o assassino da nossa mãe?

— Nada disso — respondeu o Sr. Treswick em tom de desaprovação.

Ele remexeu de novo nos papéis, ajeitou os óculos no nariz e manifestou irritação com a brincadeira de Ezra.

— Não acho isso apropriado, ainda mais que... bom... deixe para lá — ele tossiu outra vez, de modo forçado, resolvendo o que ia dizer. — Mesmo assim, agradeço a todos por estarem aqui. Isso não deve demorar, mas pelo que sei de conversa com a Sra. Westaway, ela não comentou seu testamento com os filhos. Correto?

Harding franziu a testa.

— Não comentou o testamento propriamente dito, mas havia um consenso depois da morte do meu pai que ela continuaria a viver na casa até morrer e então seria...

— Bem, essa é a minha preocupação — o Sr. Treswick apressou-se em dizer —, que não houvesse nenhuma suposição equivocada. Recomendo muito a todos os meus clientes que discutam suas heranças com os beneficiários, mas é claro que nem todos fazem isso, e sei que sua mãe não comunicou suas intenções para ninguém.

Ouvimos o barulho de uma bengala no corredor e a Sra. Warren entrou na sala.

— O que foi? — ela disse aborrecida, e ao ver um dos filhos de Harding pondo carvão na lareira, reclamou. — Não gaste carvão, rapaz.

— A Sra. tem um momento? Quero falar com todos os beneficiários do testamento da Sra. Westaway, e é melhor fazer isso com todos presentes.

— Oh — disse a Sra. Warren, com uma expressão que Hal não entendeu bem.

Tinha um quê de expectativa, mas Hal não achou que fosse ganância. Era mais um tipo de emoção. Podia ser até prazer. Será que a Sra. Warren sabia de alguma coisa que ninguém mais sabia?

Abel puxou o banco do piano e a governanta sentou com a bengala no colo. O Sr. Treswick pigarreou, pegou a pasta de cima do piano reluzente e examinou os papéis de novo, sem necessidade. Tudo nele revelava nervosismo e constrangimento, do sapato engraxado até os óculos com armação metálica, e Hal sentiu um arrepio na nuca. Viu uma ruga de preocupação juntar as sobrancelhas de Abel com ansiedade.

— Bem, vou tentar fazer isso o mais rápido possível. Não sou a favor do ritual no estilo vitoriano de ler testamentos em público, mas acho que deve haver transparência nessas questões, e a última coisa que quero é que as pessoas se apeguem a alguma suposição equivocada do que...

— Pelo amor de Deus, diga logo — interrompeu Harding com impaciência.

— Harding... — Abel pôs a mão no braço do irmão para fazê-lo calar-se e Harding se desvencilhou.

— Não me venha com essa de Harding, Abel. É evidente que ele está enrolando alguma coisa e eu gostaria que fosse direto ao ponto para descobrir o que é. Será que mamãe endoidou e deixou tudo para o Lar dos Cães de Battersea?

— Não — disse o Sr. Treswick.

Ele olhou para Harding, depois para Hal, para a Sra. Warren e de volta para Harding, reorganizou os papéis e arrumou os óculos no nariz.

— É... resumindo é o seguinte. O patrimônio inclui cerca de trezentas mil libras em dinheiro e títulos mobiliários, que serão gastos com despesas do funeral, e essa propriedade que ainda vai ser avaliada, mas que é de longe a parte mais substancial do todo e que certamente valerá mais de um milhão de libras, possivelmente dois, dependendo das circunstâncias. A Sra. Westaway deixou doações específicas, trinta mil libras para a Sra. Warren — a governanta meneou a cabeça —, e dez mil libras para cada um dos netos...

Quando ele disse isso, Hal sentiu o coração disparar e subir um calor no rosto.

Dez mil libras? *Dez mil libras*? Ora, ela poderia pagar o Sr. Smith, o aluguel, a conta do gás... poderia até se dar ao luxo de tirar férias. Ela sentiu um calor se espalhando como se tivesse bebido alguma coisa bem quente e nutritiva. Tentou não sorrir. Procurou lembrar que ainda tinha uma série de detalhes para resolver. Mas aquelas palavras ficaram ecoando em sua cabeça. Dez mil libras. Dez mil libras.

Ela mal conseguiu ficar quieta, o que mais queria era sair dançando. Será que era verdade?

Mas o Sr. Treswick continuou falando.

— Isto é, exceto para sua neta Harriet.

Ah.

A sensação foi a de que tivesse furado um balão de festa, que virava um montinho triste de borracha colorida mais rápido do que o tempo que levava para descrever.

Aquela frase foi o fim de tudo. Ela imaginou as dez mil libras sendo levadas pela brisa do mar, as notas adejando sobre a beira do penhasco, indo para o Atlântico.

Era difícil deixar o sonho se esvair, mas a imagem das notas desaparecendo fez Hal entender que tinha sido uma fantasia absurda achar que ia se dar bem. Uma farsa. Certidões forjadas, datas de nascimento falsificadas. O que estava pensando?

Bem, tinha terminado, mas pelo menos não tinha sido desmascarada. Não estava pior do que antes. Quanto ao que ia fazer com o Sr. Smith e seus mensageiros... bem, ela não podia pensar nisso agora. Só precisava aguentar aquilo e ir embora.

Mas era cruel ter a promessa bem na sua frente por um momento para depois tirarem.

Quando a adrenalina da emoção acabou, ela se sentiu exaurida, apoiou-se numa cadeira para recuperar o equilíbrio e, então, o Sr. Treswick pigarreou para continuar.

— Para Harriet — disse ele, meio sem jeito, remexendo nos papéis de novo, como se relutasse em falar o que vinha em seguida —, para, hum, Harriet, a Sra. Westaway deixou todo o seu patrimônio, depois de pagar o funeral.

Fez-se um silêncio demorado.

Foi Harding quem explodiu primeiro, a voz dele quebrou o gelo.

— *O quê?*

— Eu sabia que isso seria um choque — retrucou o Sr. Treswick inseguro. — Por isso achei que o certo seria informar pessoalmente...

— Para o inferno com isso! — berrou Harding. — Você enlouqueceu?

— Por favor, não levante a voz, Sr. Westaway. Infelizmente sua mãe não quis discutir isso com vocês enquanto ainda...

— Eu quero ver o enunciado — disse Harding através dos dentes cerrados.

— Enunciado?

— O testamento. O enunciado da doação. Vamos interditá-lo. Mamãe devia estar louca. Qual é a data dessa monstruosidade?

— Ela fez o testamento dois anos atrás, Sr. Westaway, e devo dizer que, apesar de compreender sua preocupação, não há como questionar as faculdades da Sra. Westaway. Ela pediu ao seu médico para vir examiná-la no dia em que redigiu o testamento, já com a intenção, eu acho, de impedir qualquer modificação.

— Influência indevida, então!

— Não creio que a Sra. Westaway chegou a conhecer a neta, por isso é difícil imaginar que isso seja válido num tribunal...

— Dê aqui esse maldito testamento! — berrou Harding, arrancando a folha de papel da mão do Sr. Treswick.

Hal segurava o encosto da cadeira com força, tinha os dedos dormentes e brancos por causa da pressão, e sentiu os olhares de Mitzi, Abel e Ezra virados para ela enquanto Harding examinava o documento e começava a ler em voz alta.

— Eu, Hester Mary Westaway, de posse dos... Meu Deus, páginas e mais páginas dessa coisa... Ah, aqui está, e para a minha neta Harriet Westaway, residente na Marine View Villas, em Brighton, deixo o que restar do meu patrimônio... Pelo amor de Deus, é verdade. Mamãe devia estar louca.

Ele foi trôpego até o sofá, caiu sentado e ficou examinando o documento como se procurasse alguma explicação, alguma coisa que fizesse aquela loucura desaparecer. Quando levantou a cabeça, seu rosto estava roxo de raiva.

— E quem é essa menina? Ninguém aqui a conhece!

— Harding — disse Abel em tom de reprovação, com a mão no ombro do irmão —, acalme-se. Isso não é hora de...

— E quanto a você, Treswick, seu charlatão de merda, por que cargas d'água deixou mamãe registrar um documento como esse? Eu devia processá-lo por negligência!

— *Harding* — Mitzi interrompeu mais aflita. — Abel, Sr. Treswick, olhem a menina.

— Acho que ela vai desmaiar — disse uma voz num tom distante à direita de Hal, e ela sentiu todas as cabeças na sala virando para ela no momento em que a própria sala começava a se desintegrar.

Hal não sentiu a cadeira escapar das suas mãos, e o grito de Mitzi chegou vindo de muito longe.

Ela nem sentiu a batida quando caiu no chão.

Foi dominada por um vazio, como uma grande onda bem-vinda.

14

— Harriet.

Hal ouviu aquela voz persistente que a puxou lá de baixo, onde parecia vagar havia muito tempo.

— *Harriet*. Vamos lá, é hora de acordar.

Depois a mesma voz, como se falasse com outra pessoa.

— Ela continua com febre. A testa parece um aquecedor.

Hal piscou e semicerrou os olhos diante da claridade que a incomodava.

— O que... como...? — sua garganta estava seca e doía.

— Ah, graças a Deus. Estávamos ficando preocupados!

Era voz de mulher, Hal piscou de novo e pegou os óculos. O quarto entrou em foco. Primeiro, viu o rosto de Mitzi e, atrás dela, um homem que achou que fosse Abel. Lembrou-se de tudo, St. Piran, o funeral, a casa e... meu Deus... aquela cena com Harding...

— Tome — disse Mitzi, e surgiu um copo com água diante do seu nariz. — Beba um pouco. Você dormiu demais. Deve estar muito desidratada.

— Eu... que horas são?

— Quase nove. Estávamos muito preocupados. Abel e eu já estávamos pensando em levá-la para a emergência.

— O que aconteceu?

Hal olhou em volta e viu que estava deitada num sofá com o vestido puxado para cima, mas graças a Deus tinham posto um cobertor sobre as pernas. Não reconheceu o cômodo, era uma espécie de biblioteca, pela quantidade de livros, com estantes cor de mel e montes de livros com capas de couro esfacelando, cobertos de teias de aranha.

— Você despencou e, quando corremos para ajudá-la, estava ardendo em febre. Ainda bem que é magrinha.

— Como está se sentindo, Harriet? — era Abel falando pela primeira vez, a voz de tenor suave e aflita.

Ele se ajoelhou ao lado do sofá e tocou delicadamente na testa de Hal. Ela teve de se controlar para não se afastar da invasão daquele toque, mas a mão dele estava fria.

— Quer que chamemos um médico?

— Um médico?

Hal se endireitou com esforço nas almofadas do sofá e espalhou pontinhos de poeira à luz dourada do abajur de leitura. Imaginou Abel ajudando a levantá-la do chão com a saia do vestido puxada para cima e sentiu o rosto pegar fogo de vergonha.

— Meu Deus, não. Quero dizer, obrigada, mas não acho...

— Não sei se temos alguma chance de encontrar um clínico que atenda a essa hora — disse Abel, alisando o bigode pensativo. — Mas se estiver nauseada, podemos levá-la para o pronto-socorro.

— Não preciso de um médico — disse Hal, procurando falar com firmeza.

— Ela continua muito quente — comentou Mitzi, como se Hal não tivesse dito nada. — Será que sua mãe tem um termômetro em algum lugar?

— Só Deus sabe — disse Abel, levantando e tirando a poeira dos joelhos. — Deve haver algum aparato vitoriano letal com mercúrio no armário dos remédios. Vou dar uma espiada.

— Ah, vai? Você é um amor. O iPhone do Rich tem um aplicativo que serve para medir a temperatura, mas não vejo como pode marcar com precisão.

— Eu estou bem! — disse Hal.

Ela botou os pés no chão ao som de estalos de língua de reprovação de Abel e Mitzi.

— Querida — Abel pôs a mão no ombro de Hal para mantê-la sentada no sofá —, você acabou de ficar branca e desmaiar. Se tem uma coisa que você não está é bem. Agora, se deixá-la sozinha com a Mitzi para ir procurar um termômetro, promete não sair daqui?

— Prometo — disse Hal, relutando só um pouco.

Ela botou as pernas no sofá de novo e recostou, protegendo os olhos da luz do abajur.

Mitzi viu aquele gesto e se aproximou.

— A luz incomoda?

— Um pouco — admitiu Hal. — Você tem algum analgésico? Minha cabeça está doendo bastante.

— Não me surpreende — disse Mitzi, virando a lâmpada para longe do rosto de Hal —, você sofreu uma queda e tanto. Está com um galo enorme no lado da cabeça. Pena que não caiu para o outro lado, teria batido no tapete, só que ele está tão puído que nem sei se ia amortecer. Sim, tenho paracetamol na bolsa, mas está na outra sala. Ficará bem aqui se eu for buscar?

Hal fez que sim com a cabeça, e Mitzi se levantou.

— Não faça nenhuma besteira agora. Não quero que desmaie de novo.

— Não vou fazer — disse Hal baixinho.

Ela não mencionou que a ideia de dez minutos sozinha enquanto Mitzi ia pegar a bolsa era mais atraente do que os analgésicos.

Mitzi saiu e fechou a porta, Hal deitou no sofá e procurou pensar, juntar as peças do que tinha acontecido naquele interlúdio estranho e frenético entre o anúncio do Sr. Treswick e o seu desmaio.

Porque não tinha sentido. Nada daquilo tinha sentido. Ela foi citada no testamento daquela mulher. Citada pessoalmente, com seu endereço e tudo. O testamento se referia a ela, sem dúvida. Será que... será que podia ser verdade? Será que ela era a neta perdida da Sra. Westaway?

Aquilo acendeu um fiapo de esperança que foi quase doloroso de tanto que ela desejava que fosse verdade.

Seja cética, Hal, a voz da mãe sussurrou no ouvido dela, *e seja duplamente cética quando for alguma coisa em que queira acreditar.*

Esse era o problema. Ela tentava se convencer disso, não por ser possível, porque *queria* que fosse verdade. Não podia ser verdade, por mais que quisesse. A certidão de nascimento da mãe dela contradizia tudo. Mesmo que revirasse as coisas na cabeça, não havia como fazer aquela relação funcionar. A mãe dela talvez fosse ligada àquela família de forma longínqua, Westaway não era um sobrenome tão incomum. Mas a menos que Hal ignorasse a prova da sua certidão e da certidão da mãe dela, não podia ser a neta de Hester Westaway.

E isso queria dizer que... Hal tentou lembrar o que o Sr. Treswick tinha dito no cemitério. Seria possível que o erro tivesse acontecido antes do testamento ser escrito, e não depois? Será que Hester Westaway tinha contratado alguém para rastrear a filha e em algum ponto os elos tivessem se misturado catastroficamente?

Hal apertou os olhos com os dedos, sentiu a febre esquentar o rosto e a cabeça latejou como se fosse explodir.

— Pronto.

A voz veio da porta, Hal abriu os olhos e viu Mitzi entrando apressada na biblioteca com uma caixa branca na mão.

— Tome dois. Devem abaixar essa febre também. Ah, Abel — disse ela quando uma das estantes girou e o irmão dela apareceu na passagem com alguma coisa na mão —, bem na hora. Isso é o termômetro?

— É — ele deu para ela e a ponta do termômetro brilhou prateada. — Para espanto meu, eu estava certo. É mesmo de mercúrio, por isso, pelo amor de Deus, não morda isso, Harriet. Não quero ser o responsável por envenenar minha própria sobrinha.

Minha própria sobrinha. Hal sentiu o rosto enrubescer quando botou o termômetro embaixo da língua, frio na quentura da boca, mas não foi capaz de responder, só de apertar com os lábios e ver Abel virar para Mitzi.

— Edward telefonou de um posto de gasolina perto de Bodmin. Não deve demorar. Ele se desculpou por não ter vindo para o enterro, mas estava de plantão no hospital e nunca conheceu mamãe, por isso pareceu meio hipócrita pedir para ele tirar um dia de folga.

— Mesmo assim — disse Mitzi —, ele é seu marido.

— Companheiro, querida Mitzi, companheiro. Tem uma diferença, pelo menos para os recursos humanos. Para sogro ou sogra, dão uma licença automaticamente. Para a mãe desconhecida do seu namorado, com quem você mora, não é bem assim. Edward é meu companheiro — ele disse para Hal. — Ele é médico e acho que todos nós ficaremos muito mais felizes depois dele dar uma espiada em você.

Hal fez que sim com a cabeça e sentiu o termômetro de vidro bater nos dentes. Mitzi e Abel ficaram em silêncio, sentados, escutando as vozes aumentando e diminuindo na sala ao lado. Abel alisava o bigode com um dedo, pensativo.

— Harding já se acalmou? — ele perguntou.

Mitzi rolou os olhos nas órbitas e deu de ombros.

— Não muito. Sinto muito pelo meu marido — ela disse olhando para Hal. — Não foi uma cena muito edificante, eu sei, mas você tem de entender que foi um choque terrível. Ele é o mais velho, e acho que naturalmente supôs que...

— É compreensível — comentou Abel. — Harding passou a vida inteira tentando se afirmar para agradar mamãe e agora recebe isso, de além-túmulo. Pobre homem.

— Ah, Abel, pare de bancar o santo! — disse Mitzi. — Você tem o mesmo direito de ficar irritado.

Abel suspirou, mudou de posição na poltrona gasta e puxou as pernas da calça para evitar que se esticassem no joelho.

— Bem, eu não seria humano se não admitisse um certo ressentimento. Mas Mitzi, querida, a diferença é que eu tive vinte anos para me acostumar com a situação. Eu me resignei anos atrás com a desaprovação da mamãe.

— Minha sogra deserdou Abel, deixou-o sem um tostão — explicou Mitzi para Hal, em tom de indignação e descrença.

— Foi um choque na época — disse Abel meio triste —, mas foi assim, era um tempo diferente.

— Foi em 1995! — retrucou Mitzi. — As ideias da sua mãe já eram antiquadas mesmo naquela época, Abel. Não justifique o que ela fez. Pessoalmente, se eu fosse você, acho que não teria ido ao enterro. Tem isso de ser bom demais...

— Bem, mesmo assim — disse Abel, elevando a voz e interrompendo —, eu não esperava receber um tostão do testamento, por isso não foi um choque para mim.

— Eu aplaudo seu equilíbrio. Mas não ficou surpreso pelo Ezra? Harding sempre disse que ele era o preferido da mãe de vocês.

Abel sacudiu os ombros.

— Quando menino, sim. Mas sabe, já adulto ele se afastou de todos nós, inclusive da mamãe, acho que foi demais... depois da minha irmã, nossa irmã, depois que ela...

Ele não terminou a frase como se as palavras que ia dizer fossem dolorosas demais para serem ditas em voz alta. Ele piscou e Hal viu que tinha lágrimas nos olhos. Ela sentiu uma pontada repentina, uma manifestação física da sensação de culpa.

— Sinto muito — as palavras abafadas pelo termômetro saíram quase sem querer, caíram no silêncio que Abel tinha deixado e ele levantou a cabeça.

— Não sinta, querida. Seja de quem for essa culpa, ela certamente não é sua — ele desviou o olhar e virou para as sombras da lareira apagada. — Mas devo dizer que por mais que eu amasse a Maud, por mais que compreendesse por que teve de fazer o que fez, ela prejudicou todos nós quando fugiu, especialmente o Ezra. Vinte anos sem saber se ela estava viva ou morta, se um dia faria contato. E agora isso... essa *bomba*. O que aconteceu com ela, Harriet?

Hal sentiu o coração falhar como se alguém o apertasse com a mão e impedisse a circulação do sangue. Por um segundo pensou em fingir outro desmaio, mas não conseguiria escapar assim a longo prazo. Tinha sentido essa pergunta espreitando durante a conversa na sala de estar o tempo todo que os irmãos a interrogavam, sentiu que eles rodeavam o assunto, querendo que ela respondesse as perguntas insinuadas, e só se salvou graças à típica relutância dos ingleses em trazer à tona algo tão pessoal e emotivo no primeiro encontro. *Como foi que a sua mãe morreu?* Era uma pergunta difícil, e Hal tinha apostado que eles também pensavam assim.

Mas agora, naquele círculo íntimo da luz do abajur, presa no sofá embaixo do cobertor, não tinha como escapar. Claro que qualquer que fosse a verdade, pelo menos Abel não sabia o que tinha acontecido com a irmã dele. Hal teria de contar a sua verdade, e, se não combinasse com o que o Sr. Treswick tinha descoberto, paciência, seria o fim do jogo.

O que ela estava prestes a fazer era cruzar a linha, não só em termos do risco que corria, mas também de que forma usaria sua pequena estratégia a serviço de algo cruel e desonesto. Mas não tinha como evitar.

Uma vez, muito tempo atrás, uma professora havia chamado Hal de "camundongo", e para ela aquilo foi ofensivo, apesar de não saber bem por quê. Mas agora ela sabia. Por mais que desse essa impressão, por dentro, lá no fundo, ela não era um camundongo, era bem diferente, uma rata pequena, escura, tenaz e cabeça dura. E agora se sentia uma rata acuada, lutando para sobreviver.

Tirou o termômetro da boca, ficou com ele na mão e deu um suspiro.

— Ela morreu — disse Hal baixinho — há pouco mais de três anos, alguns dias antes do meu aniversário de dezoito anos. Foi um acidente de automóvel, ela morreu na hora. O motorista não prestou socorro. Eu estava na escola, recebi uma ligação...

Ela parou, não conseguia continuar, mas estava feito.

— Ah, meu Deus — exclamou Abel.

A voz de Abel era um sussurro, apenas, e ele cobriu o rosto com as mãos. Foi a primeira vez que Hal viu tristeza verdadeira desde a sua chegada naquele lugar, mesmo com o enterro da Sra. Westaway, e sentiu o estômago revirar ao compreender o que tinha acabado de fazer. A dor de Abel era real e palpável. Não foi só explorar a morte da mãe que provocou aquela náusea, porque aquilo só machucava a ela mesma. Mas agora, sem querer, acabara de impor a própria tragédia em Abel.

Essas pessoas são de verdade. Ela viu o rosto de Abel à luz do abajur com uma espécie de torpor. *Não são os ricaços imaginários que você inventou no trem. São pessoas de carne e osso. Isso é tristeza de verdade. Você está brincando com as vidas delas.*

Mas não podia pensar assim. Tinha começado aquilo, agora precisava ir até o fim. Não podia voltar para o Sr. Smith e seus capangas e, além disso, à desesperada batalha diária para comer, sobreviver, manter a cabeça fora da água...

— Ah, Abel, querido... — disse Mitzi com a voz meio rouca.

— Desculpe — disse Abel, secando os olhos piscando com força. — Eu pensei... realmente pensei que tinha me conformado com a ideia da morte dela, não soubemos dela por tanto tempo que obviamente imaginamos... mas pensar que nesse tempo todo ela estava viva e bem... e nós nunca soubemos. Meu Deus. Pobre Ezra.

Pobre Ezra? Mas Hal não teve tempo para destrinchar a fala de Abel, porque Mitzi estava falando.

— Abel, você acha...? — ela começou a dizer e parou, quando continuou foi hesitante, sem segurança do que ia dizer. — Você acha que foi... por isso?

— Por isso o quê?

— Ora... o testamento. Você acha que sua mãe talvez tenha compreendido o comportamento dela...? Que ela havia afastado a filha e que talvez sentisse... sei lá... remorso, culpa?

— Uma espécie de compensação? — perguntou Abel, e deu de ombros outra vez. — Quer saber mesmo? Eu não acho. Deus sabe que nunca entendi os motivos da mamãe, e apesar de morar com ela por quase vinte anos, compreendo bem pouco seu raciocínio, mas acho que culpa é uma emoção que ela nunca teve, nem sabia o que era. Gostaria de pensar que foi alguma coisa positiva como uma compensação, mas a verdade é que...

Ele parou, olhou para Hal e deu uma risada trêmula como se quisesse encerrar a conversa.

— Mas olhem só para mim, falando sem parar. A pobre Harriet continua agarrada a esse termômetro. Vamos ver o que está marcando.

Hal deu o termômetro para ele.

— Sinto muito — ela disse de novo, agora para valer. — Por tudo isso. Vou embora amanhã.

Mas quando Abel ergueu o termômetro contra a luz, ele assobiou e balançou a cabeça.

— Trinta e nove. Você não vai a lugar nenhum, minha jovem.

— Trinta e nove? — Mitzi deu um gritinho. — Deus do céu. Não pode mesmo ir para casa amanhã, Harriet, não vou deixar. De qualquer forma — ela olhou para Abel, uma olhada rápida e quase aflita —, de qualquer forma você precisa ficar. Temos muito que conversar. Afinal, agora essa casa é sua.

15

Agora essa casa é sua.

Agora essa casa é sua.

Hal sentia as palavras girando, ali deitada na escuridão do quarto no sótão e ouvia o vento nas árvores lá fora, o fogo crepitando na lareira e as ondas do mar quebrando ao longe, tentando entender o que tinha acabado de acontecer.

Ela não teve coragem de encarar Harding, e felizmente Abel e Mitzi tinham cedido quando ela pediu para ir para a cama cedo. Abel a ajudou a subir a escada, acendeu o fogo e depois saiu discretamente para Hal vestir o pijama trêmula de cansaço e febre. Quando já estava sentada na cama, Mitzi apareceu com um prato de sopa numa bandeja.

— Infelizmente é de lata — ela disse, arrumando a bandeja na mesa de cabeceira. — Ah, droga. Já está fria. Juro que estava fumegando quando saí da cozinha!

— Não faz mal — replicou Hal com a voz rouca e o rosto quente com o fogo, apesar da roupa de cama gelada. — Não estou com muita fome.

— Mas precisa comer alguma coisa, não tem reserva nenhuma para perder. Edward chegará daqui a pouco e vem aqui em cima para ver você antes do jantar.

— Obrigada — disse Hal humildemente.

Ela sentia o rosto arder, não só de febre e de calor da lareira, mas pensando no que estava fazendo com aquela família e na gentileza de Mitzi e Abel com ela. Em Brighton era tudo diferente, completamente diferente. Arriscava tudo para conseguir algumas centenas de libras de um bando de ricos desconhecidos — parecia até heroico — um toque de Robin Hood naquela história toda.

Mas agora estava ali, no lar da família, e a herança não era apenas centenas, nem mesmo os alguns milhares que tinha ousado esperar, mas algo apavorante de tão imenso... e o que ela estava fazendo não parecia nada heroico.

Não havia como se safar com isso. A fúria no olhar de Harding indicava processos, embargo do testamento e detetives particulares. Mas era tarde demais para dar o fora. Estava presa ali... literalmente.

Hal sentiu o estômago revirando, pegou uma colherada de sopa e tomou, sob o olhar atento de Mitzi.

Alguém bateu na porta quando Hal tomou a segunda colherada de sopa, Mitzi levantou e foi abrir. Era Abel, com seu cabelo cor de mel despenteado pelo vento, e um homem de olhos azuis e de sobretudo molhado de chuva. Tinha um bigode farto, louro, mas, apesar disso, Hal o reconheceu do Facebook antes de Abel fazer as apresentações.

— Harriet, esse é meu companheiro, Edward.

— Edward! — Mitzi deu dois beijos nele e o fez entrar no pequeno quarto. Ele era alto e tinha ombros largos, parecia ocupar todo o espaço.

— Entre e venha conhecer Harriet — disse Mitzi.

— Harriet — disse Edward —, é um prazer.

A voz dele era de alguém educado em colégios caros, o sobretudo tinha corte impecável e era novo, mas ele tirou e dobrou sobre um braço antes de sentar na beira da cama de Harriet.

— Bem, é uma maneira estranha de conhecer a nova meia sobrinha, mas é sim um prazer conhecê-la. Edward Ashby.

Ele estendeu a mão, Hal sentiu a pele dele fria comparada com o calor da mão dela.

— Não vou tomar muito do seu tempo porque imagino que deve estar querendo dormir, mas Abel contou que você se sentiu mal, não é?

— Eu desmaiei — respondeu Hal —, mas não é nada sério, eu juro — ela tentou evitar a rouquidão. — Tinha esquecido de comer, sabe como é...

— Não sei não — disse Edward com um sorriso de orelha a orelha. — Meu estômago é sagrado e começo a planejar o almoço por volta das nove e meia, mas vou acreditar em você. Bem, parece que você está com febre. Tem dor de cabeça?

— Só no galo no lugar em que bati a cabeça — mentiu Hal.

A verdade era que a cabeça dela doía muito, apesar do paracetamol ter aliviado um pouco.

— Alguma náusea?

— Não, nenhuma — isso pelo menos era verdade.

— E está se alimentando, isso é bom sinal. Bom, acho que você deve estar bem, mas se começar a sentir enjoo, chame alguém, ok?

— Ok — disse Hal.

Ela tossiu e cobriu a boca com a mão.

— Tomou alguma coisa para a febre? — perguntou Edward.

— Paracetamol.

— Pode tomar ibuprofeno também, se quiser, acho que tenho alguns.

Ele levantou, apalpou os bolsos do paletó, depois do sobretudo, e finalmente apareceram os comprimidos. Estavam num vidro de manipulação sem marca, a única etiqueta escrita à mão com um garrancho de farmacêutico que Hal não conseguiu decifrar, mas ele abriu a tampa e botou dois na mesinha de cabeceira.

— Obrigada — disse Hal.

Ela queria que eles saíssem, mas se esforçou para sorrir.

— Tome os dois — disse Edward, com simpatia. — Vai se sentir melhor.

Hal olhou para os comprimidos. Eram brancos, sem marca nenhuma. Comprimidos deviam vir junto com a dosagem, não é? Veio um pensamento paranoico de que podiam ser qualquer coisa, de Viagra a soníferos. Mas isso era ridículo, evidentemente.

— Tome os comprimidos, Harriet — disse Abel. — Não queremos que sua temperatura suba durante a noite.

Ainda relutante, Hal botou os comprimidos na boca, bebeu um gole de água e engoliu. Edward sorriu.

— Muito bem. Com isso, vou deixá-la tomar sua sopa. Sinto muito que tenhamos nos conhecido nessas circunstâncias, Harriet — disse Edward ao pegar o sobretudo, e Hal não sabia bem se ele falava do enterro, da cabeça dela, ou de tudo junto. — Mas durma bem, então.

— Boa noite, Harriet — disse Abel.

Ele deu um pequeno aperto no ombro de Hal e ela recuou um pouquinho. Sorriu para disfarçar o desconforto.

— Boa noite, Harriet — ecoou Edward, então piscou para Hal e saiu do quarto com Abel.

— Digam para Freddie e Kitty que é hora de ir para a cama, ok? — pediu Mitzi para os dois, Abel fez que sim e disse alguma coisa que Hal não ouviu direito.

— Abel querido — disse Mitzi quando eles desceram a escada escura para o térreo. — Ele é muito doce. Pena que nunca teve filhos, ele se dedica inteiramente ao trabalho.

— O que ele faz? — perguntou Hal bem rouca.

— Ele é lobista de várias instituições de caridade para crianças. E parece que é bem conhecido no meio. Mas é também uma das pessoas mais gentis que já conheci, não sei a quem puxou, nem como sobreviveu intacto à convivência com a mãe dele, mas é assim. Tenho certeza de que qualquer outra pessoa seria destruída. Mas lá vou eu tagarelando e distraindo você — ela encostou um dedo na bandeja com a sopa. — Você deve terminar de tomar essa sopa. Não tomou quase nada.

— Acho que estou cansada demais para comer qualquer coisa, desculpe, Mi-Mitzi — Hal se atrapalhou na hora de dizer o nome, sem saber como se dirigir a ela. Sra. Westaway? Tia Mitzi? Parecia tudo errado, se apossar de um relacionamento que não existia. Felizmente Mitzi não notou, ela só suspirou e levantou.

— Bem, esforce-se para tomar o que der, mas o que deve estar precisando mesmo é de uma boa noite de sono. Durma bem, querida.

— Obrigada — disse Hal, ou tentou dizer, mas a palavra não passou da garganta e se perdeu no ruído dos passos de Mitzi indo para a escada por onde Abel e Edward tinham descido.

Depois que ela foi embora, Hal empurrou o prato de sopa fria, apagou a luz e encostou o rosto quente no travesseiro. O fogo tinha apagado, restara apenas um brilho vermelho do carvão na pequena lareira, mas havia uma fresta na cortina e a lua brilhou entre os galhos desfolhados, formando desenhos abstratos nas paredes brancas.

Minhas paredes, pensou Hal. Minhas árvores.

Elas não são suas.

As palavras rodopiavam em sua cabeça, misturadas com as vozes dos irmãos, as inúmeras perguntas para as quais tinha de ter respostas até o dia seguinte, as centenas de "por quês", e de "e ses", e de "comos"...

Se ao menos a herança tivesse sido o que ela esperava, umas duas mil libras, como merecia uma neta perdida há tanto tempo. Isso ela poderia receber com poucas ou nenhuma pergunta, e depois voltar para as sombras e retomar sua vida antiga.

A realidade parecia uma pedra de moinho apavorante que a esmagava enquanto tentava se libertar do que tinha feito. Não haveria nenhum recebimento rápido ali, nada de voltar para Brighton e "perder o contato" estrategicamente com aqueles supostos parentes. Agora estava acorrentada àquele lugar, não importava o que fizesse, nem se conseguisse ou não enganar o Sr. Treswick por um longo tempo.

Mas por que a Sra. Westaway tinha resolvido cortar os filhos e deixar tudo para uma menina que nunca tinha visto, filha de uma mulher que não via há anos?

E por que tinha escolhido fazer aquilo daquele jeito, jogando a decisão sobre a família depois da sua morte? Seria covardia? Não combinava com o retrato que os filhos pintavam — a imagem que Hal estava formando era de uma mulher indômita, que nunca cedia e sem medo de nada.

Sentiu de repente um cansaço terrível, os olhos sob o peso de uma exaustão que caía sobre ela de uma vez só.

Ela fechou os olhos e ficou deitada, quieta, na pequena cama, sentindo o travesseiro frio contra o rosto e ouvindo os ruídos da casa se aprontando para dormir, sentindo a presença sufocante daquela família por todo lado. A chuva recomeçou a bater na janela e ela pensou ter ouvido o barulho distante das ondas quebrando na praia, mas podia ser só imaginação.

Uma imagem se formou na cabeça de Hal, de ondas enormes quebrando sobre eles todos enquanto a Sra. Westaway dava risada de além-túmulo, então abriu os olhos e uma onda de medo repentina provocou arrepios e a fez estremecer.

Pare com isso, ela sussurrou. Era um truque que sua mãe tinha ensinado quando ela era pequena, se os pesadelos ficassem reais demais, às vezes falar em voz alta bastava para quebrar o feitiço, silenciar as vozes dentro da nossa cabeça com a voz na vida real.

A imagem recuou, voltou para a fantasia paranoica de onde tinha vindo. Mas a sensação persistiu... da mulher velha e amarga além de qualquer perigo, que abandonava os vivos ao próprio destino.

Em que Hal havia se metido? E o que tinha deflagrado tudo aquilo?

16

Hal acordou, e o quarto do sótão estava todo iluminado pelo sol. Ficou bastante tempo ainda deitada, confusa, desorientada. Sentiu um peso estranho, teve de lutar contra a sonolência e se forçar a sentar, bocejando, de olhos secos, tentando lembrar onde estava.

A realidade voltou com rapidez perturbadora.

Não estava na segurança da própria casa, seu apartamento no terceiro andar em Marine View Villas, aguardando para ir ao píer, para mais um dia de trabalho — estava em Cornwall, naquela casa estranha e fria. E antes mesmo da lembrança voltar por completo, ela soube, pelo incômodo aperto que sentia, que estava muito encrencada.

Sentou devagar, a lembrança dos acontecimentos do dia anterior voltou, sentiu braços e pernas doloridos, pesados, custando a obedecer. Estava cansada, não, não só cansada, era mais do que isso, estava esgotada, com o raciocínio lento, como se a névoa do sono continuasse ocupando sua mente.

Forçou as pernas para o lado da cama, lembrou de Edward lhe dando aqueles comprimidos sem marcas e a insistência para ela tomar. Hal estremeceu e não foi apenas com o frio. Mas não devia ser. Afinal, ele era médico. Além disso, não havia motivo.

O mais provável era que ela estivesse com a ressaca do resfriado que pegou no cemitério e com os efeitos da batida na cabeça. Com cuidado, pôs a mão no machucado, mas, apesar de um pouco dolorido, não estava inchado. Sentia frio, mas não era a estranha alternância de frio e calor da noite anterior. Aquilo era apenas o frio normal de uma manhã de inverno. Sentiu o gelo das tábuas do assoalho nos pés descalços quando foi até a mala verificar o celular que tinha deixado ali carregando.

Eram 7:27h. Cedo, mas não demais. Havia uma mensagem não lida em sua caixa postal, de um número que não reconheceu. Será que era alguém do píer?

Hal pegou os óculos e tocou no ícone da mensagem de texto.

CINCO DIAS, era tudo que dizia.

Sem assinatura. Mas nem precisava para Hal saber de onde vinha.

A sonolência aflita foi embora. De repente ela despertou completamente, com arrepios de medo, como se a qualquer momento o homem que ciciava e usava a bota com ponteira de metal pudesse aparecer na porta, arrancá-la da cama estreita e lhe dar um soco na cara. *Dentes quebrados... ossos quebrados.*

Ela começou a tremer.

Eles não podem encontrá-la aqui. Você está segura aqui.

As palavras acalmaram o coração acelerado, e ela ficou repetindo aquilo como um mantra até os dedos pararem de tremer para ela abrir o zíper da mala.

Você está segura. É só sobreviver a esse dia. Um passo de cada vez.

Um passo de cada vez. Ok. O pequeno quarto estava terrivelmente frio, sua respiração formava vapor. Hal vestiu uma calça jeans e camiseta. O agasalho estava no fundo da mala, enrolado com outras peças de roupa. Hal puxou apressada e não notou a lata que veio junto. A lata caiu no chão, a tapa voou longe e as cartas de tarô se espalharam, como folhas coloridas de outono.

A carta que tinha cortado antes da viagem ficou por cima, o Valete de Espadas, com a cabeça inclinada, olhar arrogante e um pequeno sorriso, que podia ser qualquer coisa, de um desafio à resignação. Era uma carta que Hal tinha visto milhões de vezes, conhecia cada detalhe dela, do pássaro aos pés do valete até o pequeno rasgão no canto superior direito. Quando a pegou junto com as outras, ela parou, notou alguma coisa no rosto dele e tentou analisar o que podia ser.

Mas não viu mais o que tinha chamado sua atenção, por isso largou as cartas na cama, desdobrou o agasalho tremendo de frio e enfiou pela cabeça.

O calor a envolveu como um abraço e depois de calçar as meias e as botas de cano longo de motociclista teve a sensação de estar de armadura, mais preparada para enfrentar a família como quem era de verdade, e não a impostora que tinha se tornado na véspera.

Ao finalizar, ajeitou o cabelo com os dedos, pegou o celular da mesa de cabeceira e olhou em volta para verificar se tinha esquecido alguma coisa.

Com a luz forte da manhã o quarto pareceu diferente, menos assustador, talvez, só que mais nítido, mais inóspito, inclemente. Todos os detalhes que ela havia notado na véspera apareciam em relevo: as barras da grade na janela pintadas de preto como a cabeceira da cama, a lareira minúscula, do tamanho de uma caixa de sapato, a pintura do teto com manchas de infiltração. À luz do dia, deu para ver que o que pensava ser uma sombra sobre a janela na verdade era uma abertura que não tinha sido fechada direito. Chegou mais perto e sentiu a corrente de ar entrando por ali. Não era de admirar que fizesse tanto frio no quarto.

Hal enfiou a mão entre as grades e empurrou um dos caixilhos para fechar direito a janela de guilhotina, mas pareceu emperrada e a posição da grade a impediu de empurrar com mais força.

Mesmo assim, ela enfiou as duas mãos entre as barras e tentou de novo, se abaixou para ter um ângulo melhor e, ao fazer isso, notou uma coisa brilhando no vidro. Era um arranhão, aliás mais de um, era alguma coisa escrita.

Hal se endireitou para tentar decifrar as letras. Estavam atrás de uma das barras e era difícil ver, mas ela inclinou a cabeça para um lado e a luz do sol pegou as marcas no ângulo certo, fazendo a palavra brilhar como se tivesse sido escrita com fogo branco.

SOCORRO, ela leu, em maiúsculas e com riscos irregulares.

O coração de Hal bateu mais rápido. Ficou ali parada, olhando, querendo entender.

Quem tinha escrito aquilo? Uma empregada? Uma criança? E quanto tempo atrás?

Não era um pedido de ajuda. A mensagem não podia ser vista do lado de fora, nem de dentro, naquele ponto. Estava escondida de propósito atrás das barras da grade. Nem Hal teria visto se não ficasse exatamente naquele lugar.

Não, aquilo era outra coisa... diferente. Não tanto o desejo de ser ouvida, mais uma expressão de um pensamento apavorante demais para ficar guardado.

Hal pensou na mãe, dizendo para ela falar em voz alta para tirar pesadelos da cabeça, lembrou-se de quando sussurrava *pare com isso*, um mantra para expulsar os demônios. Será que aquilo era a mesma coisa? Será que aqueles arranhões eram as marcas de alguém querendo se firmar na realidade, calar as vozes do medo?

SOCORRO.

Mesmo agasalhada, Hal sentiu frio de repente, muito frio, aquele gelo que vem de dentro, e na cabeça ouviu uma voz repetindo a palavra sem parar.

SOCORRO.

Hal imaginou uma menina igual a ela, sozinha naquele quarto. Com grade na janela e a porta trancada.

Só que a porta não estava trancada, pelo menos não para ela. E o que quer que tivesse acontecido ali, não era problema dela. Aquela não era sua família, nem seu segredo, e tinha mais com o que se preocupar do que com alguma menina de muito tempo atrás com uma queda por gestos dramáticos.

O que tinha acontecido naquele quarto, o passado daquela casa, não importava. O que importava agora era passar o dia sem se revelar e obter o máximo de informação possível sobre Maud. Com isso, quem sabe uma data de nascimento, até o nome completo, se conseguisse essa informação, poderia escapar e voltar para Brighton para forjar uma certidão de nascimento para convencer o Sr. Treswick. Bata na madeira.

Bata na madeira. Ela sabia o que a mãe teria dito sobre isso. Conseguia imaginá-la muito bem, balançando a cabeça, o sorriso de canto da boca. De repente Hal sentiu uma saudade tão grande que foi como uma dor física no coração.

Nunca acredite nisso, Hal. Nunca acredite nas suas mentiras.

Porque superstição era uma armadilha, foi isso que ela aprendeu nos anos de trabalho no píer. Bater na madeira, cruzar os dedos, contar as pegas, tudo isso era mentira. Falsas promessas que davam a ilusão de controle e de significado num mundo em que o destino vinha de nós mesmos. *Você não pode prever o futuro, Hal*, lembrava a mãe dela, várias vezes. *Você não pode influenciar o destino nem mudar o que está fora do seu controle. Mas pode escolher o que você faz com as cartas que tira.*

Hal sabia que isso era verdade. A verdade dolorosa e inabalável. Era o que tinha vontade de gritar para os clientes, para os que voltavam sempre procurando respostas que ela não podia dar. Não existe nenhum significado mais elevado. Algumas coisas acontecem sem motivo. O destino é cruel e arbitrário. Bater na madeira, amuletos da sorte, nada disso ajuda a ver o carro que você nunca viu se aproximando, nem evita o tumor que nem sabia que tinha. Na verdade, é bem o contrário. Porque naquele instante em que você vira a cabeça para contar a segunda pega, com a esperança de mudar a sua sorte de tristeza para alegria, é aí que afasta sua atenção das coisas que você pode realmente mudar, o sinal de trânsito, o carro em alta velocidade, o momento em que você devia voltar.

As pessoas que iam ao seu quiosque buscavam significado e controle, só que estavam procurando no lugar errado. Quando se entregavam a superstições, desistiam de dar forma ao próprio destino.

Bem, se havia uma coisa que Hal tinha aprendido era que não cairia nessa armadilha. Ia moldar a própria vida. Mudaria a própria sorte. Criaria a própria sorte.

17

A sala de estar onde tinham ficado na noite anterior estava deserta, as cinzas já frias na lareira e três copos de uísque deixados na mesa. Mas o barulho de um aspirador de pó vinha de algum lugar da casa, e Hal seguiu aquele ruído, por um corredor com várias aves de rapina empalhadas sob vidro empoeirado, e por uma sala arrumada para o café da manhã. Tinha caixas de cereal, um pote de margarina e um saco de pão de forma ao lado de uma torradeira muito antiga.

Mais adiante havia um jardim de inverno cheio de parreiras e laranjeiras... pelo menos devia ter sido, em algum momento. Não havia mais nenhum pé de laranja, mas as etiquetas nos vasos ainda tinham seus nomes — laranjeira Cara Cara, laranjeira Valência, laranjeira Moro. Restavam algumas parreiras com seus troncos sinuosos e grossos brotando da terra, mas quase todas mortas. As folhas estavam amarelas e alguns cachos de uvas que pareciam passas se agarravam aos pés. A única coisa viva eram os tufos de grama que resistiam entre os tijolos do piso. Fazia muito frio ali, havia uma corrente de ar gelado vinda de algum lugar que fazia as folhas das parreiras mortas balançar e sussurrar. Hal olhou para cima e viu que um dos painéis do teto tinha o vidro quebrado, e que era por ali que entrava o vento.

O barulho do aspirador de pó estava bem alto agora. Vinha do cômodo do outro lado do jardim de inverno. Hal passou pelas parreiras secas e abriu a porta na extremidade.

Era uma sala de estar muito escura, com excesso de mobília bem no estilo vitoriano, com cortinas e mesas de canto cheias de penduricalhos, e sofás com estofado exagerado. No centro da sala, no tapete da lareira, estava a Sra. Warren, a bengala encostada num canto, empurrando o aspirador de pó de um lado para outro, muito séria. Hal pensou em sair dali, mas mudou de ideia. Ainda precisava de informação sobre Maud, e aquela podia ser a oportunidade perfeita, uma conversa tranquila, só as duas... seria muito mais fácil controlar o que era dito e chegar ao que ela queria saber. E ainda podia usar a idade e a surdez parcial da Sra. Warren em seu benefício. Velhas senhoras costumavam gostar de relembrar e seria fácil desfazer qualquer deslize fingindo que a Sra. Warren não tinha ouvido direito o que ela disse.

Hal tossiu, mas a governanta não ouviu, com o barulho do aspirador, então ela acabou pigarreando e chamou.

— Olá? Oi, Sra. Warren.

A senhora deu meia-volta com o aspirador ainda funcionando e desligou em seguida.

— O que você está fazendo aqui? — perguntou ela em tom de acusação.

Hal se encolheu um pouco, sem querer.

— Eu... me desculpe, ouvi o aspirador e...

— Essa é minha sala de estar, particular, está vendo?

— Eu não sabia — Hal se irritou e ficou na defensiva ao mesmo tempo. — Desculpe, mas eu não poderia saber...

— Você *devia* saber, sim — retrucou a velha senhora.

Ela botou o aspirador de pó de pé de novo e pegou o tubo.

— Vir aqui assim, andando a esmo, como se fosse dona do lugar...

— Não foi nada disso! — Hal disse, tangida para longe da melhor educação. — Eu nunca faria isso... só não sabia...

— Trate de perguntar, ouviu? Não saia metendo o nariz no que não é da sua conta.

A Sra. Warren parou de falar e apertou os lábios em bico, como se quisesse dizer mais e achado melhor não, de cara feia para Hal, exibindo hostilidade sem disfarce.

— Olha, eu já pedi desculpas — disse Hal.

Ela cruzou os braços com atitude defensiva, espicaçada pela injustiça, mas não dava para se defender, já que não podia se dar ao luxo de antagonizar alguém de quem talvez precisasse extrair alguma informação. Além disso, no fundo, a velha senhora tinha razão. Ela era uma intrusa, por mais que fingisse outra coisa.

— Vou voltar para a outra ala. Eu ia... — veio uma inspiração repentina. — Ia só perguntar se precisava de alguma ajuda.

Ela sorriu, satisfeita com a esperteza, mas o sorriso desapareceu ao ver a Sra. Warren se empertigar em toda a sua pouca altura, com expressão venenosa.

— Ora, que jovem mais prestativa. Posso estar chegando lá, mas ainda não fiquei senil e não preciso de ajuda de tipos como você — disse a Sra. Warren, e terminou com uma frase que pareceu um insulto. — O café da manhã será servido às oito.

Ela virou de costas e ligou o aspirador de novo.

Hal saiu rapidamente de lá, fechou a porta e voltou ao jardim de inverno, incomodada com o encontro. Como é que a Sra. Warren pôde levar suas últimas palavras para o lado pessoal daquele jeito? Foi como se ela quisesse se ofender.

Ora, que jovem mais prestativa.

A insinuação incomodou muito, mais ainda porque não era verdade. Se fossem Richard ou Kitty que tivessem aparecido na porta, daria para entender. Mas Hal foi criada longe demais de um berço de ouro. Pensou na sua infância, quando passava o aspirador de pó na sala de estar depois das aulas, antes da mãe chegar do píer, querendo aliviar a carga para ela sempre que podia. Lembrou das roupas de segunda mão que a mãe pegava nas lojas de caridade, dos sapatos de menino que tinha de usar quando não havia nenhum de menina do tamanho dela. *Sabe de uma coisa?* dizia a mãe, implorando com o olhar para Hal gostar do sapato. *Acho que são mais legais, afinal. Combinam com você.* Hal sorria, meneava a cabeça e usava aqueles sapatos de muito bom grado. *Eu prefiro esses*, dizia para as meninas na escola. *São melhores para correr, pular e jogar futebol.*

E, no fim das contas, eram mesmo.

Você não sabe nada de mim! ela quis gritar na porta da sala de estar.

Foi andando devagar pelo jardim de inverno, pensando no que ia fazer até os outros descerem. Lá fora dava para ver através do limo verde nos vidros o gramado descendo até o mar, e mais adiante os teixos varridos pelo vento, os mais distantes da casa vergados ao meio pelo vento contínuo do mar. As pegas andavam no gramado e Hal pensou na cantiga que o Sr. Treswick tinha recitado na véspera. Não dava para contar os pássaros com o vidro embaçado, mas devia haver pelo menos sete, talvez mais, e pareceu certo, naquela casa cheia de segredos.

Bem, tinha ficado claro que não ia conseguir nenhuma resposta da Sra. Warren. O aspirador de pó continuava funcionando atrás da porta da saleta, mas Hal não acreditava mais na sua capacidade de extrair informação da governanta, nem quando ela saísse dali. E o resto da casa estava silencioso. Mas talvez pudesse usar aquela conversa em proveito próprio.

Sem fazer barulho, ela abriu a terceira porta do jardim de inverno. Dava num pequeno corredor com um banheiro de um lado e água pingando na cisterna, do outro uma porta fechada.

Hal olhou para trás lembrando-se das acusações da Sra. Warren quanto a estar bisbilhotando, mas, com o aspirador ligado e uma onda desafiadora de adrenalina, ela girou a maçaneta. Entrou e fechou a porta com todo o cuidado para não fazer barulho.

Era um estúdio, que evidentemente não era usado havia muito tempo. Os livros estavam cobertos de poeira grossa, havia teias de aranha no mata-borrão sobre a mesa e um telefone de baquelite amarelada do tipo que Hal só tinha visto em filmes. Ela viu um livro com capa de couro ressecado e rachado na mesa, com o título *Planejamento diário* gravado em letras douradas desbotadas, então gentilmente abriu a capa. *Diário de mesa e agenda 1979*, Hal leu. Era mais velho do que ela. Largou a capa, que fechou com um ruído abafado e soltou uma nuvem de poeira.

De quem tinha sido aquele escritório? Era bem masculino, de um jeito que Hal não saberia definir, e não conseguia imaginar a Sra. Westaway ali. Será que era do Sr. Westaway? O que tinha acontecido com ele?

Ela folheou o diário torcendo para aparecer alguma coisa útil. *Aniversário de Maud* seria esperar demais, mas podia haver alguma outra informação que servisse para ela. A caligrafia era tão ruim que nem dava para entender, e as anotações que ela pode decifrar não eram nada promissoras, só de negócios — *reunião CF... telefone Webber... 12:30h Sr. Woeburn, Barclays.*

Hal fechou o livro e examinou o resto do estúdio. Na frente da mesa havia estantes com livros até o teto, poeirentas e com teias de aranha, como tudo ali. Tudo, exceto um livro, Hal notou de repente, posto no alto, à direita, um livro fino e anônimo com lombada amarelo-clara.

Embaixo dele havia uma escada de madeira para alcançar o alto da estante, e, mais de perto, Hal conseguiu ver que havia uma pegada na poeira, ainda com pó também, mas não dos trinta anos acumulados no escritório.

Hal inclinou a cabeça, ouviu o aspirador para lá e para cá, então subiu a escada para pegar o livro, procurando pôr os pés bem em cima das marcas deixadas por alguém.

Era um álbum de fotografias, deu para ver assim que ela pegou. Abriu e as páginas grossas estalaram quando a película plástica que cobria as imagens começou a desgrudar.

A primeira página tinha uma foto em preto e branco de um bebê gordo e louro num carrinho antiquado, com um suéter minúsculo do tipo irlandês com cordas entrelaçadas, olhando para a câmera. Atrás dele, um gramado que descia até o mar, e Hal reconheceu a vista do pátio superior de Trepassen, do lado de fora da sala de estar. *Harding, 1965*, estava escrito a lápis em um canto.

Hal virou as páginas se sentindo como uma viajante do tempo indo para o passado na ponta dos pés. Tinha um menininho de uns dois anos na praia perto da casa e outra foto dele sentado no colo de um homem empertigado e formal, de bigodinho. O menino devia ser Harding, mas quem era o homem? O Sr. Westaway?

Mais fotografias, uma colorida do mesmo menino, um pouco maior, num velocípede azul. H, *junho 1969*, dizia a legenda. Depois uma de Harding com o uniforme da escola, pernas em X de short cinza, e depois apareceu outro bebê, de carinha vermelha, recém-nascido. Maud? Por um segundo Hal sentiu o coração pular ao ver a legenda a lápis e procurar a data. Mas não, dizia *Abel Leonard, nascido dia 13 de março de 1972*. Na página oposta, uma foto em preto e branco do mesmo bebê deitado no tapete na frente da lareira, mexendo as pernas. *A.L., 3 meses*, dizia a legenda.

Quando ia virar a página, ouviu um barulho e parou. Vozes chegando pelo corredor. Não da Sra. Warren, dos membros da família. E estavam se aproximando.

Não podiam encontrá-la ali, mexendo nos papéis da família.

Hal pôs o livro no lugar às pressas, desceu a escada sem prestar tanta atenção onde punha os pés e parou prendendo a respiração para tentar saber de onde vinham aquelas vozes. O coração dela batia alto demais e não pôde distinguir logo. Então ouviu alguém gritar "Sra. Warren, onde podemos encontrar café?", e percebeu que estavam na saleta de café.

Hal saiu do estúdio rapidamente, fechou a porta e correu pelo corredor. Bem na hora, porque assim que ela entrou no jardim de inverno a porta da saleta abriu e apareceu a cabeça de Harding.

— Sra.... — ele parou — Ah, Harriet.

— Sim — disse Hal, meio ofegante.

Ela viu que tinha poeira nos dedos, do estúdio, e limpou disfarçadamente na parte de trás da calça.

— Eu estava fazendo hora aqui até as oito, a Sra. Warren disse que o café seria servido às oito.

— Bem, é melhor vir para cá, então — disse Harding.

O jeito dele pareceu um pouco constrangido, ele tossiu e tirou uma poeira imaginária do suéter azul antes de falar.

— Sobre ontem à noite, Harriet, claro que a notícia foi um choque, mas espero que você não...

— Por favor — Hal conseguiu dizer e sentiu um rubor traidor subir ao rosto. — Não precisa...

Mas Harding ia falar de qualquer jeito e Hal não teve escolha, precisou ficar ouvindo um discurso empolado, que foi basicamente um pedido de desculpas pelo que havia dito na noite anterior.

— Não quer dizer — ele arrematou — que eu não tenha certa preocupação com o estado mental da mamãe. Mas estava errado, e muito errado, ao sugerir que tinha a ver com você, Harriet. Se você tem algum envolvimento nisso tudo é de observadora inocente. Bem, então é isso. — Ele tossiu e alisou o suéter de novo. — Vamos seguir para coisas mais agradáveis, espero que esteja se sentindo melhor.

— Ah, ah, sim — disse Hal com o rosto ainda vermelho e quente. — Obrigada. Estou me sentindo bem. Vou poder viajar hoje.

— Viajar hoje? — Harding ergueu uma sobrancelha. — Nem pense nisso, minha querida. O Sr. Treswick precisa reunir todos os beneficiários no escritório dele em Penzance e, de qualquer modo, temos muita coisa para resolver aqui.

Diante da menção da reunião com o advogado, Hal sentiu o estômago revirar e o mesmo mal-estar que teria se o chão desaparecesse de baixo dos seus pés. Claro que ela sabia que haveria os acertos e as formalidades, mas nas suas fantasias sobre o desenvolvimento da história ela sempre imaginou que mandaria os documentos pelo correio da segurança de outro lugar. Mas isso foi antes, quando imaginava uma herança de no máximo alguns milhares de libras.

Agora, com todo o patrimônio atrelado à sua identidade...

A ideia de ter de ir pessoalmente e ficar lá com o coração na boca enquanto examinavam os documentos não era nada boa. Provavelmente haveria perguntas também, perguntas específicas, que Harding, Abel e Ezra não tinham feito no velório da mãe por educação, e Hal não teria tempo para formular respostas plausíveis, nem para escolher as palavras que ia usar. E se o Sr. Treswick percebesse seu erro enquanto ela ainda estivesse no escritório dele? Chamaria a polícia?

Ela abriu a boca para responder, mas, antes de encontrar as palavras certas, a porta atrás dela foi aberta e a Sra. Warren apareceu, de bengala na mão.

— Ah, Sra. Warren — disse Harding com um sorriso submisso. — Estávamos falando do café da manhã. Bondade sua arrumar a torradeira e tudo. Onde podemos arranjar café e chá?

— Não são oito horas ainda — respondeu a Sra. Warren friamente.

Harding não esperava isso, e Hal percebeu que ele fazia o melhor que podia para não parecer contrariado.

— Bem, sei disso, mas faltam cinco para as oito...

— O que Harding quer dizer... — disse uma voz atrás deles, Hal virou e viu que era Ezra parado na porta.

Tinha a barba por fazer e parecia de ressaca, as roupas amassadas e o cabelo embaraçado, mas Hal o viu dar o sorriso mais charmoso e malandro que ela lembrava ter visto, e esse sorriso transformou toda a expressão dele.

— O que ele quis dizer foi, será que podemos convencê-la, Sra. Warren, a deixar que tiremos um pouco do trabalho das suas mãos fazendo nosso próprio chá?

— Bem — disse a Sra. Warren, alisando o cabelo com a mão livre —, não sei disso não, Sr. Ezra — o sotaque dela ficou de repente mais forte. — A minha cozinha é a minha cozinha. Mas vou ver o que posso fazer.

Ela deu meia-volta e desapareceu pela porta do fundo do jardim de inverno, e Ezra piscou para Hal.

— Harriet. Bom te ver na vertical. Você deu um show e tanto ontem à noite.

— Eu... — Hal sentiu que ruborizava.

Um show e tanto. A referência era ao desmaio, mas a palavra show incomodou de tão perto da verdade.

— Estou bem melhor.

— Incomum é ver você, Ezra, na vertical a essa hora, já que falamos nisso — disse Harding meio aborrecido.

— Felizmente para você e seu chá matinal eu estou, Harding. Qual é aquele ditado que fala de moscas e de mel?

— Danem-se as moscas, ela é uma velha rabugenta. Não sei por que mamãe aguentou tantos anos. E ela saiu com suas trinta mil libras intactas.

— Isso não vem ao caso — disse Ezra.

O sorriso dele tinha desaparecido e, sem disfarçar, ele olhava para Harding com expressão bem próxima de desgosto.

— E abaixe a voz, a não ser que queira passar o resto da estada aqui à base de sopa fria.

— O que quer dizer, que não vem ao caso?

— Quero dizer que ela foi basicamente cuidadora da mamãe por uns 15 anos, por um salário miserável. Você acha que íamos conseguir uma enfermeira morando aqui com o que mamãe pagava para a Sra. Warren? Trinta mil me parece um preço bem em conta.

— Bem interessante você dizer que "nós" não íamos conseguir uma enfermeira — retrucou Harding irritado. — Não sei o que você sabe desse assunto, já que nós não o vemos por essas bandas há quase vinte anos. Abel pelo menos tinha uma desculpa para ir embora. Nós que ficamos para cuidar das nossas responsabilidades...

— Você sempre bancou essa merda de santarrão — disse Ezra e deu um largo sorriso, fazendo brincadeira das palavras, mas não havia charme nenhum dessa vez, era mais como um lobo arreganhando as presas.

Hal prendeu a respiração sem saber no que aquilo ia dar, mas Harding não respondeu. Em vez disso, ele simplesmente revirou os olhos e se afastou do irmão, indo para a copa. Ele segurou a porta aberta para Hal passar.

Na copa, Mitzi, Richard e os outros dois filhos estavam sentados numa ponta da mesa comprida. Abel e Edward não estavam lá.

— Harriet querida — disse Mitzi, que tinha posto batom aquela manhã e os lábios coloridos e alegres contrastavam com os tons desbotados do ambiente e com a luz do dia sem sol. — Como está se sentindo hoje?

— Estou bem, obrigada, Mitzi — respondeu Hal.

Ela sentou na cadeira que Harding puxou, entre Ezra e ele.

— Não sei o que aconteceu ontem comigo. Deve ter sido o frio e o fato de não ter comido nada.

— Para não falar do choque — disse Mitzi.

Ela fez uma careta de desaprovação e pegou a granola.

— Não sei o que o Sr. Treswick estava pensando quando jogou aquele testamento em cima de nós daquele jeito.

— Bem, mais cedo ou mais tarde ele teria de contar — disse Ezra, que parecia recuperado da irritação com Harding, o sorriso tinha voltado e estava ainda mais convincente. — Ele deve ter achado melhor arrancar o esparadrapo de uma vez só. Acabar logo com isso.

— Ele devia ter nos preparado — teimou Mitzi. — Especialmente o pobre Harding.

— Por que pobre Harding? — perguntou Ezra com um sorriso largo para Mitzi. — Nós estamos tão espantados quanto ele, ou será tão chocante assim ser associado com os pobretões aqui?

— Ezra — disse Mitzi com cara de quem está chegando ao limite da paciência —, você não estava aqui, mas Harding certamente foi levado a acreditar que...

— É dureza se você já deu a entrada do novo Land Rover — disse Ezra de bom humor.

— Escute aqui... — disse Harding, ao mesmo tempo que Mitzi retrucou.

— Ezra, você está provocando de propósito.

Ezra deu risada, jogou a cabeça para trás, e Hal viu a linha do maxilar dele com a barba por fazer, e a cavidade formada pela clavícula exibida pela camisa desabotoada em cima.

Então ele levantou, largou o guardanapo e espreguiçou até a camisa sair toda da calça.

— Foda-se — disse ele laconicamente, debruçou sobre a mesa e pegou uma torrada com manteiga do prato de Richard. — Isso é mais hipocrisia do que posso suportar no café da manhã. Vou sair.

— Sair para onde? — Mitzi quis saber, mas Ezra nem ouviu.

Ele deu uma mordida enorme na torrada do Richard, jogou o resto na mesa e saiu com passos largos.

— Ele é impossível! — explodiu Mitzi quando Ezra bateu a porta. — Harding, você vai deixar ele escapar com essa?

— Dane-se, Mit. O que quer que eu faça? — Harding empurrou o prato dele. — De qualquer forma, ele tem razão.

— O que quer dizer? Ele roubou a torrada do Richard! E como é que ele ousa acusá-lo de hipocrisia?

— Ah, pelo amor de Deus — Harding levantou, foi até a torradeira e botou duas fatias de pão. — Satisfeita? A torrada é o que menos importa aqui.

— Acusá-lo de hipocrisia então, que desfaçatez!

— Acho que foi um comentário genérico, Mit, e por mais que o ache profundamente irritante, ele não está errado quanto a isso, está? Nós todos naquela igreja ontem, com cara de tristeza, duvido que houvesse alguém ali lamentando a morte dela.

— Como ousa dizer isso?

A voz veio da porta e todos viraram para ver a Sra. Warren parada com um bule de café tremendo em uma das mãos.

— Como ousa, inseto rastejante que não serve para nada?

— Sra. Warren — disse Harding tenso, ficando de pé. — O que eu falei foi para a minha mulher e, de todo modo...

— Não me venha com "Sra. Warren", seu merda desprezível — ela rosnou e o sotaque de Cornwall fez o palavrão parecer uma praga em outra língua.

— Sra.... — Harding começou, mas não conseguiu concluir.

A Sra. Warren pôs o bule de café na mesa com tanta força que espirrou gotas nos pratos deles e deu um tapa atrás da cabeça de Harding, como se ele fosse uma criança malcriada.

Hal ficou paralisada. A cena toda era surreal — Harding ali parado como um garoto arrogante pego xingando no corredor da escola; a Sra. Warren com o rosto retorcido de fúria; Mitzi, Richard e as outras crianças de olhos arregalados, chocados.

— Sra. Warren! — berrou Harding furioso, esfregando a cabeça, e naquele momento a filha dele gritou.

— Papai! — o pai não respondeu e a menina chamou outra vez, com mais urgência. — Papai! As torradas!

Todos olharam para a torradeira velha na ponta da mesa que soltava fumaça das aberturas em cima. Hal viu horrorizada o pão de forma carbonizado pegar fogo.

— Essa praga de torradeira! — rugiu Harding. — É uma armadilha mortal, mamãe devia ter jogado fora anos atrás.

Ele foi até a tomada na parede, puxou o fio e depois jogou um dos panos do jogo americano em cima da torradeira fumegante. O fogo apagou. O cheiro forte de tecido queimado se juntou ao da torrada, e Mitzi bufou.

— Ah, pelo amor de Deus, não tem nada que funcione nessa casa? Sra. Warren, será que...

Mas ela parou de falar. A Sra. Warren não estava mais lá.

18

Durante o restante do café da manhã todos ficaram tensos, como se ninguém quisesse falar da explosão da Sra. Warren e do desaparecimento de Ezra. Mesmo sabendo que devia usar aquele tempo para arrancar fatos sobre Maud antes da entrevista com o Sr. Treswick, Hal engoliu a torrada, pediu licença e saiu da mesa o mais depressa possível.

No corredor, ela parou um momento, tentando resolver o que ia fazer. Não tinha vontade nenhuma de voltar para aquele quarto que mais parecia um caixão, mas ficar perambulando pela casa como se já fosse sua seria presunção demais.

Ela precisava sair, clarear as ideias, pensar qual seria o próximo passo.

Mais adiante ela viu aberta uma porta que dava para o jardim, devia ser por onde Ezra tinha saído. Ela seguiu o vento forte, saiu e pisou no cascalho da frente da casa. Havia ali uma via larga para carro salpicada de mato e de brotos de plantas que espalham as próprias sementes. À esquerda havia um bloco de construções baixas — garagens, ou talvez antigos estábulos, pensou ela — mas o cheiro de fumaça de cigarro num canto indicou que era ali que Ezra estava, e ela não queria encará-lo naquele momento. Aliás, o que ela precisava era de um tempo longe de todos eles.

Então Hal foi para a direita, passou por um pequeno arbusto maltratado que tinha cheiro forte de gatos e deu a volta em direção à fachada que tinha visto no cartão postal, a casa comprida e baixa, o gramado descendo até o mar.

O que tinha acontecido com aquela casa, com aquela família? A imagem de tranquilidade que tinha visto na fotografia do cartão postal, chá no gramado, como em uma história saída de um livro de Agatha Christie, tudo isso havia desaparecido, engolido pela decadência e alguma coisa mais estranha e mais preocupante. Não era apenas a sensação de uma casa negligenciada há muito tempo. Era algo mais sombrio, de um lugar que esconde segredos, onde pessoas foram tremendamente infelizes e ninguém apareceu para consolá-las.

Entretida com seus pensamentos, Hal caminhou pelo gramado gelado, sentindo a geada estalar sob as botas. O ar estava frio, ela bufou e viu o vapor branco da respiração desaparecer. Parou para virar e olhar para a casa e notou que tinha se afastado bastante, que a propriedade era muito grande. Do quarto no sótão era difícil ver onde o jardim terminava e o campo começava, mas agora tinha chegado quase ao bosque no fim do gramado, estava bem a uns duzentos metros da casa e deu para ver que o bosque fazia parte do terreno — um conjunto de árvores com alguma coisa no centro. Hal pensou ter visto algo brilhar em meio às árvores. Será que era água?

— Admirando seus domínios?

Ela se assustou com a voz que chegou por trás, subindo a encosta, virou a cabeça e viu Abel andando no gramado com as mãos nos bolsos.

— Não!

A resposta saiu como defesa antes de Hal pensar direito e ela sentiu o rosto arder não só por causa do frio, mas Abel só riu. E cofiou o bigode.

— Não sou Harding, não precisa se preocupar comigo quanto a isso. Não tenho ressentimento nenhum, posso assegurar. Eu não esperava nada mesmo.

Hal cruzou os braços, sem saber o que dizer. Percebeu que, para alguém que vivia enfatizando que não se preocupava com o fato de ter sido cortado da herança, Abel falava muito a respeito disso. Ela se lembrou do que Mitzi tinha dito na biblioteca, ah, Abel, pare de bancar o santo! Será que existia alguém assim tão desapegado? Será que havia alguém capaz de sobreviver a ser deserdado pela mãe e sinceramente não sentir amargura nenhuma?

Abel deve ter sentido a ambiguidade dela, ou pelo menos seu desconforto com o assunto, pois começou a falar de outra coisa.

— Mas conte, o que aconteceu no café da manhã?

— Café da manhã? — Hal gaguejou.

Lembrou-se da quase briga de Harding e Ezra e sentiu que queria escapar daquilo, não queria ser pega na complicada teia de ressentimentos e lealdades que via entre os irmãos.

— N-não sei bem do que está falando. Harding e Ezra tiveram... bem... uma certa desavença.

— Ah, não precisa se preocupar com eles — disse Abel, dando risada e apressando o passo para acompanhá-la. — Eles se enfrentam assim desde que Ezra aprendeu a falar. A propósito, se formos para a esquerda aqui posso mostrar o labirinto.

— Tem um labirinto?

— Não é dos melhores. Fica aqui — ele apontou para o bosque, para o fim do gramado. — Mas não foi isso que eu quis dizer, estava falando das nuvens de fumaça que flutuaram escada acima.

— Ah, isso! — Hal exclamou e riu também, aliviada por estar em terreno menos sensível. — A torradeira pegou fogo.

— Ah, foi isso? Pensei que talvez a Sra. Warren tivesse tentado incendiar a casa em vez de passá-la para os que não merecem.

Hal ficou vermelha de choque ao ouvir isso, e o rosto de Abel mudou.

— Ah, meu Deus, Harriet, desculpe, foi burrice minha dizer isso. Não falei de você, só quis dizer... bem, olhe, a Sra. Warren sempre bancou a Sra. Danvers. Acho que não gostaria que nenhum de nós herdasse, talvez só o Ezra.

— Tudo bem — disse Hal nervosa, porque não podia admitir que Abel tivesse chegado tão perto da verdade. — Por que ela gosta tanto do Ezra? — conseguiu perguntar depois de um momento de silêncio constrangido.

Abel soprou nas mãos e produziu uma nuvem branca entre eles, como se pensasse na pergunta.

— Quem sabe? — respondeu. — Não tem um motivo, comprovado pelo menos. Ele sempre foi charmoso, mas Deus sabe que a Sra. Warren resiste bem a esse tipo de coisa. Ele sempre foi o preferido da mamãe também. Talvez seja a síndrome do caçula. Caçula menino, quero dizer. Sua mãe foi realmente a mais nova, é claro, por algumas horas.

— Eram gêmeos? — disse Hal sem pensar, e quis morder a língua. Tinha de parar de falar a primeira coisa que vinha à cabeça. Nunca se considerou língua solta, na verdade era bem o contrário. Pessoas que a conheciam muitas vezes comentavam que ela era muito reservada, que não falava muito. Mas antes de ir para lá, não sabia que as conversas seriam tão impossíveis, que cada coisa dita ao acaso podia ser uma armadilha. Não era só a questão de falar demais sobre ela mesma e de ocultar as próprias falhas de conhecimento dos fatos, todo passo que dava era em território falso que podia despencar a qualquer momento. Não podia se dar ao luxo de esquecer isso.

Mas felizmente Abel parecia não ter notado a esquisitice que foi a pergunta dela. Ele só meneou a cabeça.

— Fraternos, é claro. Eles eram... eles eram muito próximos. Eu era quatro anos mais velho e Harding mais ainda, ele é oito anos mais velho do que eu, por isso já tinha saído de casa para a faculdade quando eles aprenderam a andar. Mas Maud e Ezra... acho que é por isso que ele nunca conseguiu superar o desaparecimento dela. Ele sempre teve personalidade tempestuosa, mas depois que ela fugiu... eu não sei, Harriet. Alguma coisa mudou. Foi como se todo aquele fogo virasse para dentro dele. Ele passou anos procurando por ela.

— Eu sinto muito — disse Hal com a garganta seca e irritada de tanta falsidade.

Abel pôs a mão no ombro dela gentilmente. Hal achou que aquele toque devia queimá-la, mas não queimou.

— Ela... ela era uma mulher formidável — ele disse baixinho. — Não sei o que ela contou para você da infância dela, mas não deve ter sido fácil ficar aqui com a mamãe depois que Harding e eu partimos. Ezra ficava no colégio interno a maior parte do tempo e, mesmo quando estava em casa, sempre dava um jeito de escapar do pior, mas... bem, minha mãe não era uma pessoa fácil de lidar, nem nos melhores momentos, e foi ficando mais esquisita e irascível com o passar do tempo. Acho que no fim a Sra. Warren foi realmente a única pessoa que suportava ficar perto dela, e nem sei ao certo se ela escapou ilesa. Mas ouça... — ele parou, pigarreou, respirou fundo e sorriu decidido. — Vim procurar você porque encontrei uma coisa no meu quarto e achei... bem, achei que você podia gostar.

Eles tinham parado de andar. Abel enfiou a mão no bolso e tirou uma fotografia amassada, dobrada, arranhada e amarelada com aquela estranha névoa dourada que sempre aparece nas fotografias de décadas atrás.

— Sinto não estar bem conservada, mas... bem, você vai ver.

Hal pegou a foto da mão de Abel e se curvou sobre ela. Ao ver o que era ficou sem ar e quase engasgou.

— Harriet? — Abel disse, inseguro — Desculpe, talvez esse não seja o momento...

Mas Hal não conseguia falar. Só olhava fixamente para a fotografia que apertava entre os dedos para disfarçar o tremor provocado pelo susto.

Pois ali no gramado, na frente da Trepassen House, estava um grupo de quatro pessoas — duas meninas, um menino e um homem um pouco mais velho, de vinte e poucos anos.

O homem era Abel, com seu cabelo cor de mel com corte estilo britpop anos 90 e roupas longe de parecerem as caras e impecáveis que usava agora, mas inconfundivelmente ele.

O menino era Ezra, aquele cabelo preto e sorriso maroto podiam ser reconhecidos num instante. E sentada ao lado dele uma menina loura de coturno punk bem gasto, rindo dele. Devia ser a gêmea perdida há muito tempo, a Maud desaparecida.

Mas o quarto membro do grupo, a outra menina, sentada sozinha um pouco afastada dos outros, olhos escuros olhando direto para a câmera e para quem estava tirando a foto... essa menina era a mãe de Hal.

Hal percebeu que não estava respirando, tratou de inspirar lentamente e deixou o ar sair, tentando não deixar que a respiração trêmula revelasse o quanto estava chocada.

A mãe dela esteve ali... mas quando? *Como?*

— Harriet? — Abel chamou. — Você está bem? Sinto muito, ainda deve ser muito dolorido para você.

— É... é — Hal conseguiu concordar, mas a voz era um sussurro da sua voz normal.

Ela engoliu em seco e se forçou a virar a fotografia para Abel.

— Abel, é você, Ezra e minha mãe, mas... — ela engoliu outra vez, pensando como ia perguntar o que precisava saber, sem se entregar. — Quem é a outra menina?

— Maggie? — Abel pegou a foto e sorriu para o pequeno grupo sentado ao sol para sempre, congelados na adolescência de vinte anos, jovens para sempre. — Meu Deus, a Pequena Maggie Westaway. Tinha quase esquecido dela. Ela era... bem, acho que uma prima distante. O nome dela era Margarida também, eu acho, como a Maud, mas nunca chamamos as duas por esse nome — comprido demais. Ela chamava mamãe de tia, mas acho que o pai dela era sobrinho ou primo do meu pai. Alguma coisa assim. Os pais dela morreram quando ela era adolescente, como você, Hal, e ela veio para cá para terminar o último ano na escola. Pobrezinha. Acho que não foi um tempo feliz para ela.

Hal olhou para a menina sentada na grama, para os olhos escuros bem abertos e viu o que Abel queria dizer. Havia um quê de desconfiança e ambiguidade no olhar da menina. Ela era a única no grupo que não estava sorrindo.

— Entendo — Hal disse, tentou firmar as pernas que tremiam e impedir que os músculos a traíssem. — Obrigada... obrigada por me mostrar. Significa muito.

— É para você — replicou Abel.

Ele estendeu a foto e Hal pegou, surpresa. Passou o dedo no rosto da mãe.

— É mesmo? Tem certeza?

— Sim, é claro. Não preciso dela, tenho bastante lembranças daquele tempo e não são todas boas. Mas esse foi um dia ótimo, lembro que nós todos fomos nadar no lago. Foi antes... ah, deixe para lá. Mas gostaria que você ficasse com ela.

— Obrigada — disse Hal.

Ela dobrou a fotografia cuidadosamente na marca e guardou no bolso. Então lembrou que tinha educação e sorriu.

— Obrigada, Abel, é um tesouro para mim.

Hal deu meia-volta e subiu a encosta congelada voltando para a casa, sem conseguir mais manter o disfarce.

Subiu correndo a escada para o sótão sentindo a forma da fotografia no bolso da calça jeans, e teve de se controlar para não pôr a mão na frente, como se quisesse escondê-la.

A mãe dela. Meu Deus, *a mãe dela*.

Hal chegou ofegante ao topo da escada do seu quarto no sótão, entrou, fechou a porta, tirou a foto do bolso e sentou no chão encostada na porta, olhando para a pequena imagem.

Tudo fazia sentido — a coincidência dos sobrenomes, erro do Sr. Treswick — a única coisa estranha é que o próprio Abel não tivesse adivinhado a verdade ao ver a fotografia. Porque agora estava tudo claro, Hal tinha a prova diante dos olhos.

Abel tinha chamado a mãe dela de Maggie. Hal nunca ouviu a mãe usar esse apelido. Mas era uma abreviação óbvia para Margarida. Um nome da família, a mãe dela disse uma vez, quando Hal perguntou por que os avós tinham escolhido um nome tão esquisito e difícil de soletrar. E depois encerrou a conversa, como costumava fazer quando Hal perguntava sobre sua infância e os seus pais, que tinham morrido há muito tempo.

O nome verdadeiro dela era Margarida também, como Maud.

Duas primas, as duas com o mesmo nome, Margarida Westaway. Ao procurar uma, o Sr. Treswick encontrou a outra, sem saber. Será que ele algum dia soube da existência da outra Margarida? Provavelmente não, senão teria se certificado de encontrar a pessoa certa. Mas se ele só tinha o nome, e um nome incomum... se procurasse uma Joan Smith teria de garantir que era a certa. Mas Margarida Westaway... ele podia ser perdoado por supor que tinha encontrado a mulher certa.

Mas agora que tinha superado o primeiro choque de ver a mãe jovem, destemida e naquela casa, a inquietação começava a se instalar.

A pergunta que tinha martelado em sua cabeça quando corria escada acima era como Abel podia ter visto aquela fotografia e não juntado os pontinhos — e agora, olhando para a imagem desbotada e amarelada, esse pensamento voltou, mais perturbador. Porque a outra Margarida, a que estava sentada na grama ao lado de Ezra, era loura, como Harding e Abel. A mãe de Hal era morena, como a própria Hal.

Hal tinha ouvido a vida toda pessoas falando da semelhança que tinha com a mãe, e nunca reparou no que queriam dizer, tirando o fato das duas terem o mesmo tom de pele. Mas agora... vendo a prova fotográfica diante dela, a mãe quando tinha mais ou menos a mesma idade que ela... agora Hal via perfeitamente. Nos olhos escuros desconfiados, da cor de café expresso, no cabelo preto liso, no nariz adunco, até no queixo empinado e desafiador da mãe, Hal estava se vendo.

Ali, bem na sua frente, estava a prova concreta da verdade e do erro que tinham cometido. Quanto tempo levaria para Abel, ou qualquer outra pessoa, perceber isso?

Inquieta, Hal levantou e foi até a janela. O céu estava encoberto e ao longe ela viu uma massa cinza salpicada de branco, subindo ao encontro do céu. Podia ser uma nuvem, mas Hal achava, sem ter certeza, que era o mar.

De repente sentiu uma vontade enorme de sair, de ir embora, agarrou as barras da grade como se pudesse afastá-las e escapar do confinamento daquele quartinho e da prisão que tinha criado para ela mesma naquela situação.

Porque quando guardou a fotografia no bolso de novo, Hal se deu conta de que a prova na fotografia era só metade da questão. O verdadeiro problema era muito pior.

Ao aceitar a foto, ao fazer as perguntas que fez, do jeito que aconteceu, Hal cruzou uma linha. Deixou de ser recipiente passiva do erro do Sr. Treswick, envolvida em uma suposição equivocada, sem má intenção da sua parte.

Não. Naquele momento em que aceitou a fotografia ela passou a enganar os Westaway voluntariamente, de forma que podia ser rastreada para ela e provada. E o resultado potencial da sua fraude não eram mais alguns milhares de libras, mas um patrimônio inteiro, roubado embaixo dos narizes dos verdadeiros herdeiros de Hester Westaway.

Até aquele ponto, pensou Hal, ela podia apelar para ignorância ou confusão. Podia citar a carta do Sr. Treswick que surgiu do nada, o fato de nunca ter conhecido os avós, podia se descrever como uma inocente de fora envolvida numa confusão, uma jovem crédula e tímida demais para questionar as discrepâncias no que tinham dito para ela.

Mas agora, de posse da fotografia e sem mencionar que a outra mulher na foto era sua verdadeira mãe, tinha dado início a uma coisa bem diferente.

Tinha começado a cometer uma fraude ativa e rastreável.

6 de dezembro de 1994

Não consegui dormir. Fiquei acordada com as mãos na barriga, tentando achatá-la, e pensei na noite em que isso aconteceu. Era fim de agosto, os dias mais longos e mais quentes do que eu podia imaginar, o céu naquele azul violento.

Os meninos tinham voltado da escola e da universidade e enchiam a casa com inabitual barulho e energia. Era estranho depois do silêncio abafado ao qual tinha me acostumado aqueles últimos meses. Minha tia estava em Londres por algum motivo, a Sra. Warren em Penzance visitando a irmã e, sem a presença sombria de realeza delas, a atmosfera ficou leve e cheia de alegria.

Maud foi me procurar no quarto. Eu estava lendo e ela entrou correndo, segurando uma toalha, o maiô vermelho e os óculos escuros.

— Mexa-se, Maggie! — disse ela, arrancando o livro da minha mão e o jogando na cama, me fazendo perder a marca da página em que estava, o que me deixou irritada. — Nós vamos nadar no lago!

Eu não queria ir, é isso que é estranho lembrar. Não tenho problema com piscinas e com o mar, mas jamais gostei de nadar em lagos, com a vegetação cheia de limo, a lama no fundo e os galhos que engancham nos pés. Mas não é fácil dizer não para Maud, e acabei deixando que ela me arrastasse lá para baixo, onde os meninos nos esperavam, Ezra segurando um par de remos.

Na casa de barcos caindo aos pedaços, Maud desamarrou o barquinho de fundo chato e fomos para a ilha. A água estava fosca e marrom. Maud amarrou o barco num cais improvisado e foi a primeira a entrar. Um brilho vermelho na água marrom e dourada, ela deu um mergulho longo e raso da ponta da plataforma de madeira apodrecida.

— Venha, Ed — ela gritou, e ele se levantou, deu um sorriso largo para mim, seguiu Maud até a beira do lago e pulou na água.

Eu não sabia se ia entrar, estava satisfeita de ver os outros rindo e brincando, jogando água uns nos outros. Mas o calor foi aumentando e, finalmente, me levantei com a mão na testa para proteger os olhos do sol, avaliando.

— Venha! — *gritou Abel.* — Está uma delícia!

Fui até a beira do cais sentindo a madeira molhada balançar e enfiei só a ponta dos dedos dos pés na água. Fiquei vendo com prazer o esmalte vermelho que Maud tinha me emprestado brilhar embaixo da água.

E de repente alguém agarrou e puxou meu tornozelo, inclinei o corpo para frente para evitar cair de costas e caí com tudo, a água dourada cobriu minha cabeça, a lama do fundo rodopiou em volta de mim, e foi mais lindo e mais aterrador do que eu podia imaginar.

Eu não vi quem me puxou, mas senti a pele dele encostada na minha embaixo da água, nossos braços se enroscando, quase brigando. E naquele momento em que nós dois subimos à tona, senti os dedos dele roçando no meu seio, estremeci, engasguei e não foi só o choque da água fria.

Nossos olhos se encontraram, azuis e castanhos, ele sorriu de orelha a orelha, meu estômago deu uma cambalhota e apertou com uma fome que eu nunca havia sentido. Foi então que eu soube que estava apaixonada e que daria tudo para ele, inclusive eu mesma.

Remamos de volta, fomos para casa e tomamos chá no gramado enrolados em toalhas, depois ficamos ali tomando sol.

— *Tire uma foto...* — *disse Maud preguiçosa, as pernas douradas em contraste com a toalha azul-clara* — *Quero me lembrar de hoje.*

Ele gemeu, mas obedeceu, foi pegar a câmera e preparou para a foto. Fiquei observando enquanto ele ajustava o foco e tirava a proteção da lente.

— *Por que tão séria?* — *ele perguntou ao levantar a cabeça, e percebi que eu estava franzindo a testa, concentrada, tentando fixar o rosto dele na minha memória. Ele me deu aquele sorriso irresistível e senti o meu se formar com empatia.*

Mais tarde, bem depois do jantar, quando o sol se punha, a Sra. Warren já tinha ido para a cama e os outros jogavam bilhar no feltro verde desbotado, rindo como nunca riam quando minha tia estava em casa. Ezra desceu com o aparelho de som do quarto dele e o som das fitas com James, R.E.M. e Pixies encheu a sala com o encontro de guitarras e baterias.

Eu nunca soube jogar bilhar, o taco nunca fazia o que eu queria, as bolas rolavam na mesa com vida própria. Maud dizia que eu não estava me esforçando, que era perfeitamente simples juntar causa e efeito, e saber onde a bola ia parar, mas isso não era verdade. Acho que eu tinha algum gene faltando. O que quer que fizesse com que Maud visse que, se atingisse a bola desse ângulo, ela ia ricochetear ali, faltava em mim.

Por isso deixei o pessoal jogando e fui para o gramado na frente da parte velha da casa. Estava sentada vendo o sol mergulhar no horizonte e pensando na beleza daquele lugar, apesar de tudo, senti alguém tocar no meu ombro, virei e o vi ali parado, lindo e bronzeado, com o cabelo caindo nos olhos.

— *Venha passear comigo* — *ele disse.*

Fiz que sim com a cabeça e fomos andar pelas trilhas dos campos, descendo para o mar. Deitamos na areia quente, vimos o sol afundar nas ondas numa explosão de vermelho e dourado, e não falei nada porque tinha muito medo de estragar aquele momento perfeito. Muito medo de que ele levantasse e fosse embora para sempre, e que tudo voltasse ao normal.

Mas ele não fez isso. Ficou deitado ao meu lado olhando o céu, e o silêncio parecia o ar que aspiramos antes de dizer alguma coisa muito importante. Quando o último raio de sol desapareceu no horizonte, ele virou para mim e pensei que fosse falar, mas não falou. Em vez disso, ele tirou uma alça do maiô do meu ombro. E pensei, é isso. Esperei a vida inteira para sentir isso, é isso que todas as meninas da escola comentavam, era isso que as canções diziam, para isso os poemas eram escritos. É isso. Ele é isso.

Mas agora o sol foi embora, estamos no inverno e sinto muito frio. E não tenho mais certeza se estava certa.

19

Hal não sabia quanto tempo tinha ficado ali sentada olhando para a fotografia e tentando resolver o que devia fazer. Mas ouviu bem baixinho o relógio da sala lá embaixo batendo onze horas, levantou e alongou pernas e braços gelados e enferrujados.

O desejo de correr para Brighton e se esconder do pesadelo que havia criado ainda era forte, só que eles sabiam onde encontrá-la. O Sr. Treswick tinha seu endereço, ele iria atrás dela e começaria a fazer perguntas. Além disso, havia a lembrança dos capangas do Sr. Smith à espera, das coisas que eles destruíram. Hal nunca se considerou covarde, mas era e estava descobrindo isso agora. Lembrou-se da voz do homem, do jeito de falar lento, suave e ciciando... *dentes quebrados... ossos quebrados às vezes...* e sabia que não tinha coragem de encará-lo de novo.

Não. Não podia voltar para lá sem o dinheiro.

Será que podia fugir para valer, de todos? Mas para onde iria, e como, sem dinheiro? Não tinha o suficiente sequer para pagar um táxi até Penzance, que dirá a quantia necessária para recomeçar a vida em uma cidade desconhecida.

Bem, o que quer que decidisse, não podia se esconder ali em cima para sempre. Precisava descer e encarar a família em algum momento.

Ela flexionou os dedos gelados e abriu a porta.

Parada ali, completamente imóvel na escuridão do corredor havia uma figura de roupa preta que se misturava com as sombras, sem mover um músculo a poucos centímetros do rosto de Hal.

Ela levou um baita susto, recuou para dentro do quarto, apertando o peito com a mão.

— Jesus... o que...

Suas mãos começaram a tremer e ela agarrou a cabeceira de metal da cama para se firmar.

— Sim? — a voz era rouca, tinha sotaque de Cornwall. O medo diminuiu e Hal sentiu uma onda de raiva no lugar dele.

— Sra. Warren? Que diabos está fazendo aí bisbilhotando na porta do meu quarto?

— Esse quarto não é seu — disse a Sra. Warren, indignada.

Ela avançou um passo e examinou os parcos bens de Hal com desprezo.

— E nunca será, se depender de mim.

— O que quer dizer?

— Você sabe.

Hal enfiou as mãos nos bolsos para esconder o tremor. Não ia demonstrar medo para aquela mulher.

— Saia da frente.

— Como queira. Vim avisar que ele quer vê-la lá embaixo.

— Ele quem? — disse Hal, tentando manter a voz firme e soou mais fria e cortante do que pretendia.

— Harding. Ele está na sala de estar.

Hal não conseguiu se forçar a agradecer, mas meneou a cabeça uma vez, a Sra. Warren virou e voltou para a escuridão do corredor.

Hal foi atrás dela e estava fechando a porta do quarto quando a velha mulher virou a cabeça por cima do ombro olhando para o quarto e as coisas de Hal.

— Ela também se metia com toda essa sujeira.

— O quê?

Hal parou com a mão na maçaneta, a porta ainda meio aberta exibindo o interior do quarto.

— Aquelas cartas. Tarou, ou seja lá como chamam. Coisa de pagão aquilo, demônios e homens nus. Por mim não admitiria isso na casa. Eu teria queimado tudo. Coisas nojentas.

— Quem? — disse Hal, mas a Sra. Warren continuou devagar pelo corredor como se não tivesse ouvido e Hal correu atrás dela, agarrou seu pulso com mais força do que queria, forçou-a a virar e encará-la. — Quem? Está falando de quem?

— Maggie — a Sra. Warren disse o nome como se falasse um palavrão, e aquela veemência toda lançou perdigotos no rosto de Hal. — E se você sabe o que é bom para você, não me faça mais perguntas. Agora largue meu braço.

— O q... — Hal engasgou.

Aquelas palavras foram como um tapa na cara e as perguntas se amontoaram, rápido demais para se dar conta. Mas uma delas batia forte na cabeça dela e era impronunciável: ela sabia?

Hal mal pode se recuperar e a Sra. Warren puxou o braço para se libertar, com uma força que não dava para imaginar que tivesse, e desceu rapidamente a escada, silenciosa e malévola.

Hal deu um longo suspiro tremido e voltou para o quarto com o coração tão acelerado que chegou a ficar tonta.

Maggie. O apelido da mãe dela. Maggie. A mãe dela que tinha estado naquela casa mais de vinte anos antes. O que a Sra. Warren queria dizer, falando dela agora? Uma ameaça? Ela sabia a verdade? Se sabia, por que deixou passar e não disse nada?

Não havia respostas. Por fim, na falta do que fazer, Hal pegou as cartas do tarô e começou a arrumar dentro da lata. A ameaça da Sra. Warren ecoava em sua cabeça. Ela não teria coragem de queimá-las, ou teria? Parecia ridículo, mas havia alguma coisa no veneno da voz dela que fez Hal pensar que seria possível.

A porta do quarto não tinha tranca, nem a mala, então ela só botou as cartas na lata e guardou bem no fundo da mala, torcendo pelo melhor.

Por que tinha resolvido levar o baralho? Se nem acreditava...

Fechou o zíper da mala e ia sair do quarto, mas mudou de ideia de repente. Abriu a mala e botou a lata no bolso de trás, junto com a fotografia. Deixe a Sra. Warren bisbilhotar. Deixe que ela venha e procure em todos os cantos da mala.

Quando chegou ao topo da escada estreita e sem janelas que levava ao segundo andar, lembrou-se do dia anterior, das batidas da bengala da Sra. Warren nos degraus de madeira da escada secreta.

Mas a mulher parada na porta dela há pouco estava sem bengala e tinha se aproximado sem ruído nenhum.

A ideia fez Hal estremecer sem saber por quê, e desejou de novo que houvesse uma tranca na porta do quarto. Jamais tinha sentido necessidade de uma antes de ir para aquela casa, mas só de pensar naquela velha amargurada se esgueirando silenciosamente pela casa à noite, abrindo a porta do quarto dela...

Hal parou e olhou para o corredor comprido e escuro, lembrando do jeito que a Sra. Warren estava, no escuro. O que ela estava fazendo? Ouvindo? Espiando?

Já ia descer, mas alguma coisa chamou sua atenção, uma coisa mais escura no escuro, então voltou para a frente da porta e passou os dedos na madeira, sentindo, mais do que vendo, que estava muito enganada.

A porta tinha tranca. Aliás, duas. Eram tramelas compridas e grossas, de cima a baixo.

Mas ficavam do lado de fora.

20

Não havia sinal da Sra. Warren quando Hal chegou ao corredor de baixo. Ficou um tempo parada se orientando, querendo lembrar qual daquelas portas abria para a sala de estar. Tinha passado por ela indo para o café da manhã, só que então estava aberta. Agora todas estavam fechadas, e o corredor comprido com piso de cerâmica lisa e portas idênticas de madeira gerava confusão.

Hal experimentou uma ao acaso, mas dava para uma sala de jantar escura com painéis de madeira nas paredes, bem mais suntuosa do que a sala de café da manhã que tinham usado. As janelas altas estavam fechadas, fachos estreitos de luz cortavam as sombras e uma grande mesa coberta com lençóis brancos de algodão para evitar poeira ocupava todo o comprimento do cômodo. Do teto pendiam duas formas enormes envoltas em cor cinza que, no escuro, Hal pensou que fossem colmeias de vespas gigantes. Reagiu instintivamente se encolhendo, mas os olhos se acostumaram com a penumbra e percebeu que deviam ser candelabros protegidos por alguma cobertura.

Ela recuou lentamente, fechou a porta e seguiu pelo corredor.

Na porta seguinte estendeu a mão para bater, mas antes de encostar na madeira ouviu uma voz lá de dentro e parou, sem saber se ia interromper alguma conversa.

— ... aquela caçadora de dotes — uma voz de homem, um dos irmãos, pensou Hal, mas não tinha certeza qual deles era.

— Ah, você é mesmo impossível — voz de mulher, Mitzi, impaciente. — Ela é órfã, sem dúvida sua mãe ficou com pena dela.

— Para começo de conversa, nós não temos prova nenhuma, não sabemos nada sobre essa menina, não temos ideia de quem é ou foi o pai dela, ou se ele ainda está por aí. Ele poderia ter levado mamãe a fazer isso. Em segundo lugar...
— era Harding, e ele levantou a voz para abafar os protestos exasperados de Mitzi

— ... em segundo lugar, Mitzi, se você conhecesse minha mãe minimamente saberia que não é nada provável que ela tenha sido motivada por qualquer tipo de caridade, como sentir pena de uma criança órfã.

— Ah, querido, que bobagem. Sua mãe era uma senhora solitária e talvez, se você se dispusesse a deixar o passado para trás, as crianças e eu pudéssemos tê-la conhecido melhor e toda essa situação...

— Minha mãe era uma harpia amarga e cruel — berrou Harding. — E a minha relutância em deixar você e as crianças expostos ao veneno dela não era da sua conta, por isso não ouse sugerir que essa situação é minha culpa, Mitzi.

— Não estava sugerindo isso, de jeito nenhum — disse Mitzi, e sua voz adquiriu um tom conciliador, por trás da irritação. — Compreendo que seus motivos eram válidos, querido. Mas eu só penso que talvez não seja de todo uma surpresa que sua mãe tivesse resolvido nesse ponto deixar de fora dois filhos completamente ausentes e um terceiro que manteve a mulher e os filhos longe por quase vinte anos. Não a culpo por ter ficado um pouco magoada. Eu ficaria, certamente! Quando foi a última vez que viemos para cá? Richard não devia ter mais de sete anos.

— Sete sim, e ela disse para ele que era um covarde chorão quando ele queimou o dedo na lareira, lembra?

— Não estou dizendo que ela não tinha seus defeitos...

— Mitzi, você não está me ouvindo. Minha mãe era uma mulher amarga e venenosa, e seu único objetivo na vida era espalhar esse veneno o mais longe possível. É a cara dela continuar a fomentar divergências além do túmulo. A única surpresa é que não tenha deixado tudo para Ezra, com a esperança de que ele, Abel e eu acabássemos numa disputa sobre tudo isso e o patrimônio inteiro fosse engolido pelos honorários dos advogados.

— Oh, Harding, isso é absurdo...

— Eu devia ter previsto — disse Harding, e Hal teve a sensação de que ele não estava mais ouvindo a mulher. — Ela escreveu para mim, sabia disso? Cerca de um mês atrás. Nada sobre a doença, é claro, isso seria simples demais, direto demais. Ah, não. Ela escreveu uma de suas cartas costumeiras, cheia de reclamações, mas o final foi diferente e eu devia ter percebido por isso.

— Diferente como?

— Ela sempre assinava, *sua mãe*. Sempre. Mesmo quando eu estava no colégio interno, chorando toda noite. As mães de todos os outros meninos assinavam amor e beijos, e mamãe que te adora, e mil abraços. Todo tipo de bobagem. Mas mamãe não. *Sua mãe*. E só. Nada de amor. Nada de beijos. Apenas a declaração fria de um fato. Uma metáfora perfeita, aliás, da vida dela.

— E nessa última vez? Ela acrescentou alguma coisa?

— Sim — disse Harding.

Ele fez uma pausa, um silêncio pesado que fez Hal prender a respiração, imaginando o que vinha. Certamente não era o amor que Harding passou a vida inteira esperando. O silêncio se alongou até Hal achar que não tinha ouvido o que Harding ia dizer, ou então que ele tinha mudado de ideia, e ela levantou a mão, pronta para bater na porta e anunciar sua presença, mas finalmente Harding falou.

— Ela arrematou com *après moi, le déluge*. E só. Sem nome. Sem mais. Apenas essas quatro palavras.

— *Après* o quê? — Mitzi soou desapontada. — Depois da... chuva? Que raio isso significa?

Mas antes que Hal ouvisse a resposta de Harding, ouviu uma voz atrás dela.

— Bisbilhotando?

Hal deu meia-volta com o coração disparado.

Era a filha de Harding... como era o nome dela? Kitty. Estava parada no corredor enrolando uma mecha de cabelo e mastigando alguma coisa. Hal não respondeu e ela ofereceu um saco.

— Tangfastic?

— Eu... — Hal engoliu em seco e falou baixinho para Harding e Mitzi não ouvirem. — Eu não estava... quero dizer, não tive a intenção, eu já ia entrar na sala, mas eles estavam...

— Ei, não precisa se explicar para mim — a menina levantou a mão e os berloques da pulseira tilintaram. — É a única maneira de saber de alguma coisa por aqui — ela pegou uma bala do saco, examinou bem e botou na boca. — Olha, eu sempre quis perguntar, você é o quê?

— Eu... eu o quê? — Hal engoliu de novo.

Estava com a garganta seca. Flexionou os dedos gelados dentro dos bolsos enfiando as unhas nas palmas das mãos, como se fossem âncoras. Tinha a consciência incômoda de que a pulseira Pandora que Kitty usava no pulso esquerdo devia custar mais do que a roupa que estava usando, talvez mais do que todo o seu guarda-roupa.

— O que eu sou? Não entendi o que...

— É que eu sei que você é meio parente, mas papai não explicou a ligação. Você é a tia desaparecida? Não, espere aí, você é jovem demais, certo?

— Ah! É. Não... — ela piscou e tentou lembrar exatamente o que devia estar fazendo ali.

A fotografia da mãe sentada na grama na frente da sala de estar despontou na cabeça dela, e Hal fechou os olhos um segundo para ver se sumia, esfregou as têmporas como se quisesse apagar o rosto da mãe.

Não podia pensar na mãe. Precisava lembrar quem devia ser. Maud era irmã de Harding, então...

— Acho que sou... sua prima.

— Ah, sim, então sua mãe foi a que fugiu?

— Acho que sim. Ela não falava sobre isso.

— Muito legal — disse a menina admirada, botou mais uma jujuba na boca e falou mastigando ao mesmo tempo. — Não vou mentir, já pensei seriamente em fazer isso, mas acho que tem de ser depois dos dezoito anos, senão é praticamente certo acabar na rua e não vou fazer gracinhas para um cafetão pedófilo de jeito nenhum.

— Hum... — Hal ficou completamente perdida, a menina tinha uma segurança que ela nunca teve — É... que idade você tem?

— Catorze. Rich tem quase dezesseis. Freddie tem doze. É um completo idiota, por isso não ligo para ele. Rich é legal se alguém consegue fazer com que tire os fones da orelha. E olha, minha escola é só de meninas, então preciso ficar de boa com ele, não é? Ele é meu atalho para os meninos interessantes mais velhos.

— Nunca tinha pensado nisso — disse Hal baixinho.

— Você tem namorado? — perguntou Kitty.

Hal balançou a cabeça.

— Namorada?

— Não, eu... eu não estive muito disposta para namorar nesses últimos anos.

— Entendi — disse Kitty meneando a cabeça e pondo outra bala na boca. — Você devia experimentar um aplicativo de namoro. Eles podem encontrar um par para você pela sua localização.

— Não foi isso que eu quis...

Hal parou de falar porque abriram a porta da sala de estar, as duas viraram e viram Mitzi.

— Ah, meninas. Pensei ter ouvido vozes. Kitty, se quiser ir a Penzance tem de calçar o sapato e dizer para o Richard se apressar. Harriet, se tiver um tempo, seu tio quer falar com você.

Hal fez que sim com a cabeça e viu Harding atrás de Mitzi, de pé na sala de estar, de costas para a porta, espiando o céu cheio de nuvens pretas e os gramados encharcados de chuva. O mar distante estava invisível no meio da névoa.

Mitzi recuou e fez Hal entrar, depois fechou a porta, e Hal ouviu seus passos se afastando no corredor, enquanto falava com Kitty.

Hal, nervosa, ficou esperando Harding virar, mas ele não virou para falar, continuou de frente para a janela.

— Harriet, obrigado por vir conversar comigo.

Na hora, Hal não soube o que responder. Ela se espantou com o inusitado da frase, como se eles fossem empresários tratando de uma fusão, em vez de... em vez de quê?

— Eu... de nada — ela conseguiu dizer e deu um passo hesitante para dentro da sala.

Mas Harding falava sem ouvir, como se quisesse terminar sua fala sem distração.

— Você deve ter ouvido o Sr. Treswick dizer ontem que temos de cuidar de muita papelada antes de chegar ao processo de validação do testamento.

— É... bem, sim — Hal respondeu.

Ela sentiu o estômago apertar com a menção de papelada. O que podia fazer? Atrasar a reunião? Ou seria melhor descobrir o que iam precisar dela e então dizer que tinha esquecido?

— Mas eu não sabia, quero dizer, eu não trouxe...

— Tem muita coisa que precisamos conversar — disse Harding, e fez um gesto na direção do gramado. — Tudo isso — ele inclinou a cabeça para o terreno visto pela janela —, tudo isso é uma grande responsabilidade e há muitas decisões que você terá de tomar, Harriet, e rápido. Mas isso virá depois. Enquanto isso, temos uma reunião com o Sr. Treswick em Penzance daqui a... — ele olhou para o relógio — um pouco menos de quarenta minutos e mal teremos tempo de chegar lá na hora. Você não está de carro, está?

Quarenta minutos? Hal sentiu o queixo cair, horrorizada. Isso estava indo rápido demais. Precisava de tempo para pesquisar, saber o que o Sr. Treswick poderia pedir. E se quisessem que ela preenchesse formulários e ela escorregasse em algum detalhe? Então percebeu que Harding estava esperando uma resposta e engoliu em seco.

— Não — disse ela baixinho.

— Não tem importância. Podemos encaixá-la, tem um banco dobrável na mala.

— Mas ti... — ela se atrapalhou com a palavra, não conseguiu articular e recomeçou. — Olha, tem uma coisa que eu preciso...

— Mais tarde, Harriet — disse Harding secamente.

O momento de reflexão tinha passado, Harding virou, deu um tapinha no ombro de Hal e abriu a porta que dava para o corredor.

— Haverá muito tempo para conversar na viagem, agora precisamos ir, senão vamos nos atrasar para a reunião com o Sr. Treswick. Foi marcada para meio-dia, de modo que estamos no limite.

Com o coração apertado, Hal seguiu Harding até o corredor e foram para a frente da casa onde havia um carro esperando, com os três filhos dele no banco de trás.

— Só um instante, Harriet, enquanto eu arrumo o banco dobrável na mala — disse Harding, mas sua expressão mudou quando abriu a mala do carro. — Mitzi, onde estão os bancos dobráveis?

— O quê? — Mitzi olhou para trás, impaciente. — Do que você está falando, Harding?

— Os assentos da mala. Onde estão? Harriet vai no carro conosco.

— Mas não dá, não tem espaço. Nós tiramos os bancos para dar lugar para as malas, lembra?

— Ah, pelo amor de Deus. Ninguém nessa família consegue planejar dois passos adiante? — perguntou Harding, irritado. — Bem, a solução é simples, Freddie tem de ficar aqui.

— Para começar, querido — a voz de Mitzi soou áspera —, tirar os bancos foi ideia sua, lembra? Em segundo lugar, Freddie não pode ficar, ele é um dos beneficiários. O Sr. Treswick precisa ver a identidade dele.

— Ah, pelo amor de Deus! — explodiu Harding.

Hal sentiu um fiapo de esperança. Afinal, será que ela não poderia comparecer à reunião? Já ia se oferecer para ficar na casa quando ouviu uma voz atrás dela.

— Bom dia a todos.

Hal e Harding se viraram e Hal ouviu Harding suspirar ruidosamente, como uma baleia subindo para respirar.

— Ezra — disse ele.

Ele sorria de orelha a orelha, com as mãos nos bolsos.

— Oi, querido irmão. E oi de novo, Harriet. É bom ver que Harding está pondo você na parte do carro que vira sanfona caso sofram uma batida. Você investigou o que acontece com o patrimônio se Harriet não sobreviver à viagem, Harding?

— Ezra! — Harding reclamou. — Essa foi uma piada totalmente inadequada. E não, Harriet não vai na mala, já que alguém... — ele ignorou Mitzi suspirando e revirando os olhos no banco da frente. — esqueceu de trazer os bancos dobráveis. Estávamos resolvendo o que fazer.

— Bem, eu posso resolver isso — disse Ezra. — Preciso ir até Penzance, tenho de fazer uma transferência. Dou carona para Hal.

— Ah... — Harding parecia... Hal achou difícil definir, mas era quase desapontamento por ter estourado sua bolha de irritação.

Talvez fosse irritação por ficar devendo o favor ao irmão.

— Bem. Isso é... uma boa solução. Excelente.

Harding bateu a tampa da mala com força e ajeitou o paletó na barriga.

— Certo. Bom. Sabe para onde estamos indo, Ezra?

— Sei muito bem — Ezra rodou as chaves do carro no dedo. — Posso ter ficado fora do país um tempo, mas Penzance não é tão grande ao ponto de me fazer perder o senso de direção. Vejo você lá, Harding.

— Ótimo. Você tem o número do meu celular?

— Não — disse Ezra. — Mas já que sobrevivi esse tempo todo sem ele, tenho certeza de que vamos conseguir.

Harding deu um suspiro exagerado e tirou a carteira do bolso interno do paletó. Dentro havia cartões de apresentação. Pegou um e entregou a Hal.

— Vou dar para você, Harriet, já que confio muito pouco na capacidade de organização de Ezra. Não perca. E não se atrase — ele abriu a porta e sentou no banco do carona. — A reunião é ao meio...

Mas o barulho dos pneus no cascalho abafou a voz dele quando Mitzi acelerou. Hal ouviu alguém dizer "tchau, Hal!" da janela, o carro desapareceu fora do portão pela estradinha e uma nuvem de pegas indignadas esvoaçou das árvores lá embaixo.

21

— E aí... — a voz de Ezra quando passaram pelo portão em arco, deram a volta nos estábulos e chegaram a um pátio cheio de ervas daninhas e mato, soou arrastada. — Você é minha... sobrinha, eu acho...?

— Sim — disse Hal.

A resposta quase se perdeu com o barulho do cascalho sob os pés deles e o vento nas árvores. Ezra não olhou para ela, então Hal disse de novo, mais alto, tentando soar mais convicta.

— Sim.

— Ora, ora — disse Ezra balançando a cabeça, mas não comentou mais nada. Ele apontou o chaveiro para o carro esporte preto que estava embaixo das árvores, do outro lado do pátio que servia de estacionamento. O chaveiro fez bipe-bipe, os faróis piscaram uma vez para indicar que estava destrancado. Ezra deu uma risada desanimada e olhou para a copa da árvore sobre o carro.

— Filhas da mãe — ele disse. — Mamãe devia ter envenenado todas.

Na hora, Hal não entendeu o que ele estava dizendo. Seguiu o olhar dele até os galhos lá em cima e viu mais uma vez as pegas encolhidas ao vento do mar, seguindo os movimentos deles com os olhinhos brilhantes. Foi então que ela olhou para o carro e entendeu o que Ezra queria dizer. Vendo por trás, o carro parecia em ordem, mas Hal se aproximou e viu que o para-brisa e o caríssimo trabalho de pintura fosca no capô e nas outras partes do carro estacionado embaixo das árvores estavam salpicados de cocô preto, cuja aparência ficava entre guano de pássaros e algo que parecia de coelho.

— O que é? — perguntou Hal na hora que olhou para os pássaros e fez uma careta. — Desculpe, pergunta idiota.

— Isso mesmo que você pensou — disse Ezra meio triste. — Devia ter lembrado de não deixar o carro aqui. Harding obviamente lembrou. Certo, então faremos uma pausa porque vou pegar um balde. Desculpe, vamos chegar atrasados na reunião, mas assim não enxergo para dirigir e estraga a pintura, se deixar secar. Fique aqui, volto o mais depressa possível.

— Não se preocupe — disse Hal.

Ezra atravessou o pátio e deixou Hal sozinha com o carro e o crocitar das aves. Poucos minutos depois, ele voltou com um balde de água quente.

— Afaste-se — pediu ele.

Hal recuou bem na hora que Ezra molhou o carro e fez os pássaros gritar, alçar voo e se empoleirar de novo.

— É o melhor que dá para fazer sem lavar o carro direito — ele disse. — Sugiro que entre no carro para a gente escapar enquanto pode.

—ᴍ—

Quando passaram pelos portões de ferro e pegaram a estrada, Hal teve a sensação de que tinham tirado um peso enorme das suas costas, mas só percebeu que soltara um sonoro suspiro de alívio quando Ezra olhou para ela e sorriu com um canto da boca.

— Feliz de saber que não sou o único.

— Ah — Hal sentiu que enrubesceu. — Eu não...

— Por favor. Não sou de hipocrisia. É um lugar horrível. Por que acha que todos saímos logo que pudemos?

— Sinto muito — disse Hal por não saber o que dizer. — É... é estranho, porque a casa é muito bonita, de certa forma.

— É só uma casa — retrucou Ezra. — Nunca foi um lar, nem quando eu vivia lá.

Hal não falou nada. As palavras de Harding para Mitzi ecoaram no fundo da sua cabeça. *Minha mãe era uma mulher amarga e venenosa, e seu único objetivo na vida era espalhar esse veneno o mais longe possível...* Ezra tinha sido criado com esse veneno. Todos eles.

Será que Harding tinha razão? Será que a decisão de deixar a casa para Hal foi o último ato de vingança da mãe dele?

— Não tenho interesse naquele lugar — disse Ezra.

Ele olhou para trás quando chegaram a uma curva fechada.

— Só voltei para ver enterrarem minha mãe. Estou contando isso, Harriet, para você saber que não tenho ressentimento nenhum quanto ao testamento da minha mãe. Entendeu? A única coisa que eu quero nisso tudo é sair desse lugar agora e para sempre. Você pode fazer o que quiser com tudo, no que me diz respeito. Vender. Demolir. Eu realmente não me importo.

— Entendi — disse Hal baixinho.

Os dois ficaram em silêncio, e ela pensou em alguma coisa para dizer, para evitar as perguntas que viriam se deixasse o silêncio durar muito tempo. Controle a conversa, ela ouviu a voz da mãe. Certifique-se de que é você que dirige, não o cliente. Ela sentiu uma vontade enorme de conhecer o passado da mãe, a ligação dela com aquele lugar. O que tinha sido ir para lá como prima órfã? A mãe dela teria sentido a mesma opressão que Ezra descreveu, será que ela mesma teria sentido? Quanto tempo ficou lá? Uma semana? Um mês? Um ano?

Gostaria de poder perguntar para Ezra. Ele deve ter conhecido a mãe dela. A fotografia, quente em seu bolso, era prova disso. Prova de que tinham se conhecido, tinham conversado.

— Seu... seu carro — Hal falou, finalmente, se esforçando para iniciar uma conversa. — Tem a direção à direita, acabei de me dar conta. Você vive no exterior?

— Sim — disse Ezra, e parecia que não ia falar mais nada, mas então acrescentou. — Vivo no sul da França, perto de Nice. Tenho uma pequena galeria de fotografia lá.

— Que delícia — disse Hal, e a inveja na voz não foi inventada. — Estive em Nice uma vez, numa viagem da escola. Achei lindo.

— É um lugar bonito, sim — disse Ezra laconicamente.

— Está lá há muito tempo? — Hal perguntou.

— Vinte anos, mais ou menos.

Hal fez as contas mentalmente enquanto ele pisava no acelerador para ultrapassar um carro estacionado. Ele não devia ter mais de quarenta anos de idade, então deve ter saído da Inglaterra logo que terminou o ensino médio. Londres não era longe o bastante para ele.

— Você mora em Brighton, não é? — perguntou ele olhando para ela.

Hal fez que sim com a cabeça.

— Moro. É bonito também, a praia não é tão espetacular como a de Nice, mas... não sei. Não consigo me imaginar vivendo longe do mar.

— Eu também não.

Ficaram em silêncio um momento. Quando chegaram perto de Penzance, Hal se lembrou de uma coisa e quebrou o silêncio.

— Ti... — a frase pareceu estranha e falsa, mas mesmo assim ela falou. — Tio Ezra, você... você fala francês?

Ele olhou para ela meio confuso e com certo ceticismo que Hal não entendeu.

— Falo. Por quê?

— Fiquei pensando... Ouvi uma frase... *après moi, le déluge*. O que quer dizer? É sobre um dilúvio, não é?

— Literalmente sim — Ezra olhou de lado para ela e apontou para uma curva na frente de um caminhão; depois de passar, ele continuou. — Mas é uma frase famosa na França. Em geral atribuem a Luiz XV, que era o rei antes da revolução que derrubou o filho dele. O significado literal é, como você disse, depois de mim, o dilúvio, mas o verdadeiro significado é mais profundo e ambíguo... quer dizer que quando eu morrer tudo vai se transformar em caos, porque eu era a única pessoa segurando a represa, ou algo ainda mais sombrio.

— Mais sombrio? — disse Hal e deu uma risadinha. — Isso já é bem sombrio.

— Mas depende de como você interpreta. Pode significar, estou morrendo, fiz tudo que pude para evitar isso, mas agora deve seguir seu curso, ou...? — ele fez uma pausa esperando uma brecha no trânsito, e Hal percebeu que entendia o que ele queria dizer.

— Acho que tem o sentido de... não só saber o que virá, mas desejando que aconteça — disse ela. — Reconhecer a sua parte em deflagrar isso. É o que quer dizer?

— Exatamente.

Hal não sabia mais o que dizer. Aquela ideia surgiu de novo na cabeça, uma velha que sabe que seu fim está próximo, esfregando as mãos enquanto redige o testamento que lançará os mais íntimos e queridos uns contra os outros. Será que foi tão frio e calculista assim?

Não havia amor entre Harding e Ezra, não precisava ser leitora da sorte para saber. Mas qual era a parte dela nisso tudo?

Seguiram em silêncio dois quilômetros mais ou menos, Hal perdida em seus pensamentos, até Ezra entrar em um estacionamento e parar, puxar o freio de mão e desligar o motor.

— Bem, chegamos. Só tem um problema.

— Qual é?

— Já é meio-dia e vinte. Acho que perdemos a reunião.

— Ah.

Hal olhou para o relógio no painel e sentiu um misto de emoções. Alívio por não ter de encarar o Sr. Treswick naquele dia e nervosismo com a reação de Harding, além de saber que só tinha adiado o encontro.

— Merda — saiu sem pensar, e ela mordeu o lábio.

A palavra não combinava com a imagem que tentava passar para os Westaway, da pequena Harriet humilde, tímida, sonsa. Palavrões não faziam parte do pacote e ficou furiosa com ela mesma, como se tivesse xingado um cliente. O vermelho no rosto era real, mas de irritação pela falta de controle e não de vergonha.

— Desculpe, foi...

— Ah, pelo amor de Deus, você é adulta. Não sou seu tutor. Aliás, falando nisso, vamos parar com esse negócio de tio Ezra? Não sou seu tio.

Hal se surpreendeu e talvez Ezra tenha notado sua reação, porque refez a frase.

— Não quis que soasse com frieza. Mas nunca nos vimos. Tio implica uma relação que não temos, e como eu disse antes, Harding monopoliza a hipocrisia nessa família. Cansei disso tudo.

— Está bem... — Hal disse devagar. — Então como devo chamá-lo?

— Ezra está ótimo — ele respondeu e abriu a porta do carro.

— Espere — disse Hal num ímpeto.

Ela levantou a mão na direção da alavanca da marcha, mas sem tocar na dele.

— Se... se estamos trocando nomes...

— Sim?

— Todos aqui me chamam de Harriet, mas não era assim que minha... — ela parou, já ia dizer que não era assim que a mãe dela a chamava, mas engasgou com a palavra. — Não é assim que meus amigos me chamam — ela completou.

Ezra ergueu uma sobrancelha.

— Então como é...?

— Hal — ela disse.

Sentiu o coração disparar como se tivesse revelado muito sobre ela mesma. Não havia lógica, aquelas pessoas sabiam seu verdadeiro nome, quem ela era, até onde morava, graças ao Sr. Treswick. Comparado com o que já tinha feito, não havia nenhum risco em revelar um apelido, mas, mesmo assim, parecia um ato de boa-fé como nada tinha sido antes.

— É como me chamam: Hal.

— Hal — repetiu Ezra lentamente, como se saboreasse o nome. — Hal.

Então o rosto bronzeado se abriu em um sorriso generoso, confiante, bem diferente da expressão costumeira, meio irônica.

— Gostei. Bom, vamos lá nos apresentar para ouvir uma bronca?

— Sim.

Hal respirou fundo e abriu a porta do carro. Sentiu a lata com as cartas de tarô no bolso de trás e pensou no valete, nas nuvens de tempestade atrás dele, nas ondas sob os pés, o mar bravo. *Après moi, le déluge...*

— Sim, vamos.

22

— Maravilha — disse Harding em tom sarcástico. — Você tem ideia do que fez, Harriet?

— Eu?

Hal ficou irritada com aquela injustiça e teve de engolir, lembrando-se do papel de sobrinha submissa e previsível. Estava construindo uma expressão de arrependimento e Ezra interrompeu, entediado.

— Harding, se alguém é culpado aqui, sou eu. Ou aquelas porcarias de pegas.

— As pegas que se danem. Hoje é sexta-feira, caso não tenha notado. Os escritórios de advocacia fecham amanhã e domingo. O seu atraso acabou de garantir que teremos de ficar por aqui até segunda-feira para continuar a conversa.

— Deixe-me adivinhar — disse Ezra, com uma aspereza na voz que Hal lembrou do café da manhã —, você vai tirar a minha mesada e meus jogos no Xbox?

— Segunda-feira? Certamente que não! — interrompeu Mitzi. — Por que não voltamos aqui à tarde?

Estavam todos na frente do escritório do Sr. Treswick, numa ruazinha estreita com vista para o mar revolto do cais.

— Infelizmente o Sr. Treswick tem um compromisso inadiável em Truro essa tarde. Por isso marcou antes do almoço. Então o mais cedo que ele pode é segunda-feira de manhã. E apesar dos documentos poderem ser enviados pelo correio, há papéis para assinar e muita coisa para resolver em conversa pessoal. Para não falar da questão problemática da Sra. Warren.

— Mas as crianças precisam ir para a escola segunda-feira! — protestou Mitzi.

Harding suspirou fundo.

— Bem, lamento muito, mas acho que a única solução sensata é você voltar com as crianças, e Ezra, Abel, Harriet e eu ficamos até resolver isso.

— Fale por você — disse Ezra.

Agora ele parecia entediado de novo, a irritação controlada, mas Hal teve a impressão de que a raiva continuava lá, feito um cachorro desobediente.

— Não pretendo ficar aqui, acho que Abel também não. Não fomos citados no testamento. Para que ficaríamos?

— Infelizmente — disse Harding de mau humor —, acontece que você foi. E eu. E Abel também. Não como beneficiários, mas uma conversinha agora com o Sr. Treswick revelou um detalhe adorável que ele não mencionou. Por algum motivo, mamãe resolveu tornar nós três executores conjuntos, com o próprio Sr. Treswick.

— O quê? — Ezra não acreditava.

— Você ouviu.

— Você deve estar brincando! É como se ela quisesse que ficássemos aqui, mordendo o pescoço um do outro.

— Não tenho dúvida de que ela queria isso — disse Harding. — Aliás, eu iria mais longe, essa situação deve ter sido arquitetada pensando exatamente nesse resultado.

— Não vou fazer isso — disse Ezra, com a expressão séria, cenho franzido, mal-humorado. — Vou... renunciar, ou seja lá qual palavra sirva para isso. Não se pode forçar ninguém a ser executor.

— No longo prazo, acho que tem razão — replicou Harding irritado. — Mas seria cortês informar isso ao Sr. Treswick, e tenho certeza de que haverá algumas formalidades para desistir desse papel. Duvido que você possa simplesmente voltar para o seu Saab e acelerar para Nice sem falar com ninguém.

— Aquela vadia — disse Ezra furioso, e Hal ouviu claramente Freddie dar uma risadinha. — E você pode calar a boca também — rosnou ele.

— Ezra! — Mitzi levou um susto.

Freddie ficou branco e de queixo caído. Atrás dele, Hal viu que Kitty abafava o riso com a mão na frente da boca.

Um momento de silêncio, então Mitzi pendurou a bolsa no ombro e se empertigou.

— Bem. Já basta. Richard, Katherine, Frederick, venham, por favor.

— Mas... — Richard ia reclamar.

— Eu disse que nós vamos — latiu Mitzi. — Vamos achar um lugar para almoçar. Harding, envio mensagem quando encontrar um café.

Harding deu um grunhido que podia ser aquiescência ou então irritação, e Mitzi partiu marchando pela rua estreita, seguida pelos filhos.

Hal reprimiu a vontade de correr atrás deles, melhor ainda, de continuar correndo, passar por eles, subir a rua, ir para a estação de Penzance, embarcar num trem, voltar para sua antiga vida e nunca mais por os pés ali. Ela viu o pequeno grupo virar a esquina e desaparecer.

— Merda — disse Ezra.

Ele passou a mão no rosto com barba por fazer e na cabeça, deixando o cabelo todo em pé, os cachos para todos os lados.

— Merda. Harding, sinto muito. Foi um erro. O garoto... eu não devia...

Harding deu de ombros.

— Não é para mim que você deve pedir desculpas, mas ouso dizer que rastejar para Mitzi não seria demais. Imagino que Freddie já ouviu pior na escola, então tenho certeza de que vai sobreviver.

— Desculpe — repetiu Ezra, e completou. — Merda.

— Olha — disse Harding, com certa impaciência —, nesse momento não estou preocupado com o Freddie. Você perdeu a calma. Não é o fim do mundo. Estou mais preocupado com o que vamos fazer nesse maldito negócio com o Sr. Treswick. Quero tanto quanto você que isso acabe logo, Ezra. Mas fugir só vai criar mais problemas. Se insistir em ir embora, é claro que não posso impedir. Mas sugiro que deve ser bem mais rápido resolver isso aqui e agora, em vez de ficar enviando e recebendo papéis e documentos através do Canal. Harriet — ele se virou para ela —, sinto muito por essa inconveniência, mas imagino que possa negociar um dia de folga no trabalho, nessas circunstâncias, não?

— Eu... não tenho certeza — respondeu Hal sentindo o olhar dos dois.

Lembrou-se daquela imagem que teve antes, de si mesma como um rato encurralado, esperneando para fugir.

— Se seu patrão quiser falar com alguém sobre isso...

— Não, tudo bem — ela se apressou em dizer. — Sou autônoma. Só tenho de pensar em mim.

Devia telefonar para o Sr. White, pedir para alguém por um aviso no quiosque explicando a situação para os clientes que aparecessem. Mas não podia inventar um problema de família. E num dia de semana no início de dezembro, ninguém sentiria sua falta, exceto Reg, talvez.

— Autônoma? — Harding franziu a testa enquanto abotoava o casaco — Nunca perguntei... Harriet, o que você faz?

— Eu... trabalho no píer — ela respondeu sem jeito.

Não gostava daquela pergunta. Às vezes sua profissão surgia numa conversa com pessoas recém-conhecidas, e sempre fazia dela o centro das atenções. Não gostava nada disso. As reações variavam dependendo do nível social. Numa conversa rápida, ia de interesse cortês a deboche velado. Nas reuniões e nos bares, era mais ceticismo e zombaria, ou pedidos de leitura de mão ou cartas. Ela logo aprendeu a não dizer "médium" porque gerava pedidos agressivos de previsões na hora. Lembrava de um homem em um pub quase encostando o rosto no dela e dizendo, "diga o que eu estou pensando. Vamos lá. Diga o que eu estou pensando se é uma gata mística".

Ele olhava para seus seios pequenos, e Hal pensou, sei o que está passando pela sua cabeça. Mas não disse.

Quando insistiam em detalhes, ela só dizia que lia cartas de tarô, e quando as pessoas pediam para ela ler, dava risada e dizia que não estava com as cartas ali.

Achou que Harding fosse fazer perguntas, mas felizmente naquele segundo o celular dele vibrou, ele o tirou do bolso e deu um sorriso.

— Ah, é a Mit. Ela achou um café. Bem, Harriet, vamos?

—⚜—

No carro, voltando para Trepassen, Hal estava calada. Ezra não tinha ido almoçar com eles, disse que tinha de ir ao banco, e ela ficou esperando uma hora inteira no lugar combinado no estacionamento, bem depois de Mitzi e Harding terem ido embora. Quando Ezra finalmente apareceu, estava cheirando a uísque. Mas não afetou sua forma de dirigir, apesar de Hal ter levado um susto quando ele saiu com o carro na frente de um Land Rover em alta velocidade.

Já estavam quase chegando na casa, quando Ezra falou.

— Tudo bem com você? Está muito calada.

— Desculpe — ela disse, endireitou as costas e forçou um sorriso nervoso. — *Lembre que você é um camundongo, não uma ratazana, a ratinha Harriet.* — Eu estava só pensando.

— Em quê?

— É... — ela tentou pensar em alguma coisa que fosse verdade, mas não a verdade, só que as palavras saíram quase sem querer — É... Harding e a família dele. Acho que eles não percebem a sorte que têm... de certa forma.

Ezra não disse nada, mas olhou para ela e reduziu a marcha para entrar numa curva fechada.

— Eles têm sorte, sim — acabou concordando. — E você está certa, eles não sabem disso. Talvez por isso eu tenha descontado no pobre Freddie — ele passou a mão no rosto e suspirou, Hal sentiu de novo o cheiro de uísque. — Sejam quais forem os defeitos de Harding, e Deus sabe que ele tem, ele é um pai melhor do que a maioria.

— Minha mãe era maravilhosa — disse Hal.

A voz dela tremeu e ela cerrou os maxilares pensando, *não vou chorar. Não agora. Não ali. Não vou usar sua morte para ganhar a simpatia dele.* Mas não conseguiu evitar uma lágrima solitária que escorreu sobre o nariz e que ela secou rapidamente com a mão.

— Pelo menos a tive por dezoito anos. Nesse tempo todo eu não mudaria nada.

Ezra mudou a marcha de novo e falou, com certo esforço.

— Harriet, Abel contou... — ele engoliu em seco — o que aconteceu com Maud, o acidente de carro. Ele disse que...

Ele parou de falar e Hal viu muita tristeza na sua expressão.

— Eu nunca soube — a voz dele ficou embargada, e Hal percebeu que finalmente alguém sentia uma dor verdadeira, igual à dela. — Passei anos à procura dela e nunca soube nesse tempo todo que ela estava viva e morando logo ali do outro lado do Canal e... meu Deus, é terrível. Estou furioso com ela. Como pôde fazer isso?

— Eu não sei — sussurrou Hal.

Ela sentiu de novo que era uma traidora, perpetuando uma mentira. Quando embarcou naquele trem, não sabia o que estava criando. As mentiras sobre ela mesma, sobre sua vida, o jogo com o Sr. Treswick — tudo parecia realmente um jogo. Mas esse envolvimento com as tragédias do passado das pessoas, não era nada daquilo que ela pretendia.

Como deve ser perder seu irmão gêmeo, sua metade?

— Sinto muito — ela disse com a voz rouca de engolir as lágrimas. — Eu não devia ter falado dela... não queria...

Ela parou e Ezra balançou a cabeça, mas não recriminando. O gesto dele parecia expressar algo que nenhum dos dois era capaz de falar.

— E seu pai? — ele acabou perguntando e pigarreou.

Tinham saído da pista baixa e subido para a do penhasco onde ficava Trepassen. Hal espiou pela janela o mar escuro, imenso, estranho, muito diferente da água esbranquiçada de Brighton.

— Nunca conheci — ela disse.

A voz de Hal já estava firme. Essa parte não era dolorosa. Não havia traição em contá-la, e era uma pergunta que já tinha respondido várias vezes.

— Ele foi um caso de uma noite. Minha mãe nunca soube o nome dele.

— Então ele pode estar por aí? — perguntou Ezra.

Hal sacudiu os ombros.

— Acho que sim. Mas não vejo possibilidade de encontrá-lo, nem se eu quisesse.

— Então você não quer?

— Acho que não. Não sentimos falta do que nunca tivemos.

Era verdade, de certo modo. Mas quando disse isso, pensou em Harding no almoço, abraçando Kitty para protegê-la do vento da porta. E soube que era apenas uma meia-verdade.

8 de dezembro de 1994

Abel chegou de Oxford hoje. O semestre terminou no fim de semana passado, mas ele veio pelo caminho mais longo, passou pela casa de um amigo em Gales, arrastando os pés. Não o culpo pela demora. Harding, que ainda não conheci, enviou uma breve mensagem dizendo que a firma de contabilidade em Londres, onde trabalha, não deu folga e que não voltaria para o Natal. E as aulas na escola de Ezra só terminam em uma semana.

Soube que ele tinha chegado porque Maud levantou a cabeça como um collie que ouve um barulho. Estávamos na sala de estar, o único cômodo aquecido da casa inteira, sem contar a sala da minha tia. Estávamos encolhidas perto do fogo, eu jogando paciência, Maud lendo e ouvindo alguma coisa no seu walkman. Eu tentava resolver o jogo, e ela tirou os fones de ouvido.

— Nossa... — ela disse. — Acho que estamos parecendo aquelas Mulherzinhas do livro. O que...

Ela parou de falar de repente e ficou escutando. Antes que eu pudesse perguntar o que estava ouvindo, ela saiu correndo e foi para a porta da frente.

Ouvi Maud gritar "Al!" e o grito dele respondendo, e fui para lá, em tempo de vê-la se atirar nos braços dele. Ele a levantou do chão e rodopiou naquele abraço de urso, ela gritava e ria.

— Oi, Abel — eu disse, tímida de repente, ele meneou a cabeça para mim por cima da cabeça de Maud enquanto a largava no tapete do hall de entrada.

— Oi, Maggie.

E foi assim. O tipo de saudação que daria a um desconhecido, ou a um mero conhecido. Ele pegou sua mala, passou o braço nos ombros de Maud e continuou falando das aulas, de alguma menina com quem saía, e eu senti... não sei o quê. Uma espécie de tristeza furiosa, eu acho. Decepção, depois de tudo que aconteceu no verão, ele nem perguntar como eu estava, o que acontecia na minha vida. Eu sentia que éramos muito próximos, nós todos, naqueles dias preguiçosos do verão. E nas semanas e meses depois disso, Maud e eu ficamos ainda mais íntimas, mais do que irmãs. Mas agora era bem claro, pelo menos para Abel, que sou uma estranha nessa família. Talvez sempre seja.

A ideia foi desagradável, e voltei para o corredor gelado em comparação com a sala, remoendo possibilidades.

Logo a verdade ia aparecer, querendo ou não. A pergunta era, quando vier à tona, eles vão se juntar contra mim?

Eu achava, quando cheguei, que estava encontrando uma segunda família, que substituiria a que eu tinha perdido. Mas agora... agora não tenho mais certeza. Ver Maud nos braços de Abel daquele jeito, rindo juntos, e me excluindo mesmo sem querer... bem, servia para lembrar o que eu nunca podia esquecer: não importa o que compartilhamos, o sangue é mais espesso do que a água. E se eles ficarem contra mim, não tenho mais para onde ir.

23

Hal se atrapalhou ao sair do carro de Ezra e tropeçou. Sentiu a lata escapar do bolso, cair no cascalho e abrir.

— Droga!

Ela se abaixou para recolher as cartas antes de serem levadas pelo vento.

Ezra bateu a porta dele e deu a volta no carro para ajudar.

— Deixou alguma coisa cair? — perguntou ele, abaixou, pegou uma das cartas e examinou, curioso.

A expressão de Ezra mudou ao ver a carta, como se visse um fantasma, então ele se recuperou e deu risada.

— Tarô!

— É o que eu faço — disse Hal.

Uma carta tinha deslizado para baixo da roda do Saab e ela estava tentando tirá-la sem rasgar no cascalho.

— Leio cartas de tarô no píer de Brighton.

— Não diga! — agora ele ria para valer. — É mesmo? E você não disse nada.

— Não exatamente.

Hal se inclinou para espiar embaixo do chassis do carro. Havia mais duas cartas ali, ela pegou a primeira, mas não conseguia alcançar a segunda.

— Será que você... será que alcança aquela carta lá, bem no meio? Entre as rodas?

Ezra abaixou e espiou, esticou o braço comprido embaixo do carro.

— Peguei.

Mas quando ele levantou, limpou o cascalho da roupa e olhou para o que tinha na mão, Hal viu que não era uma carta. Era a fotografia que Abel tinha dado para ela.

— Ué... — ele ficou um tempo com a foto na mão, tirando uma pedrinha das dobras frágeis. — Onde conseguiu isso?

— Abel me deu — Hal mordeu o lábio. — Ele achou... ele achou que eu gostaria de ficar com ela. Porque não tenho muitas fotos da minha mãe.

— Entendo.

Ezra não disse mais nada, só ficou olhando para a foto, e Hal viu quando ele passou suavemente o polegar no rosto da irmã sentada ao lado dele, rindo dele.

— Você... você deve sentir falta dela.

— Sim. Eu sinto.

A garganta dela chegou a doer com a intensidade daquela afirmação. O tempo curava, diziam, mas não era verdade, não totalmente. A primeira ferida da perda tinha fechado, sim, mas a cicatriz nunca ia desaparecer. Ficaria sempre lá, doendo e sensível.

Ezra passou a mão de novo em imaginários grãos de areia, e só depois devolveu a foto para ela, meio relutante, pensou Hal, com um sorriso que tinha um pouco da tristeza dela, que mal disfarçava.

— Eu também — ele disse, deu meia-volta e foi para a casa, como se não suportasse falar mais nada.

24

— Então, diante disso tudo, parece que estamos presos até segunda-feira — disse Harding cansado, afundando no sofá da sala de estar.

Ele pegou uma xícara de chá da bandeja que Mitzi tinha posto na sua frente e bebeu um gole.

— Você está brincando comigo — Abel pôs as mãos na cabeça. — Não posso ficar fora até terça. Tenho reuniões com clientes segunda-feira à tarde.

— Bem, sugiro que você adie — disse Harding irritado.

Ele alisou a camisa que abria no meio, expondo a pele branca e macia como farinha crua.

— Devo acrescentar que em parte é sua culpa, por não estar presente na reunião. Entre você e Ezra tenho a sensação de que sou a única pessoa tentando resolver esse imbróglio.

— Eu nem fazia ideia de que mamãe tinha me designado seu maldito executor! — disse Abel. — No que diabos ela estava pensando?

— No que diabos ela estava pensando para fazer tudo isso — retrucou Harding. — Inclusive deserdar todos os filhos.

— Despeito, pura e simplesmente — disse Ezra do canto da sala.

Ele levantou, pegou uma xícara da bandeja e um biscoito do prato.

— Não tenho dúvida de que uma coisa que ela achava divertido em seu leito de morte era tudo de desagradável que deixava para trás.

Abel meneou a cabeça com amargura.

— Podia mesmo acreditar nisso. Ela devia achar que uma disputa legal prolongada que engolisse todos os recursos da propriedade manteria esse desconforto ativo durante anos.

Disputa legal prolongada. Essas palavras provocaram um mal-estar em Hal, e uma pontada de medo a dominou. Não havia como quaisquer documentos que ela conseguisse falsificar sobrevivessem a tal processo. Tudo viria à tona, a verdade sobre a mãe dela, a avó, tudo.

Mas agora não podia voltar atrás, tinha ido longe demais. Não havia mais nenhuma possibilidade de fazer essa fraude passar como um equívoco honesto.

Ela se imaginou em um tribunal, o promotor dizendo, fingindo estar confuso, vamos repassar isso, Srta. Westaway. Acreditou sinceramente que sua avó materna havia mudado o nome, de Marion para Hester, e mudado de uma casinha modesta em Surrey para uma vasta propriedade em Cornwall *depois de morta*?

Hal sentiu a confissão crescendo dentro dela outra vez. Impostora. Eu sou uma impostora.

Só havia uma saída. Não ia salvá-la do Sr. Smith — mas afinal, nada a salvaria, isso já estava ficando claro. Mesmo se, por algum milagre, ela conseguisse arrumar documentos falsificados suficientemente bem feitos para qualificá-la e salvar seu blefe nas entrevistas, o dinheiro não chegaria em tempo para o prazo final dele.

Não. Ela teria de reduzir seus danos e escapar, enquanto podia.

Hal levantou e enfiou as mãos nos bolsos para evitar que tremessem.

— Ouçam, eu andei pensando...

— Agora não, Harriet — disse Harding.

Ele mergulhou o biscoito no chá e estalou a língua quando a ponta se soltou.

— Agora sim! — disse Hal com firmeza.

Sentiu que estava sufocando de desespero por saber que a cada dia afundava mais e que em breve não teria mais como escapar.

— Eu estive pensando... na herança... eu não...

Ela parou, procurou as palavras, o jeito certo de dizer aquilo. Mas antes de retomar a fala, Ezra quebrou o silêncio.

— Olha, Abel está certo. É bem provável que mamãe quisesse que gastássemos o dinheiro com litígio e brigas. Não vejo nenhum outro motivo para ter feito isso. Mas sejamos honestos. Algum de nós merece um centavo dela? — ele olhou para Harding, depois para Abel, e Abel deu de ombros — Nós queremos algum centavo? Eu certamente não quero. Não é melhor simplesmente acatar o desejo da nossa mãe e deixar isso pra lá?

Da ponta do sofá, Kitty começou a cantarolar o tema de *Frozen — Uma aventura congelante... Livre estou*.

Abel deu risada.

— Deixar isto pra lá. Gostei, Kitty. Essa ideia tem um quê de libertadora... Livre disso tudo. Bem, da minha parte, eu nunca esperei nada, e certamente não quero Trepassen como uma pedra de moinho amarrada no meu pescoço. Fico feliz que vá para Harriet.

— Não! — exclamou Hal desesperada, as palavras foram saindo, ela falou sem pensar, sem esconder o que realmente queria dizer. — Vocês não estão entendendo... eu não quero... eu não quero isso.

— O que disse? — Harding virou para ela com uma sobrancelha erguida.

— Eu não quero... isso — Hal abanou a mão indicando a casa e o terreno pela janela. — Não foi o que eu pensei que ia receber quando vim para cá. Quando recebi a carta do Sr. Treswick, sim, admito, esperava receber uma herança.

As palavras saíram de supetão, vindas lá do fundo, rápidas demais para ela poder avaliar se estava agindo certo.

— Mas não isso... não tudo. Eu nunca quis responsabilidade tão grande. Só queria pagar meu aquecimento e parte das minhas dívidas. Existe algum jeito... será que eu posso... sei lá... posso renunciar a isso?

Fez-se um longo silêncio, quebrado apenas por Kitty que ainda cantarolava *Livre estou* bem baixinho, e o ruído abafado dos fones de ouvido de Freddie.

— Bem — disse Mitzi num tom animado —, eu acho isso muito nobre da sua parte, Harriet.

— É... certamente é algo a se levar em conta — concordou Harding.

Ele levantou, arrumou a camisa dentro da calça e foi até a janela.

— Creio que existe uma coisa chamada escritura de variação, que permite que os beneficiários de um testamento, desde que todos os envolvidos concordem, variem suas partes da herança... mas é claro que precisamos considerar se isso seria moralmente correto, dados os desejos da mamãe...

— Eu não quero o dinheiro dela — disse Ezra sem rodeios. — Não quero dela e não quero da Harriet.

— Olha — disse Abel, pondo o braço nos ombros de Harriet e apertando com força —, esse gesto é lindo, sem dúvida nenhuma, e tenho muito orgulho de Harriet por sugerir. Mas não é uma coisa para ser resolvida assim, sem mais nem menos. Sugiro que todos pensemos sobre isso durante a noite, Harriet mais ainda, e talvez nós — ele olhou para os irmãos — tenhamos de conversar sobre o assunto separadamente. E depois conversar mais, antes de encontrar o Sr. Treswick segunda-feira. Concordam?

— Concordo — respondeu Harding. — Harriet?

— Ok — disse Hal.

Ela percebeu que os punhos ainda estavam cerrados dentro das mangas do blusão, os músculos tensos resistindo ao abraço de Abel.

— Mas eu não vou mudar de ideia.

25

Algumas horas depois já estava escurecendo e Hal caminhava no jardim pensando no que ia fazer. A sensação ousada de intrépido Robin Hood tinha desaparecido por completo, ela só sentia um pânico crescente que ameaçava sufocá-la.

Abel tinha tentado levá-la para um canto depois do chá para conversar, mas ela não quis porque não suportava sua preocupação bem-intencionada. As batidinhas no braço, as pieguices, os abraços exagerados, tudo a deixava tensa, então ela deu uma desculpa, disse que estava cansada e que queria subir para o seu quarto, e ele a deixou ir.

Mas ao chegar lá em cima, a sensação de falta de ar só piorou. Ficou deitada na estreita cama de metal, e as grades da janela transformavam o quarto numa cela de prisão. Não conseguia parar de pensar nas tramelas da porta e na palavra "socorro" escrita com letras pequenas e retorcidas no vidro da janela. O que tinha acontecido ali? Por que sua mãe nunca mencionara essa parte da sua vida? Será que havia acontecido algo tão terrível que ela não suportava falar a respeito?

Hal acabou levantando e, pé ante pé, foi lá para baixo, passou pela sala de estar onde Mitzi cuidava do dever de casa dos filhos e chegou ao jardim ao entardecer.

O orvalho deixava a grama prateada à luz das janelas da sala. Hal olhou para o alto do jardim e viu que tinha deixado um rastro, sentiu a umidade na calça jeans e por dentro das botas.

Foi andando sem destino e chegou ao bosque que tinha visto no primeiro dia, o que havia notado antes de Abel falar do labirinto.

Dessa vez dava para ver bem o brilho da água entre as árvores, ela entrou na trilha cheia de mato, passou por urtigas e amoras silvestres e chegou à beira de um pequeno lago. Um dia aquele lugar deve ter sido adorável. Mas agora, com a noite caindo e o inverno chegando, a atmosfera era de uma tristeza enorme, o lago sufocado e escuro com folhas apodrecendo e as margens intransitáveis, cheias de lama preta. No centro, havia uma pequena ilha com algumas árvores e arbustos e do outro lado uma forma escura, algum tipo de construção, pensou Hal, apesar de não ver direito com a luz fraca.

Ela tirou os óculos e limpou as lentes para ver se enxergava melhor, ouviu um barulho atrás dela e virou. Viu a silhueta de alguém contra as luzes da casa.

— Quem...? — ela perguntou com o coração disparado, e ouviu uma risada.

— Desculpe — era a voz de um homem.

Ele se aproximou, Hal botou os óculos de novo com as mãos trêmulas e reconheceu o rosto. Era Edward.

— Não quis assustá-la. Vamos jantar, você não ouviu o gongo?

— Como... — Hal sentiu que estava tremendo com aquele susto exagerado que levou com a presença de Edward na trilha escura. — Como sabia que eu estava aqui?

— Segui seus passos no orvalho. Por que veio para cá? Esse lugar é muito deprimente.

— Não sei — respondeu Hal, o coração acalmando aos poucos. — Eu queria andar um pouco. Precisava sair.

— Não me surpreende — disse Edward.

Ele pôs a mão no bolso procurando alguma coisa, Hal ficou imaginando o que era, mas ele logo tirou um cigarro, bateu com o indicador no nariz e acendeu.

— Não conte para Abel. Ele não gosta.

A fumaça subiu, clara contra o céu já escuro, e Hal observou Edward. Não o tinha visto desde o dia anterior. O que ele andava fazendo?

— Vamos subir? — ela perguntou, e ele fez que sim com a cabeça.

— Mas devagar, preciso terminar isso — ele deu outra tragada, e Hal começou a subir para o gramado.

Estava bem mais escuro do que quando ela desceu, e agora era difícil enxergar a trilha. Sentiu uma urtiga roçar no braço, fez uma careta e suspirou entre os dentes de dor.

— Amora silvestre? — perguntou Edward atrás dela.

— Urtiga — disse Hal.

Ela chupou o lado da mão e sentiu o inchaço da queimadura com a língua. Ia doer muito.

— Ai — disse Edward, lacônico, e Hal viu o brilho do cigarro quando ele tragou.

— Você sabe o que é a construção do outro lado do lago? — Hal perguntou, mais para distrair da ardência na mão do que mera curiosidade.

— Ah... era uma casa de barcos — respondeu Edward. — Nos bons tempos. Duvido que um barco possa atravessar o lago agora que está cheio de mato — ele jogou fora a guimba do cigarro, Hal a ouviu apagando na água e a viu afundando no lodo. — Precisa ser dragado. Ele fede no verão.

— Pensei que você nunca viesse aqui — Hal ficou surpresa e as palavras saíram sem pensar, mas Edward não se importou, ele riu no escuro atrás dela.

— Foi licença poética do Abel. A mãe dele o expulsou, sim. Acho que pelo menos alguns anos aquela história de não-difame-mais-a-minha-casa foi para valer. Mas eles se reaproximaram um pouco recentemente.

— As pessoas costumam ficar mais mansas com a idade, não é? — perguntou Hal, ressabiada.

Eles saíram do bosque, e Edward ficou ao lado dela.

— Pode ser — disse ele. — Mas não acho que foi isso. A impressão que eu tive foi que Hester se tornou, se é que mudou alguma coisa, mais desagradável ainda. Mas Abel... bem, ele é uma alma especial. Generoso demais, ao ponto de se prejudicar. Não aguenta sentir que há desavenças entre ele e outras pessoas. Faria quase qualquer coisa... engolir todo tipo de insulto, andar sobre brasas, se humilhar... para não sentir animosidade. Não é seu traço mais atraente, mas colabora para tornar a vida mais fácil. Nesses últimos anos, ele veio muitas vezes para cá.

Hal não sabia o que dizer. Passou pela sua cabeça a ideia de que Edward não gostava muito do companheiro. Mas talvez fosse apenas efeito do longo relacionamento.

Chegaram ao gramado e Hal viu que a sala de jantar ainda estava às escuras, com as janelas fechadas, e ficou aliviada de ver que Edward virou para a esquerda no caminho de cascalho, levando-a para o jardim de inverno que tinha visto mais cedo, passando por ele para chegar à sala do café da manhã.

Os outros estavam esperando, Harding sentado à cabeceira da mesa, Freddie encolhido na cadeira brincando com seu Nintendo DS e os dois outros filhos consultando discretamente seus celulares embaixo da toalha da mesa. Mitzi estava sentada entre Abel e uma cadeira que tinha o casaco de Edward no encosto, falando dos seus planos para a viagem de volta. Só Ezra não estava presente.

Hal sentou num lugar vago ao lado de Richard e tentou se camuflar na paisagem, mas assim que puxou a cadeira, abriram a porta do jardim de inverno, e a Sra. Warren entrou mancando e segurando uma caçarola de ensopado.

— Ah, Sra. Warren! — exclamou Mitzi, levantando. — Deixe-me ajudá-la.

— *Deixe-me ajudá-la*, diz ela — a Sra. Warren encenou uma versão afetada do sotaque de Mitzi, bateu com a caçarola na mesa e espirrou molho da carne na toalha. — Não ouvi nada disso quando passei a tarde toda picando e cortando.

— Sra. Warren — disse Harding, tenso —, isso era desnecessário. Minha mulher esteve fora tentando resolver o processo do testamento da minha mãe, com o restante de nós. E se acha que o trabalho na cozinha é pesado demais para a senhora, é só falar que teremos prazer de ajudar.

— Não vou deixar desconhecidos fazerem bagunça na minha cozinha — retrucou a Sra. Warren.

— Ora, Sra. Warren, não somos desconhecidos! — reclamou Harding, mas a Sra. Warren já tinha virado e saído da sala. — Pelo amor de Deus, ela está ficando impossível!

A porta fechou com estrondo.

— Ela está muito velha, querido — disse Mitzi, conciliadora. — E ela cuidou da sua mãe com muita devoção. Acho que podemos dar uma colher de chá com base nisso, não é?

— Concordo, Mit, mas precisamos nos concentrar na questão do que fazer...

Ele interrompeu a frase porque a Sra. Warren apareceu com um prato de batatas cozidas que largou na mesa e saiu sem dizer nada.

Mitzi suspirou e estendeu a mão para Freddie dar o prato dele.

— Então vamos nos servir antes que esfrie.

O ensopado estava cinza e insosso e, quando Mitzi devolveu o prato para Freddie com pedaços retorcidos de carne e molho aguado, o menino fez uma careta.

— Urg, mamãe, isso está nojento.

— Bem, é o jantar, Freddie, então vai ter de dar um jeito. Pegue uma batata — disse Mitzi.

Ela pegou o prato de Kitty e começou a servir. Kitty pegou uma batata com a mão e fez cara de nojo quando pôs no prato.

— Essas batatas estão duras que nem pedra. Parecem ovos de dinossauro.

— Pelo amor de Deus! — reclamou Mitzi quando punha um prato na frente de Richard e começava a servir Edward.

— Devo dizer que o cheiro não está nada apetitoso — Edward arriscou quando Mitzi lhe entregou o prato.

Ele pegou um pedaço de carne — que Hal achou que era bovina, mas podia ser qualquer coisa, de carneiro a carne de veado — e mastigou receoso.

— Será que posso pedir mostarda? — ele falou ainda mastigando.

— Se fosse eu, não arriscava — disse Abel.

Ele cortava a carne muito sério, pôs um pedaço na boca e fez careta.

— Não está tão ruim — disse Abel.

— O que foi que eu perdi? — a voz veio da porta, Hal se virou e viu que era Ezra com o ombro encostado no batente.

— Ah, é você — disse Harding, meio azedo. — Que gentileza se dignar a se juntar a nós.

— A julgar pela cara do Abel, não perdi grande coisa — disse Ezra.

Ele puxou a cadeira ao lado de Hal e sentou, apoiando os braços em cima da mesa.

— E aí, o que tem para jantar?

— Vômito cinza e ovos de dinossauro — Kitty respondeu e deu uma risadinha.

— Kitty! — Harding trovejou. — Estou farto de você hoje.

— Ah, pelo amor de Deus, Harding — Mitzi bateu o prato na mesa na frente dele —, deixe a menina em paz. Ela não tem culpa se você está de mau humor.

— Eu não estou de mau humor — rosnou Harding. — Só estou pedindo um mínimo de educação à mesa.

— Olha, a Sra. Warren é muito velha e faz o melhor que pode... — Abel começou a dizer, mas Ezra interrompeu.

— Ah, dê um tempo, Abel. A menina tem razão. A cozinha da Sra. Warren sempre foi terrível, só que quando éramos pequenos só tínhamos as refeições do colégio interno para comparar, por isso não percebemos que era tão ruim. A prole de Harding tem sorte de poder comparar com padrões mais elevados.

Hal recebeu seu prato, cutucou com o garfo o pedaço de carne cinza e abandonou o ensopado em favor da batata cozida. A casca estava enrugada, mas quando cortou sentiu que estava crua no meio.

— Bom, eu não vou comer — disse Kitty com firmeza e empurrou o prato. — Vi mamãe comprando biscoito de aveia em Penzance hoje.

—⚏—

Não tinha sobremesa, mas depois do jantar foram para a sala de estar onde um bule de café morno os aguardava na mesa diante da lareira. Mitzi saiu e voltou com três pacotes de biscoito que abriu e distribuiu. Os filhos dela caíram em cima dos biscoitos como órfãos famintos. Hal pegou um de chocolate e mergulhou na xícara de café que Edward serviu para ela. Pôs a ponta molhada do biscoito na boca e o gosto era de casa, ela se transportou de volta à infância, às manhãs de domingo na cama da mãe, mergulhando biscoitos no café sem a mãe ver.

— Você está bem, Harriet? — a voz de Mitzi interrompeu os pensamentos dela. — Ficou muito pensativa aí...

Hal engoliu o biscoito com café e deu um sorriso forçado.

— Sim, estou bem. Desculpe. Estava só pensando mesmo.

— Descobri uma coisa sobre a Hal hoje — Ezra disse de repente, do outro lado da sala.

Ele pegou seu café e bebeu, olhando para Hal.

— Uma coisa que ela nunca contou.

Hal levou um susto e o coração acelerou um pouco. Relembrou a conversa que tiveram no carro, as coisas que falou sobre a mãe dela. Será que deixou alguma coisa passar? Ela botou a xícara no pires e a mão tremeu um pouco, a porcelana soou como um sino batendo na outra.

— O que é? — ela perguntou.

— Ah... acho que você sabe, Hal — disse Ezra com um sorriso maroto. — Conte para eles.

Pronto, pensou Hal. Ele sabe. Ele descobriu alguma coisa e está me dando a chance de confessar antes de contar a todos o meu passado.

— Tem razão — disse Hal, a boca seca de repente. — Tem uma coisa que eu não contei. Tio Harding... eu...

Ezra botou alguma coisa na mesa entre eles.

Era uma lata de tabaco Golden Virginia.

Hal sentiu o sangue subir para o rosto quando percebeu seu erro, o estrago que quase provocou.

— Harriet é taróloga — disse Ezra. — Não é, Hal?

— Ah! — Hal foi dominada por um misto de alívio e anticlímax e teve muita vontade de rir. — Eu não sabia que era isso... sim. É verdade.

— Você lê tarô? — exclamou Mitzi, e bateu palmas. — Mas que exótico! Harriet, por que não contou para nós?

— Não sei — disse Hal com sinceridade. — Acho que... algumas pessoas estranham.

Ela se lembrou da Sra. Warren, da fúria que demonstrou ao ver as cartas.

— Você sabe — disse Abel —, você sabe... é engraçado. Eu jamais pensaria que a filha da Maud acabaria fazendo uma coisa assim. Ela era terrivelmente cética.

Hal olhou para ele, mas não havia nada de contestação no tom de voz ou na expressão. Ele estava só um pouco triste, como se lembrasse de momentos mais felizes.

— Ela era... bem, tenho certeza de que você deve saber disso melhor do que nós, mas ela era uma pessoa muito racional — continuou. — Não perdia tempo com o que acho que chamaria de besteira. Desculpe, Harriet — ele acrescentou logo e deu um tapinha no braço dela —, não quis que isso soasse rude como deve parecer. Espero não tê-la ofendido.

— Tudo bem — disse Hal e sorriu, mesmo sem querer. — Não estou ofendida. E o fato é que... eu mesma não acredito.

— Ah, é? — indagou Mitzi, meio incrédula. — Então como é que isso funciona? Não se sente culpada de receber dinheiro dos outros se acha que é tudo besteira?

Hal enrubesceu. Raramente admitia aquilo para pessoas que não conhecia, e certamente nunca para clientes. Era como se um médico admitisse que não acredita na medicina convencional, ou se um psiquiatra desrespeitasse Freud.

— Isso deve ter parecido mais cínico do que eu pretendia, mas... não sou supersticiosa. Não acredito em bater na madeira, cruzar os dedos, bola de cristal, nada disso. Não acho que as cartas têm qualquer poder oculto, mas não sei se diria isso para um cliente. Mas elas têm sim... — ela se esforçou para articular alguma coisa que raramente esmiuçava, nem para ela mesma. — Elas têm sim um significado... mesmo sem saber nada de tarô, você pode ver a riqueza do simbolismo e das imagens. As ideias que representam... são forças universais que afetam as nossas vidas. Acho que eu acredito não que as cartas podem dizer qualquer coisa que você não saiba, nem que tenham respostas mágicas para as suas perguntas, mas, sim, que elas dão... elas dão espaço para questionar...?

Isso faz sentido? Falso ou verdadeiro, o que eu falo em uma leitura dá à pessoa a oportunidade de refletir sobre essas forças, analisar seus instintos. Não sei se estou explicando direito.

Mas Mitzi meneava a cabeça, com uma ruga de preocupação no meio da testa.

— Simmm... — ela disse devagar. — Sim, eu entendo.

— Então, vai fazer uma? — perguntou Kitty animada, de olhos arregalados. — Faça para mim! Por favor, leia para mim primeiro!

— Kitty — ralhou Mitzi —, Harriet não está no trabalho.

— Bobagem — disse Ezra, e deu um sorriso largo para Hal. — Ela não precisava trazer as cartas, não é?

Hal cruzou os braços sem jeito, sem saber o que dizer. Afinal, era verdade. Tinha resolvido levar as cartas, aquelas cartas especificamente. Mas não queria fazer uma leitura, não ali, não agora, com aquelas cartas. Porque ler as cartas era revelador, e não só para o cliente. Hal sabia que revelava quase tanto sobre ela mesma nos comentários quanto sobre os clientes.

Mas Kitty olhava para ela e implorava com os olhos, apertando as mãos e torcendo, e Hal não teve coragem de recusar, nem habilidade de fazer isso educadamente, naquela casa em que era hóspede.

— Tudo bem — acabou dizendo. — Vou fazer uma para você, Kitty.

— Maravilha! — disse Kitty animada. — Do que você precisa? De alguma mesa especial?

Hal balançou a cabeça.

— Não, qualquer mesa serve. Sente na minha frente.

Kitty ajoelhou no tapete na frente de Hal, Hal abriu lata e pegou as cartas.

— Uau... — Kitty suspirou quando Hal espalhou as cartas na mesa, os olhos dela passavam de uma carta para outra, o Dois de Paus... o Eremita... a Rainha de Copas. — Que carta é essa? — ela perguntou, apontando para a Estrela.

— Essa? — Hal pegou a carta.

No baralho dela, a Estrela era uma mulher tomando banho em um rio na floresta à noite, derramando água no corpo à luz das estrelas. Era uma bela carta, serena e tranquila.

— É a Estrela — disse Hal. — Significa renovação da fé, paz, comunhão com nós mesmos, serenidade. Ou, invertida, significa o oposto: desânimo, pensar nas coisas ruins da vida.

— E essa aqui? — Kitty apontou para uma carta no fim do baralho.

Era de uma mulher engatinhando numa paisagem de neve. A neve caía do céu escuro, a tranquilidade dos flocos contrastava com a cena embaixo, onde a mulher se empenhava em sua luta interminável. Os dedos ensanguentados tinham cavado marcas na neve enquanto ela se arrastava para algum objetivo fora da cena, e nas costas tinha nove adagas, cada uma de um tipo, algumas compridas, outras curtas, algumas com belos cabos polidos, outras nada além de estacas de madeira. A décima, uma lasca de vidro, talvez de gelo, estava na mão dela.

— Essa é o Dez de Espadas — respondeu Hal.

Ela conhecia a carta de cor, mesmo assim pegou e analisou de novo, antes de virar para Kitty ver melhor a imagem. Era uma das cartas mais escuras no baralho, que sempre fazia Hal se encolher um pouco quando aparecia na leitura.

— Essa quer dizer... traição, facada nas costas, fim... mas também pode significar que uma provação está chegando ao fim. Que você terá paz, mas o preço pode não ser o que você quer.

— Porque ela vai morrer, é isso que quer dizer? — Kitty perguntou de olhos arregalados.

— Na carta, sim — confirmou Hal. — Mas não deve levá-las ao pé da letra. Agora... — ela recolheu as cartas e embaralhou. — Eu vou espalhar o baralho todo e pedir para você escolher dez cartas. Não toque nelas, só mostre para mim apontando.

O ritual tão conhecido era reconfortante. Hal era capaz de fazer uma leitura de cruz celta quase dormindo, e quando dispôs as cartas e deu as instruções e explicações que sempre usava, sentiu a mente clarear.

Era verdade o que tinha dito para Mitzi. Não acreditava em misticismo algum, mas acreditava no poder das cartas para revelar alguma coisa sobre quem procura respostas, tanto quem lê as cartas, como quem consulta.

Ela não perguntou para Kitty qual era a pergunta dela, mas, pelo seu rosto inteligente e encabulado, já sabia o que ia ser, alguma coisa sobre um menino, sem dúvida. Ou talvez uma menina. Não havia medo no rosto de Kitty, nenhuma dúvida ou desespero, como acontecia quando as pessoas perguntavam sobre vida ou morte, sobre a segurança de um filho, ou a saúde de pai ou mãe.

Para Kitty, aquilo era só divertimento. Bem-me-quer, mal-me-quer. Era assim que tinha de ser, na idade dela.

Chegaram à última carta da leitura, a carta "resultado". Hal virou essa carta e viu que era dos Amantes, virada para cima, um homem e uma mulher nus e abraçados, a mão dele no seio dela, banhados de sol. E pelo rubor que subiu pelo pescoço e tomou o rosto de Kitty, Hal soube que estava certa.

— Essa carta — disse Hal sorrindo, sem se conter porque o prazer envergonhado de Kitty era contagiante —, essa carta representa o resultado, é a carta dominante de toda a leitura e o mais próximo que as cartas chegam de uma resposta direta à sua pergunta. Você escolheu os Amantes, uma carta trunfo, uma das mais fortes do baralho. E ela significa amor. Amor e união e relacionamentos. O que essa carta está dizendo aqui, nessa posição, é que haverá amor e, sim, felicidade no seu futuro. Vejo um relacionamento muito importante, muito querido por você e que trará muita alegria. Mas... — alguma coisa fez Hal acrescentar, olhando para os lábios subitamente franzidos de Mitzi —, essa carta também significa escolha, a escolha entre o certo e o errado, entre o racional e o emocional. Essa carta mostra o equilíbrio entre as diferentes forças na sua vida e indica a importância de optar pelo caminho certo, o que manterá todas essas forças em suas proporções apropriadas. Amor romântico é apenas um elemento, e nem sempre a levará para o caminho certo. Você deve ter cuidado para que não domine tudo mais na sua vida. Satisfação vinda de outras fontes — trabalho ou família, por exemplo — é tão importante quanto, e pode trazer o mesmo grau de felicidade. E o que essa carta está me dizendo é que você sempre será amada — Hal parou um pouco pensando em Mitzi e Harding e o acolhedor casulo de proteção que davam aos filhos. — Você sempre terá alguém do seu lado. Você pode se aventurar no mundo, segura com esse amor e com a segurança de que o amor a encontrará.

Ela parou, houve uma breve pausa e então os outros bateram palmas.

— Que leitura boa, Harriet — disse Mitzi.

Kitty estava corada e radiante, e Hal de repente satisfeita de ter concordado em fazer isso.

— Mais alguém? — ela perguntou, meio brincando e se surpreendeu ao ver Abel sorrir de orelha a orelha e levantar a mão.

— Vamos lá — disse ele. — Faça comigo.

Hal olhou para o relógio sobre a lareira. Eram quase dez, e a leitura de Kitty tinha demorado mais do que ela imaginava.

— Está bem. Mas vou fazer uma versão mais rápida da leitura para você, a cruz celta demora muito. Essa é mais simples, é chamada de método das três cartas. Pode ser usada de muitas formas diferentes, para responder a uma pergunta, ou para entender um dilema, ou até para explorar suas vidas passadas, se você acredita nesse tipo de coisa, mas agora vamos fazer só uma leitura de passado, presente e futuro. É boa e simples, uma leitura que as pessoas costumam fazer quando estão começando.

Ela embaralhou as cartas e seguiu o ritual de sempre, pedindo para Abel pensar em uma pergunta, para cortar o baralho e escolher só três cartas dessa vez. Então ela botou as cartas viradas para baixo, passado, presente e futuro, esperou um pouco organizando seus pensamentos, ouvindo o silêncio que dominou a sala, os estalos do fogo, o barulho do vento na chaminé e o tique-taque do relógio sobre a lareira.

E finalmente, com os pensamentos calmos e claros, Hal virou a primeira carta, a do passado. Houve um momento em que os espectadores em volta se amontoaram para espiar, então desataram a rir quando reconheceram a imagem da leitura de Kitty. Era os Amantes. Hal sorriu, mas balançou a cabeça.

— Sei o que está pensando, que essa é a mesma carta que Kitty escolheu e que eu vou falar as mesmas coisas, mas essa está invertida, você tirou de cabeça para baixo.

— O que isso quer dizer? — perguntou Abel.

Hal observou Abel olhando para a carta, tentando ler a reação dele. Era difícil decifrar, mas ela achou que havia um certo deboche. A boca estava séria, mas os lábios apertados como se escondessem um sorriso. Hal não se importava com as pessoas que não levavam aquelas leituras a sério. Não gostava de hostilidade, mas brincadeira e diversão tudo bem. Olhou para a imagem e franziu a testa, tentando clarear os pensamentos e cristalizá-los em palavras.

— Você me ouviu conversar com Kitty sobre o fato dos Amantes representarem escolha — começou ela. — Bem, essa é uma carta cheia de opostos extremos... macho e fêmea, céu e terra, o fogo do sol e a água do rio atrás deles, a estrada do alto na montanha e a estrada de baixo no vale. No passado, você teve uma escolha, e bem radical. Foi uma encruzilhada na sua vida, uma decisão que... — ela parou ao ver Abel apertar as mãos, passar os dedos em um anel no anular da mão direita, ouviu quando ele pigarreou baixinho indicando que ela havia tocado num ponto sensível. Ele girou o anel enquanto ela continuava. — Acho que talvez tenha ligação com um... relacionamento? Você fez sua escolha e na época parecia a certa, a única decisão... mas agora...

Ela parou e de repente percebeu que aquela leitura a estava levando para um caminho perigoso.

A expressão de Abel tinha perdido o ar debochado e divertido e, atrás dele, Hal viu Edward se agitar, incomodado. Ela mordeu o lábio imaginando se já tinha falado demais.

Para dar cobertura ao momento de confusão, Hal abriu a carta seguinte. Era o Dez de Espadas, e Hal viu Abel empurrar um pouco a cadeira dele para trás e cruzar as pernas em atitude defensiva. Tinha alguma coisa muito errada ali, ela sentia a tensão emanando dele e sabia que precisava ser cuidadosa, pois tinha topado com alguma coisa que não entendia e corria o risco de que aquilo estourasse na cara dela.

— Essa... essa é o presente — ela falou bem devagar. — O problema que você está enfrentando no momento. Diz respeito a... uma traição...

Ela parou de falar. Abel tinha levantado e passado por ela, sem esperar o fim da leitura.

— Desculpe, Hal — ele disse se afastando —, mas acho que não posso fazer isso.

Ele bateu a porta da sala de estar com força quando saiu.

— Meu Deus — era Edward, com o rosto branco e angustiado, ele olhou para Hal meio com raiva, meio aborrecido. — Muito obrigado — disse ele, então deu um puxão na cadeira de Abel para tirá-la do caminho e correu para o corredor atrás do companheiro. — Abel! — Hal ouviu ele chamar do final do corredor — Abel, volte aqui!

Mitzi olhou primeiro para Ezra, depois para Harding e depois bufou longamente.

— Ai, ai, ai.

— O que foi? — Hal olhou em volta do círculo de rostos e começou a ficar preocupada. — O que foi que eu disse?

— Você não tinha como saber, Harriet — disse Mitzi.

Ela levantou e ergueu a cadeira que Edward tinha derrubado na pressa de sair atrás de Abel.

— Mas eu não sei por que Abel reagiu assim...

— O que Hal falou foi bem genérico — disse Ezra. — Se Al não tivesse reagido como um adolescente histérico...

— Vão para a cama, crianças — disse Mitzi.

Um coro de protestos partiu de Richard, Kitty e Freddie, que Mitzi aplacou rapidamente.

— Só dessa vez vocês podem levar seus celulares para cima. Vou recolhê-los no apagar das luzes. Vão!

Ela esperou até os filhos saírem da sala arrastando os pés, e fechou a porta.

— Harriet — disse ela —, normalmente eu não daria trela para essa fofoca, mas acho que nesse ponto é melhor que você saiba. Até onde eu sei, Abel pediu Edward em casamento no ano passado, mas então...

Ela vacilou e olhou para Harding, que levantou as mãos como se dissesse, não olhe para mim, foi você que começou isso.

— Mas acontece que Edward estava transando com uma mulher fazia uns quatro anos — Ezra completou assim, sem rodeios. — Pronto. Falei. Foi isso que aconteceu, não foi?

Mitzi fez que sim com a cabeça bem triste.

— É, foi isso que entendi também. Tive uma conversa bem confusa com Edward sobre isso no ano passado, quando ele estava bêbado, e ele tentou se defender dizendo que foi só uma aventura, mas é claro que não era mais hora para essas loucuras. Uma coisa é fazer essas coisas aos dezoito anos, outra bem diferente é quando você é um homem com mais de quarenta e tem um relacionamento há muito tempo. De qualquer forma, para resumir a história, acho que eles passaram por momentos bem turbulentos. Eu achava que estava tudo resolvido, mas evidentemente isso trouxe algumas lembranças dolorosas. Você não podia saber, Harriet.

— Ah, não... — disse Hal, abalada.

Ela pôs as mãos na cabeça.

— Eu sinto muito. Não queria ter feito isso.

— Foi minha culpa — assumiu Ezra, balançando a cabeça. — Eu não devia ter pedido para você ler as cartas, desculpe, Hal.

— Você está sempre chamando Harriet de Hal — Mitzi disse, esse esforço para mudar de assunto foi um pouco forçado e óbvio, mas mesmo assim Hal achou bom.

Mitzi deu a lata, Hal recolheu as cartas e guardou.

— É um apelido?

— É — respondeu Hal. — Era assim que mamãe me chamava.

— Você deve sentir muita falta dela — disse Mitzi.

Ela estendeu a mão e prendeu uma mecha de cabelo atrás da orelha de Hal. Hal ficou horrorizada de sentir os olhos se enchendo de lágrimas. Virou para o outro lado, fingiu procurar uma carta perdida, engoliu com dificuldade porque tinha um nó na garganta e piscou para se livrar das lágrimas.

— Eu... eu sinto sim — conseguiu dizer com a voz tremida, apesar dos seus esforços.

— Ah, Hal, querida, venha cá — disse Mitzi.

Ela abriu os braços e, quase a contragosto, Hal se deixou abraçar.

Foi muito estranho — Mitzi bem magra, as duas da mesma altura, o cheiro do perfume e do spray de cabelo forte nas narinas de Hal, o aperto doloroso do colar de contas dela nas costelas de Hal. Mas havia uma coisa tão simples, tão instintivamente maternal naquele gesto que ela não sentiu vontade de se afastar.

— Eu só queria dizer — sussurrou Mitzi no ouvido dela, sem querer esconder o que estava dizendo, mas falando só para Hal e não para todos participarem —, que você foi um amor quando disse aquilo mais cedo, sobre a escritura de variação. Seja lá o que for que você decida — e não se deixe levar por toda essa bobagem, nem se sinta responsável pelo que sua avó fez — foi muito nobre da sua parte você pensar nisso.

— Obrigada — agradeceu Hal.

A garganta continuava incomodando e ela deixou os dedos apoiados nos ombros de Mitzi, em parte querendo se libertar, e outra parte sem resistir a retribuir o abraço.

— Nós não vamos deixar você se deserdar — disse Mitzi muito séria, soltando Hal. — Nem pensar. E independente do que aconteça, você agora tem uma família, não se esqueça disso.

Hal fez que sim com a cabeça e deu um sorriso forçado apesar das lágrimas que ainda ameaçavam cair. Então pegou a lata com as cartas, pediu licença e subiu a escada para ir para o quarto.

11 de dezembro de 1994

Minha tia sabe. Não sei como, mas sabe. Será que Maud contou para ela? Parece impossível, tenho quase certeza de que ela não falaria nada, não depois de me prometer. Lizzie, talvez? Do jeito que ela olha para mim, tenho uma sensação horrível de que possa estar juntando os pontinhos, mas não acredito...

Mas no fim das contas, nem importa muito. Ela descobriu.

Veio ao meu quarto quando estava me aprontando para dormir e entrou sem bater.

— É verdade?

Eu estava meio despida, segurei a blusa sobre o peito tentando cobrir meus seios e minha barriga, fingindo timidez. Balancei a cabeça indicando que não sabia do que ela estava falando, ela levantou a mão e me deu um tapa, minha cabeça foi para trás, meus ouvidos ficaram zunindo e meu rosto ardendo com o choque da pancada. A blusa caiu no chão e a vi olhando para mim, para meu corpo mudado, e entortou a boca, desgostosa, ao ver que não precisava perguntar.

— Sua putinha nojenta. Eu a abriguei e é assim que agradece?

— Quem contou? — perguntei amargurada, peguei a blusa e vesti, sentindo a dor no rosto.

— Isso não é da sua conta. Quem é ele? — ela quis saber, não respondi logo, então ela me agarrou pelos ombros, me sacudiu feito um trapo e fez meus dentes baterem. — Quem é o menino que fez isso? — berrou ela.

Balancei a cabeça outra vez, tentando não me encolher diante da sua fúria, tentando não demonstrar meu medo. Minha tia sempre me intimidou, mas nunca a tinha visto daquele jeito, e de repente entendi por que Maud a odiava tanto.

— Nã-não vou dizer — respondi, mas foi difícil falar.

Ela não pode saber. Sua fúria seria indescritível e eu nunca mais o veria.

Ela ficou olhando para mim um bom tempo, depois deu meia-volta.

— Não posso confiar em você. Você já demonstrou isso. Vai ficar no seu quarto e mandarei seu jantar para cá. Pode ficar aqui e pensar no que fez e na vergonha que trouxe para essa família.

Ela bateu a porta com força, e ouvi um barulho como se alguém raspasse alguma coisa na parte de cima e de baixo da porta. Levei um minuto para entender e, mesmo quando me dei conta, não acreditei. Ela estava... ela estava me prendendo?

— Tia Hester? — *chamei, e então ouvi o barulho dos saltos dela se afastando no corredor, corri para a porta, virei a maçaneta e soquei a madeira. Não abriu.* — Tia Hester? Não pode fazer isso!

Mas não houve resposta. Se ela me ouviu, não disse nada.

Ainda incrédula, tentei forçar a porta, pus todo o meu peso e força contra ela, mas as tramelas aguentaram firmes.

— Maud! — *gritei.* — Lizzie?

Esperei. Ninguém respondeu, só ouvi uma porta batendo. Não sabia qual era, mas achei que podia ser aquela sob a escada do sótão. A sensação de desesperança completa me dominou. Eram quase oito horas da noite. Lizzie já teria ido para casa há muito tempo. E Maud... não sabia onde ela estava. Na cama? Lá embaixo? De qualquer forma, minha voz não chegaria a dois andares para baixo, nem soaria no labirinto de corredores dessa casa.

Não chamei a Sra. Warren. Não tinha por quê. Mesmo se ela me ouvisse, não viria.

Fui até a janela e espiei a noite calma, com lua, aquela tranquilidade um contraste terrível com minha garganta irritada e meus dedos machucados de socar a porta.

E então entendi.

Estou presa. Completamente sem saída. Ela podia mandar Maud para a escola, demitir Lizzie e me prender aqui... Quanto tempo? Pelo tempo que ela quisesse, essa é a verdade. Podia me manter aqui até o bebê nascer. Ou podia me deixar sem comida até eu perdê-lo.

Essa realidade me deixa fraca e cheia de medo. Eu devia ser forte. Forte para mim e para meu filho. Mas não sou. Essa casa esconde segredos, agora eu sei. Estou aqui há tempo suficiente para ouvir as histórias, da empregada infeliz que se enforcou na lavanderia e do menino que se afogou no lago.

Minha tia é alguém. E eu sou ninguém. Não tenho amigos aqui. Seria muito simples dizer que eu fui embora. Fugi no meio da noite. Ninguém ia se importar. Maud talvez fizesse perguntas, mas a Sra. Warren ia jurar que me viu partir, tenho certeza disso.

Se ela quiser, pode simplesmente trancar a porta e jogar fora a chave. E eu não poderia fazer nada.

Caí ajoelhada na frente da janela com as mãos no rosto, sentindo as lágrimas e o anel que ainda uso, o anel de noivado da minha mãe. É um diamante, bem pequeno. Ajoelhada ali, à luz da lua, senti vontade de deixar uma marca, por menor que fosse, que não pudesse ser apagada.

Tirei o anel e arranhei o vidro com ele bem devagar. O luar brilhou nas letras como fogo branco. SOCORRO...

26

Hal estava deitada de costas na cama, com o braço sobre os olhos para bloquear o luar, e não conseguia dormir.

Não era só a luz da lua que brilhava demais através da cortina fina. Nem era a leitura das cartas que pesava tanto, ou não só a leitura. Era tudo. A expressão de Abel quando saiu da sala. A exasperação de Edward. O que Mitzi sussurrou quando a abraçou...

A "escritura de variação". Isso parecia uma corda no pescoço de Hal, ainda não muito justa, mas apertando devagar e já tornando difícil a respiração. Na hora que sugeriu parecia uma solução simples, ela recusaria a herança, voltaria para Brighton e desapareceria da vida deles.

Mas a última coisa que Mitzi disse, com tanta generosidade, deixou claro que nunca aconteceria. Mesmo se ela renunciasse a esse legado, continuaria presa numa teia de burocracia e formulários e identificação, a esse emaranhado de lealdades e ressentimentos familiares que iam arrastá-la para o fundo como tinham feito com os outros. Mas o que ela podia fazer? A única saída era admitir o seu blefe.

Hal suspirou, virou de barriga para baixo e afundou o rosto na fronha branca para escapar do luar que varava a cortina fina. A luz da lua criava sombras compridas das barras da janela na cama. Hal fechou os olhos e visualizou de repente uma imagem assustadora dela mesma, vista por alguém do outro lado do quarto. Como a menina do Dez de Espadas.

Traição. Facada nas costas. Derrota.

Sentiu um arrepio de medo e não aguentou mais ficar deitada. Sentou tremendo de frio, levantou da cama e foi até a janela. Ficou espiando a paisagem iluminada pela lua através da grade.

À noite era bem diferente. Os verdes-esmeralda e azuis lavados pela chuva viravam mil tons de preto, o luar só servia para criar sombras compridas e distorcidas que, sem os óculos, deixavam as formas conhecidas embaçadas e estranhas. Até os sons eram diferentes. Não havia mais o ronco de alguns carros passando na estrada litorânea, as pegas tinham silenciado e tudo que Hal ouvia era o barulho distante das ondas quebrando e o pio de uma coruja caçando. Hal segurou as barras da grade e encostou a testa no vidro desejando estar muito longe dali, em sua casa em Brighton, bem longe daquele pesadelo emaranhado de mentiras e palpites.

SOCORRO.

As letras se destacavam brilhantes ao luar, e Hal teve certeza de que tinham sido rabiscadas numa noite como aquela, por alguém ainda mais desesperada do que ela.

Talvez essa outra menina não tivesse a mesma sorte. Para ela, a prisão pode ter sido literal, não só emocional. Talvez tenha sentado ali espiando o gramado gelado, imaginando como, ou se ia escapar.

Bem, Hal não estava presa. Ainda não. Ainda tinha tempo.

Sem fazer barulho, ela despiu o pijama e vestiu de novo a calça jeans, a camiseta e o agasalho com capuz. Então tirou a mala de baixo da cama, levantando um pouco para não arrastá-la na tábua do assoalho.

As roupas já estavam guardadas, separadas em limpas e usadas. Além disso, só faltava pôr na mala a bolsa de toalete, o livro e o laptop.

As mãos dela tremiam quando fechou o zíper da mala. Ia mesmo fazer isso?

Você não deve nada a eles, pensou. Não recebeu nada. Ainda.

E afinal, qual a pior coisa que eles podiam fazer? Tinham seu endereço, mas ela não poderia ficar lá muito tempo, não agora que os capangas do Sr. Smith tinham descoberto. Talvez o melhor a fazer fosse desaparecer por completo, simplesmente pegar suas coisas, os papéis mais importantes, as fotos da mãe e partir para uma nova vida. Havia outras cidades. Outros cais.

A ideia de recomeçar era assustadora, e Hal pensou nos corpos amontoados nas calçadas de Brighton, pessoas iguais a ela que tinham dado o salto e escorregado, caíram e acabaram sem teto, sem amigos, sozinhas.

Era um risco, um risco concreto. Hal não tinha rede de segurança, se caísse ninguém iria ampará-la. Por um momento, o Sr. Treswick pareceu a promessa de uma existência bem diferente, com economias, segurança, futuro garantido. Mas aquele momento, aquela promessa, tinham acabado. Não sabia se eram as palavras de Mitzi ou os arranhões no vidro da janela, mas alguma coisa dentro dela havia se cristalizado numa conclusão fria e dura: precisava ir embora.

Tudo pronto, quase. A última coisa que Hal fez foi pôr os óculos e pegar suas cartas de tarô. Botou a lata no bolso de trás.

Então girou a maçaneta e puxou.

Nada aconteceu.

Ela parou de respirar e o coração começou a bater com muita força.

As tramelas. As tramelas do lado de fora.

Mas não, era impossível. Ela teria ouvido. Certamente teria ouvido, não é? E quem... por quê?

Sentiu um princípio de pânico.

Fez esforço para respirar devagar. Botou a mala no chão, secou o suor das mãos na parte de trás da calça e tentou de novo.

A maçaneta girava, mas a porta não abria quando puxava. Cedia em cima, mas estava presa embaixo.

A respiração acelerou, mas ela se concentrou para respirar normalmente, para raciocinar. *Não há motivo para alguém trancá-la ali. Você só está em pânico porque viu as trancas. Ontem, isso nem passaria pela sua cabeça. Lembre-se do que a Sra. Warren disse — a umidade faz o batente inchar.*

Hal respirou fundo, girou a maçaneta e empurrou até aparecer uma fresta. Então botou o pé na parte que ainda prendia e fez o máximo de força que podia, procurando não fazer nada que pudesse acordar quem dormia embaixo.

Ouviu um rangido prolongado, a porta cedeu com um barulhão e ela foi jogada para frente, com a mão sobre a boca.

Esperou as reclamações, o barulho de pés na escada, mas nada aconteceu e finalmente reuniu coragem para pegar a mala e sair na ponta dos pés. Ao sair do quartinho, não resistiu e olhou para a porta para ver se...

Mas não. Estava sendo paranoica. As tramelas estavam recuadas, e inteiras. Foi como a Sra. Warren disse, a umidade e nada mais.

Mesmo assim. Uma casa com trancas do lado de fora das portas não era um lugar em que Hal quisesse mais dormir.

Com a mala na frente do corpo feito escudo, para caber na escada estreita, ela desceu em silêncio e o mais rápido que pode para o corredor de baixo, e dali para a outra escada mais comprida para o térreo e a liberdade.

13 de dezembro de 1994

Eu tenho de fugir.
Eu tenho de fugir.
Agora a palavra que rabisquei na janela virou uma assombração. Uma admissão de derrota. Porque ninguém vai me ajudar além de mim mesma.

Já estou presa aqui há três dias e, tirando uma conversa apressada aos cochichos com Maud, não vi mais ninguém exceto minha tia. Ela traz bandejas de vez em quando, às vezes não traz, me deixa com fome e apavorada.

E sempre, sempre a mesma pergunta. Quem é ele? Quem é ele? Quem é ele?

Hoje, quando me neguei a dizer, ela me bateu de novo, minha cabeça foi jogada para trás com tanta força que ouvi um estalo no pescoço, a ardência no rosto se espalhou e chegou ao ouvido com muita dor.

Recuei sem equilíbrio até a cama e olhei para ela segurando na cabeceira de metal e pondo a outra mão no rosto como se quisesse manter os ossos no lugar. Por um segundo ela pareceu assustada, não comigo, mas pelo que tinha feito, pelo que poderia ter feito. Acho que ela perdeu o controle, talvez pela primeira vez desde que a conheço.

Então deu meia-volta e saiu, e ouvi as tramelas antes de ela descer a escada.

Afundei na cama. Minhas mãos tremiam, senti câimbras na barriga e náusea. Pensei que estava perdendo o bebê, mas fiquei quieta, esperei e as dores diminuíram, mas a ardência no rosto e o zunido no ouvido continuaram.

Queria escrever no meu diário como sempre faço quando as coisas ficam insuportáveis, desabafar no papel como uma espécie de sangria, deixando na tinta e no papel toda a tristeza e a raiva e o medo, até eu conseguir reagir outra vez.

Mas quando tirei o diário do esconderijo embaixo de uma tábua solta, olhei para ele com novos olhos.

Não posso contar a verdade para ela. Não só porque se contar nunca mais o verei. Não posso porque estou começando a temer de verdade que, se contar, ela pode me matar mesmo. E pela primeira vez, depois de hoje, eu realmente penso que ela seria capaz.

Ela não pode me fazer falar, mas se vasculhar meu quarto, nem precisa, está tudo aqui.

Então, depois de terminar esse texto, vou acender o fogo e rasgar todas as páginas que falam dele, riscar o nome dele, rasgar todas as referências e queimar.

Porque não importa o que ela faça comigo, não me fará confessar. Só preciso aguentar até poder vê-lo, e depois resolveremos juntos o que fazer. Vou me comunicar com ele de algum jeito. Posso mandar uma carta pela Maud, talvez. Afinal, tenho papel aqui, e canetas. E posso confiar nela... Pelo menos espero que possa.

Ele virá quando receber a carta, não é? Vem sim. Ele tem de vir. E então, iremos para algum lugar, vamos fugir... juntos. Nós vamos resolver.

Só preciso me agarrar a essa ideia.

Só preciso aguentar.

27

A escada rangeu muito quando Hal desceu prendendo a respiração ao ouvir qualquer barulho, o pio de uma coruja caçando no jardim, alguma torneira pingando.

Finalmente chegou ao corredor no térreo. Ela continuou segurando a mala para não arriscar o barulho das rodinhas e, pé ante pé, foi para o hall de entrada onde os vidros em cima da porta desenhavam luas crescentes na parede em frente.

A porta estava trancada em cima e embaixo, e Hal teve dificuldade com as trancas duras, mas depois do que pareceu uma eternidade trêmula e silenciosa, conseguiu destrancá-la e girou a maçaneta.

Estava trancada na fechadura também. E não tinha chave. Hal procurou embaixo da salva de prata em que ficavam as cartas e as contas, atrás do vaso de planta poeirento e com folhas secas. Sobre o batente da porta. Nada. Nada de chave.

O coração disparou. Sair dali tinha se tornado mais do que um desejo, era imperativo. Se fosse encontrada ali, agora, saindo da casa à noite como uma ladra, era bem provável que alguém chamasse a polícia. Mas não importava mais. A única coisa que importava era fugir dali.

Hal espiou o corredor, pegou a mala e recuou para a sala de estar. As janelas altas estavam fechadas e trancadas, mas por dentro. Depois de um tempo fazendo força, a barra cedeu com uma pancada e a veneziana abriu. A janela atrás estava presa só com um fecho simples, Hal o levantou, seu coração acelerando com um misto de alívio e expectativa. A de vidro abriu para dentro e deixou entrar uma lufada de vento gelado. Hal espiou lá fora e se certificou de que não estava prestes a se lançar numa queda de dois metros.

Era alta, mas só pouco mais de um metro até a varanda embaixo. Ela abaixou a mala com cuidado, depois ficou de joelhos para sair.

Estava quase lá, com uma perna no parapeito, quando uma voz falou na escuridão do outro lado da sala.

— Isso mesmo. Saia de fininho no meio da noite. Covarde.

— Quem está aí? — ela perguntou, e o medo fez sua voz ficar mais agressiva do que queria, mas a pessoa só deu risada e avançou para o espaço iluminado pela lua.

Hal nem precisava ter perguntado. Já sabia quem era. Quem mais ia espreitar em silêncio os cômodos da casa no meio da noite?

A Sra. Warren.

— Não pode me impedir — disse Hal e empinou o queixo, desafiando a mulher. — Eu vou embora.

— Quem disse que vou te impedir? — retrucou a Sra. Warren com um sorriso debochado na voz. — Já disse uma vez para você ir, e vou dizer de novo. Boa viagem. Boa viagem para você e para o traste da sua mãe antes de você.

— Como ousa? — a voz de Hal tremia, não de medo, mas de raiva. — O que sabe sobre a minha mãe?

— Mais do que você — disse a Sra. Warren.

Ela se inclinou sobre Hal com a voz tão cheia de veneno que Hal se encolheu.

— Covarde e fraca. Ela era uma caçadora de dote, como você.

Hal foi mais para fora e ficou de joelhos na janela. Estava com tanta raiva que sentiu um zumbido nos ouvidos, um tipo de fúria sibilante. Era mistura de fúria... e de choque.

— Não se atreva a falar assim da minha mãe. Não tem ideia do que ela passou para me criar...

— Não venha me falar do que você não sabe — cuspiu a Sra. Warren. — Vá embora. Você nunca deveria ter voltado para cá.

Com isso, ela fechou a janela, e Hal teve de tirar a mão rapidamente, antes da janela bater, para não ter os dedos esmagados.

Ainda viu um rosto cheio de ódio venenoso, e depois a veneziana também foi fechada. Hal ouviu a batida da tramela encaixando.

Hal ficou ali com o coração disparado, braços cruzados como se ela se abraçasse, se protegendo de alguma coisa, mas não sabia de quê. O coração acalmou, ela abaixou os braços ao lado do corpo e se concentrou para respirar devagar e mais fundo.

Graças a Deus. Graças a Deus, ela estava fora daquela casa horrível e longe daquela mulher horrível. Deixe que escrevam. Deixe que venham atrás dela, ela não se importava. Não podiam fazê-la voltar. Não podiam obrigá-la a apresentar nada. Ela podia se mudar, mudar de endereço, mudar de nome, se precisasse.

A Sra. Warren tinha razão sobre uma coisa, pensou ela enquanto pegava a mala e ia andando para chegar à estrada e pedir uma carona para Penzance. Não devia ter ido para lá.

Foi só mais tarde, bem mais tarde, depois da carona em uma carreta que ia para St. Ives e de um sermão do motorista do caminhão sobre segurança pessoal, quando estava encolhida esperando que a porta da estação de Penzance abrisse e chegasse o primeiro trem para Londres, que ela teve tempo de refletir sobre as palavras da Sra. Warren, para compreender o que havia por trás do ataque vociferado.

Caçadora de dote.

Boa viagem para você e para sua maldita mãe antes de você.

Essas palavras só podiam significar uma coisa: a Sra. Warren sabia. Ela sabia a verdade.

Sabia que a mãe de Hal não era a filha da Sra. Westaway e sim a prima de olhos castanhos, a órfã que haviam abrigado.

Portanto, ela sabia que Hal era uma impostora.

Mas não tinha dito nada. *Por quê?*

Hal estava com aquela dúvida girando e revirando na cabeça desde a véspera, formando uma dúzia de possibilidades. Mas foi só quando abriram a porta da estação e ela pôde se levantar e alongar braços e pernas gelados e doídos que ouviu novamente as últimas palavras da Sra. Warren como um eco amargo.

Ela não devia ter ido para lá. Isso era certo. Mas não era exatamente o que a Sra. Warren tinha dito.

O que ela disse foi, você nunca deveria ter voltado para cá.

28

As palavras ficaram incomodando toda a viagem para Londres.

Voltar para cá. O que ela quis dizer? Será que foi um ato falho?

Será que tinha estado em Trepassen quando criança, pequena demais para lembrar? Se fosse isso, a Sra. Warren saberia toda a verdade sobre a mãe dela. E nesse caso, por que ela não falou nada? Será que estava escondendo alguma coisa sobre ela mesma?

De repente Hal desejou estar em Brighton. Não só para estar em casa, mas para verificar os documentos embaixo da cama.

Havia muita coisa lá que ela não tinha examinado direito — caixas de papéis e de cartas, diários, cartões postais antigos — coisas que Hal achou dolorosas demais para ler depois da morte da mãe, e que não teve coragem de jogar fora. Tinha empacotado tudo e guardado fora de vista para não pensar, para um dia em que tivesse algum motivo para ver.

E esse dia chegou. Porque Hal tinha certeza de uma coisa: sua mãe tinha ligação com aquela casa. E Hal também. Ela não era a neta da Sra. Westaway, isso era certo. Mas era parente. E se a mãe dela tinha ligação com aquele lugar, ela também tinha, e resolveu descobrir que ligação era essa.

—⁓—

Hal chegou ao seu apartamento no meio da tarde, com dor nos pés de carregar a mala desde a estação de Brighton. Não tinha dinheiro para táxi e o cartão do ônibus estava vencido.

Já perto de Marine View Villas, o coração batia mais forte e não era só por causa da longa caminhada. Palavras soavam no ritmo dos seus passos... *dentes quebrados... ossos quebrados...*

— Pare com isso — disse ela em voz alta ao atravessar a rua, e um menino que devia ter uns quinze anos olhou para ela aborrecido.

— Tenho dezoito anos, ouviu? Não pode me dizer o que devo fazer.

Hal balançou a cabeça querendo dizer que não se importava com o que ele fazia. Mas o menino tinha ido embora e ela já estava entrando na sua rua, com o coração disparado.

Chegou à estreita porta da frente do prédio e não viu sinal de que alguém a tivesse forçado, mas em vez de destrancar tocou a campainha do apartamento do térreo.

O homem que atendeu ficou surpreso, e tinha de ficar mesmo. Hal nunca o tinha visto antes.

— Sim? Posso ajudá-la?

— Ah, desculpe — Hal ficou constrangida.

Tinha planejado pedir para Jeremy, que morava ali, acompanhá-la até seu apartamento.

— Jeremy está?

— É o cara que morava aqui antes? Não sei. Só mudei para cá semana passada. Você é amiga dele?

— Sim... não. Não sou — disse Hal, pegando a mala e sentindo dor nos pés. — Eu moro aqui, aí em cima.

— Ah, certo. Bem, lembre-se de trazer a sua chave na próxima vez. Eu estava tirando uma soneca.

— Eu estou com a minha chave — retrucou Hal. — Não é isso. É que estava pensando... Você viu alguém estranho por aqui? Um homem careca, tipo leão de chácara?

— Acho que não — respondeu o homem friamente.

Ele tinha perdido o interesse e voltado para a porta do apartamento dele, obviamente querendo voltar para a cama.

— É o ex?

— Não — Hal segurou a mala com mais firmeza, imaginando até que ponto poderia ser sincera com ele. — Não... devo dinheiro a ele. E ele não é muito... compreensivo.

— Ahhhh... — o homem levantou as mãos e recuou para valer. — Olha, eu não vou me envolver nisso, querida. Seu dinheiro, seu problema.

— Não estou pedindo para se envolver — disse Hal zangada. — Só quero saber se você viu alguém.

— Não — replicou o homem, fechando a porta na cara dela.

Hal sacudiu os ombros e suspirou. Não era muito reconfortante, mas era tudo que ia conseguir.

Ela subiu a escada para o apartamento abraçando a mala na frente do corpo como escudo, e veio uma imagem bem nítida daquela escada estreita em Cornwall e de uma menina desaparecendo no escuro lá em cima. Ela estremeceu e não foi só de pensar no que poderia haver lá.

Chegou e parou para respirar e ver se ouvia algum ruído atrás da porta da frente. Estava fechada e trancada, e não havia sinal de arrombamento, só que naquela vez também não tinha. Era óbvio que se tinham entrado uma vez, podiam entrar de novo.

Ela se abaixou e espiou por baixo da porta, mas só sentiu uma brisa fria no rosto. Não havia sinal de movimento pela fresta, nenhum pé parado atrás da porta.

Por fim segurou o celular como uma arma, com o dedo pairando sobre o número 9, enfiou a chave na fechadura com o mínimo de barulho possível, girou e abriu com um movimento rápido, chutou a porta com força para bater na parede da sala com um estouro que ecoou no corredor silencioso.

A sala estava vazia, silenciosa, o único ruído era do coração de Hal. Não ouviu passos. Mesmo assim, não largou o celular até verificar todos os cantos, do banheiro ao armário e até o nicho atrás da porta da sala, onde guardava o aspirador de pó.

Só então o coração começou a desacelerar, ela fechou a porta, passou a corrente e girou a tranca, afundou no sofá e esfregou o rosto com as mãos trêmulas.

Não podia ficar ali, isso era óbvio.

Hal raramente chorava, mas sentada naquele sofá velho em que pulava quando era criança, diante do velho aquecimento a gás que a mãe acendeu tantas tardes depois da escola, ela sentiu a garganta apertar com as lágrimas represadas, e algumas gotas de autopiedade escorreram pelo rosto. Respirou fundo e secou as lágrimas. Isso não resolvia, não ajudava nada. Precisava seguir em frente.

Mas antes tinha de descobrir a verdade, respostas para as perguntas que fazia desde que as cartas do Sr. Treswick começaram a chegar. Estava farta de mentiras e de mentir. Era hora da verdade.

A barriga dela roncou, então ela fez uma torrada e levou para o quarto. Tirou a caixa de baixo da cama, derramou tudo que continha no tapete e começou a separar.

Jogados assim, os primeiros papéis eram os mais antigos — passaportes vencidos, certificados de provas, cartas, fotografias — mas as datas estavam misturadas, tinham passado de uma gaveta para outra muitas vezes e perdido a ordem cronológica. Hal abriu um envelope ao acaso, mas não era nada interessante, só alguns extratos bancários da mãe.

Embaixo, havia uma folha de fotografias de bebê — devia ser ela, aos seis meses mais ou menos, sorrindo para algum fotógrafo. Outro envelope continha o contrato original do apartamento com a tinta desbotada e o grampo no canto começando a enferrujar. Datava de janeiro de 1995, poucos meses antes de Hal nascer. Sessenta libras por semana foi o acordo feito pela mãe. Parecia barato demais, mesmo para aquele tempo, e Hal quase sentiu vontade de rir, se não estivesse à beira do choro.

Não podia fazer isso. Não podia ceder à autopiedade. Amanhã pensaria num plano. Encontraria algum lugar para ir. Mas agora precisava se concentrar naquela tarefa. Não podia levar aquilo tudo, já teria bastante arrumando as roupas e os itens essenciais. Então faria a pilha do que era reciclável. Quanto ao que precisava guardar, podia fazer uma pilha de papelada pessoal da mãe, outra do apartamento e outra dos documentos importantes — passaportes, certidões de nascimento, qualquer coisa que pudesse precisar para começar uma nova vida. Depois poria em cima da cama tudo que se relacionasse a Cornwall e à Trepassen House, mesmo que tivesse um elo distante. Talvez houvesse alguma coisa ali, alguma ligação com os Westaway que daria a base para escapar daquela loucura.

A primeira coisa que botou na cama foi um cartão postal. Não havia nada escrito no verso, mas a imagem fez Hal sentar direito para examinar. Era Penzance. Ela reconheceu o porto. O cartão era dividido em quatro partes, Penzance na foto da esquerda embaixo, St. Michael's Mount em cima, à direita, e mais duas fotos de paisagem sem identificação que Hal não reconheceu. O elo podia ser fraco, mas era uma prova, por mais tênue que fosse.

Mas o que realmente fez o coração de Hal descompassar foram as cartas, várias, amarradas com um barbante. Eram endereçadas a Margarida Westaway, um endereço em Brighton que Hal não conhecia, e o carimbo era de Penzance. Hal examinou a primeira, mas não havia remetente e a tinta estava tão desbotada que mal conseguiu enxergar as palavras.

Estou escrevendo via Lizzie... alguma coisa que não deu para Hal ler... por favor, não se preocupe com o depósito, tenho algum dinheiro que sobrou dos meus pais e depois disso, meu Deus, eu não sei. Vou ler a sorte no Píer de Brighton, ou ler as mãos na praia. Qualquer coisa para escapar.

Havia outras, várias outras. Mas ela levaria horas para examinar e decifrar o que estava escrito. Resolveu botar todas na cama e continuou a filtrar o resto.

Estava só na metade do que tinha na caixa quando viu alguma coisa embrulhada com um pano de prato. Parecia um livro. Hal ficou curiosa, pegou e a coisa escorregou do pano e caiu no colo dela — sim, era um livro. Mas não impresso. Era um diário.

Hal pegou com cuidado e começou a folhear. Muitas páginas tinham sido arrancadas, só restavam tocos de papel rasgado em alguns pontos. As que foram poupadas estavam quase soltas, sem a costura com as que faltavam. O primeiro texto completo era do fim de novembro, a julgar pelo lugar em que estava no diário. Hal achou que começava em outubro ou setembro, talvez antes. Mas só havia fragmentos desses meses. O resto das páginas — menos da metade, avaliou Hal — tinha textos densos, mas mesmo neles havia partes riscadas, nomes apagados, parágrafos inteiros raspados.

Os registros terminaram dia 13 de dezembro, e depois disso as páginas estavam em branco. Só uma delas, bem no fim do diário, tinha sido arrancada. Era como se a pessoa que escrevia tivesse simplesmente parado.

Hal folheou lentamente para trás, para o início, passando por fragmentos e pondo o dedo sobre partes rabiscadas com força. Quem tinha feito aquilo? Será que foi quem escreveu o diário? Ou outra pessoa, assustada com as provas que seriam encontradas ali?

Mais especificamente, de quem era aquele diário? A grafia parecia de sua mãe, numa versão mais imatura, menos firme, e não tinha nome na primeira página.

Hal chegou à primeira seção completa e começou a ler.

29 de novembro de 1994, dizia, e não foi fácil traduzir as letras desbotadas, os garranchos. *As pegas voltaram...*

29

Era quase noite quando Hal despregou os olhos dos papéis e percebeu que tinha escurecido, por isso apertava os olhos para enxergar as letras nas folhas rasgadas e rabiscadas.

Mas finalmente soube. Teve as respostas que estava procurando, ou algumas delas pelo menos.

O diário era da mãe dela. Que estava grávida, de Hal. Tinha de ser. As datas combinavam exatamente — Hal tinha nascido cinco meses depois do último registro.

Enquanto andava pela sala acendendo as luzes, ela se lembrava do que tinha lido. Ligou a chaleira elétrica e, enquanto esperava ferver, voltou às páginas frágeis e foi para o texto que procurava, um registro de 6 de dezembro. Releu e teve certeza.

A mãe dela sabia quem era seu pai. E não só isso, Hal tinha sido concebida lá, em Trepassen.

Tudo que a mãe havia contado para ela, a história do estudante espanhol, do programa de uma noite só... era tudo mentira.

O diário explicava tudo. A confusão dos nomes. A razão da Sra. Westaway nunca ter comentado com o Sr. Treswick sobre a prima ovelha negra que tinha o mesmo nome da filha dela. Ela cortou a sobrinha, uma desgraça para a família, e ninguém mais falou dela.

Mas por outro lado, não explicava nada.

Por que a mãe dela mentiu?

E quem era seu pai?

Se ao menos você não tivesse destruído o nome dele e tudo sobre ele, pensou ela folheando as páginas rasgadas que se desintegravam. *Por que fez isso?*

Tantas vezes tinha ouvido a voz da mãe na cabeça, ensinando, criticando, encorajando... mas agora, quando mais precisava, a voz dela silenciava.

— Por quê? — disse Hal em voz alta, ouvindo o desespero na própria voz, no jeito que as palavras ecoavam no apartamento. — Por quê? Por que você fez isso?

Era um pedido de socorro, mas não houve resposta, só o imperceptível tique-taque do relógio e o estalo do papel quando ela apertou o diário.

O simbolismo era dolorosamente óbvio. Se existe uma resposta, Hal, está nas suas mãos. Quase deu para ouvir a voz da mãe, um pouco zombeteira. Hal sentiu raiva de pensar que a verdade tinha sido posta na sua frente e depois tirada, assim como a herança havia pairado como uma bela imagem por um instante e depois desapareceu no vazio.

Mas a resposta não estava lá. Se esteve, desapareceu com as partes rasgadas. Mesmo no que restava dos registros, a mãe tinha riscado nomes e parágrafos.

E ela não tinha tempo. Precisava ir embora no dia seguinte, antes dos homens do Sr. Smith notarem que a menina que estavam caçando tinha voltado.

Mais devagar. A voz da mãe outra vez, mais suave. *Pense direito.*

Mais devagar? ela quis gritar. Não posso ir mais devagar.

A pressa é inimiga da perfeição.

Muito bem. Tinha de decifrar aquilo, devagar e com lógica.

Não podia haver muitos suspeitos. Quem podia estar em Trepassen naquele verão? Os irmãos?

O registro de 6 de dezembro ainda estava aberto em seu colo, descrevendo a noite em que sua mãe deduziu que estava grávida. Hal leu de novo e mais uma vez, então parou em uma frase: *nossos olhos se encontraram — azuis e castanhos.*

A mãe de Hal tinha olhos castanho escuros, iguais aos dela. Então ela devia ter ido para a cama com um homem de olhos azuis.

Ezra tinha olhos escuros, sem dúvida nenhuma.

Abel... bem, esse era mais difícil. Ele era louro, mas os olhos... Hal fechou os dela tentando lembrar. Cinza? Mel?

Olhos azuis podiam parecer cinza com a luz certa, mas, por mais que tentasse, ela não conseguia imaginar o rosto gentil e barbado de Abel com olhos azuis, nem ele nos braços da mãe dela. Ele teria dito alguma coisa, não é?

Meio desesperada, ela tirou a fotografia do bolso, a que Abel tinha dado, daquela tarde sobre a qual a mãe dela escreveu.

Lá estava Ezra com a cabeça para trás, rindo com tanta naturalidade em contraste com o cinismo atual que Hal sentiu tristeza, os olhos escuros semicerrados de alegria. Ao lado dele a gêmea, Maud, cabelo louro cascateando nas costas.

E lá também estava Abel, o cabelo louro-escuro cintilando ao sol. Ela espiou mais de perto, tentando ver o rosto dele apesar da cor desbotada e das dobras do tempo, como se pudesse ver através do papel, ir ao passado e até as pessoas daquela época.

Podia ser? Será que ela podia ser filha de Abel?

Nesse caso... Hal sentiu um frio na nuca, como se alguém tivesse encostado a mão gelada. Se ela fosse filha de Abel, a herança podia ser verdadeira. Será que foi por isso que a Sra. Warren não disse nada? Porque a herança realmente pertencia a Hal?

Essa ideia devia ser bem-vinda, mas por algum motivo foi um jato de água fria.

Antes de dobrar e guardar a foto, ela olhou bem para a quarta pessoa na imagem, dona dos olhos que ela estava evitando, sua mãe e seus olhos escuros que a fitavam através dos anos.

O que você está tentando dizer? Hal pensou desesperada. Fechou as mãos no papel velho e frágil, e pontinhos de pigmento se desintegraram sob seus dedos.

O que está tentando me dizer?

Era como se a mãe olhasse para ela do passado, bem para ela.

Mas não.

Não era para ela.

Era para...

Os dedos de Hal tremiam quando soltou a fotografia com cuidado e começou a passar as páginas do diário para trás, para trás... não, foi demais... para frente...

E finalmente achou.

Na casa de barcos caindo aos pedaços, Maud desamarrou o barquinho de fundo chato e fomos para a ilha. A água estava fosca e marrom. Maud amarrou o barco num cais improvisado e foi a primeira a entrar. Um brilho vermelho na água marrom e dourada, ela deu um mergulho raso da ponta da plataforma de madeira apodrecida.

— Venha, Ed — ela gritou, e ele se levantou, deu um sorriso largo para mim, seguiu Maud até a beira do lago e pulou na água.

E então, algumas linhas depois...

— Tire uma foto... — disse Maud preguiçosa, as pernas douradas em contraste com a toalha azul-clara — Quero lembrar de hoje.

Ele gemeu, mas obedeceu, foi pegar a câmera e preparou para a foto. Fiquei observando enquanto ele ajustava o foco e tirava a proteção da lente.

— Por que tão séria? — ele perguntou ao levantar a cabeça, e percebi que eu estava franzindo a testa, concentrada, tentando fixar o rosto dele na minha memória.

No início, Hal imaginou só quatro pessoas na foto. A mãe dela, Maud, Ezra e Abel — os quatro enquadrados na fotografia. Mas não era bem assim. Alguém tirou aquela foto. E era para essa pessoa que a mãe dela olhava. A mesma pessoa com quem ela foi até a praia mais tarde, aquela noite. O namorado dela. O pai de Hal.

Hal olhou fixamente para a fotografia, para o olhar da mãe, e pela primeira vez percebeu que a intensidade naqueles olhos era outra coisa. Não era desconfiança. Nem antagonismo. Era... desejo.

De todas as pessoas na fotografia, sua mãe era a única a olhar diretamente para o fotógrafo, desafiando com o olhar, prendendo o dele.

Hal tinha interpretado aquele olhar de forma bem diferente. Tinha visto a conexão entre a mãe e quem olhava para a foto como o relacionamento das duas, como se a mãe olhasse para ela do passado.

Mas agora entendia. Não era para ela que a mãe olhava. Como poderia? Era para o fotógrafo. Para o pai de Hal. Ed.

30

Naquela noite, a cama de Hal estava mais macia e mais aconchegante do que nunca. Ela foi para baixo das cobertas e fechou os olhos, mas o sono não veio. Não porque não estivesse cansada, estava, até demais. Não era nem a lembrança dos homens do Sr. Smith. Tinha arrastado a cômoda para barrar a porta da frente e não achava que eles viriam no meio da noite, arriscando acordar todos os vizinhos, e as consequentes chamadas para a emergência.

O que a impedia de dormir era que toda vez que fechava os olhos voltava às páginas do diário, à claustrofobia daquele quartinho. A imagem era nítida demais, o sótão estreito, a janela com grades, as duas tramelas de metal, em cima e embaixo... quando ela fechava os olhos, isso tudo surgia como se ela estivesse lá, e sentia medo. Não só pela mãe que, afinal, tinha escapado e ido para Brighton, onde construiu uma vida para ela e para a filha, longe de Trepassen. Mas por aquelas outras crianças, por Abel e Ezra, trancados naquele quarto quando pequenos, como castigo por qualquer travessura de criança que tivessem cometido. E principalmente por Maud.

As primeiras vezes que Hal leu os registros no diário, estava procurando a mãe dela, tentando formar a imagem da pessoa por trás das palavras e compará-la com suas lembranças. Depois leu de novo, querendo encontrar menções ao menino que devia ser seu pai. Ed. Edward? E lembrou-se daquele rosto tranquilo e bonito, dos olhos azuis que avaliavam tudo, tentou achar algum traço dele nela.

Venha, Ed. As palavras soaram em sua cabeça como se a mãe tivesse chamado em voz alta no pequeno quarto.

Ed. Era um nome bem comum. Devia haver dúzias de Edward, Edgar e Edwin espalhados por Cornwall. No entanto...

Toda noite ela dava voltas e mais voltas, procurava outras menções que oferecessem provas a favor ou contra, ia e vinha. Mas sua mãe tinha mantido a palavra, e fora aquele pequeno deslize, todas as referências ao nome do seu pai haviam sido rasgadas ou rabiscadas.

Mas agora, na quietude da noite, relembrando as palavras que tinha decorado, ela procurava menções sobre Maud, não Ed.

A própria mãe dela era meio vaga, talvez porque descrevia os outros na maioria dos registros, mas era difícil combinar a menina insegura e romântica que escreveu o diário com a mulher forte e prática que tinha se tornado, depois de anos como mãe solteira. Sem a prova dos olhos, Hal jamais imaginaria sua mãe escrevendo com tanta paixão e desejo por um homem. Talvez aquela fosse a primeira e última vez.

Mas Maud... Maud era diferente. Ela só aparecia de vez em quando nos escritos, mas parecia uma presença constante no diário e, enquanto o relógio passava da meia-noite e a chuva molhava a janela, Hal se viu vasculhando a memória à procura de referências à Maud.

Não era só o fato de ter sido o legado de Maud entregue para ela, Hal, numa bandeja. Era que havia alguma coisa nela que falava diretamente com Hal. Podia ser aquela determinação toda, de se recusar a ser anulada, o seu desejo de liberdade. Talvez fosse o humor sarcástico, ou sua generosidade. Porque o amor e a preocupação de Maud pela prima permeavam como um fio de ouro no escuro durante toda a narrativa do diário, e mesmo com o intervalo de vinte anos, Hal sorria com as coisas que ela dizia. O que ela disse sobre as cartas de tarô? Um monte de besteiras, era isso. Era o que Hal pensava às vezes, quando encontrava os tarólogos mais empenhados, e ela chegou a rir alto ao ler.

Mas o que tinha acontecido com ela? Com Maud, a verdadeira Margarida? Onde ela estava agora? E por que ninguém falava dela? Tinha morrido? Ou cumpriu sua promessa de escapar? Talvez tenha desaparecido fora do país, mudado o nome, criado uma vida nova. Hal esperava que fosse isso. Pelo bem de Maud e também porque ela sabia o que tinha acontecido naquelas páginas arrancadas. Sabia a verdade sobre a mãe e o pai de Hal.

Abel, Ezra, Harding, o Sr. Treswick — graças a Hal todos eles acreditaram que Maud tinha morrido num acidente de carro, três verões atrás. Só Hal sabia a verdade, que não era Maud que tinha morrido e sim Maggie, prima dela.

Era possível, até provável, que Maud estivesse viva, que ainda estivesse por aí, ainda se agarrando à verdade do que tinha acontecido com a prima e o segredo da identidade da própria Hal.

Mas para encontrá-la, Hal ia ter de voltar. Voltar para Trepassen onde poderia recomeçar e pegar as pontas da vida de Maud desde o início. E só havia uma maneira que Hal conseguia pensar de fazer isso.

31

O dia seguinte era domingo. Eram oito horas quando Hal arrastou o edredom para a sala e se encolheu no sofá com uma xícara de café e uma pilha de cartas no colo.

Em cima delas estava o cartão de Harding.

Ela esperou até nove e meia para ligar, mas caiu na caixa postal e não conseguiu evitar um certo alívio quando ouviu a voz feminina suave da mensagem automática.

— Essa é a caixa postal de...

Depois a voz do próprio Harding, com certa pompa e meio tom mais grave do que o tom normal.

— ... Harding Westaway.

— Por favor, deixe uma mensagem depois do bipe — continuou a mulher, e então tocou o bipe.

Hal tossiu.

— Hum... Tio Harding, aqui é a Hal. Harriet. Sinto muito ter saído ontem à noite, mas é que...

Ela engoliu em seco. Tinha passado o tempo todo desde que acordou resolvendo o que dizer, e acabou decidindo que só havia uma coisa que podia dizer, a única coisa que dava sentido aos seus atos. A verdade.

— É que eu fiquei muito assustada com tudo isso. Não esperava nada do que o Sr. Treswick leu e achei muito difícil aceitar o testamento da minha avó. Sexta à noite não consegui dormir e eu...

Bipe. A mensagem foi cortada, indicando que tinha levado tempo demais para se explicar.

— Para enviar a mensagem, aperte 1. Para regravar a mensagem, aperte 2 — disse a voz de mulher.

Hal xingou baixinho, apertou 1, desligou e ligou de novo. Dessa vez foi para mensagem de voz quase imediatamente.

— Desculpe, demorei muito e a mensagem foi cortada. Olhe, para resumir, sinto muito ter saído daí sem falar com você primeiro, mas tive tempo para pensar e... e gostaria de voltar. Não só por saber que vocês devem precisar de mim na reunião com o Sr. Treswick, mas também... porque tenho muitas perguntas sobre minha mãe e sobre minha avó, por que ela resolveu fazer isso e... bem, é isso. Espero que me perdoe. Por favor, ligue para esse número. Tchau. E desculpe de novo.

Quando ela largou o celular, sentiu o estômago virar numa combinação de nervosismo e náusea. Será que tinha enlouquecido, de querer voltar para lá?

Pode ser. Mas não podia ficar ali, não com os homens do Sr. Smith esperando por ela, e não sem saber a verdade sobre o próprio passado. Se desse fim a essas conexões agora, talvez nunca mais tivesse oportunidade de descobrir o que tinha acontecido em Trepassen. Quem seu pai realmente era.

Por que a mãe tinha mentido sobre a identidade do seu pai?

Na noite anterior, ela estava ocupada demais examinando o diário em busca de respostas. Respostas que não tinha encontrado. Mas agora a questão começava a pressioná-la como culpa secreta, e exigia sua atenção. Por algum motivo, sua mãe tinha decidido não só ocultar a identidade do pai de Hal, ela foi além: inventou uma história feita de mentiras. O estudante espanhol, o programa de uma noite só. Nada disso existiu. Mas por quê? Por que ter tanto trabalho para manter Hal no escuro quanto a uma coisa que ela tem todo o direito de saber?

Antes de poder desabafar todo esse mistério, o celular vibrou na sua perna e o toque agudo soou uma fração de segundo depois. Ela olhou para a tela e ficou nervosa. Era Harding.

— Alô?

— Harriet! — a voz de Harding estava carregada de alívio meio indignado. — Acabei de ouvir as suas mensagens. Minha jovem, você deu um baita de um susto em todos nós aqui.

— Eu sei — disse Hal. — Sinto muito — e ela sentia mesmo, de verdade. — Eu só... foi como eu disse na mensagem, eu estava sobrecarregada com tudo. É difícil passar de não ter ninguém e de não ter de dar satisfação para ninguém para... bem...

— Você podia pelo menos ter deixado um bilhete — replicou Harding. — Mitzi levou o maior susto da vida dela quando subiu para te acordar e encontrou a cama vazia e nenhum sinal de você e das suas coisas. Não tínhamos ideia do que estava acontecendo.

— Vi a Sra. Warren quando estava saindo, ela não contou?

A lembrança daquele encontro estranho e desconexo era como um sonho. Aconteceu realmente? A Sra. Warren disse mesmo as coisas que Hal lembrava? Boa viagem para você e para o traste da sua mãe antes de você. Parecia impossível.

Houve um silêncio desconcertado.

— A Sra. Warren? — Harding finalmente falou. —Não. Não, ela não disse nada. Que estranho.

— Ah.

Hal sentiu que tinha dado uma mancada. Achava que a Sra. Warren ia querer transmitir seu lado da história primeiro — Hal saindo de fininho como uma ladra à noite, provavelmente com a prataria da família embaixo do braço.

— Eu só achei que... bem, eu devia ter telefonado antes. Desculpe, tio Harding.

Tio Harding. Estranho como as palavras escapavam automaticamente. Poucos dias antes, era difícil demais, tinha de fazer força para pronunciar a palavra "tio". Agora estava se tornando um hábito. Estava começando a acreditar nas próprias mentiras.

— Bem, não vamos mais falar nisso, minha querida — disse Harding, meio pretensioso. — Mas pelo amor de Deus, não fuja assim no meio da noite de novo. Nós acabamos de encontrá-la depois de todos esses anos e... bem... — ele parou e tossiu ruidosamente para esconder a emoção, que Hal percebeu por trás da fachada de tranquilidade. — Acho que sua tia é uma que não ia aguentar esse estresse. Ela ficou fora de si ontem, sem ideia de onde você estava e sem ter como entrar em contato. Agora... você disse que volta logo?

— Sim — respondeu Hal.

Ela engoliu em seco. Com a mão livre, pegou a carta de cima da pilha que tinha no colo e botou de novo no envelope em que tinha ficado tantos anos.

— Sim, eu vou.

32

Hal não tinha pensado como pagaria a passagem de volta para Penzance, e só lembrou que estava sem dinheiro quando seu cartão foi recusado na estação de Brighton. Saiu do guichê arrastando a mala, rubra de vergonha, pensou nas opções que tinha e só viu uma — tentar o aplicativo de novo e torcer para o site processar a passagem sem verificar seu saldo no banco. Era uma esperança tênue, mas não tinha escolha.

Num canto tranquilo perto do quiosque do café, ela pegou o celular e já ia abrir o aplicativo quando viu uma mensagem de texto de Harding.

Querida Harriet, dizia, meio formal, *depois de conversar com o Sr. Treswick queremos antecipar a sua passagem de volta para Trepassen, já que essa viagem é necessária para resolver a questão do testamento. Incluo aqui o código para uma passagem pré-paga que deve funcionar em qualquer máquina em Brighton. Por favor, ligue para mim se tiver qualquer problema. Tio Harding. P.S.: Abel vai buscá-la em Penzance.*

Hal fechou a mensagem e teve uma sensação estranha, um carinho sufocante. Como se tivessem enrolado um lenço macio e quentinho em seu corpo, só que um pouco apertado demais.

Lembre-se de quem você é, pensou ela, sabendo que devia ter digitado um texto de agradecimento efusivo. *Lembre-se daquela prima, a ratinha submissa e grata.*

Mas à medida que seu passado começava a atropelar a ficção que havia criado, ia ficando mais e mais difícil manter aquele papel. Mais e mais difícil não cometer um deslize. Era loucura dela voltar?

O trem corria para o oeste, o céu escurecia muito rápido, e Hal sabia que devia ler, pesquisar, procurar nomes no Google e se preparar para mergulhar de novo na personagem. Tinha muita coisa que precisava saber. Maud tinha ido para Oxford? O que aconteceu com ela depois?

Mas não encontrou o testamento. Encostou a cabeça no vidro arranhado da janela e ficou vendo a paisagem passar voando. Fazia frio e ficou mais frio ainda quando saíram de Londres e chegaram ao campo, as árvores cobertas de gelo, a grama branca e poças pretas enregeladas. Em qualquer outro dia Hal acharia lindo, mas hoje só conseguia pensar em tudo que tinha deixado para trás e que, talvez, nunca mais visse — o apartamento em que tinha sido criada, todo o seu passado. Estava seguindo em frente agora, com cada quilômetro que o trem cobria, rumo a um futuro desconhecido, e seus únicos bens eram a mala com roupas e os papéis ao lado.

Mas também estava voltando para o próprio passado. De todas as perguntas sem resposta que se agitavam em sua cabeça, havia uma para qual Hal sempre voltava, virava e mexia como a língua sempre batendo no dente que dói.

Por que sua mãe mentiu?

O diário, tudo nele era claro. Maggie não podia revelar para a tia a identidade do pai do bebê e arriscar nunca mais vê-lo.

Mas por que ela mentiu para a própria Hal?

Hal revirou a pergunta inúmeras vezes na cabeça, cada vez mais aflita, mas só chegou a um motivo: para protegê-la.

Mas de quê?

Já era noite quando o trem parou em Penzance, e Hal estava quase dormindo. Ela se levantou, pegou a mala e sentiu o peso das roupas a mais e dos papéis que tinha posto junto. Desceu na plataforma e teve aquela sensação estranha de *déjà-vu*, misturada com a lembrança de como tudo havia mudado. Lá estava a plataforma da estação com o grande relógio e os anúncios ecoando nos alto-falantes, e lá estava ela de jeans rasgado e uma mala maltratada, com o cabelo caindo nos olhos.

Mas lá também estava Abel, na plataforma, olhando para o quadro de chegadas, e, ao ver Hal no outro lado da barreira, ele sorriu e acenou com as chaves do carro na mão.

Hal passou pela barreira e se viu tomada por um abraço totalmente inesperado. Abel a soltou e sorriu de orelha a orelha, com rugas de alívio no rosto bronzeado.

— Harriet! É muito bom te ver. Você deu um baita susto em todo mundo. Estávamos começando a nos acostumar a ter você por perto e... — ele parou de falar e deu um sorrisinho arrependido. — Digamos que é muito bom saber que está bem.

— Desculpe.

Hal ficou analisando o rosto dele de perfil enquanto iam andando devagar na plataforma. Você conhece o meu pai? ela queria perguntar. É o Edward? Mas aquelas perguntas eram impensáveis.

— Não quis deixar todos preocupados. E desculpe que meu trem atrasou — ela olhou para o relógio e viu que era quase nove e meia, o trem devia chegar às oito e meia. — Ficou esperando muito tempo?

Abel balançou a cabeça.

— Um tempinho, sim, mas não se preocupe. Porque eu gostei de ter uma desculpa para sair. Tomei um café surpreendentemente bom na lanchonete da estação. Não sei se aguentaria mais uma xícara de água cinza da lava-louças da Sra. Warren.

Com a iluminação da estação, os olhos de Abel estavam bem acinzentados, mas Hal não resistiu e verificou de novo quando chegaram ao estacionamento, e Abel parou para destrancar um elegante Audi preto, tentando ver a cor deles sob os holofotes em volta.

Ele notou que ela estava olhando, Hal enrubesceu e olhou para o chão.

— Tem alguma coisa no meu queixo? — ele perguntou, dando risada.

Hal balançou a cabeça.

— Perdão. Não, é que... — ela engoliu e sentiu o rosto quente. — Ainda estou tentando me acostumar com a ideia de ter uma família. É muito difícil processar isso tudo.

— Posso imaginar — replicou Abel, tranquilo. — Nós também estamos tendo de nos ajustar um pouco, e você é uma só. Deve ser dez vezes mais estranho para você, descobrir uma família inteira a qual não conhecia.

Ele abriu a porta para Hal e pegou a mala dela antes de fechar. Depois, deu a volta no carro, sentou no banco do motorista e desligou a luz interna, deixando tudo escuro, só com o brilho verde do painel.

— Abel — ela disse quando saíram da vaga —, eu quero agradecer de novo a você por aquela foto da minha mãe. Não tenho muitas dela com a minha idade e significa muito para mim.

— Tudo bem — disse Abel, espiando pelo retrovisor e engatando a marcha. — Não precisa agradecer. Eu também não tenho muitas fotos daquele tempo, infelizmente. Tinha mais, mas nem sempre traziam boas lembranças, por isso não guardei todas que devia. Mas vou dar uma olhada quando chegar em casa e ver se encontro outras. Se tiver algumas com a sua mãe, pode ficar com elas.

— Obrigada.

Estavam passando pelas ruas estreitas atrás da estação, e então Hal sentiu coragem.

— Abel, posso fazer uma pergunta?

— Claro.

— Quem... quem tirou aquela foto? A que você me deu?

— Quem tirou? — Abel franziu o cenho. — Não tenho certeza. Por que pergunta?

— Ah... — o estômago dela apertou quando fizeram uma curva rápido demais. — Não sei. Só estava imaginando.

— Sinceramente eu não lembro... — disse Abel.

Ele continuou pensativo e esfregou a parte de cima do nariz como se ganhasse tempo para responder.

— Eu acho... sim, tenho quase certeza de que foi o Ezra.

Hal levou um susto, sentiu que ele manipulava a vida dela.

— Não foi... não foi... o Edward?

— *Edward?*

Abel olhou de lado para ela no escuro e a luz verde surreal das LED no painel deixava a expressão dele esquisita, difícil de entender.

— O que deu em você para dizer isso?

A voz dele, de repente, ficou muito diferente do homem solícito que ela estava conhecendo aqueles dias. Tinha frieza e amargura. Hal ficou completamente imóvel, como um rato que vê uma cobra na grama. E ela teve certeza de que seria muita burrice mencionar o diário. Nem precisou diminuir o tom de voz, já tinha virado um guincho na garganta.

— Eu... Eu não sei. Estava pensando.

— Foi o Ezra — disse Abel friamente, virou para a estrada e encerrou a conversa.

Mas isso não podia ser verdade, pensou Hal. Ezra estava na foto.

— É só que... — ela tentou de novo, mas Abel cortou e dessa vez a voz dele soou com o que pareceu raiva.

— Harriet, já chega. Não foi o Edward. Eu não o conhecia naquela época. Fim de papo.

Você está mentindo, pensou ela. *O nome dele está no diário. Você deve estar mentindo. Mas por quê?*

33

Chegaram a Trepassen House, Abel estacionou e Hal deu a volta na casa atrás dele até a entrada principal. Não havia luz à vista, a casa parecia quase deserta, as janelas pareciam olhos pretos inexpressivos. Hal de repente visualizou como ficaria dali a vinte, trinta anos — o telhado caído, as janelas rachadas, os vidros quebrados, folhas sopradas pelo vento no assoalho de tacos apodrecendo.

— Chegamos — Abel gritou quando eles entraram na casa.

A voz dele ecoou pelo corredor e Hal ficou apreensiva sem saber por quê. Mas quando a porta da sala de estar foi aberta e o rosto de Harding apareceu, ela entendeu. Era da Sra. Warren que tinha medo. Antes de poder analisar isso, Harding a abraçou sem jeito. O rosto dela encostou no casaco dele na altura do ombro com enchimento, e ele bateu na parte de trás da cabeça dela como se Hal fosse um Labrador ou uma criança.

— Ora, ora, ora — disse ele, e de novo. — Ora, ora, ora.

Ele se afastou e Hal se surpreendeu de ver que o rosto quadrado estava vermelho de emoção e os olhos cheios de lágrimas que ele tratou de secar e tossiu, sem graça.

— Mitzi vai... — ele pigarreou. — Ela sentirá muita pena de não ter podido esperar para ver você, mas ela já foi com as crianças para casa. Eles têm aula amanhã.

— Eu sinto muito — disse Hal timidamente —, também sinto pena por ela não estar aqui.

— Edward teve de ir embora também — disse Abel.

Hal sentiu uma pontada aguda de alguma coisa bem diferente da culpa que tinha sentido ao ouvir o nome de Mitzi. Percebeu que estava contando com a possibilidade de ver Edward, olhar bem para ele e tentar encontrar algum traço dela no rosto dele.

— Sinto muito — ela repetiu. — Ele vai voltar?

— Duvido — disse Abel com expressão triste, que deve ter percebido e tratou de mudar.

Enquanto tirava o casaco de Hal, ele deu um sorriso forçado, nada sincero.

— A não ser que fiquemos presos aqui mais um fim de semana, e sinceramente espero que isso não aconteça.

— Vocês já comeram? — perguntou Harding. — Nós já jantamos, mas tem chá na sala de estar e posso pedir à Sra. Warren para fazer uns sanduíches...

Ele não terminou a frase, e Hal balançou a cabeça enfaticamente.

— Não, não precisa, estou bem. Comi no trem.

— Bem, então entre e venha tomar pelo menos um chá. Para esquentar antes de ir para a cama.

Hal fez que sim com a cabeça, e Harding a levou para a sala de estar e para o chá que estava na mesa de centro.

O fogo estava baixo na lareira e tinham acendido os abajures nas mesinhas, criando um brilho dourado na sala que disfarçava as teias de aranha e as rachaduras nos painéis de madeira, o encardido das cortinas puídas, o mofo e a falta de cuidado. Pela primeira vez, a sala parecia quase aconchegante e, de repente, Hal sentiu-se carente. Não era exatamente um desejo de ficar ali, porque Trepassen era gótica e escura demais para dar a sensação de aconchego. Tinha a atmosfera de uma casa em que as pessoas sofriam em silêncio, em que as refeições eram feitas em meio à tensão e ao medo, em que os segredos ficavam escondidos e onde a tristeza tinha reinado mais tempo do que a alegria.

Mas era, talvez, o desejo de fazer parte daquela família. Apesar de toda a pose dele, as lágrimas nos olhos de Harding tinham tocado Hal, mais do que ela seria capaz de expressar. Mas não era só Harding. Ezra, Abel, Mitzi, as crianças, cada um a seu modo tinha recebido Hal de peito aberto, confiavam nela — e ela retribuiu... como? Com mentiras.

Menos a Sra. Warren, pensou Hal. Foi a única que nunca confiou nela.

Hal ficou ruminando aquela ideia, pegou a xícara de chá que Harding tinha servido e mergulhou nela um biscoito. Desde aquelas acusações vociferadas no meio da noite, Hal revirou as palavras da Sra. Warren diversas vezes e acabava sempre chegando à mesma conclusão. A Sra. Warren sabia.

Mas por que não disse nada? A única explicação, que não era nenhum alívio, era que a Sra. Warren tinha algo a esconder.

O relógio de cima da lareira tocou quando Hal tomava o último gole de chá e ela, Harding e Abel olharam para ele.

— Meu Deus — disse Harding. — Dez e meia. Não tinha ideia de que fosse tão tarde.

— Desculpe — disse Hal. — Fiz vocês ficarem aqui. Meu trem atrasou.

— Não, não. Você não me fez ficar acordado — disse Harding.

Ele espreguiçou, a camisa xadrez saiu de dentro da calça e exibiu uma parte da barriga branca.

— Fique tranquila. Mas hoje foi... bem, digamos que estou achando esse fim de semana bem cansativo, e sem Mitzi e as crianças aqui é uma chance de botar em dia meu sono de beleza. Então, se me der licença, Harriet, vou subir para o mundo dos sonhos.

— Vou me deitar também — anunciou Abel bocejando. — Onde está o Ezra?

— Quem sabe? Ele desapareceu depois do jantar. Deve estar passeando por aí. Você sabe como ele é.

— Ele levou a chave?

— De novo, remeto o honrado cavalheiro à minha resposta anterior — disse Harding, meio irritado dessa vez. — Quem sabe? Estamos falando do Ezra...

— Vou deixar a porta da frente destrancada — disse Abel e bocejou outra vez.

Ele levantou espanando fiapos imaginários das pernas da calça.

— Aqui não tem quase nada para roubar. Certo. Boa noite, Hal. Posso ajudá-la com a mala?

— Boa noite — disse Hal. — Não, não se preocupe, eu levo.

A escada estreita que dava no sótão estava às escuras, e Hal ficou bastante tempo procurando o interruptor. Mas quando ligou, a luz não acendeu. Desligou e ligou novamente. Nada. O celular estava no fundo da bolsa e, com as mãos ocupadas com a mala, ela acabou tendo de subir no escuro mesmo.

Não havia janela no lance de escada do sótão e a escuridão era absoluta, um breu tão espesso que quase dava para sentir o gosto. Chegou ao topo, largou a mala para apalpar a curva do corredor e a porta que dava no quarto — já começava a sentir que era o quarto dela, apesar da ideia causar certa aflição, como se a história desse uma volta e completasse o círculo.

Dessa vez a porta continuava emperrada, mas cedeu com pressão, e ela entrou no quarto, tateando para encontrar o interruptor. Ligou, mas a luz também não acendeu e ela se irritou. Será que era fusível? Que droga...

Dentro do quarto não era tão ruim porque a cortina estava aberta e, com o luar, deu para encontrar o caminho para a cama, tirar a roupa e se enfiar entre os lençóis frios.

Estava quase dormindo, observando as sombras que a lua criava nas paredes, então notou uma coisa.

Não era fusível. Alguém tinha tirado a lâmpada do teto de propósito.

A única coisa que pendia do teto era o bocal, sem a lâmpada.

34

— Posso fazer uma pergunta? — Hal perguntou no café da manhã.

Ela pegou uma torrada da pilha no meio da mesa e, quando tirou a tampa e já ia passar geleia de laranja, reparou que havia uma crosta grossa de mofo e ficou sem apetite.

— O quê? — Harding passava manteiga na torrada dele. —Uma pergunta? Claro que sim. O que é?

— A cidadezinha de St. Piran. A que distância fica daqui?

— Ah... uns sete quilômetros. Por que pergunta?

— Pensei... — Hal enrolou os dedos na borda desfiada do casaco. — Pensei em sair para dar uma caminhada essa manhã. Temos tempo? Que hora vamos encontrar o Sr. Treswick?

— Só amanhã, infelizmente — respondeu Harding.

Ele cortou a torrada ao meio com mais força do que deveria e Hal fez uma careta quando o garfo arranhou o prato.

— Ele parece muito ocupado. Por isso você pode fazer o que quiser hoje. Mas não é uma caminhada muito agradável. Estão arando os campos nessa época do ano, então é difícil andar por lá e fica cheio de lama. É melhor ir pela estrada principal, só que vai ter de desviar do trânsito.

— Não me importo — disse Hal. — Preciso de ar fresco. É difícil achar o caminho?

— Não muito — disse Abel. — Mas acho que você não está vestida de acordo.

Ele olhou para ela pensativo. Tinha voltado ao normal sem a frieza da véspera e recuperado seu jeito solícito, mas Hal achou que a irritação podia estar por trás daquele verniz carinhoso. Qual era a cara verdadeira de Abel Westaway?

— Está um gelo lá fora. Não temos muita neve nessa parte de Cornwall, mas ontem à noite geou.

— Tudo bem para mim — disse Hal pondo as mãos nos bolsos e encolhendo o pescoço na gola do casaco. — Sou bem resistente.

— Bem, não parece — disse Abel piscando um olho para ela. — Olha, se você vai mesmo, leve meu anorak. É o vermelho pendurado no cabide perto da porta da frente. Vai ficar grande para você, mas pelo menos é impermeável e, se chover, você não ficará encharcada. Há previsão de chuva para hoje à tarde. Mas se chegar a St. Piran e começar a chover, ou se suas pernas não aguentarem mais andar, ligue para mim que vou te buscar na frente da agência do correio.

— Está bem — disse Hal. — Então eu vou agora, enquanto não chove. Ok?

— Por mim, tudo bem — replicou Abel.

Ele levantou as mãos e deu um sorriso que enrugou a pele nos cantos dos olhos. À luz da manhã, pareciam muito azuis.

— Não sou seu pai.

Assim que saiu da casa, Hal pegou o celular, abriu os mapas e digitou um endereço: 4 Cliff Cottages, St. Piran, Cornwall.

O celular calculou a distância e o tempo de caminhada e apareceu uma rota, descendo e pegando a estrada principal.

Ela encarou o vento gelado, guardou o celular no fundo do bolso do anorak de Abel e partiu com o vento no rosto e o celular quente na mão.

Não sou seu pai.

Por que ele tinha dito isso? Era desconfortavelmente próximo do que ela estava tentando descobrir. Ficou boquiaberta e saiu da sala apressada, para esconder o susto. Será que ele sabia alguma coisa? Será que ele e Ezra tinham conversado? Hal não tinha dado muita importância ao questionamento de Ezra no carro, voltando de Penzance, mas se lembrou do que ele tinha dito e ficou imaginando o que os irmãos realmente sabiam.

O comentário de Abel foi compatível com o assunto, assim como a pergunta de Ezra foi normal. As pessoas queriam saber de onde você vinha, quem você era. Hal tinha enfrentado isso a vida toda. "Onde está seu pai?", "O que ele faz?". Perguntas que todas as crianças no parquinho faziam, querendo avaliar. E até a mais constrangedora, "Por que você não tem pai?".

Os adultos costumavam usar frases mais discretas, perguntavam "Você tem família aqui perto?" ou "Seus pais estão vivos?", mas acabava dando no mesmo.

Quem é você? Por que não sabe?

As perguntas não tinham muita importância quando sua mãe era viva. Naquele tempo ela sabia quem era, ou pensava que sabia. Mas agora elas soavam tão próximas dos seus pensamentos que tinha vontade de gritar.

Porque essa era a pior parte. Não era a falta de pai. Nem mesmo não saber. Eram as mentiras.

Como pôde mentir para mim? pensou ela, descendo a estradinha dentro da propriedade, passando pelos teixos retorcidos, com as pegas observando quando ela passava embaixo das árvores e atravessava os portões de ferro.

Você sabia e mentiu para mim, e me impedia de perguntar o que eu tinha o direito de saber.

Hal nunca deixou de amar a mãe, nunca. Nem quando não havia dinheiro e as outras crianças tinham tênis com rodinhas e cartas Pokémon, e ela usava sapatos de menino e desenhos que ela mesma tinha feito em pedaços de papel. Nem quando faltou dinheiro para a eletricidade e elas ficaram à luz de velas uma semana, cozinhando num fogareiro a gás emprestado por um amigo. Nem quando os sapatos ficavam furados e a mãe se atrasava na volta do píer e perdia reuniões de pais e peças de teatro na escola porque não podia se dar ao luxo de recusar um cliente.

Hal compreendia, não era o que a mãe dela queria. E o pouco dinheiro que tinham elas compartilhavam, nos bons e nos maus momentos. Quando tinham dinheiro compravam coisas boas. Suportavam juntas os tempos de penúria. Ela fazia o melhor possível. E fazia tudo por Hal.

Mas isso... essa revelação... não era uma coisa que tinha feito por Hal. Guardou só para ela um fato que devia ter compartilhado, escondeu. E por quê? O que podia haver de tão terrível no homem que segurou a câmera aquele dia, o homem para quem a mãe dela olhava fixamente, o homem que ela amava?

As cartas com carimbo de Penzance que tinha achado estavam no bolso da calça. Hal levou bastante tempo para decifrá-las, mas acabou conseguindo ler todas. Eram cartas trocadas por Maud e Maggie, e as duas planejavam fugir. Não tinham data, mas, pela sequência de acontecimentos, Hal achou que a última era a que tinha posto em cima — a que tinha lido um trecho quando abriu.

Ela resolveu tirar a carta do bolso caminhando na estrada costeira, com o vento no rosto, lábios rachados. Mordeu o lábio e sentiu gosto de sal.

> Querida Maud,
> Estou escrevendo via Lizzie porque não quero botar junto com o resto da correspondência. Estou muito contente por você ter achado um apartamento para nós. Por favor, não se preocupe com o depósito, tenho algum dinheiro que sobrou dos meus pais e, depois disso, meu Deus, eu não sei. Vou ler a sorte no Píer de Brighton, ou ler as mãos na praia. Qualquer coisa para escapar. Nunca pensei que escreveria isso, mas estou com medo — muito medo.
> Mande a resposta pela Lizzie, o endereço dela está aí embaixo. Ela trará para cá quando vier fazer a faxina, mas se a carta chegar pelo correio, você sabe quem vai abrir e criar um pandemônio.
> Adoro você. Por favor, apresse-se. Não aguento mais isso aqui.
> Mxx

Havia um endereço no fim da carta: 4 Cliff Cottages, St. Piran, Cornwall. O endereço no celular de Hal.

O papel adejou ao vento quando Hal o dobrou, mas ela não esqueceu aquelas palavras. *Estou com medo — muito medo.*

Tinha lembrado delas durante toda aquela longa viagem, elas marcavam o ritmo das rodas do trem.

A primeira vez que leu aquela carta, encolhida no sofá com o celular no colo, ela imaginou sua tia-avó parada na porta do quarto, encaixando as trancas. Ou talvez a Sra. Warren vociferando seu ódio. Mas agora, não sabia ao certo. Porque a mãe dela era... talvez não fosse destemida, mas tinha muita coragem. Hal não lembrava nem uma vez em que ela tivesse desistido de alguma coisa por medo. Por achar que era bobagem, sim. Por achar que era arriscado, e tinha uma filha para criar e proteger, certamente. Mas só por estar com medo, não, nunca. Se alguma coisa era difícil, mas necessária, a mãe dela enfrentava.

O que tinha provocado tanto medo para ela querer fugir de Cornwall para o outro lado do país e nunca mais querer falar disso?

Hal não sabia. E quando o céu se encheu de nuvens de neve e o frio aumentou, ela compreendeu uma coisa. Ela também estava com medo. Não só do que ia fazer. Mas do que poderia encontrar no fim.

35

St. Piran, afinal, não era bem uma aldeia, era mais uma coleção de construções levadas pelo vento feito restos de naufrágio ao longo das estradas e caminhos que serpenteavam para o mar. Aqui havia uma fazenda com ovelhas pequenas encolhidas perto das cercas vivas, se protegendo do vento. Ali, um posto de gasolina fechado e lacrado com um aviso num pedaço de papelão na janela. *Telefone para Bill Nancarrow ou bata na casa para pegar a chave da bomba.*

A igreja onde fizeram o funeral não estava visível, mas, andando na via principal, Hal ouviu ao longe o sino tocando a hora — dez badaladas lentas, bem tristes.

Finalmente Hal avistou uma caixa de correio e ao lado dela uma cabine telefônica solitária sobressaindo na estrada. Dobrou a esquina e viu a agência de correio que Abel tinha mencionado. Dentro do bolso do casaco dele, o celular vibrou para indicar um desvio na rota. Ela verificou o caminho de novo, tinha de virar à esquerda numa estradinha de terra, passar por várias casas populares de tijolos com jardins e hortas, telhado baixo e varandas fechadas contra o vento do mar. Cliff Cottages, dizia a placa na esquina, e Hal sentiu o coração acelerar.

A número 4 tinha um quadrado bem tratado de grama coberta de gelo na frente e um caminho pavimentado com pedras assimétricas de vários formatos que dava na porta da frente. As mãos de Hal tremiam de frio e de nervosismo, ela lambeu os lábios secos e prendeu o cabelo atrás das orelhas antes de subir o caminho e tocar a campainha.

Em algum lugar dentro da casa soou uma campainha musical, e Hal esperou, ansiosa, até que ouviu passos e viu uma sombra chegando à porta com painel de vidro.

— Olá?

A mulher que saiu na varanda fechada devia ter quarenta ou cinquenta anos, era bem gorda, tinha cabelo encaracolado tingido com um tom improvável de amarelo que combinava com as luvas de borracha ainda molhadas que ela usava. Mas havia algo de bondoso em sua fisionomia, e Hal relaxou um pouco apesar do nervosismo. Engoliu em seco e desejou ter ensaiado mais o que ia dizer.

— Oi... eu... hum... desculpe incomodar, mas conhece alguma Lizzie?

— Eu sou Lizzie — respondeu a mulher e cruzou os braços. — O que posso fazer por você, querida?

Hal ficou animada, esperançosa.

— Eu... — ela molhou os lábios de novo e sentiu o sal que parecia penetrar em tudo por ali. — Eu acho que você conheceu a minha mãe.

※

Quando estava indo para Cornwall, Hal tentou resolver o problema do que dizer, de como fazer as perguntas. Tinha pensado em primos imaginários, nomes falsos, até em ressuscitar Lil Smith como álibi.

Mas quando a porta abriu e Lizzie apareceu em pessoa, com seu rosto redondo e gentil, sotaque suave e aveludado como creme de leite, tudo aquilo sumiu e ela se viu falando a última coisa que pretendia: a verdade.

Agora estava sentada na sala de estar de Lizzie e a história saía aos borbotões, tão rápido que Hal mal tinha tempo para refletir.

A morte da mãe, a falta de dinheiro. A carta do Sr. Treswick e a esperança de que aquele erro podia ser real — depois a convicção de que não era. A descoberta perturbadora da fotografia, as trancas no quarto do sótão e a fuga para Brighton no meio da noite. E então, finalmente, o diário entre os papéis da mãe e as cartas, e o endereço que a tinha levado até lá.

— Ah, meu amor — o rosto redondo e vermelho de Lizzie mostrava preocupação quando Hal chegou ao fim, ela recostou numa almofada e se abanou. — Ai, minha nossa, em que encrenca você se meteu. E não contou para eles?

Hal balançou a cabeça.

— Mas eu vou contar. Sei que vou. Eu preciso. Eu só... Eu não... — ela parou. — Eu queria descobrir tudo que pudesse antes de fechar as saídas.

— Bem, vou contar tudo que sei, mas não é muita coisa. Faz muito tempo e nunca mais vi nenhum deles depois que foram embora, por isso não sei o que aconteceu lá. Sua mãe, ela chegou... quando é que foi? 1994. Acho que foi isso. Fim da primavera ou início do verão, lembro que ela chegou no táxi da estação de Penzance e que era um dia muito frio, e aquelas pegas voando em círculos e incomodando como sempre. Ela era uma menina adorável, sua mãe. Bonita e bondosa, sempre disposta para uma boa conversa. Mas os primos dela... não sei. Sempre mantinham distância. Era sempre eles lá e nós aqui, o povo do lugar. Suponho que foi assim por muito tempo, todos eles lá em cima na casa grande e todos nós aqui embaixo, que eles se acostumaram. Mas sua mãe, que foi criada em outro lugar, via as coisas de um jeito diferente. Estávamos sempre conversando quando eu devia fazer a faxina, e a Sra. Warren — meu Deus, que língua afiada a dela, ela aparecia e batia em mim com seu pano de prato. E doía! E ela dizia, *volte pro trabalho, Lizzie, não pagam a você para ficar aí matraqueando*.

"Mas eu sempre senti que... bem, acho que a verdade era que sua mãe se sentia sozinha. Tinha perdido a mãe e o pai e veio para cá esperando encontrar uma família, e o que encontrou? O velho quarto de empregada no sótão e a rejeição da tia e dos primos."

— Mas... mas não da Maud, não é? — disse Hal. — No diário, Maud aparece como amiga dela.

— Mais tarde, sim. Mas Maud... ah, ela era engraçada, desde pequenininha. Comecei a trabalhar lá quando eu tinha quinze anos, e ela devia ter cinco ou seis quando comecei. Lembro-me dela me observando com as mãos na cintura e digo para ela qualquer coisa para ficarmos amigas, como, gosto do seu vestido, Maud, é muito bonito. Ela joga a cabeça para trás e diz, "prefiro ser elogiada pela minha mente do que pelas minhas roupas". E eu não pude evitar, caí na risada. Foi ofensa mortal para ela. Passou semanas sem falar comigo depois disso. Mas quem a conhecia sabia que por baixo daquela bestice ela era muito boazinha e feroz quando via alguma coisa errada. Eu já estava lá havia alguns anos quando houve um problema de um dinheiro que sumiu e a Sra. Warren estava interrogando todos os empregados, e eu fui a última a limpar o quarto em que o dinheiro devia estar. Já estava me preparando para ser mandada embora, mas Maud entrou marchando na cozinha feito um anjo vingador, ignorou a Sra. Warren, que disse para ela sair, e falou, "Céus, Sra. Warren, foi Abel que pegou o dinheiro, e a senhora sabe muito bem disso. Todos sabemos que ele rouba dinheiro da carteira da mamãe. Por isso deixe a Lizzie em paz." E lá se foi ela. Não podia ter mais de dez anos. Mas olhe só, eu... falando sem parar. Não é isso que você quer saber.

— Não — disse Hal —, não, tudo bem. Para ser franca, minha mãe nunca falou desse tempo que passou aqui. É fascinante descobrir tudo isso. Eu nunca soube que ela tinha uma prima com o mesmo nome, menos ainda da existência de Abel, Ezra e Harding e os outros. Gostaria que ela tivesse contado. Não sei por que não contou.

— Acho que não foi uma época alegre para ela — replicou Lizzie, e o olhar bondoso perdeu o brilho com a expressão de tristeza. — Ela veio para cá depois que os pais morreram e poucos meses depois se meteu em encrenca... com você, suponho. Claro que, no início, não sabíamos de nada, pelo menos eu não sabia. Mas em dezembro já começaram a falar. Ela enjoou o outono inteiro, e as línguas começaram a funcionar, e quando chegou o advento já dava para notar. Ela era um fiapo de magra e, mesmo com as roupas largas que passou a usar, dava para ver que alguma coisa não estava certa. E o olhar dela... não sei explicar, mas você vai saber. Um certo inchaço no rosto, a postura quando achava que ninguém estava vendo. Eu já tinha visto antes e sabia. Acho que a única pessoa que não suspeitou de nada foi a Sra. Westaway, e quando ela descobriu... ah, foi como se as pragas do Egito desabassem naquela casa. Portas batendo, e a pobre Maggie confinada no quarto semanas a fio. A Sra. Westaway disse que não suportava olhar para ela, as bandejas subiam e desciam, e ela quase não saía daquele quarto. Maud levava as refeições para ela sempre que deixavam, eu costumava ver quando ela descia, e parecia que tinha chorado. Nós todos andamos na ponta dos pés antes do Natal, imaginando o que ia acontecer e quem era o pai. Achamos que devia ser alguém da escola, mas se ela sabia, nunca contou.

— Mas não era — interrompeu Hal, aflita. — Ela sabia, e em parte foi por isso que eu vim. Esperava que você pudesse me ajudar a descobrir. Era alguém que foi ficar na Trepassen House naquele verão, deve ter sido em agosto. Um homem de olhos azuis, ou um menino, talvez. Você sabe quem podia ser?

— Foi ficar lá? — Lizzie franziu a testa. — Isso eu não sei. Só me lembro de duas ou três vezes em que as crianças levaram amigos para dormir. Ezra levou um amigo da escola uma vez, eu acho, mas não lembro se foi naquele verão ou no anterior. E não me lembro dos olhos dele. E Abel tinha uns amigos da universidade que viviam em Cornwall e em North Devon. Às vezes um deles vinha passar o dia, especialmente quando a Sra. Westaway não estava. A casa era bem diferente quando ela não estava por perto. Desculpe — ela acrescentou ao ver a expressão de Hal —, gostaria de poder ajudar mais, mas estaria mentindo se dissesse que lembro. E eu só ia lá duas vezes por semana, quando as crianças cresceram. A Sra. Westaway não tinha dinheiro para pagar todo dia, e de qualquer modo eu tinha meus filhos também.

— Não se preocupe — disse Hal, mas sentiu o coração murchar como um balão furado, um grande reservatório de esperança que ela nem sabia que tinha, vazando. — Conte o que aconteceu depois. Com as cartas.

— Bom. Esse foi o verdadeiro escândalo. Maud foi chamada para uma entrevista numa universidade de Oxford em dezembro, e enquanto ela ficou fora as coisas ficaram péssimas entre a Sra. Westaway e a sua mãe. Tenho vergonha de dizer isso, mas ficava feliz quando saía daquela casa todos os dias. Eu ouvia a Sra. Westaway berrando com ela, mesmo estando lá em cima no sótão, ameaçando de tudo se ela não revelasse o nome do pai, e sua mãe chorando e implorando. Uma vez a vi indo para o banheiro, e tinha um olho roxo e o lábio cortado. Queria ter feito alguma coisa, mas... — ela parou e Hal a viu piscar e passar a mão no canto do olho. — Bem, Maud voltou e foi como se ela tivesse visto a luz ou algo parecido. Disse que teve uma oferta de algum colégio de meninas, eu acho, e que não ia ter mais de estudar, ou quase nada. Mas pediu para eu não contar para a mãe dela e, em janeiro, foi chamada para outra entrevista, ou disse que foi. Depois fiquei imaginando se havia realmente outra entrevista, ou se era só uma desculpa para sair de lá. E foi quando começaram as cartas. Maggie estava aqui, escrevendo para Maud... às vezes em Oxford, às vezes em Brighton. E Maud estava lá respondendo, e eu parecia o raio de um carteiro, levando cartas para cima e para baixo. Mas aí eu já estava com medo pela sua mãe, com medo de que a Sra. Westaway perdesse o controle e batesse nela com tanta força que a fizesse perder o bebê. Por isso fiquei feliz de poder ajudar.

— Você não sabe o que elas diziam em nenhuma carta? — perguntou Hal e quase prendeu a respiração esperando a resposta, mas Lizzie balançou a cabeça.

— Não, eu não abri nenhuma. Só vi uma porque sua mãe não tinha envelope e pediu para eu botar em um para ela. Foi a última.

— O que dizia?

Lizzie olhou para as mãos no colo, para os dedos cor-de-rosa que mexiam aflitivamente nas luvas de borracha.

— Eu não li — ela respondeu. — Não sou esse tipo de pessoa. Mas estava dobrada de um jeito que não pude evitar de ler uma linha que ficou na minha cabeça e nunca mais esqueci. Dizia: "Eu contei para ele, Maud. Foi pior do que eu poderia imaginar. Por favor, por favor, apresse-se. Tenho medo do que possa acontecer agora."

As duas ficaram em silêncio muito tempo, Lizzie revivendo aquelas lembranças, Hal revirando as palavras sem parar na cabeça, sentindo o medo gelado dentro dela aumentar.

— Quem... — ela finalmente disse, e parou.

— Quem era "ele" na carta? — perguntou Lizzie, e Hal fez que sim com a cabeça.

Lizzie sacudiu os ombros com uma expressão muito séria e triste.

— Eu não sei, mas sempre achei... — ela mordeu o lábio, e Hal sabia o que ia dizer. — Sempre achei que ela finalmente tinha contado para o seu pai que estava grávida, e que era dele que tinha medo. Sinto muito, minha querida.

— Então... — Hal sentiu a secura nos lábios e passou a língua, depois bebeu um gole do chá que Lizzie tinha servido para ela quando sentaram, apesar de já ter esfriado. — Então... o que aconteceu depois? Sei que minha mãe se mudou para Brighton e eu nasci. E a Maud?

— Bem, isso soltou o gato no meio dos pombos — disse Lizzie.

Ela sorriu, bebeu um pouco do chá e pôs a xícara na mesa.

— Devia ser fim de janeiro, começo de fevereiro. Maud tinha voltado de Oxford, ou de onde quer que estivesse, mas eu sabia que aquilo não tinha acabado. Havia cartas indo e vindo, e Maud cochichando ao telefone, pulando como uma ladra quando eu me aproximava. Se fosse outra, eu ia achar que era um menino, mas sabia que não era.

"Eu não estava lá na noite em que elas foram embora, mas fui fazer faxina no dia seguinte e a casa estava de cabeça para baixo. As meninas tinham ido embora à noite, levaram só as roupas, ao que parece, e não deixaram nenhum bilhete. A Sra. Westaway virava do avesso o quarto do sótão e o de Maud, dizendo coisas que espero nunca mais ouvir, coisas horríveis sobre as duas, a própria filha também. Mas nunca chamaram a polícia, sei disso porque meu cunhado era policial e ele disse que nunca receberam nenhum aviso de que as meninas tinham sumido. Ela devia ter medo do que ia transparecer, não sei. Então acabou deixando que elas fossem embora. Maud, ou talvez Maggie, eu nunca soube ao certo, enviou uma carta para a casa — eu sei porque vi o envelope na mesa do hall e reconheci a letra de todos aqueles dias levando e trazendo as cartas —, a letra delas era bem parecida, foi uma ou outra. Não sei o que dizia, mas vi a Sra. Westaway lendo por uma fresta da porta da sala de estar. Ela leu, depois rasgou e jogou no fogo, e ainda cuspiu no papel picado."

— E acabou? — perguntou Hal. — Você nunca mais soube delas?

— Foi isso — disse Lizzie. — Bem, quase. Recebi um cartão postal de Brighton, um dia em março. Só dizia "Obrigada, Mx" e não tinha endereço da remetente, mas eu sabia de quem era.

— E elas nunca mais voltaram — disse Hal, balançando a cabeça, mas Lizzie balançou a dela também.

— Não, eu não disse isso. Eu nunca mais soube delas, mas Maggie voltou.

— O quê? Quando?

— Depois que você nasceu. Eu não estava lá, por isso não sei o que aconteceu, mas sei que ela voltou, porque Bill Thomas era taxista em Penzance naquela época — ele já morreu faz tempo — e ele a levou para a casa e depois me contou. Disse que ele a deixou lá e perguntou se ela queria que esperasse, mas ela disse que não, que ligaria quando quisesse que fosse apanhá-la. Ele disse que a expressão dela era de uma moça indo para a guerra. Um ar de Joana d'Arc, foi o que ele disse.

— Mas por quê? — Hal franziu a testa e balançou a cabeça. — Por que ela voltaria, se fez de tudo para ir embora?

— Não sei, querida. Só sei que essa foi a última vez que ouvi falar dela. Das duas. E depois disso, nenhuma delas voltou. Eu pensava muito nelas e naquele bebê, você, imagino que deva ser! Ficava imaginando como estavam. Você disse que sua mãe lia a sorte?

— Era taróloga — respondeu Hal.

Ela estava meio zonza, abalada com toda a informação que Lizzie tinha dado.

— Ela tinha um quiosque no West Pier, em Brighton.

— Isso não me surpreende — disse Lizzie, e o rosto largo se abriu num sorriso. — Ah, como adorava aquelas cartas de tarô, tratava como se fossem de porcelana. E leu para mim muitas vezes. Três filhos, ela disse que eu teria, e três filhos eu tive. E a Maud? Sempre achei que ela seria professora universitária num colégio de meninas. Ela queria estudar história. Lembro que disse isso para mim.

"Tudo que se aprende com a história ajuda a enfrentar o presente, Lizzie. É por isso que eu gosto. Por mais cruéis que os homens sejam agora, sempre houve crueldade pior." Então imagino que tenha feito isso — ela bebeu o chá com os olhos cintilando por cima da xícara. — Professora de História na Universidade de Londres, é a minha aposta. Acertei?

— Eu não sei — disse Hal.

Hal estava com um nó na garganta e a voz, quando conseguiu falar, saiu rouca.

— Eu nunca conheci a Maud, ou então não lembro. Minha mãe nunca mencionou o nome dela.

— Então ela simplesmente desapareceu? — indagou Lizzie erguendo as sobrancelhas louro claro que quase desapareceram na franja amarela.

— Acho que sim — disse Hal. — Mas para onde quer que ela tenha ido, deve ter sido antes de eu poder me lembrar do seu rosto.

36

A caminhada de volta para Trepassen House demorou muito mais do que a ida para St. Piran. Hal tinha recusado a carona que Lizzie ofereceu, e a volta era subida, a chuva deixava o acostamento escorregadio, e ela precisava parar e aguardar um intervalo no trânsito toda vez que passava por uma poça mais funda, para não levar um banho quando algum carro espirrasse a água para o lado.

Mas o fato mesmo é que caminhava mais devagar de propósito, para ter mais tempo para organizar as ideias antes de ter de encarar Harding e os irmãos e revelar a verdade.

Ela precisava se redimir, e sabia disso antes de Lizzie falar. Sabia disso antes de ir para Brighton. Sabia que estava fugindo de toda a situação, da confissão que sabia que precisava fazer.

Tentou imaginar como diria.

Eu menti.

Tenho mentido para vocês desde que cheguei aqui.

Minha mãe não era irmã de vocês.

Ela ficou enjoada só de pensar. O alívio que Harding e Abel tinham demonstrado ao recebê-la na véspera foi quase como se ela fosse a irmã deles que finalmente voltava para casa. E agora ela ia arrancar isso deles outra vez, afundá-los de novo na incerteza de décadas que tinham suportado antes de Hal entrar na vida deles. Qual seria a reação deles?

Harding ia explodir, furioso. Abel balançaria a cabeça, e Hal quase conseguia ver a decepção nos olhos dele. Ezra? Ezra, ela não sabia. Era talvez o único dos três que ela imaginaria capaz de receber a notícia com equanimidade, e talvez até risse. Mas então ela lembrou da fúria mal disfarçada e da tristeza que tinha visto sob a superfície quando ele falou do desaparecimento da irmã... e de repente não tinha mais certeza.

Mas o que quer que acontecesse, por mais zangados que ficassem com ela, Harding pelo menos ficaria aliviado depois de pensar no que implicaria. Porque Hal não receberia nada da herança... e depois o quê? O dinheiro voltaria para o pote e seria como se a mãe deles não tivesse feito testamento nenhum.

Ainda bem que Mitzi não estava lá. Porque a ideia de confessar na frente dela, que tinha sido tão gentil... Hal quase duvidou que teria coragem.

Mas Lizzie sabia, e isso dava um certo alívio, porque não havia como voltar atrás, Hal não podia se acovardar agora. Precisava passar por isso, se desculpar e... e depois? Encontrar o Sr. Treswick, imaginou ela, para explicar a situação.

Mas por baixo desses pensamentos, havia outros muito mais perturbadores. Porque em toda essa história havia um fato simples e imutável: Maud continuava desaparecida e ninguém sabia o que tinha acontecido com ela.

Em algum momento depois de fevereiro do 1995, ela se afastou da mãe, dos irmãos e da prima e simplesmente desapareceu. Será que foi por vontade própria? Ou a verdade era outra coisa mais sinistra?

Enquanto andava, Hal pensou nela, na menina brilhante que Lizzie e o Sr. Treswick lembravam com tanta admiração. Na menina no diário de Maggie, que brigava com a Sra. Warren e guardava os segredos de Maggie. E na mulher que ela queria ser, livre, culta, independente. Será que tinha conseguido? Seria essa a verdade, que ela ajudou a prima a se libertar da Trepassen House e depois desapareceu para viver a vida em outro lugar? Era possível. Mas ela achava improvável e muito estranho que em todos aqueles anos sua mãe nunca tivesse mencionado o nome dela. Por mais que Maggie quisesse deixar para trás a tristeza de Trepassen, seria uma injustiça impensável apagar a existência de uma mulher que fez muito para ajudá-la.

Mas a única outra possibilidade era ainda mais perturbadora: que Margarida Westaway estivesse morta.

37

Hal estava ensopada e tremendo de frio quando chegou ao portão de ferro. Ainda bem que Abel tinha oferecido o casaco dele, mas o capuz era grande demais e não firmava na cabeça dela. Por mais que apertasse o cadarço, o vento tirava do lugar, a chuva escorria pela nuca e encharcava a camiseta por baixo.

Tentou segurar o capuz por mais de um quilômetro mas, por mais que puxasse as mangas do anorak, suas mãos ficaram geladas e azuis. Por fim, desistiu do capuz e enfiou as mãos no fundo dos bolsos.

Ela abriu o portão e as ferragens rangeram, um som baixo como um lamento através do barulho da chuva que a fez tremer mais ainda. Algo no tom daquele ruído lhe provocou um arrepio na nuca. Foi como se a casa estivesse morrendo de dor.

Quando chegou lá em cima, havia um pouco de granizo misturado com a chuva, pequenos estilhaços de gelo que machucavam seu rosto e enchiam os olhos de lágrimas, e, apesar do nervosismo, ficou contente de chegar à varanda mais protegida do vento e poder sacudir a água da roupa. Dentro da casa, tirou o anorak, que formava poças de água na cerâmica do piso, e os dedos rachados foram recuperando a sensibilidade e ardendo quando o sangue começou a retornar. Ela ouviu vozes vindo da sala de estar, respirou fundo, pendurou o casaco no cabide, atravessou o hall e foi até a porta entreaberta.

— Hal? — Abel virou para trás quando Hal entrou, bem insegura. — Caramba, você parece um rato molhado. Por que não ligou para mim?

— Eu estava curtindo a caminhada — disse Hal.

Ela chegou mais perto do fogo, procurando disfarçar os dentes batendo de frio. Não foi bem uma mentira. Ela não curtiu a caminhada, não exatamente, mas não quis uma carona. Precisava de tempo para clarear as ideias, resolver o que ia dizer.

Ezra estava no sofá do outro lado da sala, falando ao telefone, mas olhou para Hal quando ela passou e deu uma risada debochada.

— Nunca vi ninguém tão encharcada. Você perdeu o almoço, mas nós podemos invadir o covil da Sra. Warren por uma xícara de chá, se precisar de alguma coisa para se aquecer. A água deve estar quente, você quer um banho?

— Vou fazer isso — ela disse, grata pela desculpa.

Parte dela queria acabar logo com isso, mas outra parte, mais covarde, se agarrava a qualquer coisa para adiar o cataclismo que certamente viria em seguida.

— Onde está Harding?

— No quarto dele, eu acho. Tirando uma soneca, aposto. Por quê?

— Ah, nada... só queria saber.

O banheiro era no primeiro andar — um só para a casa inteira, com uma enorme banheira vitoriana manchada de verde, a ferrugem do cobre, e uma privada num canto, com uma corrente de descarga que rangia e fez Hal lembrar do gemido metálico do portão.

Mas quando abriu as torneiras, a água saiu quente e com boa pressão. Ela finalmente entrou no banho escaldante e sentiu que a tensão, que nem sabia que tinha, diminuiu.

Tio Harding, não sou quem você pensa.

Não. Absurdamente dramático. Mas como ia dizer? Como poderia abordar o assunto?

Quando voltei para casa, descobri uma coisa...

E então a história do diário, como se tivesse acabado de chegar a essa conclusão.

O problema é que isso era mentira.

Então o quê?

Harding, Ezra, Abel... eu estava disposta a enganar vocês.

Quem sabe as palavras viriam quando encarasse todos eles. Hal fechou os olhos e afundou na água da banheira, e seus ouvidos foram tomados pelo som dos batimentos do seu coração e dos pingos da torneira que abafavam todas as outras vozes.

— Harriet?

Hal pulou de susto e virou segurando a toalha enrolada no corpo quando Harding apareceu na porta de um dos quartos. Ao vê-la molhada saindo do banho, os ombros descobertos acima da toalha, o susto dele foi quase tão grande quanto o dela.

— Ah! Meu Deus, sinto muito.

— Estava no banho — Hal disse, sem necessidade.

Ela sentiu a ponta da toalha escorregar, botou para cima e agarrou as roupas molhadas na frente dela, como um escudo.

— Vou subir para me vestir.

— Claro, é claro — disse Harding, acenando com a mão para indicar que ela podia ir, mas, quando Hal se virou, ele voltou a falar e ela foi forçada a virar de frente para ele de novo, tremendo com uma lufada de vento.

— Ah, Harriet, desculpe, é uma coisa que eu queria dizer, antes de encontrarmos os outros. Não quero tomar seu tempo... bem, a sua oferta de uma escritura de variação foi muito generosa, mas sinto dizer que Abel, Ezra e eu conversamos, e Ezra está fazendo jogo duro. Ele é executor, você sabe, e como tal precisa concordar com qualquer escritura, e ele está bem convencido de que os desejos da nossa mãe devem ser honrados, por mais perversos e perturbadores que sejam. Devo dizer que parece uma posição extraordinária para mim, já que ele nunca demonstrou interesse nos desejos dela quando ela estava viva, mas... bem, é isso. Vamos conversar com o Sr. Treswick amanhã de qualquer jeito.

Hal estremeceu de novo, e Harding finalmente percebeu que estava frio.

— Ai, meu Deus, desculpe, você está aí pingando nesse corredor. Não ligue para mim, vejo você lá embaixo para um gin tônica?

Hal fez que sim com a cabeça, tensa por tudo que deixou de dizer e então, sem saber como evitar contar mais mentiras do que já havia contado, deu meia-volta e subiu a escada para o sótão.

―※―

Meia hora depois, ela abriu a porta da sala de estar e encontrou os três irmãos em volta da mesa de centro, diante do fogo alto.

Havia uma garrafa de uísque na mesa e quatro copos, um vazio.

— Harriet! — disse Harding simpático, com o rosto vermelho de calor do fogo e do uísque, suspeitou Hal. — Entre e beba conosco. Minha oferta de gin tônica foi prematura, não tem água tônica na casa. Mas tomei a precaução de comprar uma garrafa de uísque quando estava em Penzance mais cedo, então temos pelo menos isso.

— Obrigada — agradeceu Hal —, mas eu não...

Ela parou. Ela não bebia, não mais. Passou muitas noites entorpecida depois da morte da mãe, foram vezes demais em que um copo se transformava em muitos. Mas agora sentia muita vontade de ter alguma coisa para dar coragem para o que tinha de fazer.

— Aliás, quero sim, obrigada — ela disse, e Harding serviu uma dose generosa, super generosa, e empurrou o copo sobre a mesa na direção dela.

Ele serviu mais para os irmãos e ergueu o próprio copo.

— Um brinde — ele disse, encarando Harriet. — Um brinde a... — ele parou e deu uma risadinha. — À família.

Hal sentiu o estômago apertar, mas foi salva de ter de responder pelo pouco caso de Ezra, que balançou a cabeça.

— Não vou beber a isso. À liberdade.

Abel riu e pegou o copo dele.

— Liberdade parece meio radical. Eu bebo a... — ele levantou o copo, pensando. — Ao encerramento. A encontrar o Sr. Treswick amanhã e voltar para casa, para Edward o mais depressa possível. Hal?

O cheiro acre do uísque ardeu nas suas narinas e ela girou o copo, olhando para o líquido fulvo e cintilante.

— Eu bebo a... — as palavras se amontoaram, palavras indizíveis. Verdade. Mentiras. Segredos. Sentiu um nó na garganta. Só havia um brinde em seu coração, a verdade dolorosa, esperando para ser pronunciada. — À minha mãe — ela disse com a voz embargada.

Ficaram em silêncio um tempo. O uísque no copo de Hal tremeu quando ela olhou para os rostos em círculo. O bigode de Harding tremelicou quando ele ergueu seu copo.

— À Maud — ele disse coma voz rouca de emoção reprimida.

O uísque captou a luz e piscou solenemente.

Abel engoliu em seco e levantou o copo.

— À Maud — ele disse bem baixinho, Hal não ouviria se já não soubesse o que era o brinde.

Ezra não disse nada, mas ergueu o copo e seus olhos escuros brilharam com uma tristeza que Hal quase não suportou ver.

Ficaram parados os quatro, com os copos no alto, lembrando em silêncio, e de repente Hal não aguentou mais. Com um único movimento jogou a cabeça para trás e bebeu todo o uísque com três longos goles.

Fizeram um breve silêncio, e então Harding explodiu numa risada tremida de alívio e Ezra iniciou uma lenta sessão de aplauso.

— Muito bem, Harriet! — disse Abel secamente. — Nunca pensei que fosse capaz disso, sua ratinha.

E lá estava de novo, Harriet, a ratinha. Mas não era verdade. Nunca foi verdade. Depois da morte da mãe, ela se fez pequena e insignificante, mas essa fachada que mostrava ao mundo não era real.

Por dentro, ela era uma rocha de força — a mesma força que fez sua mãe escapar de Trepassen, de começar tudo numa cidade estranha, grávida e sozinha, e construir uma vida para a filha. Bem no fundo, por baixo das camadas de introspecção e humildade e das roupas sem graça, havia um núcleo resistente que não parava de lutar, lutar, lutar. Ratinhos se escondiam e fugiam. Ficavam paralisados diante do perigo. Eles se deixavam servir de presas.

Hal podia ser qualquer coisa, menos um rato.

E não seria presa de ninguém.

Tio Harding, não sou quem você pensa que eu sou.

Ela largou o copo na bandeja e pigarreou com o rosto queimando ante à consciência do que ia fazer. Lembrou-se do olhar da Sra. Warren na primeira noite... o olhar de alguém observando um bando de pombos que vê um gato se esgueirando nas sombras de uma árvore perto. O olhar de alguém que fica só esperando a matança.

— Bem — Harding começou a falar, mas Hal o interrompeu, sabendo que se não fizesse aquilo agora, talvez nunca mais fizesse.

— Espere, eu tenho uma coisa para dizer.

Harding ficou surpreso, um pouco incomodado, e o canto da boca de Ezra tremeu, como se achasse divertido ver o irmão desafiado.

— Ah, bem, então por favor — Harding acenou —, fique à vontade.

— Eu... — Hal mordeu o lábio.

Ela virava e revirava aquele momento na cabeça desde que saiu de Cliff Cottages, mas as palavras certas não apareciam. De repente se deu conta de que não havia palavras certas, nada que pudesse dizer consertaria aquilo.

— Eu quero dizer uma coisa para vocês — ela repetiu e ficou de pé, sentindo que não dava para ficar relaxada e segura na ponta do sofá.

A sensação era de que ia entrar numa briga para se defender de um ataque. Os músculos do pescoço e dos ombros doíam de tão tensos.

— Descobri uma coisa quando estive em Brighton. Antes não tinha certeza, mas consultei os papéis da minha mãe e descobri que...

A boca ficou seca de repente, ela engoliu e desejou não ter tomado o uísque todo de uma vez, queria ter deixado um gole para agora. Harding franziu a testa, Abel ficou tenso, inclinou o corpo para frente, apreensivo. Só Ezra parecia despreocupado. Tinha cruzado os braços e olhava para ela com interesse, como alguém assistindo o desenrolar de uma experiência.

— E aí? — perguntou Harding, meio impaciente. — O que você descobriu? Diga logo, Harriet.

— Margarida Westaway, sua irmã, não era minha mãe — respondeu Hal.

Ela se sentiu livre de um grande peso, mas não foi um alívio, foi mais uma dor, um temor, enquanto esperava o estrondo que a queda desse peso ia provocar.

O silêncio que seguiu foi muito longo.

— Eu... o quê? — Harding finalmente exclamou.

Ele olhava fixo para Hal, o rosto redondo e corado mais vermelho com o calor do fogo, ou de choque com o que Hal tinha dito, ela não sabia ao certo.

— O que disse?

— Eu não sou sua sobrinha — disse Hal.

Ela engoliu em seco outra vez e havia lágrimas aflorando lá de dentro. Seria muito fácil deixá-las sair, jogar com a simpatia deles, mas por saber disso ela se conteve. Não ia bancar a vítima ali. Chega de dissimulação.

— Eu devia ter percebido antes... havia coisas que não combinavam. Mas foi só quando fui para casa e que consultei os papéis da minha mãe para entender, quando encontrei os diários... as cartas... foi aí que ficou claro que tinha sido uma confusão terrível. Minha mãe não era a irmã de vocês. Ela era Maggie.

— Ai, meu Deus — era Abel, chocado.

Ele pôs as mãos na cabeça como se tentasse conter pensamentos que ameaçavam explodir.

— Ah, meu Deus, Hal... mas isso é... isso é... — ele parou e balançou a cabeça como se estivesse desorientado, tentando desviar de pancadas. — Por que nós não percebemos?

— Mas... mas esperem, quer dizer então que o testamento é inválido — Harding desabafou.

— Pelo amor de Deus! — exclamou Ezra, e deu uma risada zombeteira. — Dinheiro! Você só consegue pensar nisso? Esse testamento não é a coisa mais importante.

— Foi o que trouxe Harriet para cá, por isso eu diria que é bem importante sim! — Harding retrucou. — E o dinheiro não é a questão, de jeito nenhum. Eu me aborreço profundamente com o que você está insinuando, Ezra. A questão é... é... ah, meu Deus, logo quando estávamos começando a esclarecer a situação... Que diabo mamãe estava pensando?

— Boa pergunta — disse Abel baixinho, afundado na poltrona, ainda com as mãos na cabeça.

— Mas... mas o seu nome estava no testamento — disse Harding devagar, como se o choque começasse a passar e ele quisesse refazer os passos deles... tentando encaixar as coisas. — Ou então... espere um pouco, você está nos dizendo... você não é Harriet Westaway? Quem é você de verdade?

— Não! — Hal respondeu logo — Não, não, eu sou Harriet. Eu juro. E minha mãe é Margarida Westaway, sim. Mas acho que sua mãe deve ter pedido para o Sr. Treswick procurar a filha dela — Hal sentiu o rosto tenso e os dedos gelados, apesar do fogo na lareira. — E de alguma forma as linhas se cruzaram e ele encontrou minha mãe, sem noção da confusão. Acho que ele deve ter contado para sua mãe que tinha encontrado a irmã de vocês, que ela tinha morrido, mas que tinha uma filha. E então ela pôs meu nome no testamento, sem saber que eu não era neta dela.

— E como você não se deu conta? — perguntou Abel, mas sem raiva na voz, só espanto.

Ele olhou para Hal confuso, com uma tristeza que Hal não entendeu bem.

— Certamente havia coisas que não encaixavam, coisas que fizeram você pensar...

Ele parou. Hal ficou quieta, receosa. Era agora. Essa era a parte perigosa. Porque ele tinha razão.

Ela se controlou para parar de andar de um lado para outro, sentou e ouviu a voz da mãe. *Quando se sentir tentada a responder de pronto, pare. Faça que esperem. Dê a você tempo para pensar. É quando nos precipitamos que acabamos tropeçando.*

— Bem... — ela começou a falar bem devagar, as molas do sofá rangeram quando mudou de posição e o vento uivou na chaminé. — Bem, havia essas coisas. No início não, mas depois... Vocês precisam entender... meu nome estava lá no testamento. E mamãe nunca falou sobre sua infância. Nunca mencionou irmãos, nem uma casa em Cornwall, mas ela não falava de muitas coisas. Nunca falou dos pais dela, nem do meu pai. Sempre considerei que isso era mais uma parte dela que eu não conhecia. E eu queria muito... — a voz dela falhou, não foi de propósito, e ela se esforçou muito para controlar o tremor da voz porque essa era a verdade. — Eu queria muito que fosse verdade. Eu queria isso... tudo isso... — ela fez com a mão um gesto que indicava a sala, a lareira, e os homens sentados ali, olhando para ela exasperados e atônitos. — Família. Segurança. Um lar. Eu queria tanto isso que a carta do Sr. Treswick pareceu resposta de uma oração. Acho que... acho que fechei os olhos para as minhas dúvidas.

— Eu entendo isso — disse Abel.

Ele levantou, esfregou o rosto e parecia muito velho, muito mais do que seus quarenta e poucos.

— Deus do céu, que confusão. Pelo menos você nos disse agora.

— Bom, eu vou conversar muito sério com o Sr. Treswick amanhã — disse Harding com o rosto quase roxo de preocupação. — Isso se assemelha demais a algum tipo de negligência profissional da parte dele! Deus sabe como vamos resolver esse nó jurídico. Graças a Deus soubemos antes de obter o inventário!

— Jesus — disse Ezra, baixinho. — Será que podemos parar de ficar batendo na droga de testamento? Agora você provavelmente vai receber a merda do dinheiro, isso não basta?

— Eu não gosto nada... — Harding ia reclamar, mais irritado, mas foi interrompido por uma barulheira danada que fez todos pularem de susto, e Harding bateu com o copo de uísque na mesa quando o ruído cessou.

— Pelo amor de Deus, Sra. Warren! — ele berrou ao abrir a porta da sala. — Estamos todos aqui. Havia necessidade disso?

Ela se aproximou da porta com as mãos na cintura.

— O jantar está pronto.

— Obrigado — disse Harding, sem paciência.

Ele cruzou os braços, olhou para Abel e pareceu perguntar alguma coisa sem dizer nada. Hal não entendeu a expressão de Harding, mas Abel sim, porque ele deu de ombros e fez que sim com a cabeça, meio relutante.

— Sra. Warren — disse Harding —, antes de irmos para a sala de jantar, temos de explicar uma coisa, porque diz respeito à senhora também. Ficamos sabendo — ele olhou para Hal — que o Sr. Treswick cometeu um erro infeliz ao redigir o testamento da mamãe. Harriet não é filha da Maud, ela é filha da Maggie, coisa que Harriet só descobriu quando viu os papéis da mãe. Deus sabe como o Sr. Treswick pôde cometer esse erro, mas obviamente graças a isso o testamento não vale mais. Não tenho certeza do que vai acontecer, presumo que as regras de intestado devem prevalecer. Mas é isso.

— Nunca achei que ela fosse — disse a Sra. Warren, depois cruzou os braços e ficou coma bengala pendurada no cotovelo.

Harding ficou confuso.

— O quê?

— É claro que ela é filha da Maggie. Ninguém de bom senso pensaria diferente.

— O quê? Mas por que a senhora não disse alguma coisa?

A Sra. Warren sorriu e Hal achou que seus olhos, com a pouca luz do fogo, pareciam faiscar, como pedras.

— E então? — Harding cobrou. — Está dizendo que sabia disso e não falou nada?

— Não tinha certeza. Mas era questão de bom senso. E de qualquer modo, não era da minha conta.

— Ora! — dessa vez foi uma explosão de incredulidade, mas a Sra. Warren já tinha virado e mancava pelo corredor comprido, batendo com a bengala no chão.

— Vocês ouviram isso? — Harding perguntou para o grupo, mas ninguém respondeu.

Finalmente Ezra saiu da sala de ombros caídos, em silêncio amotinado. Abel balançou a cabeça e foi atrás. Harding virou também, e Hal ficou sozinha.

As mãos dela ainda tremiam, e ela ficou se aquecendo um minuto na frente do fogo, tentando recuperar o tato nas pontas dos dedos dormentes.

Já ia sair quando um pedaço de carvão pegou fogo e estourou na lareira, lançando uma parte incandescente no tapete. Hal já ia pisar nele e se deu conta de que estava descalça, tinha deixado os sapatos encharcados na porta. Então ela pegou o atiçador e jogou o carvão no fogo, depois apagou as últimas fagulhas com a ponta do ferro.

Havia um buraco fumegante no tapete e a tábua embaixo estava empretecida, mas não havia o que fazer, e Hal notou que havia outros furos. Três ou quatro maiores ainda, um em que o fogo tinha queimado a tábua mais fundo. Ela suspirou, pôs a grade da lareira no lugar e deu meia-volta. Foi quando viu a Sra. Warren parada na porta, impedindo a passagem.

— Com licença — disse Hal, mas a Sra. Warren não se moveu, e por um breve segundo Hal achou que ia ter de pedir ajuda, ou escapar pela janela de novo. Mas quando avançou um passo, a Sra. Warren encostou no batente e deixou Hal passar, só que ela teve de virar de lado para não tropeçar na bengala.

Hal já estava no corredor sentindo o gelo da cerâmica nos pés só de meia quando a mulher falou, tão baixo que Hal teve de voltar.

— O que a senhora disse? — Hal perguntou, mas a Sra. Warren tinha desaparecido na sala de estar e batido a porta.

Mas Hal tinha quase certeza de ter ouvido as palavras ditas baixinho, mesmo com o barulho do vento na chaminé.

Dê o fora, se sabe o que é melhor para você. Enquanto ainda pode...

38

Naquela noite Hal foi para a cama cedo e, devido à tensão do dia, ou à longa caminhada até Cliff Cottages, caiu no sono imediatamente.

Acordou com o corpo dolorido, uma sensação de ter dormido muito, mas o sol ainda não tinha nascido e, quando foi até a janela tremendo de frio, a lua ainda estava alta. Sua respiração embaçou o vidro e o céu estava limpo, ao luar podia ver o brilho da geada na grama.

Sentiu a boca seca, pegou o copo ao lado da cama, mas não tinha água. Com aquele cansaço todo devia ter esquecido de encher antes de ir para a cama. A descida no frio e no escuro até o banheiro não era convidativa, então resolveu ignorar a sede. Voltou para a cama e fechou os olhos, mas a secura da boca incomodava e não a deixava dormir. Acabou desistindo, sentou na cama, pegou o copo, se enrolou no cobertor de lã e foi andando com cuidado para o corredor.

Estava um breu, o chão gelado sob os pés descalços, tentou acender a luz e aí lembrou, tarde demais, que não tinha dito para ninguém que a lâmpada tinha sumido.

É claro que o interruptor não funcionou, Hal suspirou e voltou para o quarto para pegar seu celular. O estreito facho de luz da lanterna deu a impressão de que o corredor estava mais escuro ainda, mas pelo menos dava para ver o buraco da escada.

Logo no primeiro degrau bateu com o pé em alguma coisa,

Instintivamente estendeu o braço para segurar no corrimão, só que não havia corrimão. Sentiu os dedos arranhando a parede e, então, o terrível descontrole quando o celular voou da sua mão e ela percebeu que estava caindo, sem poder fazer nada.

Caiu com uma pancada seca no andar de baixo, bateu a cabeça no chão e rolou até parar contra a parede do corredor. Ali ficou, ofegante, sem ar, esperando ouvir o barulho de passos, as perguntas, o oferecimento de ajuda. Mas ninguém apareceu.

— Eu estou bem! — ela gritou tremendo, mas não houve resposta, só o barulho do vento e o ruído distante de um ronco abafado vindo lá de baixo.

Hal sentou com cuidado. Tateou à procura dos óculos, mas lembrou que não estava com eles. Continuavam na mesa de cabeceira, e isso até era bom. Ela quase preferia quebrar um braço a quebrar os óculos, tão longe de casa. O celular estava emborcado no último degrau de baixo da escada, com a lanterna ainda acesa iluminando o teto, e quando o pegou viu que a tela tinha rachado, mas o aparelho ainda funcionava.

O copo tinha se espatifado, cacos espalhados no chão, e sua mão estava sangrando, mas não havia sangue no lugar em que bateu a cabeça e nenhum osso parecia quebrado quando flexionou os braços. Levantou trêmula e ficou tonta, mas não caiu, se firmou na parede e a tontura passou.

Foi uma sorte incrível não ter quebrado um braço, ou o pescoço. A parede do corredor ficava perto do fim da escada. Se tivesse batido a cabeça nela, estaria morta.

Hal teve uma tremedeira e ficou nauseada. Choque tardio, pensou, e sentou-se no primeiro degrau, sentindo a cabeça latejando onde tinha batido, braços e pernas tremendo sem controle. Não tinha mais sede e, de qualquer forma, a ideia de andar descalça, às cegas no meio dos cacos de vidro era impossível. Só queria se arrastar para a cama, onde estaria segura e quente, para esperar a tremedeira passar.

Ficou de quatro bem devagar, não quis arriscar ficar de pé e subiu a escada assim mesmo, engatinhando, com o celular na mão.

De qualquer outro ângulo ela talvez não visse, mas, abaixada como estava, a luz do celular incidiu diretamente naquilo. No primeiro degrau de cima para baixo. Um prego enferrujado enfiado na madeira da lateral à altura do tornozelo, com um barbante partido pendendo dele.

Hal engasgou de susto e ficou paralisada, a lanterna do celular iluminando aquela coisa inócua.

Então ela pensou melhor e virou o facho de luz para o outro lado da escada.

Lá estava o gêmeo, martelado na mesma altura, só que esse tinha sido quase arrancado pela força da queda.

Ela não tinha tropeçado. Aquilo não havia sido acidente.

Alguém tinha pregado aqueles pregos e amarrado o barbante ao longo do degrau, aproveitando que não havia lâmpada no topo da escada para garantir que ela não veria, nem à luz do dia, o que tinham feito.

Tinha certeza de que não estava ali quando foi para a cama. Não poderia passar por ali sem tropeçar.

Então alguém tinha ido lá em cima enquanto ela dormia, para preparar a armadilha.

Mas não... ela não estava pensando direito. Não poderiam ter martelado aqueles pregos. Ela teria ouvido. E isso queria dizer... queria dizer que aquilo foi premeditado. Os pregos já estavam lá, aguardando a remoção da lâmpada e o barbante. Alguém já pretendia fazer isso. Tinham se preparado para a volta dela de Brighton e se armaram contra.

Seu coração pareceu mais lento, e ela ficou imóvel.

Devia estar em pânico. Mas era como se alguém a segurasse por dentro e fosse apertando... apertando...

Ela rastejou os últimos degraus até o quarto no sótão e fechou a porta antes de encostar nos painéis de madeira. Tinha as mãos na cabeça e pensava, não pela primeira vez, nas trancas do lado de fora e no silêncio maligno da pessoa que tinha subido aquela escada, poucas horas antes, para montar a armadilha destinada a matar.

Hal fechou os olhos e apertou a testa nos joelhos, então surgiu uma imagem em sua cabeça.

Era o Oito de Espadas. Uma mulher com venda nos olhos, amarrada, cercada por uma prisão de lâminas, e o chão vermelho sangue a seus pés, como se já sangrasse dos cortes que nunca a libertariam.

As cartas não dizem nada que você não saiba. A voz da mãe bem firme. *Elas não têm poder, lembre-se disso. Não podem revelar nenhum segredo, nem ditar o futuro. Elas só podem mostrar o que você já sabe.*

Ah, mas agora ela sabia, com certeza.

As paredes da armadilha estavam se fechando em volta dela, afiadas e capazes de mutilar.

Agora ela sabia que alguém a odiava ao ponto de matá-la. Mas por quê?

Não tinha sentido. Poucas horas antes teria pensado que era uma tentativa de um dos irmãos para recuperar a parte da herança que achavam ser deles.

Porque Hal era... tinha sido... legatária residual. Se ela morresse, sua parte do dinheiro seguiria as regras do intestado, que, na ausência de um marido, seria dividido entre os filhos da Sra. Westaway.

Mas agora que ela já tinha admitido a verdade, Harding, Ezra e Abel não precisavam mais se preocupar com ela. O dinheiro reverteria para eles não importando o que acontecesse com ela.

Então por quê? Por que agora?

Dê o fora, se sabe o que é melhor para você.

Après moi, le déluge.

O que queria dizer?

A cabeça de Hal, no lugar que tinha batido, parecia prestes a explodir, latejava e ela estava quase chorando de dor.

A Sra. Westaway, o que quer que tenha feito, o que quer que pretendesse, tinha iniciado um processo com aquele testamento, e Hal estava seguindo às cegas a sequência de eventos que ela havia deflagrado. Só que, igual à mulher na carta Oito de Espadas, estava cercada de perigos que não podia ver.

Quase cega com a dor latejante que já estava afetando a cabeça toda, ela se arrastou para a cama e descansou a cabeça dolorida no travesseiro frio, fechou os olhos e puxou o cobertor até o queixo como se pudesse protegê-la das ameaças em volta.

Estava quase dormindo quando se lembrou de um nome sussurrado no seu ouvido.

Margarida...

A palavra escorreu lentamente como água fria e escura no fundo da cabeça de Hal e, apesar do cansaço sua mente, começou a trabalhar, a fazer associações.

Hal tinha afirmado que sua mãe era Margarida Westaway — a menina chamada Maud no diário da mãe dela. Graças a essa afirmação, certos fatos ficaram implícitos. O fato de que Maud tinha fugido de Cornwall. O fato de que ela foi para Brighton e teve uma filha. E o fato de que tinha morrido num acidente de carro três anos atrás.

Mas a verdade era bem diferente.

A questão era, até que ponto era diferente.

E até onde alguém seria capaz de ir para impedir que os fatos verdadeiros viessem à tona?

Uma coisa era certa. Aquilo não era mais por causa do dinheiro, porque Hal tinha dado adeus a ele com sua confissão. Havia algo mais profundo e estranho em jogo, alguma coisa pela qual valia cometer assassinato para esconder.

Ela deveria estar com medo, e parte dela estava, mas lá no fundo seu lado predador secreto, que mantinha oculto e trancado, Hal sabia que não ia fugir de novo. Alguém tinha tentado assustá-la uma vez e quase funcionou. Mas não ia funcionar outra vez.

Agora ela queria respostas. O que fez a mãe dela fugir por tanto tempo? Por que se deu ao trabalho de mentir sobre o pai dela? E o que tinha acontecido com Maud?

E acima de tudo, que segredo era esse, o segredo que era o cerne de todo aquele mistério, que tinha alguém disposto a matar para protegê-lo?

Hal queria respostas para todas essas perguntas e mais. E estava pronta para lutar.

39

Não havia possibilidade de voltar a dormir, e Hal desistiu. O celular ao lado da cama mostrava 5:05h. Cedo demais para levantar, mas não podia ficar ali deitada no escuro por mais duas horas. Sentou, esticou o braço para pegar os óculos e o movimento fez sua cabeça latejar de dor. Botou os óculos e ligou o celular, franziu a testa olhando para a telinha pensando no que ia pesquisar.

Alguma coisa tinha acontecido com Maud Westaway, algo que alguém naquela casa sabia e não queria que ninguém descobrisse. Será que era a Sra. Warren?

Hal se lembrou de novo do rosto dela na noite anterior, no prazer cruel do deboche e na admissão sem meias palavras de que ela soube o tempo todo da farsa de Hal. Hal pensou que era bem possível que a Sra. Warren soubesse e que tivesse guardado segredo por interesse próprio.

Mas tentar descobrir quem naquela casa estava escondendo alguma coisa era um beco sem saída, porque a verdade era que todos tinham algo a esconder — Hal sabia disso muito bem pelas leituras das cartas de tarô. Todos tinham segredos, coisas que não queriam revelar e que fariam qualquer coisa para esconder.

O que precisava fazer era saber que segredos eram esses e qual o seu papel neles. Alguém estava preparado para matá-la e impedir que ela revelasse o que sabia. E o que era mesmo?

Hal esfregou os olhos e procurou pensar com clareza.

Por causa dela todos tinham pensado que Maud estava morta, isso estava claro. E também pensaram que ela havia morrido num acidente de carro. Então, havia duas possibilidades. A primeira que Maud tivesse morrido, mas não num acidente, e que alguém quisesse encobrir o que realmente aconteceu com ela.

Isso já era bem assustador, a ideia de que ela podia ter sido vítima de um assassino em potencial.

Mas a segunda possibilidade era ainda mais preocupante, de certa forma. Era a que Maud ainda estivesse viva, mas que alguém nessa casa fazia de tudo para esconder o fato. Mas por quê? Seria o dinheiro mais uma vez? O testamento? Se o legado de Hal deixasse de existir, o dinheiro voltaria para o pote, ou voltaria para a fila de herdeiros, para Maud? Ou seria outra coisa que tentavam esconder, algo que Maud sabia, ou que ela podia revelar?

Não havia como saber. De qualquer modo, o primeiro passo era descobrir com qual possibilidade ela estava lidando.

Descobrir se alguém estava vivo ou morto era surpreendentemente difícil — Hal sabia disso por uma cliente que voltava sempre e implorava para Hal dizer se o marido desaparecido estava vivo ou morto, apesar da insistência cada vez mais enfática de Hal de que não sabia.

Era sempre assim. Os céticos jamais se convenciam, e os que acreditavam não podiam ser convencidos do contrário. Hal estava acostumada com isso, com a descrença resignada quando dizia para as pessoas que não podia responder às perguntas ou modificar os fatos de suas vidas, como se tivesse poderes e os escondesse, mas resolvesse não admitir por algum esquema perverso. Ela conhecia a fonte da descrença dessas pessoas: era a relutância de aceitar o fato de que nunca teriam as respostas e os resultados que desejavam. Mas a maioria, mesmo contrariada, aceitava que Hal não mudaria o destino delas, mesmo sem aceitar que ela não poderia fazer isso. Iam embora acreditando lá no fundo que, se Hal não podia satisfazê-las, haveria outros tarólogos que poderiam, se procurassem bastante.

Mas com essa mulher tinha sido diferente.

Ela voltava sempre, telefonava e dava nomes diferentes quando Hal parou de marcar consultas para ela, aparecia sem avisar e batia no vidro, a tal ponto que passou a temer o aperto dos seus dedos finos e o desespero nos seus olhos fundos.

Por fim, mais pelo desejo de se livrar dela do que por qualquer tipo de caridade, Hal anotou o nome do marido e seu último endereço conhecido, e entrou na internet para tentar dar para a mulher as respostas que ela queria. Mas se deparou com uma falta quase completa de informações. O homem não tinha Facebook, e pareceu impossível achar a certidão de óbito sem saber a data da morte. Hal achava que os registros eram digitalizados e que a simples busca pelo nome do homem e talvez a data de nascimento daria acesso às informações, mas parecia que não. Para registros históricos, era fácil assim, mas para qualquer coisa nos últimos cinquenta anos era necessário saber os detalhes exatos da morte, não só para obter o atestado de óbito, mas simplesmente para descobrir se tal atestado existia.

Então, sem saber a data da morte de alguém, não havia como saber se tinha morrido.

E Hal não tinha a data da morte. Se Maud estivesse morta, seus irmãos não sabiam nada dos fatos verdadeiros do que tinha acontecido, e as buscas do Sr. Treswick não tinham chegado a isso. Então a alternativa era provar o contrário, que ela estava viva. Mas como?

A única pista que Hal tinha era a faculdade de Oxford que Lizzie havia mencionado. Uma oferta incondicional de Oxford, ela disse. E depois, que achava que era uma faculdade para mulheres. Hal abriu o Google no celular. Em 1995 só restava uma faculdade para mulheres em Oxford, St. Hilda, mas Somerville tinha se tornado mista um ano antes. Era possível que Maud tivesse dito que era só para mulheres quando descreveu para Lizzie.

Alguns minutos de busca revelaram a base de dados dos alunos das duas faculdades, mas só era possível pesquisar quem era ex-aluno. A universidade confirmava o ano e a classe para um empregador, mas levava vinte e um dias para atender a pedidos.

Hal suspirou e anotou os números das faculdades. Talvez, se conversasse com alguém pessoalmente, ela pudesse obter a informação. Ou podia fingir que era Maud e quem sabe dissessem se ela era ex-aluna.

Mas de que adiantaria? Só dois ou três anos depois do desaparecimento de Maud de Trepassen? Ainda restava um enorme abismo de anos depois disso, dos quais Hal não tinha informação nenhuma. E das únicas pessoas que poderiam responder, uma tinha acabado de tentar matá-la.

À luz fria do dia, era difícil entender e lembrar. Tinha acontecido mesmo? O galo na cabeça era bem real, mas os pregos, o barbante, será que tinha mesmo visto aquilo?

Eram quase sete horas, Hal levantou e começou a tremer ao afastar as cobertas, vestiu a roupa fria como o chão em que estava. Lá fora, no corredor, ela respirou fundo e acendeu a lanterna do celular.

Os pregos estavam lá, enferrujados e tortos, um de cada lado da escada.

Mas o barbante tinha sumido.

Hal ficou confusa. Tinha certeza de que lembrava dele, um pedaço comum de barbante, mais escuro do que as tábuas, amarrado no prego da esquerda. Mas não estava mais lá, só tinha um fio solto do carpete de linóleo que descia pela escada.

Alguém tinha subido e levado o barbante? Ou será que, no escuro, ela confundiu o fio do linóleo com barbante?

Ela desligou a lanterna e desceu a escada devagar, com cuidado para não pisar nos cacos de vidro, pensando. Na noite anterior só pensava em mostrar para Harding, Abel e Ezra as provas do que alguém tinha tentado fazer. Agora estava reconsiderando. Os pregos estavam enferrujados e tortos e até para ela mesma parecia que já estavam lá havia algum tempo. Quanto ao barbante... ela até ouviu o ceticismo de Harding. *É mesmo, Harriet? Não é possível que você tenha tropeçado nesse fio solto do linóleo? Um descuido lamentável, certamente, mas um complô para matar...?*

E a resposta era... sim. Era possível. Mas Hal tinha certeza de que não tinha sido isso que aconteceu.

Lá embaixo Hal pisou com cuidado na cerâmica fria do hall da entrada. Nesse momento um relógio em algum lugar da casa começou a bater as horas. Hal contou as badaladas. Uma... duas... três... quatro... cinco... seis... sete.

O silêncio depois foi meio assustador, mas a sensação passou quando ela abriu a porta da sala de estar. Estava vazia e como tinham deixado na véspera, com os copos de uísque espalhados na mesa de centro.

Quatro copos. No tarô, o Quatro de Copas queria dizer introspecção. Significava não notar o que estava diante do seu nariz, não aproveitar as oportunidades que apareciam. No baralho de Hal, a carta era uma jovem deitada embaixo de uma árvore, dormindo ou meditando. Havia três copos vazios na frente dela, e o quarto era oferecido a ela perto dos lábios por uma mão, sem aparecer de quem era. Mas a mulher não bebia. Nem notava o copo.

O que ela não estava notando?

O café da manhã só ia ficar pronto às oito, e Hal não gostava nada da ideia de poder dar de cara com a Sra. Warren como tinha acontecido na primeira manhã, por isso calçou os sapatos que ainda estavam molhados da véspera, pôs o capuz do casaco, abriu a janela da sala e saiu por ali para o ar gelado da manhã.

À noite, o céu tinha ficado limpo e esfriara muito, a temperatura chegou bem abaixo de zero. A grama sob os pés de Hal, portanto, estava cheia de gelo e estalava quando ela pisava, sua respiração era uma nuvem branca com um pouco de rosa bem claro, refletindo o nascer do sol.

Lá fora, no ar frio e revigorante, o pânico da noite começava a diminuir e a tornar aquela sensação meio boba. Uma lâmpada queimada que alguém ia trocar e esqueceu. Dois pregos, provavelmente de quando havia prendedores de carpete na escada, e um único fio, isso visto com a lanterna de um celular. Não era grande coisa para montar uma teoria da conspiração. E além do mais, não tinha sentido. Mesmo se Maud estivesse morta, e mesmo se alguém quisesse evitar que soubessem, qual seria o sentido de tentar matá-la? Ela já revelara a verdade, que não era filha de Maud. Não tinha mais nada para contar. Fazê-la cair da escada seria um risco inútil e a nada levaria. A verdade quanto a isso já tinha sido revelada, não havia mais nada a ser feito.

O dia clareava e os medos da noite de repente pareceram risíveis e impossíveis, ela sentiu um leve rubor no rosto ao lembrar de ter engatinhado de volta para o quarto em pânico e do coração disparado quando sentou encostada na porta abraçando os joelhos.

Ah, Hal... a voz da mãe. *Sempre tão dramática...*

Ela balançou a cabeça.

Estava andando a esmo, deixando que os pés a levassem para onde quisessem e agora, olhando para trás, para a casa, percebeu que tinha se afastado bastante.

Ficou um momento ali parada vendo aquele mar verde de grama entre ela e a casa, e mais além os estábulos e outras benfeitorias, estufas e anexos de cozinha. Quantas casas poderiam ser construídas só naquele jardim? Quantas pessoas poderiam abrigar e quantos empregos poderiam ser oferecidos?

E ali tudo, toda aquela terra, toda aquela beleza cercada, foi de uma velha à beira da morte e agora era dos seus herdeiros.

Bem, não era mais problema dela. Agora Ezra, Harding e Abel podiam brigar por ela. O que iam fazer? Vender? Talvez se a transformassem em um hotel, no terreno haveria piscinas e tendas redondas de acampamento de luxo. Ou talvez alguém derrubasse a casa para construir um campo de golfe com gramados a perder de vista, o mar verde encontrando o azul do horizonte.

Hoje o mar distante estava cinza, encrespado, e o vento fresco batia no rosto dela enquanto descia a colina.

Tinha planejado ir até o limite da propriedade e depois voltar para a casa, mas percebeu que seus pés a tinham levado mais uma vez para o caminho de sempre, para o bosque e para a água escura que cintilava entre as árvores.

Mas dessa vez Hal viu a água com novos olhos. Não era qualquer lago aquele rodeado pelo bosque e pelo mato. Era "o" lago. Sobre o qual sua mãe tinha escrito nos diários.

E lá, entre os troncos congelados, ela viu o contorno da casa de barcos.

Mudou de direção, desceu para ir até lá, curiosa.

As árvores em volta eram uma mistura de faias, carvalhos e teixos, só os teixos ainda verdes. As outras estavam desfolhadas, apenas algumas folhas marrom se agarravam aos galhos e adejavam ao vento que subia do vale. Hal foi andando pelo caminho cheio de mato, afastando as amoras silvestres e dando a volta nas urtigas, e lembrou-se das palavras do diário, a descrição de quando eles pegaram o barco aquele dia. *"Venha, Ed", ela gritou, e ele se levantou, deu um sorriso largo para mim, seguiu Maud até a beira do lago e pulou na água.*

Ed. Edward. Será que era mesmo verdade? Ela se lembrou dele chegando para encontrá-la aquela noite no lago, da voz lacônica: *Ah... era uma casa de barcos... nos bons tempos.* E lembrou-se também de como Abel a afastou do lago de propósito naquela primeira manhã, antes que ela soubesse o que era. Será que havia ali alguma coisa que não queriam que ela visse?

A porta estava fechada, parecia trancada, mas dava para espiar pelos vãos entre as tábuas escurecidas. A construção era aberta para o lago e havia duas plataformas de cada lado, com uma faixa de água escura no meio.

Ela estava encostada na porta para espiar entre duas tábuas, e de repente a madeira podre cedeu e a porta abriu para dentro. Hal tropeçou para a frente, escorregou na plataforma molhada e cheia de limo, perdeu o equilíbrio e tentou evitar cair na água. Acabou caindo ajoelhada a poucos centímetros da superfície do lago.

Ficou ali bufando e tentando firmar-se. A queda renovou a pancada nos ossos já traumatizados na véspera, e ela rilhou os dentes de dor, mas, quando conseguiu ficar de cócoras, viu que não tinha quebrado nada.

Será que ali era seguro? Olhou para as tábuas do ancoradouro sob seus pés, para a água cheia de folhas, para lascas de gelo flutuando. Não tinha certeza.

Aquele lugar parecia que ia desmoronar no lago à menor provocação, e não se surpreenderia se seu pé tivesse passado direto por entre as tábuas até a água embaixo. Pelo menos era raso. Então ela pegou um graveto que tinha caído pelos buracos no telhado, afastou as placas quebradas de gelo e testou a profundidade. A menos de trinta centímetros o graveto encostou em alguma coisa dura dentro da água, uma forma lisa que Hal viu que era clara, quando afastou a massa de folhas.

Examinou mais de perto através da água escura e reconheceu a forma de um barco emborcado. Restos pretos de folhas o escondiam, mas com o movimento do graveto apareceram faixas brancas. Ela foi se acostumando com a pouca luz e com a perspectiva distorcida da água e reparou mais uma coisa, um buraco perto da quilha. Alguém tinha afundado o barco de propósito?

De repente o lugar não combinava mais com o que sua mãe tinha descrito, o lugar em que ela ria, nadava e brincava com os primos e com o menino que seria sua paixão. Hal teve uma sensação de animosidade. Parecia um lugar em que alguma coisa tinha morrido.

Ela estremeceu, levantou com muito cuidado e recuou, saiu pela porta quebrada para a luz da manhã gelada. O ar pareceu fresco e limpo, de mar, depois do cheiro da água salobra e de madeira podre na casa de barcos, e Hal respirou profundamente. Seu celular tocou o alerta, ela tirou do bolso para verificar, mas o aperto no estômago já indicava o que ela sabia.

11:30h — reunião com o Sr. Treswick.

Meu Deus. Bom, não adiantava desmarcar. E era até um certo alívio pensar que dentro de algumas horas tudo aquilo ia acabar. Só esperava que o Sr. Treswick fosse tão compreensivo com o papel dela na confusão quanto Harding, Abel e Ezra tinham sido... ou pareceram ser.

Hal tremeu de frio e enfiou as mãos nos bolsos do casaco. Torrada e café, mesmo o café da Sra. Warren, eram muito bem-vindos. Soltando nuvens brancas de respiração no ar gelado, ela subiu rapidamente a colina até a casa.

Atrás dela a porta da casa de barcos fechou lenta e silenciosamente, mas ela não olhou para trás.

40

— Ah, meu Deus.

O Sr. Treswick tirou os óculos para limpar as lentes que já estavam limpas, pelo que Hal pôde ver.

— Meu Deus, que coisa... Isso é muito constrangedor.

— Por favor — Hal estendeu a mão. — Por favor, a culpa é minha. Eu devia... eu devia ter falado alguma coisa antes.

— Acho que a culpa é minha — o Sr. Treswick estava dizendo, como se não tivesse ouvido. — Nunca me ocorreu que o nome de Maggie também fosse Margarida. Claro que eu sabia que havia uma prima, mas todos a chamavam de Maggie, e eu simplesmente achei que o nome dela fosse Margaret. Meu Deus, isso é extremamente problemático.

— Mas o testamento não pode valer, não é? — disse Harding, sem paciência. — Isso é o principal, não é?

— Tenho de consultar — respondeu o Sr. Treswick. — Meu instinto diz que sim, o testamento não vale, já que a Sra. Westaway obviamente pretendia que o legado passasse para a filha da filha dela. Mas o fato de Harriet ser citada, com endereço e tudo... que coisa... Isso está muito complicado.

— Bem — Ezra levantou e espreguiçou, Hal chegou a ouvir a coluna e os ombros dele estalando —, fizemos tudo que podíamos fazer para resolver isso por enquanto, então sugiro deixar com os advogados agora.

— Entrarei em contato com todos vocês — disse o Sr. Treswick.

Parecia muito abalado, e Hal sentiu muita pena dele quando tirou os óculos novamente para esfregar o ponto no nariz onde se apoiavam.

— Infelizmente temos muito para destrinchar dessa confusão.

— Eu sinto muito — disse Hal, e não precisou sequer fingir a tristeza do arrependimento no seu tom de voz.

Ela desejou, mais do que qualquer outra coisa, que houvesse um modo de contar a ele sobre a cumplicidade dela nisso, sem acabar como parte de um processo, mas não podia arriscar. Era melhor se ater ao falso pretexto de que aquilo era apenas um equívoco inocente, embora ela estivesse começando a imaginar quanto tempo iria durar.

— Até logo, Sr. Treswick.

— Até logo, Harriet.

Ela meneou a cabeça, levantou e ele segurou sua mão. Ela achou que fosse só apertar, mas não, ele ficou segurando, carinhosamente. Hal pensou que ele não queria que ela fosse embora. Foi aflitivo lembrar os dedos ressecados e velhos segurando os dela insistentemente, e essa lembrança permaneceu enquanto ela seguia Harding pelo corredor até a recepção, pensando... pensando.

No fim do corredor, Hal olhou para trás e viu que o advogado continuava lá parado na porta do seu escritório, olhar sombrio, e ela avaliou sua expressão enquanto entrava com Harding na recepção bem iluminada e cheia de gente.

Ela não resistiu e espiou de novo quando a porta estava fechando. Ele continuava lá, de braços cruzados e testa franzida. Hal não conseguiu evitar a ideia de que havia alguma coisa a mais que o Sr. Treswick tinha para dizer, se pudesse. Algo mais. Mas o quê?

41

— Bem — disse Harding quando saíram do escritório do advogado e pararam na rua em frente —, posso oferecer almoço para alguém? Ou talvez uma cerveja?

— Para mim, não — respondeu Ezra, olhando para o céu que estava pesado e amarelo, com promessa de neve. — Reservei a travessia de Folkestone para essa noite. Preciso voltar e começar a arrumar a mala.

— Essa noite? — Harding perguntou meio irritado e abotoou o casaco para se proteger do vento frio. — Acho que podia ter nos avisado. Duvido que a Sra. Warren fique satisfeita de vê-lo sair correndo desse jeito.

— Meu Deus! — disse Ezra.

Ele não tinha feito a barba de manhã, e a sombra dos pelos despontando descia pela garganta e por dentro da gola da camiseta. Hal notou o contraste com a beleza bem arrumada de Abel e com Harding, o boa praça de meia-idade.

— Quer, por favor, dar um tempo nessa chantagem emocional, Harding? Tenho de cuidar do meu negócio.

— Todos nós temos responsabilidades...

— Eu nem queria vir, caramba! — disse Ezra.

Havia um tom de certo perigo na voz dele, e Hal teve a impressão de que ele estava se controlando.

— Ah, pelo amor de Deus — reclamou Abel.

De repente Hal viu a imagem da raiva borbulhando por trás da fachada sorridente e tranquila, como se alguma coisa dentro de Abel chegasse ao ponto de fervura e ameaçasse o exterior bondoso e simpático.

— Não sei por que você anda agindo como se fosse o único irritado por estar aqui.

— Fique fora disso, Abel — Ezra rosnou, mas Abel balançou a cabeça.

— Não. Eu sei que Maud era sua gêmea e que isso reavivou muita tristeza em você, mas ela era minha irmã também. Você não tem o monopólio da tristeza e da criação difícil. Aliás, quer saber? Ser criado aqui foi muito mais fácil para você do que para Maud e para mim.

— O que quer dizer?

— Você era o preferido dela, e sabe muito bem disso — disse Abel com amargura.

— Se mamãe tinha um preferido, ela nunca me disse — respondeu Ezra secamente.

Abel deu risada.

— Besteira total. Você sabe que podia manipulá-la. Como a Sra. Warren também. Maud e eu éramos castigados por coisas que você também fazia e saía impune. Você sairia impune com assassinato.

— Abel, cale a boca — disse Ezra.

— Estou falando verdades que você não quer ouvir?

— Você não sabe de nada — ele enfiou as mãos nos bolsos. — Não sabe o que foram para mim os últimos anos, depois que Maud fugiu. Você vivia na cidade e passava as noites onde seu namorado do momento estivesse...

— Ah, então vai recorrer à estupidez homofóbica agora, é? — perguntou Abel.

— Não é problema nenhum você transar com quem quiser — disse Ezra com a voz ameaçadora e contida. — Só estou dizendo que você não estava aqui, por isso não venha me dizer como era.

— Crianças, crianças — disse Harding com uma risada forçada. — Já chega. Vamos parar com isso. É claro que você está certo de ir embora quando quiser, Ezra. Ninguém está dizendo o contrário. Só que seria uma boa ideia nos manter informados dos seus planos.

— Bem, no espírito de mantê-los a par, eu também devo partir essa noite — disse Abel, tremendo um pouco com o vento cortante que soprava na ruazinha estreita. — Parece que há previsão de neve e quero sair antes que fechem as estradas. Não posso ficar mais um dia sem trabalhar e... bem... preciso ver o Edward. Resolver umas coisas. Quer uma carona para Londres, Harding? Sei que a Mitzi levou o carro.

— Obrigado — disse Harding, meio tenso. — Seria ótimo.

Chegaram ao estacionamento, Abel pegou o chaveiro e apertou o controle remoto.

— E eu? — Hal disse baixinho.

— O quê? — Harding se virou para ela — Ah. Harriet. É claro. Que hora sai o seu trem?

Eu não sei. Não verifiquei os horários. Mas eu preciso...

As palavras ficaram entaladas na garganta, mas ela fez força para continuar.

— É que não tenho como ir para a estação.

— Deixo você lá no caminho — disse Ezra. — Mas quero avisar que vou sair mais ou menos às quatro. É muito cedo para você?

Ele destrancou o carro.

— Obrigada — respondeu Hal. — Pode ser a qualquer hora. Acho que tem trem toda hora até as seis.

Ezra meneou a cabeça, entrou no carro sem dizer mais nada, ligou o motor e foi embora.

Ao lado de Hal, Abel bufou exasperado vendo o carro do irmão se afastar.

— Minha nossa... Sinto muito, Hal. Eu... nós nunca nos demos bem, nós três. Somos diferentes demais, e acho que nunca superamos a infância com mamãe nos pondo uns contra os outros. Não sei o que Ezra pensa, talvez não acredite mesmo que era o preferido da nossa mãe, mas para todo mundo isso era óbvio, para ela, ele podia andar sobre as águas e ela nem tentava esconder de nós. Não teve graça nenhuma ser criado assim.

— É... sinceramente, isso não é da minha conta — Hal disse sem jeito.

— Verdade — disse Harding pondo o braço no ombro de Hal. — Acho que se há uma coisa que Harriet não precisa é levar para casa lembrança da nossa roupa suja lavada em público. Bem, minha querida, isso certamente foi muito esquisito, mas espero que agora que nossos ramos da família se encontraram, você fique em contato conosco.

— Vou sim, prometo — replicou Hal, com a sensação terrível de não ter muita escolha, depois da expressão de preocupação do Sr. Treswick quando ela se despediu.

— Agora vamos sair desse vento mortal e voltar para Trepassen para dar a notícia para a Sra. Warren — disse Harding.

42

— Onde está a Sra. Warren?

Hal ouviu ao chegar ao último lance da escada batendo com a mala nos degraus, e sentiu um certo nervosismo.

Enquanto fazia a mala, ela teve de lutar contra a vontade de jogar tudo dentro de qualquer jeito, de tão forte que foi a sensação de que a mulher podia subir a escada para um último confronto.

Fantasias estranhas passaram pela mente de Hal, de alguém pondo as barras na porta para prendê-la, ou barricando a porta no pé da escada. A despedida impaciente de Ezra, *não posso mais esperar a Harriet*. Os outros indo embora antes da neve cair, e ela sozinha na casa escura, com uma velha vingativa...

A sensação foi tão marcante que ela deixou a porta do quarto aberta enquanto arrumava a mala, para poder ouvir a bengala batendo nos degraus e, mesmo assim, lembrou da manhã em que descobriu a Sra. Warren no escuro na frente da porta e do silêncio enquanto ela subia.

A Sra. Warren era realmente a frágil idosa que todos achavam que era, ou aquela bengala era só mais uma ilusão? Qualquer que fosse a verdade, estava claro que ela era capaz de andar sem fazer barulho quando queria.

Agora Hal estava de mala feita e pronta, de casaco, o céu muito escuro indicando neve, e ela só queria dar o fora dali.

Abel e Harding estavam no hall de entrada, e Abel olhou para Hal quando ela bateu com a mala nos últimos degraus.

— Você não a viu, Hal?

— Não — ela se juntou a eles. — Não a vi mais desde ontem à noite.

Nem no café da manhã ela apareceu. O café fumegante estava sobre um protetor de cortiça quando eles chegaram, torrada e cereais na mesa e nenhum sinal da Sra. Warren.

— Ezra foi procurá-la — disse Harding. — Ele é a única pessoa que consegue sair vivo do covil dela.

Naquele instante ouviram uma porta batendo no fim do corredor e viram Ezra chegando, balançando a cabeça.

— Tentei a porta do quarto dela. Está trancada e ela não responde. Deve estar dormindo ou foi até a cidade. Você se despede dela por mim? — ele disse para Harding, que fez que sim.

— Seu eu a vir, mas vamos sair logo depois de vocês dois. Ela vai lamentar não se despedir.

— Provavelmente, mas não há o que fazer. A previsão do tempo só piora, não quero esperar. Até logo, Harding.

Eles deram um abraço constrangido, mais tapinha nas costas do que abraço, e Ezra virou para Abel.

— Tchau, Abel.

— Até logo — disse Abel. — E olha, sinto muito por ter falado daquele jeito.

— É... eu também sinto — replicou Ezra meio constrangido.

Abel abriu os braços.

— Um abraço para pôr um ponto final?

Ezra ficou totalmente sem jeito quando o irmão o abraçou, inerte e rígido, mas passou os braços em volta dele e apertou, quase sem querer.

Depois foi a vez de Hal. Ela abraçou cada um dos irmãos, sentiu a barriga de Harding por baixo do casaco, as costelas duras por baixo do suéter de Abel e o aperto surpreendentemente forte que ele lhe deu.

— Até logo, minha querida — disse Harding.

— Até logo, pequena Harriet — disse Abel. — Mantenha contato.

Hal entrou no carro de Ezra que já estava com o motor ligado. Eles partiram espantando as pegas em revoada, enquanto caíam os primeiros flocos de neve.

O início da viagem passou rápido. Hal ficou calada com a cabeça encostada no vidro, tentando não pensar no que ia fazer quando chegasse a Brighton.

Tinha uma sensação estranha. Parte era apreensão, não queria ter de encarar as escolhas diante dela quando chegasse na estação de Brighton. Talvez pudesse passar umas duas noites no apartamento; mais do que isso, os homens do Sr. Smith iam bater na sua porta.

Mas por trás das preocupações havia outra coisa que apertava seu coração quando pensava em Abel, Harding e Ezra e nos abraços deles. Era quase saudade de casa, uma vontade tão forte que parecia dor física. Mas não era saudade de qualquer lar que ela teve. Era o desejo do que poderia ter sido. Aquela existência alternativa com uma família para apoiá-la, uma rede de segurança. Jamais tinha entendido sua solidão até vislumbrar a alternativa.

Mas não podia pensar assim. O que tinha perdido nunca foi dela, e precisava ser positiva. Tinha desistido de cometer uma fraude, tinha escapado de uma situação de pesadelo. E lembrando do fio do linóleo na escada e da paranoia daquela noite horrível e agitada, pensou que estava segura. Pelo menos naquele momento.

Será que tinha acontecido mesmo? Ela ainda não sabia. Mas quanto mais pensava, mais achava que não podia ter sido um dos irmãos. Uma imagem era recorrente, a da Sra. Warren parada na frente da porta do seu quarto, sem a bengala. Ela era capaz de se mover rápido e sem fazer barulho, Hal tinha certeza disso. Podia andar sem a bengala. Não era impossível. Talvez ela tivesse escapado de coisa pior do que um processo.

O céu parecia escurecer junto com seu humor. Quando pararam na frente da estação de Penzance, a neve não estava mais derretendo e escorrendo direto no para-brisa. Quando Ezra desligou o limpador, ela começou a grudar, a marcar o vidro e a deslizar formando montinhos embaixo.

— Bem — disse Hal sem jeito —, obrigada, Ezra. Pela carona. Eu acho... isto é, suponho que isso seja um adeus...

— Eu não vou voltar, se é o que quer dizer — replicou Ezra espiando pela janela a neve caindo. — Eu fiz minha parte por Harding. Minha vida é em outro lugar agora e preciso voltar para ela, não ficar olhando para trás, para cá.

— Eu entendo isso — disse Hal.

Hal sentia o coração pesado, mas, pensando no que sua mãe fez, e Ezra também, depois que a irmã gêmea dele desapareceu, havia uma esperança. Se eles tinham conseguido deixar tudo para trás, começar de novo em outro lugar, até em outro país, no caso de Ezra, talvez ela pudesse fazer isso também...

— Bom... adeus — ela disse outra vez e abriu a porta do carro.

Saiu arrastando a mala no asfalto e não olhou para trás.

Dentro da estação estava tudo estranhamente silencioso. Havia poucos funcionários e menos ainda passageiros, tirando um casal de estudantes dormindo sobre mochilas, mas tinham apagado as luzes.

Hal ficou confusa, mas então olhou para o quadro de avisos de embarque e desembarque e seu estômago virou do avesso.

Cancelada. Cancelada. Cancelada.

Todos os trens. Londres. Exeter. Plymouth. Nada.

Ela correu no piso escorregadio e tocou no braço de um dos atendentes da estação.

— Com licença. O que está acontecendo? Por que os trens foram cancelados?

— Você não soube? — indagou o homem, espantado. — Nevasca na costa. Bloqueio na linha perto de Plymouth. Nenhum trem passa até limparem os trilhos, e isso não vai acontecer hoje.

— Mas... — Hal ficou mais pálida. — Mas... eu não tenho para onde ir. Preciso pegar o trem.

— Nenhum trem sai hoje — o homem repetiu com firmeza, balançando a cabeça. — E provavelmente nem amanhã.

— Merda.

Antes de resolver o que ia fazer, Hal pegou a mala pesada e foi escorregando e deslizando até a entrada da estação onde Ezra a tinha deixado.

— Ezra! — ela gritou.

A neve era quase só água suja, mas mesmo assim emperrava as rodinhas da mala, atrasando seu progresso.

— Ezra, espere!

Mas o carro dele não estava mais lá.

Ela ficou parada, vendo a neve cair, lutando contra o pânico que se apossava dela. O que podia fazer? Telefonar para Harding? Mas ele e Abel já deviam ter saído, na direção oposta.

Não ia adiantar pegar a carteira, ela sabia o que tinha, umas poucas moedas de libra e um passe de ônibus vencido.

Estava sozinha, sem dinheiro, numa cidade estranha e com a temperatura caindo. O que podia fazer?

Ela se abaixou equilibrada na ponta dos pés, cruzou os braços nas pernas dobradas e encostou a testa nos joelhos, encolhendo o máximo possível, como se quisesse guardar cada partícula de calor que ainda tinha no corpo trêmulo e conter fisicamente o medo que não parava de aumentar.

Ainda estava lá na neve, de cócoras, agarrada à mala como se fosse a única coisa capaz de dar segurança, quando ouviu uma buzina. Ela ficou de pé de um pulo e quase escorregou na neve.

Já estava muito escuro, escuro demais para avistar qualquer coisa além da luz de faróis e ouvir o ronco de um motor.

Foi com uma onda de alívio que ela ouviu o barulho da janela elétrica e da voz irônica de Ezra.

— Que diabo você está fazendo aí encolhida na neve que nem a pequena vendedora de fósforos?

— Ezra!

Hal foi até o carro escorregando na neve.

— Ah, Ezra, estou muito feliz de vê-lo! O que está fazendo aqui?

— Tive de dar a volta. Mas a questão é o que você está fazendo aqui?

— A linha está fechada. Nenhum trem funcionando. Pensei que estava abandonada.

— Hummm... — agora ela podia ver o rosto dele com a luz do painel do carro, cenho franzido, pensando. — Isso é um problema... é melhor você entrar aqui.

— Mas para onde vai me levar?

— Vamos resolver isso. Posso deixá-la em Plymouth, se houver trens lá. Ou então... você mora em Brighton, não é?

Hal fez que sim com a cabeça.

— Não fica milhões de quilômetros fora do meu caminho, se for o único jeito.

— Sério? — Hal sentiu nova onda de alívio. — Mas... mas não posso pedir que você faça isso, Ezra. E não tenho dinheiro para pagar a gasolina.

Ele só balançou a cabeça.

— Quer fazer o favor de entrar no carro? Está impossível aí fora. E é melhor irmos logo.

43

Ezra dirigia em silêncio, e a neve foi engrossando à medida que avançavam lentamente rumo ao norte. Logo as estradas rurais de mão dupla ficaram cobertas de branco, e Ezra reduzia a velocidade até quase parar quando entrava nas curvas fechadas. Só andavam um pouco mais nas estradas principais onde os caminhões já tinham cavado rieiras escuras na neve.

Perto de Bodmin Moor, a neve engrossou mais ainda e a condensação começou a embaçar o para-brisa mesmo com o aquecimento. Mais adiante o trânsito ficou lento, os motoristas diminuíam a velocidade porque a visibilidade piorou e a neve acumulava na beira da estrada. Ezra começou a tamborilar na direção, e Hal viu que ele franzia a testa, as sobrancelhas escuras quase juntas, e olhava para o para-brisa cheio de neve, depois para o velocímetro que marcava sessenta quilômetros, para o relógio e de novo para o para-brisa.

Então ele pegou a pista da esquerda e ligou o pisca-pisca.

— Vamos parar? — perguntou Hal, surpresa.

Já passava das seis. Estavam na estrada havia quase três horas. Ezra fez que sim com a cabeça.

— Vamos. Meus olhos estão cansados. Acho melhor parar e tomar um café... talvez comer alguma coisa. E torcer para o tempo melhorar quando pegarmos a estrada de novo. Talvez venham salgar a neve nesse meio tempo, pelo menos.

O desvio de acesso estava branco com marcas dos pneus de motoristas que tiveram a mesma ideia. Ezra entrou lentamente e estacionou numa vaga perto do posto de gasolina. Hal desceu do carro, esticou as pernas e olhou para o céu escuro com os flocos de neve caindo. Em Brighton, a neve costumava derreter logo e ela não se lembrava da última vez que tiveram tanta neve assim.

— Vamos — Ezra encolheu os ombros no casaco —, não fique aí parada, você vai congelar. Vamos entrar.

O posto estava tranquilo, cheio de mesas vazias ainda com restos dos clientes anteriores e não tinha fila. Hal tentou pagar o café, mas Ezra balançou a cabeça e botou seu cartão em cima do balcão.

— Não seja boba. Você não precisa ser... — ele parou, constrangido.

— O quê? — perguntou Hal, na defensiva.

Ezra levou os cafés para uma mesa antes de responder.

— Você é jovem — ele disse. — E sem dinheiro. Os jovens não deviam pagar os drinques. Acredito muito nisso.

Hal deu risada e aceitou a xícara dele.

— Não está ofendida? — ele perguntou bebendo seu café.

Hal balançou a cabeça.

— Não, eu sou jovem e estou dura. Não posso me ofender com a verdade.

— Graças aos céus posso tomar um café decente depois da água suja da Sra. Warren — disse Ezra com um sorriso seco, de lado.

Os dois beberam o café em silêncio, então ele falou outra vez.

— Só queria dizer que... eu não condenaria você. Se já soubesse.

O coração de Hal desacelerou e ela botou seu cappuccino na mesa.

— O que quer dizer? — ela perguntou.

— Esqueça — respondeu Ezra.

Ele tomou mais um gole de café. Hal viu os músculos da garganta dele mexendo por baixo da barba por fazer.

— Isso não é da minha conta. Eu só disse... — ele parou outra vez, bebeu mais café. — Se você já sabia... que sua mãe não era... eu não condenaria você por não ter dito logo.

— Não sei o que quer dizer — disse Hal, mas sentiu o sangue subindo do peito para o pescoço e o rosto, uma inundação de culpa, como uma onda de vergonha.

— Tudo bem, então — disse Ezra.

Ele ficou vendo a neve cair através da janela, sem olhar para ela de propósito, para Hal ter tempo de se recompor.

— Então... — ele falou depois de uns minutos, ainda olhando para a noite lá fora. — Você é filha da Maggie. Eu ainda estou me acostumando com isso. Você sabia... sabia que ela viveu aqui um tempo? Conosco, quero dizer.

Hal foi pega desprevenida.

— Antes de vir para cá, eu não sabia disso. Mas Abel me contou de uma prima Maggie. Foi isso que me fez juntar os pontinhos depois. Gostaria que ela tivesse falado de Trepassen para mim.

Ele virou para ela, olhos nos olhos. Os dele escuros e cheios de simpatia.

— Não foi um tempo feliz para nenhum de nós. Entendo o fato de ela querer esquecer.

— Ezra... — Hal sentiu um nó na garganta e respirou fundo. — Ezra, posso perguntar uma coisa?

Ele fez que sim, intrigado, e Hal tirou a lata com o baralho do tarô do bolso. Dentro da lata estava a fotografia que Abel lhe dera, dobrada ao meio. Ela desdobrou com cuidado e viu Ezra abrir um sorriso ao reconhecer, mas havia tristeza nos olhos dele também. Ele estendeu a mão e tocou no rosto da irmã suavemente, como se ela pudesse sentir através do papel.

— Ezra, você... você sabe quem tirou essa foto?

Ele olhou para ela como se estivesse longe e se esforçasse para trazer os pensamentos para o presente.

— Desculpe, o que você disse?

— Quem tirou essa foto?

— Acho que não lembro — ele disse devagar. — Por que pergunta?

— Porque... — Hal respirou fundo. — Porque eu acho... eu acho que ele pode ser meu pai.

Aquelas palavras pareciam uma confissão, e ela sentiu que liberava uma tensão que nem sabia que tinha, mas não provocaram nenhuma reação em Ezra, ele só continuou a olhar para ela confuso.

— Por que diz isso?

— Eu achei o diário da minha mãe — Hal respondeu. — Ela fala desse dia, da pessoa que estava tirando a foto. É tudo que sei sobre ele... Isso e que ele tinha olhos azuis.

— Olhos azuis? — disse Ezra e franziu a testa de novo, sem entender a lógica. — Mas os seus são escuros. Como chegou a essa ideia?

— Está no diário também — respondeu Hal.

Era tão bom desabafar com alguém que as palavras saíam aos borbotões, na ansiedade de explicar.

— Uma frase que ela escreveu, os olhos azuis dele encontrando os dela, escuros. E ela menciona alguém chamado Ed, diz que ele estava lá no dia em que tiraram essa foto. Perguntei para Abel, mas ele disse que não havia mais ninguém lá além de vocês quatro... mas...

Ela parou de falar porque a expressão de Ezra tinha mudado. Agora ele parecia muito presente e tinha algo mais que Hal não sabia bem o que era. Talvez um certo medo.

— Mas isso não é verdade — ele disse, bem devagar.

Hal meneou a cabeça e esperou.

— Meu Deus — disse Ezra cobrindo o rosto com as mãos. — Abel, o que você fez?

— E então... ele estava mentindo?

— Estava. Mas não sei por que o protegeria.

— Proteger quem? — perguntou Hal.

Ela achava que já sabia, mas precisava ouvir o nome dito por alguém que estava lá, alguém que tivesse certeza.

— Edward.

Hal ficou zonza como se estivesse no brinquedo twister do píer em Brighton e fosse arremessada sobre o mar em uma daquelas voltas de tirar o fôlego.

Então era verdade. E muito estranho. Todas as peças apontavam para ele, o nome no diário, os olhos azuis... no entanto... ela não sentia nenhuma ligação com ele. Agora que Ezra tinha confirmado suas suspeitas, sentia apenas uma espécie de náusea.

Ele é o meu pai, pensou, tentando tornar real. *Edward é meu pai. Mas por que minha mãe mentiu sobre isso todos aqueles anos?*

Por que ela não disse nada? Abel devia saber a verdade, afinal — ou pelo menos desconfiar —, senão, por que ia mentir para proteger seu namorado das perguntas de Hal?

Mas por que mentir? Por que Edward ocultaria sua identidade da própria filha?

A não ser que... a não ser que estivesse escondendo mais alguma coisa...

— Edward — disse Hal com a boca seca. — Ele estava aqui, com certeza? Foi ele quem tirou essa foto?

Ezra fez que sim com a cabeça.

— Então ele é meu... — mas ela não conseguiu dizer a palavra em voz alta.

Hal fechou os olhos, apertou os dedos nas têmporas e tentou visualizá-lo. Não havia nada dela no rosto dele, mas talvez isso não fosse tão surpreendente assim. Ela abriu os olhos, olhou para a fotografia na mesa e foi seu rosto que viu, no rosto da mãe. Era filha dela, em tudo.

Era como se sua mãe tivesse apagado o DNA do pai por pura força de vontade.

— Hal... não faça isso — disse Ezra, constrangido.

Ele pareceu muito desconfortável e mal preparado para ter aquele tipo de conversa, e Hal percebeu que ele faria qualquer coisa para levantar e ir embora dali, mas reunia forças para ir com isso até o fim.

— Não tire conclusões precipitadas, é só uma foto...

Mas Hal tinha passado muito tempo lendo o diário, tempo demais esmiuçando cada linha, para acreditar nele. Era a única forma de ter sentido. Edward — o homem tirando a foto — era seu pai. E por algum motivo Abel estava desesperado para esconder esse fato. Desesperado o bastante para contar uma mentira mesmo sabendo que teria perna muito curta.

— Não entendo — disse Hal reparando que estava espremendo o copo de papel com o café e relaxando a mão. — Por que ele mentiria?

— Eu não sei.

Ficaram um tempo em silêncio, então Ezra fez um esforço e botou a mão no ombro de Hal.

— Hal, você está bem?

— Não sei — ela sussurrou.

Ele ficou um tempo com a mão no ombro dela, Hal sentiu o calor dos seus dedos através do casaco e uma grande vontade de chorar no ombro dele. Ficaram em silêncio enquanto ela tentava se controlar.

Então Ezra tirou a mão e o momento se desfez. Ele pegou o copo de papel e bebeu o café.

— Eu gostaria de uma bebida agora. Seria capaz de matar por uma taça de vinho.

— Tem um restaurante no outro lado — disse Hal, mas ele balançou a cabeça.

— Melhor não. Estou muito cansado. Mas nada impede você de beber, se quiser.

— Não quero — replicou Hal. — Beber, quero dizer.

Ezra pegou o café e bebeu outra vez, olhando para ela com seus olhos escuros. Eram quase pretos, castanho tão escuro que a pupila e a íris pareciam uma coisa só.

— Qual é a história por trás disso?

— Nenhuma história — ela disse automaticamente, se defendendo, então se sentiu mal.

Não havia mais necessidade de esconder a verdade, não tinha sentido ocultar suas cartas. Esse homem tinha sido bondoso, disse a verdade quando os outros mentiram e estava indo além do seu dever para levá-la para casa. Ela devia retribuir a sinceridade dele.

— Bem, para ser franca, tem uma história sim. Isto é, não estou no AA nem nada parecido, mas eu descobri... depois que minha mãe morreu. Beber deixou de ser diversão. Virou... um jeito de aguentar, por um tempo. E eu não gosto de muletas.

— Eu compreendo isso — disse Ezra baixinho.

Ele ficou olhando para o copo de papel como se estudasse alguma coisa no fundo.

— Maggie sempre foi independente. Acho que ela não gostava de morar conosco por causa disso. Foi uma espécie de caridade, suponho, e mamãe nunca deixou que ela esquecesse. Havia sempre a sensação de que ela precisava merecer seu lugar sendo grata, ou algum tipo de besteira assim.

— Como... — Hal sentiu um nó na garganta. — Como era ela, Ezra, quando você a conheceu?

Ezra sorriu. Não olhou para Hal, mas havia certa tristeza na expressão dele, rodando o café no copo, pensativo.

— Ela era... ela era divertida. Generosa. Eu gostava muito dela.

— Ezra, você acha... — ela engoliu em seco, de repente quis muito aquela taça de vinho, talvez tanto quanto Ezra. — Você acha que eu devo... falar alguma coisa? Para o Edward?

— Não sei — respondeu Ezra, muito sério.

— Por que ele não disse nada?

— Acho que ele não deve saber.

— Mas ela sabia. Minha mãe, quero dizer. Por que ela não contaria?

— Hal, eu não sei — disse Ezra, tentando controlar a emoção, sem sucesso. — Olha, Hal, normalmente eu não interferiria, mas não posso deixar... o que estou tentando dizer — ele passou a mão no cabelo —, Harriet — ela ficou apreensiva quando ele usou o nome dela —, é por favor, por favor, deixe isso para lá.

— Deixar para lá? O que quer dizer?

— Deixe quieto. Está no passado. Sua mãe obviamente não contou para você de propósito, e eu não sei por que ela resolveu manter isso em segredo, mas deve ter tido seus motivos e deviam ser bons motivos.

— Mas... — Hal se inclinou para a frente. — Mas você não entende? Eu preciso saber. Estamos falando do meu pai. Não acha que tenho o direito de saber?

Ezra não respondeu.

— E não é só minha mãe, é... é tudo. O que aconteceu com a Maud? Por que ela e minha mãe fugiram juntas, e por que Maud desapareceu?

— Hal, eu não sei — respondeu Ezra, impaciente.

Ele levantou e foi até a parede de vidro na frente do posto de gasolina, uma silhueta contra a neve que caía e as luzes do estacionamento. Tinham diminuído a iluminação da praça de alimentação, e Hal teve a impressão de que iam fechar.

— Maud está morta? — ela insistiu. — Está se escondendo?

— Eu não sei! — exclamou Ezra, um grito que parecia de fúria.

Do outro lado do salão, um menino de tabardo parou de varrer e olhou para eles, confuso e assustado.

Hal sentiu um certo medo, mas então Ezra apoiou a testa suavemente no vidro e encolheu os ombros num gesto de desespero, e ela entendeu.

Ela estava tão obcecada com sua necessidade de obter respostas que tinha esquecido que aquele passado era dele também. Maud era a irmã gêmea, a pessoa mais próxima dele no mundo, que o tinha cortado também, sem explicação, e desaparecido. E ele estava vivendo com essa incerteza durante o mesmo tempo que Hal vivia com a dela.

— Ah, meu Deus, Ezra — ela levantou e foi até ele, estendeu a mão, mas mudou de ideia, sem coragem de encostar nele. — Desculpe, eu não pensei... ela é sua irmã... você deve...

— É saudade demais — ele disse com uma angústia na voz que Hal nunca ouvira antes, um sentimento profundo que ela não esperava considerando o comportamento habitual dele, seco e sarcástico. — Meu Deus, a falta que ela faz é como um buraco em mim. E sinto muita raiva. O tempo todo.

De repente Hal entendeu de onde vinha a leveza de Ezra, o sarcasmo, o sorriso seco que sempre pairava nos lábios. Ele ria porque, se não risse, alguma coisa dentro dele ia se soltar, a fúria da perda que ele sufocava havia vinte anos.

— Sinto muito — Hal sentiu um nó na garganta.

Ela pensou na mãe, na fúria que sentiu quando ela foi vitimada daquele jeito, tão de repente, tão sem sentido. Mas pelo menos ela sabia. Pelo menos pôde acariciar o cabelo da mãe, enterrá-la, se despedir. Pelo menos sabia o que tinha acontecido.

— Quando soube do acidente com o carro, eu pensei... — Ezra parou de falar, deu um suspiro trêmulo e continuou. — Pensei, então é isso, eu sabia o que tinha acontecido, e por mais que doesse saber que nunca mais ia vê-la, pensei que se ao menos nós... se nós soubéssemos...

Hal entendeu melhor o que tinha feito com aquela família com seu embuste, que tinha crescido mais do que pretendia. O que tinha feito com Ezra, aquele homem diante dela que resistia a uma tremenda dor.

— Sinto muito — ela murmurou outra vez, sentou à mesa de novo, na cadeira dura de plástico, e apoiou a cabeça nas mãos, desejando poder expressar o quanto sentia. — Ezra, eu... eu sinto demais.

— Eu fico furioso com esse desperdício. Maggie. Maud. Destruída na frente da própria casa... que desperdício de vida.

— Ezra...

— Tudo bem — ele disse.

Pela voz e pelo jeito que ele passou a manga do casaco nos olhos, Hal sabia que não estava tudo bem. Ele suspirou e virou para ela, conseguiu até esboçar um sorriso torto.

Do outro lado da praça de alimentação, o menino varria de novo e os atendentes do balcão de pratos quentes tinham apagado as luzes.

Hal não conseguia falar, mas meneou a cabeça. Ezra fechou os olhos por um instante, e ela sentiu vontade de abraçá-lo, de dizer que tudo ficaria bem, que descobririam a verdade sobre a irmã dele, mas sabia que não podia fazer isso. Não podia prometer nada.

— Devido ao mau tempo — o aviso com som metálico nos alto-falantes ecoou nas vigas do teto e quebrou o silêncio deles — e aos bloqueios nas estradas, esse posto será fechado em trinta minutos por motivos de saúde e de segurança. Pedimos que todos os clientes efetuem suas compras e retornem aos seus veículos nos próximos trinta minutos. Pedimos desculpas por qualquer inconveniência.

— Bem... — Ezra pigarreou e pegou o casaco do encosto da cadeira de plástico. — Nós devemos ir mesmo, já está ficando tarde e temos um longo caminho pela frente. Você quer mais alguma coisa?

Hal balançou a cabeça.

— Vou pegar sanduíches para nós, não teremos tempo de parar novamente.

Lá fora a neve não parava de cair, aliás, só aumentava. Ezra balançou a cabeça quando entraram no carro esporte e prenderam os cintos.

Rodaram em silêncio uns vinte minutos. As estradas não tinham muito trânsito, mas, com a visibilidade diminuindo, os carros iam mais devagar. Alguns quilômetros adiante Hal estendeu a mão, tocou no braço de Ezra e ele fez que sim com a cabeça.

— Eu vi.

Era uma longa fila de luzes vermelhas de carros parados ao longe, uma visão não muito clara por causa da neve. Ele foi freando, reduzindo a marcha quando alcançou o engarrafamento e pararam completamente, as luzes amarelas de alerta piscando em volta quando os carros chegavam e sinalizavam o problema.

Ezra puxou o freio de mão e ficou olhando para longe. Hal também ficou pensativa, lembrando da conversa no posto de gasolina. Depois do que pareceu muito tempo, mas que podia ter sido entre cinco e vinte e cinco minutos, um motorista lá na frente meteu a mão na buzina, um toque longo e triste, como uma sirene de nevoeiro soando entre as colinas, depois outro acompanhou, e mais um.

Ezra olhou para o relógio, de novo para a fila de carros parados e tomou uma decisão.

— Eu vou voltar — disse ele. — Devem ter fechado a estrada no brejo. Vamos tentar via St. Neot. A neve pode estar pior, mas esse engarrafamento não vai a lugar nenhum. Acho que podemos ganhar tempo.

— Ok — replicou Hal.

Quando ele deu a volta do jeito que pôde, alguns buzinaram e logo voltavam lentamente pela estrada por onde tinham vindo, para longe de Bodmin.

Hal bocejou. O carro estava quente, o aquecimento confortável, ela tirou o casaco e embolou para ajeitar entre a cabeça e a janela. Fechou os olhos e adormeceu.

—⁂—

Teve sonhos perturbadores, um emaranhado confuso de fugas pelos longos corredores de Trepassen com as batidas ameaçadoras da bengala da Sra. Warren no seu encalço, e, por mais que corresse, não conseguia despistá-la. Depois estava novamente no topo da escada e, mesmo sabendo que o barbante estava esticado ali, ela tropeçou e caiu, olhou para trás e viu Edward parado lá no alto, rindo dela. Ela teve tempo de pensar, *eu vou morrer*, mas, quando caiu, não foi com pancada de ossos quebrados que temia, ela caiu na água gelada cheia de folhas e de insetos mortos. Voltou à tona e sentiu o cheiro da casa de barcos, o odor da água parada e da madeira podre, o limo das folhas embaixo e em volta dela enquanto se debatia na água congelada.

Socorro! Hal tentou gritar, mas a água gelada a envolveu e ela engasgou.

Acordou com o choque, coração acelerado, no escuro, e por um segundo não conseguiu lembrar onde estava, mas logo viu. Estava no carro de Ezra. Eles estavam no acostamento de uma estradinha bem deteriorada. A neve continuava caindo e Ezra tinha desligado o motor.

— Paramos de novo? — Hal tinha a boca seca e a voz saiu rouca.

— Temo que sim — disse Ezra, aborrecido.

Ele esfregou os olhos, também estava cansado.

— Essa merda dessa neve. Sinto muito, não vamos conseguir passar. São mais de oito horas e não chegamos nem a Plymouth.

— Ah, meu Deus, sinto muito. E a sua travessia?

Ezra balançou a cabeça.

— Não vou conseguir de jeito nenhum. Liguei para lá e eles disseram que posso pagar uma taxa para transferir a passagem para amanhã.

— Então... o que vamos fazer?

Ezra não respondeu logo, só indicou com a cabeça o caminho por onde tinham vindo. Hal mordeu o lábio. A neve continuava caindo, batia suavemente no para-brisa.

— Desculpe — disse Ezra, ao ver a expressão dela. — Cheguei a pensar em insistir, pelo menos até Brighton, mas estou cansado demais, e é muito perigoso, nenhuma dessas estradinhas recebeu cascalho.

— Então... vamos voltar? — ela engoliu em seco — Para... para Trepassen?

— Acho que é o jeito. Não vai demorar tanto voltar, as estradas para o sul estão bem tranquilas. Podemos tentar de novo amanhã.

— Ok — disse Hal.

Ela sentiu alguma coisa mudar por dentro só de pensar em voltar para a casa fria e com a Sra. Warren na cadeira de balanço ao pé do fogo, mais uma vez a dona de tudo que supervisionava. Não era uma visão agradável. Mas qual seria a alternativa? Um B&B? Ela não tinha dinheiro para pagar um quarto e não podia pedir para Ezra pagar.

— Ok — ela repetiu, tentando soar e se sentir mais positiva. — Voltar para Trepassen, que seja.

— Não seremos muito bem recebidos — disse Ezra ligando o motor que roncou no silêncio —, mas pelo menos não vamos congelar.

44

Voltar para Trepassen era estranho, como botar de novo nas costas a mochila pesada que tinha largado algumas horas antes, com as bolhas das alças ainda queimando na pele. Ou como calçar outra vez o sapato molhado e pegajoso que tinha ficado, nesse ínterim, totalmente asqueroso.

O portão da estrada ainda estava aberto, mas subindo para a casa Hal viu que a brancura da neve no longo caminho não tinha marca nenhuma. Nenhum carro havia passado ali por muitas horas. Ou Abel e Harding tinham achado melhor não sair, ou então saíram logo depois de Hal e Ezra e não tinham voltado.

— Não tem nenhuma luz acesa — disse Ezra baixinho quando chegaram à última curva. Era difícil ver as pedras brancas que marcavam a borda do caminho, exceto onde havia árvores protegendo da neve, e ele teve de reduzir muito a velocidade para não derrapar para fora da estrada. — A Sra. Warren deve estar na cama.

Ótimo, pensou Hal, mas não disse nada.

Estacionaram na frente da varanda, Ezra desligou o motor e os dois ficaram um tempo quietos. Hal visualizou dois atletas antes da luta, enfaixando as mãos, botando o protetor bucal. Só que a luta dela não era contra Ezra.

— Preparada? — ele disse, e deu uma risada.

Hal não sorriu. Só fez que sim com a cabeça e os dois encararam a neve.

A porta estava trancada, mas Ezra levantou uma das pedras chatas que formava o banco interno da varanda e, embaixo dela, Hal viu uma chave enorme e preta, uma coisa de outra era, com pelo menos doze centímetros de comprimento. Ele enfiou na fechadura, girou com cuidado e eles entraram na casa escura.

— Sra. Warren? — Ezra chamou baixo, não teve resposta, ele chamou mais alto. — Sra. Warren? Sou eu, Ezra.

— Você acha que Abel e Harding foram embora? — Hal sussurrou e Ezra fez que sim.

— Harding mandou mensagem de texto quando você estava dormindo. Eles passaram por Bodmin Moor antes de fecharem a estrada e se hospedaram em uma pousada.

— Eu sinto muito — disse Hal se sentindo culpada. — A culpa é minha... se você não tivesse ido via Penzance...

— Não adianta chorar sobre o leite derramado — replicou Ezra, mas a raiva contida que Hal tinha visto antes havia desaparecido e o tom dele era de resignação. — Olha, Hal, está muito tarde e não sei você, mas eu estou morto. Tudo bem se eu for para o quarto?

— Claro que sim — disse Hal. — Vou para a cama também.

Houve um breve silêncio, então Ezra puxou Hal num abraço desajeitado, quase apertado demais, ela raspou o rosto no casaco dele e sentiu os ossos doloridos.

— Boa noite, Hal. E amanhã...

Ele parou.

— Amanhã? — Hal ecoou.

— Vamos sair o mais cedo possível, ok?

— Ok — ela concordou.

Subiram juntos o primeiro lance da escada, depois do patamar, foi cada um para um lado.

—⁀‿⁀—

Hal abriu a porta do quarto no sótão e viu que estava exatamente como tinha deixado, cortinas abertas com a luz pálida da neve entrando pela grade da janela, cama desarrumada e até a lâmpada queimada no topo da escada.

Havia alguns pedaços de carvão no balde. Hal estava tranquila porque sabia que não ia ficar ali muito tempo na manhã seguinte para encarar a censura da Sra. Warren, então amassou uma folha de jornal, botou o carvão na lareira e acendeu com um fósforo.

Enquanto o fogo pegava, ela sentou encolhida na frente e pensou na mãe ali muito tempo antes, rasgando as folhas do diário, e em tudo que tinha descoberto lendo aqueles registros.

Edward. Será que era verdade?

Devia ser, mas quando pensava nele, no cabelo louro, no bigode bem cuidado, não sentia nada. Nenhuma ligação. Só raiva do homem que engravidou sua mãe e depois a abandonou, ignorou suas cartas e a deixou à mercê de uma mulher como a Sra. Westaway.

Uma parte dela queria deixar tudo aquilo de lado e seguir em frente. Mas as perguntas ainda incomodavam. Por que Abel tinha mentido tão abertamente? Será que apostava que ela não ia perguntar as mesmas coisas para Ezra?

Ah, se a mãe dela não tivesse riscado todas as menções ao nome do seu pai no diário...

Hal ficou olhando para o fogo, cansada demais para levantar e ir para a cama. Não estava mais raciocinando, tinha a estranha sensação de que aquela história tinha dado uma volta completa, pondo ela ali no lugar da mãe, onde a própria Maggie tinha estado tanto tempo atrás, vendo as chamas transformando o nome do namorado em cinzas, para que ela, Hal, pudesse descobrir a verdade oculta. Mas que verdade era essa?

Não era só o nome do pai dela.

Havia mais alguma coisa que Ezra tinha dito e que a incomodava, e que agora ela não conseguia lembrar. Foi na conversa que tiveram no posto de gasolina? Ela buscou na memória tudo que ele tinha dito, mas o que quer que fosse, escapava sempre, uma verdade sutil demais que passava despercebida.

Finalmente ela levantou, esticou as pernas e sentiu o ar frio do quarto no rosto aquecido pelo fogo. A mala estava no pé da cama. Ela pegou a lata de tabaco, abriu e tirou as cartas. Tremendo um pouco, cortou o baralho.

A carta que abriu era da Lua, invertida.

Hal franziu a testa. A Lua era intuição, confiar na sua intuição. Era uma luz guia sem garantia, porque nem sempre aparecia e às vezes, quando mais precisávamos dela, a noite revelava uma escuridão impenetrável.

Invertida significava engano, especialmente autoengano. Uma intuição com a qual nos perdíamos, éramos levados por caminhos falsos.

Não caia na armadilha de acreditar nas próprias mentiras... a voz da mãe alertando, sempre alertando. *Você quer acreditar exatamente como eles querem.*

E ela queria mesmo. Queria acreditar. Depois da morte da mãe, ela lia as cartas noite após noite, tentando encontrar algum sentido, procurando respostas que não existiam. Passou horas com as cartas da mãe, passando a mão nelas, em busca de um significado.

Mas havia sempre aquela voz de ceticismo, a voz da mãe. *Não existe sentido além do que você quer ver, e do que você tem medo que apareça.*

Ela cobriu as orelhas com as mãos, como se pudesse calar aquela voz que sussurrava bom senso e lógica.

Quando sua mãe tinha se tornado tão cínica?

A menina do diário, com aquela superstição e leitura compulsiva das cartas, era uma pessoa diferente da mulher que ia todos os dias ao píer ler as cartas para tolos e desconhecidos. O tarô era um ofício para a mãe de Hal, nada além disso. Uma coisa que ela fazia bem, mas sem acreditar, apesar do seu discurso convincente para as pessoas, e ela nunca escondeu esse ceticismo de Hal. Como é que aquela menina de coração aberto, que questionava tudo, tinha se transformado na mulher desiludida da qual Hal se lembrava?

Elas não são mágicas, meu amor, ela disse para Hal, um dia. Hal devia ter quatro ou cinco anos. *Você pode brincar com elas quanto quiser. São apenas imagens bonitas. Mas as pessoas gostam de fingir que a vida tem... um significado, eu acho. Para se sentirem felizes, para pensar que fazem parte de uma história maior.*

Hal, confusa, tinha perguntado por que as pessoas a procuravam todos os dias. Por que pagavam se nada daquilo era verdade? *É como assistir a uma peça de teatro*, ela explicou. *As pessoas querem acreditar que é verdade. Minha função é fingir que é.*

A menina do diário não estava fingindo. Ela estava apaixonada, pelo poder das cartas e pelo poder do destino. Ela acreditava. O que tinha provocado a mudança? O que tinha acontecido para fazer com que ela deixasse de acreditar naquele poder?

Tem alguma coisa que não estou vendo, pensou Hal. Ela pegou a carta da Lua e olhou fixo para ela, para o rosto escuro na esfera brilhante. Estou deixando passar alguma coisa.

Mas não chegou a conclusão nenhuma, então guardou as cartas e deitou embaixo das cobertas, vestida como estava, para tentar dormir.

Quase adormecendo, já naquela terra de ninguém entre o sonho e a realidade, com desenhos do fogo projetados nas pálpebras, surgiu uma imagem.

Um livro. Um livro amarelo sem título na lombada.

Não era dela e não sabia de onde vinha, mas era familiar... Tinha visto aquele livro antes. Onde?

Hal sentou, sentiu o frio do quarto na nuca e apertou os olhos tentando lembrar onde o tinha visto, por que seu subconsciente estava se manifestando agora.

Tinha quase desistido, já ia deitar e responsabilizar a imaginação cansada, quando recuperou algo da memória. Não uma imagem, um cheiro. O cheiro de poeira, de teias de aranha, de couro velho. A sensação de um plástico grosso e grudento entre os dedos. E a lembrança veio.

Foi naquela primeira manhã em Trepassen. O estúdio, congelado no tempo, e o livro na prateleira do alto que ela começou a examinar e foi interrompida.

As fotografias. Talvez mostrassem alguma coisa que faltava. Edward, talvez, quando era jovem. Ou até a mãe dela.

E mais do que as fotos, a pegada na poeira.

Alguém, naquela primeira manhã em Trepassen, ou talvez uma semana antes, esteve naquele escritório vendo as fotos. Pode ter sido nostalgia, mas Hal achava que, de todas as pessoas que conhecia, os Westaway não tinham nenhuma célula de nostalgia em seus corpos. O passado para eles não era um lugar feliz, cheio de lembranças de ouro, e sim um campo minado carregado de sofrimento. Não. Se Abel, Ezra, Harding, Edward ou qualquer um dos outros tivesse pegado aquele álbum, devia ter sido por algum outro motivo, muito prático. E de repente Hal quis muito saber que motivo era esse.

Havia alguma coisa naquele álbum que alguém quis ver, ou verificar, ou remover. Mas por quê?

E se Ezra e ela fossem embora cedo de manhã, ela provavelmente não teria outra chance de descobrir.

Ela passou as pernas para o lado da cama, vestiu o casaco e enfiou os pés nos sapatos frios. Então abriu a porta do quarto e desceu a escada na ponta dos pés.

Parou no primeiro patamar e prestou atenção, mas não ouviu nenhum ronco. Se Ezra estava dormindo, e devia estar, porque parecia tão exausto que seria capaz de adormecer em pé, ele não roncava.

Ela chegou ao hall de entrada, no escuro.

Hal não teve coragem de acender a luz, mas a casa não era mais o labirinto desconhecido daquele primeiro dia, e não precisava da luz, a que entrava pelas janelas altas do hall bastava para ela passar pela sala de estar, pela biblioteca, pela sala de bilhar e a sala das botas. Ela empurrou uma porta, à esquerda ficava a sala de desjejum ainda com os pratos usados sobre a mesa. A visão fez Hal parar de repente. A Sra. Warren tinha feito alguma arrumação desde a saída deles? Mas não podia parar para pensar nisso agora.

O caminho agora era a parte mais perigosa, porque passava pela sala de estar da Sra. Warren, e Hal não tinha ideia de onde ela dormia. Se é que dormia. Ela não se surpreenderia se a mulher ainda estivesse acordada à meia-noite, na sua cadeira de balanço diante da lareira.

O chão de pedra do jardim de inverno era frio e barulhento demais para arriscar. Mas não podia evitar, era o único caminho para o escritório, ou pelo menos o único que Hal conhecia. Então ela se abaixou, tirou os sapatos e, pé ante pé, foi pelas pedras geladas, se encolhendo com a friagem que entrava pelas solas dos pés.

Passou sem problema e chegou ao pequeno vestíbulo do outro lado, diante da porta do estúdio.

Quando entrou, Hal teve pela segunda vez a sensação de ter voltado no tempo. Sentiu a maciez da poeira dos anos no assoalho, pisou no carpete gasto e amassou com os pés os insetos minúsculos e as folhas levadas pelo vento.

O escritório estava escuro e Hal precisou tatear para acender a luminária de mesa com cúpula verde. Era muito antiga, com borda de cordão e tecido, devia ser de antes da guerra, pelo menos, mas, quando achou o interruptor de latão, acendeu imediatamente e iluminou o cômodo com um brilho verde suave.

Lá estava a escada, intocada desde sua última visita, com as pegadas nos degraus bem visíveis. E lá em cima estava o livro que tinha posto no lugar às pressas, ainda torto e fora da linha dos outros.

Com o coração na boca, Hal pôs o pé no degrau da escada, em cima da pegada da outra pessoa, foi subindo, subindo, até encostar a mão na lombada amarela macia, e desceu com o livro no braço.

Ela sentou na poltrona e virou a luminária para o livro. Então, com uma sensação quase de medo, abriu o álbum.

As fotos eram nítidas e bem antigas, como Hal lembrava. Harding bebê, com dobrinhas de gordura no pescoço, com seu suéter que parecia pinicar, Harding no seu brilhante velocípede e, algumas páginas adiante, a primeira aparição de Abel: *A.L., 3 meses.*

Mas dessa vez a legenda chamou sua atenção. Al. Por quê? Hal vasculhou a memória e de repente lembrou-se do registro no diário da mãe, de Maud chamando o irmão de Al. Antes Hal não tinha se dado conta, mas agora fazia sentido.

Ela folheou o álbum mais rápido, fotos de Abel na praia, brincando com uma bola, de férias na França, ou talvez na Itália, Harding e Abel sentados muito sérios nos degraus de alguma igreja europeia, segurando sorvetes, um Natal em família, e então...

Dois bebezinhos embrulhados lado a lado. *Margarida Miriam (e) e Ezra Daniel, dois dias.*

Estavam dormindo, os olhos bem fechados, e assim ela não podia dizer quem era quem, se não fosse a legenda. Que estranho, dois gêmeos tão iguais quando bebês, tinham ficado tão diferentes depois de crescidos. Rostinhos calmos, virados um para o outro, como deviam ficar no útero da mãe, sem desconfiar da luta e do sofrimento que viria.

Maud.

Hal ficou olhando para o rostinho tranquilo, angelical.

Onde você está, Maud? Morta? Fugindo? Escondida? Mas como podia fazer isso? Como podia deixar os irmãos, seu gêmeo, sofrendo por tantos anos?

Ela virou a página e viu Maud, um bebê de pernas gorduchas empurrando um cachorro de madeira no tapete na frente da lareira, e ao lado dela Ezra, brincando com um enorme urso, quase maior do que ele. As páginas seguintes eram só do Ezra — quatro anos, bicicleta nova brilhando ao sol. Aos cinco anos, sorriso banguela de orelha a orelha. Hal balançou a cabeça lembrando-se do comentário amargo de Abel sobre Ezra ser o preferido da mãe.

Já ia virar a página à procura de outra foto de Maud, mas de repente ficou doloroso demais ver aquela menininha crescendo para o esquecimento que a arrebatou, Hal suspirou, fechou o álbum e apertou os olhos para afastar a dor na cabeça e no coração.

Tinha sido tolice dela achar que as respostas que procurava estavam ali. Ia por o livro no lugar, voltar para a cama para dormir e seguir o conselho de Ezra para esquecer o passado, desistir daquela obsessão estúpida de descobrir o que tinha acontecido tantos anos antes.

Mas quem tinha pegado o álbum naquela primeira manhã? Um dos irmãos? Edward? Ele acabara de chegar, mas pode ter tido tempo, no limite. A única outra opção era a Sra. Warren, e essa era mais estranha ainda.

De uma coisa tinha certeza — a verdade sobre sua mãe não estava naquelas páginas. A não ser que...

Ela parou, a ideia não parava de incomodar, então abriu os olhos, a visão embaçada recuperou o foco na capa amarela diante dela. Pegou o álbum mais uma vez, foi passando as páginas, nervosa, insegura quanto ao que ia ver.

A confirmação veio devagar, não de uma única foto, mas como uma de Polaroid revelada com a luz, feições aparecendo de uma mancha disforme.

Primeiro foi um rosto infantil redondo com feições bem familiares que se definiam, os olhos azuis de bebê escurecendo e ficando quase pretos. Pernas e braços encompridando, a pele ficando morena, uma expressão que mudava lentamente de uma confiança sincera para cautela.

E então, finalmente, na última fotografia do álbum — *aniversário de 11 anos dos gêmeos* — lá estava ela. Olhando para fora da página através de uma franja escura e embaraçada, os olhos escuros cintilando com o reflexo nítido de velas, tão igual ao irmão que Hal não entendeu como conseguiu não perceber isso.

Margarida. Maud. Mãe de Hal.

45

Se Hal não estivesse sentada, teria de se apoiar em uma cadeira.

A mãe dela era Maud. *Maud.* Não havia outra explicação. A menina naquelas fotos, a gêmea de Ezra, criada com ele em Trepassen, era a mãe de Hal. Inconfundível.

Só que... não fazia sentido.

Tinha de ser verdade. As fotos no álbum não mentiam. Lá estava o rosto da mãe dela, entrando em foco bem diante dos seus olhos, página após página, de bebê à primeira infância e quase chegando à adolescência, o tempo todo crescendo para se tornar a mulher que Hal conhecia tão bem. A mãe dela *não* era Maggie.

Nesse caso... Hester Westaway era, sim, sua avó.

Significava que o testamento era válido.

Mas, e a certidão de nascimento? E o diário? E o que...

Então Hal entendeu, e foi como se a lua saísse de trás de uma nuvem. Todas aquelas formas sem definição no escuro ficaram iluminadas, encaixaram em seus devidos lugares num quadro que subitamente adquiriu sentido. Não tinha certeza absoluta, mas se estivesse certa... se estivesse certa agora, tinha olhado para tudo de cabeça para baixo o tempo todo.

Se estivesse certa, nada era o que tinha pensado.

Se estivesse certa, havia cometido um erro terrível.

A neve continuava caindo, Hal fechou melhor o casaco enquanto virava as páginas. Mas dessa vez não foi só o frio que a fez estremecer. Foi a apreensão que só aumentava, com o peso dos segredos do passado e a represa que estava prestes a estourar. O dilúvio.

Dessa vez, enquanto folheava as fotos desbotadas e amareladas, dessa vez não havia deslumbramento ou nostalgia. Dessa vez, a sensação foi de afundar num emaranhado do passado.

Porque a criança nas fotografias, rindo e brincando com o irmão gêmeo em Trepassen, não era tia de Hal. Era a mãe dela, com seus olhos escuros inequivocamente parecidos com os de Hal, mas não os de Hal.

Então Maggie, a menina que tinha ficado em Trepassen, que tinha escrito aquele diário, que tinha engravidado, fugido e desaparecido, era uma estranha. Mas Hal era filha de Maggie. Não havia outra explicação. Por mais que Hal fizesse as contas na sua cabeça, o resultado era o mesmo — Maud não podia estar grávida quando Hal nasceu. E Maggie estava.

Só havia uma possibilidade, e essa possibilidade estava olhando para ela desde que Hal abriu a carta do Sr. Treswick, só que ela não tinha visto.

A mãe de Hal — a mulher que a amou, que a criou e que cuidou dela — não foi a mulher que a teve.

Mas o que tinha acontecido? Como aconteceu?

Hal pôs as mãos na cabeça. Tinha a sensação de estar carregando um peso enorme, muito frágil e perigoso. Parecia que andava na ponta dos pés numa corda bamba e que tinha nos braços uma bomba que fazia tique-taque baixinho e que estava prestes a explodir.

Porque se aquilo significava o que ela estava pensando...

Mas estava pondo o carro na frente dos bois.

Não se apresse, disse a voz da mãe em sua cabeça. *Construa sua história. Organize carta por carta.*

Então era carta por carta.

Muito bem. Do que Hal tinha certeza?

Sabia que Maggie havia escapado — isso ficou claro no diário e nas cartas de Maud. Maud a ajudou a fugir em janeiro ou fevereiro, e as duas foram para Brighton para resolverem a vida juntas. Lá, na tranquilidade do pequeno apartamento, Maggie teve sua filha, e Maud... Maud não podia voltar para casa. Lizzie havia deixado isso claro. Ela nunca mais viu a família, a partir do momento em que saiu da casa. Então deve ter ficado com a prima, cuidado dela, aguardando sua oportunidade, agarrada à carta de aceitação de Oxford e esperando o outono chegar para finalmente ocupar seu lugar.

Mas então, por algum motivo, Maggie voltou para Trepassen. Alguma coisa a atraiu de volta, e deve ter sido um bom motivo para ela voltar ao lugar de onde tinha se esforçado tanto para escapar. Arrumou as malas, deixou o bebê com a prima, e pegou o trem para Trepassen sozinha, com cara de Joana d'Arc, "como uma donzela indo para a batalha", conforme Lizzie tinha dito.

Será que foi por dinheiro que ela voltou? Porque, por mais que se esforçassem, as duas jovens que ainda estudavam mal conseguiam se manter, pagar comida, roupas, que dirá com um bebê. *Tenho algum dinheiro que sobrou do que meus pais me deram*, ela disse para Maud na carta. Mas aquele dinheiro não deve ter durado muito, mesmo com o que ganhava no píer, com Maud indo para a universidade em breve e sem provisões para Hal. Talvez ela tenha ido para brigar pela pensão da filha.

O que quer que fosse, acabou muito mal. Maggie — não Maud — tinha desaparecido. Deixou Hal sem mãe e deixou Maud para recolher os cacos da vida dela — o apartamento, o pequeno quiosque no píer... e a filha.

Em parte, deve ter sido fácil, com "Margarida Westaway" na certidão de nascimento, no contrato de aluguel do apartamento e na placa sobre a porta no píer. A mãe dela era Margarida Westaway — tinha passaporte e certidão de nascimento para provar. Não havia problema quanto a isso. Maud teve de simplesmente viver a vida da prima.

Mas o coração de Hal apertava quando pensava como deve ter sido difícil. Maud desistiu de tudo — da liberdade pela qual tinha lutado tanto, da vaga na universidade, seu futuro conquistado com dificuldade — ela desistiu de tudo por Hal. Pegou a filha da prima e assumiu o quiosque no píer por um único motivo, para botar comida na mesa, porque não tinha outra opção.

Não é de admirar que a menina aberta e lutadora do diário transmitisse a ideia de ser alguém diferente da mulher cínica e cética que criou Hal. Elas eram mesmo mulheres diferentes. Maggie não tinha mudado, Maud foi quem nunca mudou.

O que foi que Maggie disse, citando Maud? Um monte de besteira, foi isso. Aquilo tocou Hal e ela riu na hora, sentiu afinidade com a observação de um jeito que nem entendeu. Mas agora entendia.

Agora sabia por que Maud tinha aparecido com tanta clareza nas páginas, a conexão que ela sentiu, de anos antes.

Foi porque elas tinham realmente essa ligação. Maud não era só sua tia, era a única mãe que Hal conheceu. A pessoa que ela amou mais do que a própria vida, acima de qualquer racionalidade, além do suportável quando a perdeu.

Perguntas urgentes se debatiam no coração de Hal. Como? Por quê?

Mas tinha de ir passo a passo... no ritmo lento e comedido de uma leitura de cartas. Tinha de virar uma carta de cada vez, avaliá-la e encontrar seu lugar na história.

E a próxima carta... a próxima carta era uma que a perturbava muito, e Hal não sabia exatamente por quê.

Porque a próxima carta não era carta nenhuma, era uma fotografia. A fotografia. Aquela que Abel deu para ela no seu primeiro dia em Trepassen.

Hal tirou a lata de Golden Virginia do bolso e abriu. A fotografia estava lá, em cima do baralho, dobrada ao meio. Ela a desdobrou e olhou para a imagem com novos olhos.

Lá estava Maud, olhando para a câmera, com aquele ar desafiador. Mas lá também estava Maggie, que tinha escrito o diário. E ela não olhava para a câmera. Ela olhava para Ezra, com seus olhos muito azuis.

Olhos azuis encontram olhos escuros...

Hal tinha pensado no contrário, todo aquele tempo.

Hal não tinha herdado os olhos escuros da mãe, pois sua mãe era loura.

Ela herdou do pai. Do homem que tinha posto a câmera no tripé, ligado o timer e voltado para ocupar seu lugar na foto.

Ezra. Daniel.

Ed.

O pai dela era Ezra.

46

O celular de Hal estava lá em cima, no sótão, e ela não usava relógio, mas tinha certeza, pela quietude da casa, que devia ser mais de meia-noite, provavelmente bem mais.

Mas não podia voltar para a cama com aquele peso da verdade dentro de si, e as perguntas dando voltas e mais voltas.

Tinha apenas uma pessoa a quem recorrer, uma pessoa que poderia contar a verdade.

A Sra. Warren.

E tinha de ser agora, antes de Ezra acordar. Se deixasse para o amanhecer...

Hal pegou o álbum, empurrou a cadeira para trás e se levantou, procurando reunir coragem, lembrando-se do barbante no degrau, da agressividade na voz da Sra. Warren quando sibilou *dê o fora, se sabe o que é melhor para você...*

Como Joana d'Arc, tinha sido a mãe dela. Como uma donzela indo para a batalha.

Bem, não tinha herdado muita coisa de Maggie. Nem as feições, nem os olhos, nem o cabelo, nem mesmo o senso de humor e o ceticismo. Mas talvez tivesse herdado sua coragem.

Hal respirou fundo para se firmar e tentou calar as perguntas que se agitavam dentro dela. Então abriu a porta do estúdio, atravessou o jardim de inverno sem fazer barulho e foi bater na sala de estar da Sra. Warren.

Não obteve resposta, bateu com mais força e a porta abriu. Ela viu o fogo aceso na pequena sala e a luminária na mesa também.

A Sra. Warren tinha adormecido na cadeira?

A cadeira estava bem perto do fogo, com um cobertor sobre o encosto formando uma silhueta escura que poderia ser das costas curvadas de uma senhora. Mas quando Hal se adiantou com a mão estendida à luz trêmula e fraca do fogo, a cadeira só balançou para frente, depois para trás, sem contrapeso, e ela viu que não tinha ninguém ali, só duas almofadas.

— Sra. Warren? — Hal chamou baixinho.

Ela tentou não deixar sua voz tremer, mas era muito assustador aquele silêncio interrompido apenas pelo som baixo de um rádio e pelo ruído da cadeira de balanço nas tábuas do assoalho.

Depois do estúdio, aquela sala de estar estava abafada e super aquecida, Hal secou a testa e sentiu o suor na nuca.

O barulho do rádio vinha de uma porta fechada nos fundos da sala de estar, e Hal ia para lá quando esbarrou numa mesinha de canto com meia dúzia de fotos e elas caíram.

— Merda!

Ela segurou a mesa antes que virasse, mas as fotografias caíram uma a uma, como uma sequência de peças de dominó. Hal ficou paralisada um instante, coração na boca, sentindo as batidas de pânico.

— Sra. Warren? — ela balbuciou com a voz trêmula. — Desculpe, sou eu, Hal.

Mas ninguém apareceu, e ela começou a recolher as fotos.

Suas mãos tremiam, ela foi pegando uma de cada vez e viu o que eram. De Ezra. Todas elas.

Ezra bebê, nos braços da Sra. Warren, com a mãozinha no rosto dela.

Ezra pequeno, correndo no gramado.

Ezra jovem, insuportavelmente lindo, com aquele sorriso iluminado, espontâneo e cheio de humor provocante.

Ezra, Ezra, Ezra — quase um santuário para um menino perdido.

Havia também uma, dos três irmãos juntos, sobre a lareira. Nenhuma de Maggie, mas isso não era nenhuma surpresa. Nenhuma de Maud. E nenhuma, sem contar aquela com Ezra nos braços, da Sra. Warren.

Era como se todo o amor naquele coração velho e amargo, todo o carinho e suavidade se concentrassem numa só pessoa, num raio de adoração tão feroz que Hal sentiu que seria capaz de queimar a pele.

— Sra. Warren — ela chamou outra vez, agora com um nó na garganta que não sabia se era de pena ou de medo. — Sra. Warren, acorde, por favor, preciso falar com a senhora.

Nada. Silêncio.

As mãos de Hal não paravam de tremer quando atravessou pé ante pé a sala iluminada pelo fogo, indo para a porta no fundo, segurando o álbum amarelo na frente do corpo como um escudo. Imaginou a porta abrindo e a figura encurvada parada ali, em silêncio, no escuro, como naquela noite do lado de fora do quarto no sótão, esperando, vigiando.

— Sra. Warren! — agora sua voz era uma súplica, quase um soluço. — Por favor, acorde.

Estava na porta. Nada. Nenhum som, nenhum movimento. Botou a mão na madeira.

Então empurrou e a porta abriu, exibindo um quarto estreito, com uma cama simples de ferro e uma camisola de flanela com estampa de flores dobrada nos pés da cama.

Embaixo da cama um par de chinelos, e um casaco pendurado num gancho perto da porta.

Da Sra. Warren, nem sinal.

Hal sentiu o coração voltar ao normal e um certo alívio, mas surgiu outro tipo de apreensão.

Se a Sra. Warren não estava dormindo, nem na sua sala de estar, então onde ela estava?

— Sra. Warren! — ela gritou e chegou a se assustar com o som sobreposto ao silvo do gás. — Sra. Warren, onde a senhora está?

Então, no outro canto do quarto, Hal viu mais uma porta, essa aberta.

— Sra. Warren?

Ela entrou no quarto e o constrangimento de estar invadindo a privacidade da Sra. Warren só aumentava a cada passo que dava. Parte dela sentia medo de pensar na fúria da velha mulher se a descobrisse ali, mas outra parte era atraída por uma espécie de fascínio, vendo a cruz na parede sobre a cama austera, a fotografia de Ezra na mesa de cabeceira, e a pequena, pateticamente pequena camisola dobrada nos pés da cama.

Hal queria voltar, mas agora era impossível. A curiosidade de saber o que havia por trás da fachada formidável da Sra. Warren era mais do que doentia. Era um desejo... não, uma necessidade de respostas. Respostas que só a Sra. Warren podia dar.

Ela estendeu a mão. Estava quase na porta...

— Hal?

A voz veio de trás dela. Hal pulou de susto e deu meia-volta, de olhos arregalados no escuro.

— Quem... quem está aí?

Assim que se virou, ela não viu ninguém, depois notou um movimento, uma forma na porta, e ele entrou no pequeno quarto.

A neve tinha parado de cair, ela percebeu com um vago deslumbramento, e a lua tinha saído, formando um risco de luz branca no assoalho entre eles.

— Hal, o que você está fazendo?

Não havia censura naquela voz grave, só curiosidade e preocupação.

— E-Ezra — Hal gaguejou. — Eu estava procurando a Sra. Warren.

Afinal, era verdade.

— Por quê? Algum problema?

— Estou bem — ela respondeu.

Mas isso não era verdade. Seu coração batia com tanta força e tão rápido que ela ouvia um chiado nos ouvidos, um barulho que quase a impedia de ouvir os próprios pensamentos.

Ele se adiantou, entrou no raio de luar e estendeu a mão como se quisesse pegar a dela para levá-la embora em segurança.

— Hal, tem certeza de que está bem? Você está muito estranha. E o que é isso aí? É um livro?

Ela olhou para as mãos, ainda segurava o álbum amarelo, e depois para Ezra, para seu pai.

Olhos nos olhos, Hal teve a sensação de cair na água escura cheia de folhas, de cair no próprio passado.

Porque de repente, num instante único e cristalino, ela entendeu.

Uma vez, na escola, a professora de Hal fez uma experiência com os alunos, eles resfriaram uma garrafa de água abaixo de zero e bateram com ela numa mesa. Com a batida, a água congelou toda num segundo, o gelo se espalhou com uma rapidez incrível, feito um toque de mágica.

Ali parada, olhando para os olhos escuros e líquidos de Ezra, Hal sentiu que acontecia com ela aquele mesmo processo. Um gelo doloroso se espalhando por dentro, congelando o sangue nas veias, as pernas e os braços. Porque ela entendeu — finalmente, e sem precisar saber — o que tinha acontecido com a Sra. Warren.

Ela compreendeu a expressão estranha da Sra. Warren naquele primeiro dia, o testamento da Sra. Westaway e sua estranha e misteriosa mensagem para Harding.

Ela entendeu as palavras do documento e o "erro" que tinha acontecido — que não foi culpa nenhuma do Sr. Treswick — como podia ter pensado que o homenzinho seco e cuidadoso cometeria erro tão catastrófico?

Ela entendeu por que Abel negou a presença de Edward no lago naquele dia e por que Ezra se recusou a desafiar o testamento, ou buscar a escritura de variação, e aquele desdém esquisito que tanto incomodava no subconsciente dela.

E acima de tudo, ela entendeu por que a mãe tinha se desligado do passado por completo, e Hal com ela.

Dê o fora, se sabe o que é melhor para você.

Não foi uma ameaça, foi um aviso.

E ela entendeu tarde demais.

47

O tempo pareceu mais lento enquanto eles estavam ali, olhando um para o outro. Hal estava com a garganta seca, e sua voz saiu rouca quando finalmente resolveu falar.

— É um álbum de fotografias. Mas... mas talvez você já soubesse disso.

Ela procurou dar leveza às palavras, mas soaram estranhas para ela mesma, então percebeu que se protegia com os braços cruzados, como se quisesse se defender de algum agressor desconhecido. *Pense na sua postura, Hal, não é só o que lemos nos outros, é o que eles leem em nós.*

O rosto dela estava rígido, fez força para sorrir, esticou os cantos da boca e sentiu que exibia o esgar de uma máscara mortuária.

— Bem... estou muito cansada...

Ezra pegou o álbum da mão dela, mas não se mexeu para sair dali. Em vez disso, apoiou a mão na parede casualmente, bloqueando a saída dela, inclinou a cabeça e sorriu para Hal enquanto folheava as páginas com as fotos.

— Ah... essa coisa velha. Nossa, não sabia que mamãe guardava tantas fotos.

Hal não disse nada, ficou só olhando para ele.

— Como foi que descobriu essa coisa velha?

— Eu... — Hal engoliu em seco.

Ela soltou os braços ao lado do corpo em sinal de abertura e tentou parecer relaxada.

— Eu não conseguia dormir. Estava procurando alguma coisa para ler. Fui ao escritório.

— Entendo. E... a propósito, você viu as fotografias?

A voz dele soou casual, até natural. Mas quando ele disse isso, Hal teve certeza de que ele sabia. Tinha visto alguma coisa nele, uma mudança na postura, uma diferença quase imperceptível na atitude. Hal já tinha visto muitas vezes aquele estalo de reconhecimento quando atingia algum nervo em seu quiosque, e sabia que estava certa.

Era o que via agora.

— Só... só as primeiras — respondeu ela.

Hal respirou mais devagar, com mais ritmo, ouviu o tremor na própria voz e tratou de aquietá-lo, de tornar a voz mais calma, suave.

— Por quê?

— Por nada — ele disse, mas agora sem fingimento, ele não estava mais sorrindo, e Hal sentiu o coração acelerar.

Dê o fora enquanto ainda pode.

— Bom... acho que vou voltar para a cama agora, se não se importa...

Hal falou devagar, mantendo a calma, esperou que ele saísse da frente. Mas Ezra só balançou a cabeça.

— Acho que não. Acho que você viu bem esse álbum.

Ficaram em silêncio um longo tempo. Hal sentiu o coração bater forte. E então foi como se algo se rompesse dentro dela, as palavras saíram aos borbotões, cheias de amargura.

— Por que você não me disse? Você sabia. Você sabia. Você era Ed. Por que fingiu que era o pobre Edward?

— Hal...

— E por que deixou que eu pensasse que a minha mãe... que a minha mãe...

Mas ela não conseguiu terminar a frase. Caiu sentada na cama com as mãos na cabeça, tremendo e chorando.

— Minha vida inteira foi uma mentira!

Ezra não disse nada, só olhou para ela, imóvel, e Hal sentiu o frio dentro dela se transformar em certeza.

— O que você fez com ela, Ezra?

Hal disse essas palavras baixinho, mas soaram como o que realmente eram: uma acusação.

A expressão dele se manteve neutra, mas não deu para esconder os olhos e, à luz forte da lua, Hal viu que de repente as pupilas dilataram muito, de choque, e depois se contraíram. E ela soube que o que disse era verdade.

— Você cometeu um erro — ela disse com calma. — Mais cedo essa noite. Uma coisa que você disse que me incomodou a noite toda e eu não sabia o que era. Fiquei achando que tinha sido nas nossas conversas no carro, mas repassei todas e não foi. Foi o que você disse no posto de gasolina.

— Hal... — Ezra disse com a voz rouca, pigarreou, parecia com dificuldade de falar, então tirou a mão da parede e cruzou os braços. — Hal...

— Destruída na frente de casa, você disse. Você estava falando de *Maud*, Ezra. Não de Maggie. E como soube da casa?

— Eu não sei o que...

— Ah, pelo amor de Deus.

Hal levantou, de frente para ele, sua cabeça mal batia na altura do peito dele, mas de repente ela parou de sentir medo, sentiu raiva. *Sinto muita raiva*, lembrou que Ezra tinha dito. *Sinto raiva o tempo todo.*

Bem, esse homem era seu pai e ela podia sentir raiva também.

— Pare de fingir — ela disse.

A voz dela estava firme, tinha parado de tremer. Agora sim. Nisso ela era boa, em desvendar as pessoas, ler sua linguagem corporal. Ler nas entrelinhas a verdade que não queriam admitir, nem para elas mesmas.

— Não saiu em nenhum jornal que foi na frente da nossa casa, aliás, a polícia manteve isso fora dos registros públicos porque não queria que as pessoas aparecessem na porta do apartamento. Você não estava lá. Você nunca esteve no meu apartamento. A menos que... tenha estado.

— O que você está dizendo? — ele reclamou, mas soou mecânico, como se ele soubesse que ela estava vendo a verdade que ele havia escondido aquele tempo todo.

Porque Hal tinha visto alguma coisa. Alguma coisa nos olhos de Ezra, uma faísca de consciência que ela viu centenas, milhares de vezes antes. E que indicava que ela estava certa.

— Você sabia — disse ela, com segurança. — Você estava lá. *O que você fez?*

Ele ficou calado muito tempo ali parado, de costas para a porta, de braços cruzados. O rosto dele estava na sombra, o luar só iluminava a testa franzida de raiva, mas ela não tinha medo. Ela sabia ler aquele homem. E ele é que estava com medo. Ela o tinha encurralado, não o contrário.

— Ezra, você é meu... — a palavra ficou presa na garganta. — Você é *meu pai*. Não acha que eu tenho direito de saber?

— Ah, Hal — ele disse e balançou a cabeça, sem raiva agora, parecia muito triste, ou muito cansado. — Hal, por que diabos você não esquece isso?

— Porque eu preciso saber. Eu tenho o direito de saber!

— Sinto muito — ele disse baixinho. — Eu sinto muito... muito.

E então ela soube.

48

— Você matou a minha mãe.

A verdade bateu em Hal como uma onda de água gelada, e ela ficou sem ar. Sentiu que caía numa certeza sombria e profunda. Era como se sempre soubesse, no entanto o choque de ouvir aquilo na própria voz foi absoluto. Ficou ofegante, uma espécie de afogamento lento, e não conseguia mais falar, só balançar a cabeça, mas não de incredulidade. Era um desespero para que aquilo não fosse verdade.

Mas era. E ela sabia havia mais tempo do que pensava.

Talvez soubesse desde o dia em que foi para aquela casa.

Mas não suportava que fosse verdade.

— Maud ia contar tudo para você — ele disse com tristeza. — Ela escreveu e contou para nossa mãe, disse que você tinha o direito de saber e que ia contar quando você completasse dezoito anos. Eu não podia deixar que ela fizesse isso. Não podia deixar que ela contasse a verdade para você.

— Você a matou. E você matou Maggie.

— Eu não queria. Deus, *eu a amei*, Hal, mas ela... — ele balançou a cabeça como se ainda tentasse entender. — Foi um acidente, mas ela me deixou com muita raiva, Hal, é isso que você precisa entender.

Faça-os falar, Hal. Perguntas podem fazer as pessoas se fecharem, faça declarações abertas, mostre que já sabe o que elas estão mantendo guardado dentro delas.

— Eu entendo — ela disse, mas essa palavra chegou a doer, foi difícil falar. — Você devia ter um motivo.

— Fugir... — ele falou devagar, de cabeça baixa como se falasse sozinho. — Sair de Trepassen, isso eu podia entender. Mamãe tornou a vida dela insuportável, e eu estava longe, na escola, não havia muito que eu pudesse fazer. Mas então ela voltou e, meu Deus, ela estava muito diferente, muito fria, muito dura.

Ela veio para a casa... era julho ou agosto, acho, e eu tinha terminado o curso. Mamãe não estava e Maggie veio falar comigo, ela disse... — ele deu uma risada breve, engasgada. — ... ela disse, *não vou ficar com rodeios, Ed, você tem a obrigação de sustentar essa filha*. Puxa, dá para acreditar? A afronta total. Ela fugiu, me deixou sem saber onde estava, o que tinha feito, e aí aparece do nada, sem se desculpar, e exige dinheiro. Depois de tudo que tínhamos sido um para o outro, depois de tudo que eu...

Ele sentou na cama com a cabeça nas mãos.

— Meu Deus — as palavras saíram antes que ela pudesse se policiar, e na mesma hora ouviu a voz da mãe: *Nunca demonstre que está chocada, nada deixa as pessoas mais na defensiva do que a censura. Você é o padre para elas, Hal. Isso é um tipo de confessionário. Esteja aberta e elas contarão a verdade.*

Hal pôs as mãos na boca querendo não dizer mais nada e ficou só olhando para a cabeça dele abaixada, chocada. Uma parte pequena e prática da sua mente sussurrava, *se estivesse com seu celular, poderia gravar isso*. Mas era tarde demais. O celular estava longe, no sótão, e não havia possibilidade de pegá-lo sem alarmar Ezra. Além do mais, a verdade era mais importante agora. Ela precisava saber.

Ele começou a falar de novo com a voz rouca e entrecortada, ainda de cabeça baixa como se curvado com o peso daquela confissão.

— Eu a convidei para caminhar, achei que se saíssemos da casa para algum lugar que trouxesse lembranças felizes... — Ele perdeu o ritmo e, então, balançou a cabeça. — Fomos para o lago. Ela sempre adorou a casa de barcos, mas quando chegamos lá fazia muito frio, havia gelo na água e foi como se tudo tivesse mudado. Tentei beijá-la e ela me deu um tapa. Ela me deu um tapa... — Ele parecia incrédulo. — E fiquei com raiva, Hal. Com muita raiva. Pus as mãos no pescoço dela e a beijei. Beijei, e quando a soltei...

Ele parou. Hal estava gelada com o horror daquilo.

Ela podia imaginar bem demais, a batida da água gelada no cais e os esforços desesperados de Maggie, chutando as tábuas escorregadias...

E depois, o quê? Um corpo... deslizando através da camada fina de gelo, na água fria e preta... um barco com um furo feito de propósito para mantê-lo no fundo e esconder os ossos.

E silêncio. Silêncio por mais de vinte anos.

— Ah, meu Deus — ela murmurou com as mãos no rosto. — Ah, meu Deus.

Ele olhou para ela com lágrimas nos olhos.

— Sinto muito — foi tudo o que ele disse.

E então ele ficou de pé, estendeu a mão e, por um segundo, um segundo terrível, Hal achou que ele ia beijá-la também.

Mas ele não fez isso. E ela percebeu o que ele ia fazer.

49

— Ezra, não.

Hal começou a recuar, mas ele estava entre ela e a porta, e o único lugar para onde ela podia ir era para trás, na direção da outra porta, a fresta escura do outro lado do quarto. Seria uma saída? Ou um beco sem saída? Hal não tinha como saber.

— Por favor, você não precisa fazer isso. Você é o *meu pai*, não vou contar para ninguém...

Mas ele estava mais perto, mais perto.

— Os outros vão saber que você voltou, eles vão ver as marcas do carro. A Sra. Warren, ela vai ouvir...

Mas enquanto falava, Hal sabia que era inútil. Mesmo se a Sra. Warren estivesse lá, em algum lugar, ela já havia encoberto um assassinato pelo seu menino querido.

Não adiantaria nada gritar. Ninguém ouviria. Mas enquanto seu cérebro dizia isso, seus músculos sabiam que era a única coisa que podiam fazer, então ela respirou fundo, encheu os pulmões e gritou.

— Socorro! Alguém me ajude, estou...

E ele a agarrou, como um gato com um rato, cobriu sua boca com a mão e abafou os gritos.

Hal mordeu com força, sentiu gosto de sangue e passou a mão na mesa de cabeceira procurando alguma coisa, qualquer coisa, para usar como arma. Um abajur. Uma caneca. Até um porta-retrato. Seus dedos seguraram alguma coisa, ela ouviu barulho de vidro quebrando e, então, tinha algo na mão, achou que fosse um abajur, bateu com ele atrás da cabeça de Ezra com toda a força que tinha, ouvindo o barulho da lâmpada espatifando e da cúpula de metal.

Ezra soltou a boca de Hal, rugiu de dor e agarrou a mão dela, a fazendo soltar o abajur. Ela encheu os pulmões de novo, só que dessa vez, antes que pudesse gritar, ele segurou seu pescoço com as duas mãos e começou a apertar.

Hal fez uma última tentativa para alcançar a mesa de cabeceira, e desistiu. Não conseguia. A dor na garganta era insuportável, a pressão esmagadora e todos os instintos a forçavam a erguer as mãos para tentar afastar as dele.

Lutar não era a coisa mais importante agora. Respirar sim.

Hal pôs as mãos para cima, enfiou as unhas nas mãos dele tentando afrouxar os dedos para respirar um pouco, mas Ezra tinha uma força imensa, e ela foi cedendo, desistindo, sua visão se desintegrando em fragmentos de preto e de vermelho, e o ruído em seus ouvidos era como ondas de escuridão, a dor na garganta como uma faca, e Hal teve um vislumbre da mulher com a venda nos olhos do Oito de Espadas, confinada na sua prisão de lâminas, cega, sangrando, cercada, e, enquanto o quarto escurecia, ela teve tempo de pensar *não sou aquela mulher. Ela não é o meu destino.*

Hal pensou na mãe, na rapidez com que aconteceu. Segundos apenas, que estranho a vida se extinguir tão depressa...

Ela ainda esperneava, mais por instinto do que vontade própria, e através da visão fragmentada viu o rosto de Ezra, a boca feia e quadrada de sofrimento, com lágrimas escorrendo pelo rosto.

— Sinto muito — ela ouviu através do ronco nos ouvidos. — Eu sinto muito, nunca quis que fosse assim...

Agora ela mal movia as pernas. Queria gritar, implorar, mas não conseguia nem sussurrar, que dirá falar. A pressão na traqueia era forte demais e ela não tinha mais fôlego.

Aguente.

Hal não sabia de quem era aquela voz. De Maggie. De Maud. Ou talvez sempre tenha sido a dela, só a dela.

Aguente.

Mas não podia. Os dedos dele esmagavam sua traqueia e tudo estava se afastando, indo embora para muito longe.

Não adiantava lutar. Ele era forte demais.

Ela deixou os braços caírem, parou de tentar afastar as mãos dele do pescoço.

Ao fazer isso, encostou a mão em alguma coisa na cama que, na luta, devia ter caído da mesa de cabeceira.

Ela agarrou o objeto e, com o que restava de força, bateu com aquilo no rosto dele.

Hal ouviu o vidro estalando e se deu conta do que era, o porta-retrato quebrado. Então viu o sangue esguichando de um caco de vidro enfiado em cima da órbita ocular. Ezra gritou de dor e soltou uma das mãos do pescoço dela para tocar no pedaço de vidro, cego com o sangue que escorria do olho. Por um momento, Hal ficou olhando horrorizada. Não tinha ideia do que tinha feito, não sabia se o caco de vidro tinha atingido algum ponto vital. Mas não podia ficar ali para descobrir.

Ela largou o porta-retrato, enfiou os dedos por baixo da mão dele que ainda estava no seu pescoço, levantou a perna e bateu entre as pernas dele com toda a força que pôde.

E ele a soltou.

Trôpega, engasgando, respirando com muita dor na garganta, Hal foi para a porta no outro lado do quarto.

— Ah, não vai não!

Ela ouviu a voz dele, um rugido rouco de fúria, mas era tarde demais para virar, mesmo se ela quisesse.

Hal se jogou contra a porta, que cedeu ao seu peso e abriu, e ela caiu, rolou nos degraus frios, até parar lá embaixo com uma pancada seca.

Estava escuro demais. Hal sentia a cabeça latejar no lugar que tinha batido antes, e a garganta doía muito por causa da tentativa de estrangulamento.

A queda podia tê-la matado, se não fosse o fato de ter caído em algo macio que serviu para amortecer.

Quando se apoiou para levantar e sentiu o cabelo fino na palma da mão é que descobriu o que era, e teve de abafar o gemido que tentava escapar da garganta em carne viva.

Era a Sra. Warren. E quando passou os dedos no rosto dela, nos óculos, na boca aberta, Hal teve certeza de que estava morta, completamente fria.

Mas não tinha tempo para descobrir mais. Ouvia Ezra lá em cima se movendo com a ferocidade de um animal ferido, batendo na mobília enquanto se arrastava para a porta. Ele ia chegar lá embaixo num instante, e seria a morte dela. Ferido ou não, ele era muito mais forte do que ela, e o olho cego não era grande desvantagem naquela escuridão.

Ela devia estar em algum tipo de adega embaixo da casa. A única pergunta era, havia outra saída?

Hal pôs as mãos para a frente e foi tateando aos tropeços no escuro, sentindo as coisas com os pés, o barulho de garrafas e a dor aguda quando bateu a canela em uma caixa.

Lá para trás estava o corpo da Sra. Warren na escuridão, um raio de luar cortou o breu, e ela ouviu Ezra bufando, já descendo a escada.

— Hal — ele chamou, e a voz ecoou de um jeito que Hal concluiu que a adega devia ser grande, muito maior do que tinha pensado. — Hal, não fuja de mim. Eu posso explicar.

A garganta dela estava machucada demais para responder, mesmo se quisesse. Mas não ia dar nenhuma pista de onde estava. Parou encostada numa parede, ouvindo a respiração ofegante de Ezra. Parecia que ele estava indo em outra direção, e ela foi se esgueirando colada à parede, prendendo a respiração.

Desorientada na escuridão completa, Hal tinha perdido o senso de direção, mas a adega parecia se estender em dois sentidos, à sua frente e para a esquerda. O corpo da Sra. Warren e a escada em que tinha caído estavam à direita. Ezra parecia estar à frente, avançando para o fundo do subsolo da casa, por isso Hal continuou se esgueirando lentamente encostada na parede, sentindo nas costas a umidade dos tijolos. Havia sangue quente nas mãos também, e achou que devia ter se cortado quando atingiu Ezra com o porta-retrato, mas não se lembrava de nada disso.

— Hal! — a voz dele trovejou e ecoou de um lado para outro pelos cantos da adega.

Então ela ouviu alguma coisa raspando e, bem longe, para a direita, viu uma chama no escuro e o brilho amarelo do isqueiro que Ezra segurava sobre a cabeça.

Duas coisas aconteceram antes que ele apagasse a chama.

A primeira foi que ele viu Hal. Ela soube pelo jeito com que se virou para ela, uma horrenda máscara de pierrô que dividia seu rosto em metade com a pele branca e a outra tingida de sangue escuro.

A segunda foi que Hal enxergou a planta da adega, o caminho aberto entre as garrafas empoeiradas e as colunas que davam na porta para o jardim ao fundo.

Hal ficou um segundo paralisada quando os dois se olharam à luz do isqueiro.

Então o rosto de Ezra se abriu num sorriso aterrador, ele deixou o isqueiro cair e correu.

Hal também correu.

Ela correu sem ver nada, sem saber direito para onde ia.

Correu tropeçando em garrafas vazias e armadilhas para ratos, ouvindo o barulho de pequenos esqueletos sob os pés e de poças de água. Ela caiu, levantou e o tempo todo ouvia a respiração ofegante e triunfante de Ezra atrás dela, porque ele conhecia a adega, a casa era dele, seu domínio, e ela se lembrou de ele ter contado que brincava com Maud de esconde-esconde ali quando eram pequenos.

Era o lar dele.

Mas ele estava meio cego, e Hal não, portanto a vantagem era dela. Já conseguia ver o brilho fraco da lua na fresta da porta à sua frente, então deu uma acelerada e rezou. Rezou para deuses nos quais não acreditava, e para os poderes que tinha condenado a vida toda. Rezou pela salvação.

Ela segurou a maçaneta e tentou girar, mas a mão escorregava com o sangue e podia ouvir os passos e a respiração dele chegando cada vez mais perto...

Então a porta abriu, ela saiu e correu, correu, correu, à bendita luz da lua, quase tão clara quanto o dia.

Ela estava descendo a colina, e no meio da ladeira se deu conta, apavorada, de para onde ia. Olhou para trás, mas era tarde demais, ele estava lá fora e a tinha visto. Se voltasse para a casa, ele a pegaria. Não havia outro lugar para ir e talvez... talvez, disse uma voz em sua cabeça, talvez fosse inevitável voltar para lá. Para onde tudo começou e acabou. Voltar para a casa de barcos.

Ezra estava quase na metade do gramado, suas pegadas eram grandes rasgos na neve branca, quando Hal chegou ao pequeno bosque e iniciou a lenta briga com os espinhos da amora silvestre que cortavam suas mãos. Só pensava em se afastar o máximo possível de Ezra, mas, se conseguisse dar a volta no lago e chegar do outro lado, talvez pudesse ir para a estrada e fazer sinal para algum carro...

Ela saiu do meio dos espinhos com as pernas feridas e sangrando e se viu num ponto iluminado pela lua, à beira do lago. Atrás dela, Ezra já abria caminho pelo mato e era mais rápido do que ela. Hal já limpara a pior parte dos espinhos, ele só precisava seguir o caminho aberto por ela.

— Hal — ele chamou. — Hal, por favor.

E havia tanto desespero na voz dele que uma parte dela quase disse, *está bem, vou parar. Eu desisto*. Deus do céu, ela estava tão cansada...

Diante dela, o lago estava todo preto, com manchas brancas aqui e ali. E Ezra saiu do mato. Hal sabia que não tinha para onde ir.

— Hal — ele disse, ofegante.

Ezra estava um trapo, o rosto escuro de sangue meio seco, o ferimento no olho ainda molhado e em carne viva. As roupas rasgadas pelos espinhos da amora silvestre, braços e pernas riscados de cortes. E quando Hal olhou para ela mesma, quase deu risada, se não estivesse tão apavorada e tão exausta.

— Pare — ele disse e estendeu os braços. — Pare de correr. Por favor... por favor, pare.

Ela queria responder. Queria gritar com ele, censurá-lo pelo que tinha feito com Maud, com Maggie, com a Sra. Warren. Ela queria chorar pela esperança que teve com o pai e pelo que havia encontrado.

Mas a garganta estava muito ferida. Ele se aproximou dela lentamente, passo a passo, os braços estendidos com a promessa de um abraço triste. Hal só conseguiu balançar a cabeça, com lágrimas no rosto, e cruzar os braços indicando que nunca deixaria que ele a abraçasse.

— Hal, por favor — ele repetiu, ela recuou para a superfície congelada do lago.

O gelo rachou, mas resistiu, ela deu mais um passo e viu o rosto dele mudar em um segundo, de súplica tímida para uma fúria apavorada e impotente.

— Por favor, não faça isso — ele disse. — Não é seguro.

Você é o perigo, Hal queria dizer. Estarei mais segura aqui, sob esse gelo, com minha mãe, do que jamais estaria com você.

Mas ela só conseguia balançar a cabeça, e recuava mais um passo, e outro, esperando cada vez ouvir o gelo quebrar e a água gelada do lago envolvê-la.

Cada vez que ela pisava o gelo rangia, mas não quebrava.

— Hal, volte aqui — ele gritou e depois continuou, quase rindo. — O que você vai fazer, pelo amor de Deus? Ficar aí a noite inteira? Você vai ter de voltar.

E ela dava mais um passo para trás. Estava quase na ilha agora. E dali era apenas outra travessia curta para a margem oposta do lago e o limite da propriedade.

— Hal! — ele berrou, e sobre Hal ele viu a agitação de asas, as pegas acordaram e alçaram voo, gritando assustadas, fazendo pedaços de neve caírem em volta deles no silêncio do bosque. — Hal, venha já para cá.

Mas ela só balançou a cabeça pela terceira e última vez, então ele pisou no gelo.

O gelo aguentou. Hal sentiu uma onda de horror inundá-la e depois frieza quando ele olhou para os próprios pés, depois para ela, com um grande sorriso ao perceber o que aquilo significava.

— Ah, sua... — ele disse quando começou a andar na direção dela. — Ah, sua pequena...

Mas ele não terminou a frase.

Foi um estalo repetido e alto, e a superfície do lago cedeu. E Ezra mergulhou batendo a cabeça na borda do buraco que abriu, e deslizou sob a superfície escura.

— Ezra — Hal gritou, ou tentou, mas sua garganta só emitia sons baixinhos, um gemido que nem dava para saber que era um nome. — Ezra.

Por um momento subiram bolhas à superfície... depois pararam. O lago ficou parado e silencioso, nada se movia. Ezra sumiu.

50

— Ah, que sorte, hein? — disse a enfermeira abrindo a cortina do cubículo de Hal.

— Sorte? — Hal resmungou.

A cabeça doía e a garganta ainda incomodava demais para falar.

— Visitas. E um lindo buquê de flores. Quer ajuda para vestir seu robe?

Hal balançou a cabeça e ficou imaginando quem poderiam ser as visitas. Devia ser a polícia de novo, mas achava que tinha perdido a conta das vezes que repassou os acontecimentos em Trepassen, certamente mais vezes do que sua garganta dolorida aguentava. Mas será que a polícia ia trazer flores?

A enfermeira foi embora para atender outro paciente, e Hal sentou na cama, arrumou a camiseta, passou a mão no cabelo e se preparou para ver quem ia passar pela cortina do seu cubículo.

Mesmo assim não estava preparada para as duas pessoas que chegaram nervosas pelo corredor. Abel e Mitzi, Abel com um buquê de flores quase maior do que ele, e Mitzi segurando o que parecia um bolo feito em casa.

— Oi, Harriet — disse Abel meio tímido, e Hal viu a garganta dele se mover ao engolir em seco, sem jeito. — Espero... espero que esteja tudo bem, eu entenderia se você...

Ele não terminou de falar e Mitzi se meteu, seu rosto rosado mais rosado do que de costume.

— Sinceramente, Harriet, nós dois vamos entender se você não quiser ver ninguém de Trepassen, por isso não hesite em dizer se preferir que nós vamos embora. Isso é puro egoísmo da minha parte, fiquei muito angustiada quando soube da notícia. Harding está em casa com as crianças e Abel concordou gentilmente em me dar uma carona... ah, não, Harriet, por favor, não se levante!

Hal se esforçava para sair da cama, virou as pernas trêmulas para botar os pés no chão e então se viu nos braços de Mitzi, num abraço tão forte e apertado que ela chegou a ficar sem ar.

— Ah, minha querida — Mitzi não parava de falar. — Ah, minha querida, que desgraça, nem sei dizer... aquele homem perverso, horrível... não posso nem...

Ela parou de falar e sentou, secando os olhos com uma ponta do lenço Hermès, e Abel se adiantou.

Ele não abraçou Hal, ou não exatamente, simplesmente botou uma mão de cada lado nos ombros dela e a segurou com carinho, como se tivesse medo de quebrá-la, com tanta tristeza nos olhos cinzentos que Hal sentiu um nó na garganta.

— Ah, Harriet — disse ele —, será que você nos perdoa?

— Perdoar vocês? — Hal tentou dizer, mas a rouquidão mutilou as palavras, ela teve de engolir e tentar outra vez para eles entenderem — O que eu devo perdoar?

— Tudo — respondeu Abel, consternado.

Ele sentou de frente para a cabeceira da cama de Hal, na pequena cadeira dura do cubículo, e Mitzi se debruçou no pé da cama.

— Por deixar você entrar nessa inadvertidamente. Por nos fazermos de cegos durante vinte anos. Lá no fundo, eu sabia que havia alguma coisa errada, todos nós sabíamos. Mas ele era muito charmoso e engraçado quando queria.

— Mas nenhum de vocês sabia a verdade? — perguntou Hal.

Era uma pergunta, não uma afirmação, e Abel balançou a cabeça.

— Mamãe sabia. E acho que... acho que a Sra. Warren também. Tenho quase certeza.

— A Sra. Warren? — Mitzi perguntou, horrorizada. — Ela sabia e não disse nada?

— Ela amava Ezra — disse Abel, simplesmente. — E mamãe também, eu acho, do jeito dela. Suponho que achavam... — ele abriu as mãos — O que está feito, está feito, afinal. Não podiam trazer Maggie de volta. E acharam, talvez... perdoe-me Hal — ele respirou fundo. — Penso que talvez elas tenham achado que ele foi... provocado. Além do que podia aguentar. Um crime passional, de certa forma.

— A Sra. Warren sabia — confirmou Hal.

Sua garganta doía e ela bebeu água.

— Foi por isso que ele a matou. Ela tentou me avisar. Mas eu não entendi. Pensei que fosse uma ameaça. Pensei que ela tentou me fazer tropeçar no alto da escada para me assustar, mas foi...

Hal parou. O que dizer? Que foi Ezra? Foi meu pai que fez aquilo, que montou a armadilha para me impedir de conhecer o meu passado?

— E agora ela está morta — Hal completou.

Ela sentia um torpor com a inutilidade de tudo aquilo. Maud, Maggie, até ela mesma, dava para entender. Ela não podia perdoar Ezra pelo que tinha feito, mas entendia. Ele matou por conta da fúria e um tipo de amor perverso, depois para se proteger, para impedir que a verdade aparecesse. Mas a Sra. Warren... Ela pensou em todas as perguntas que ainda tinha, perguntas que só a Sra. Warren podia responder, e sentiu vontade de chorar. Lembrou-se do rosto da senhora naquele primeiro dia — a imagem que tinha feito, de uma criança vendo um gato espreitando um bando de pombos e aguardando com certo prazer horrorizado a carnificina que ia ocorrer. Na época, achou que o gato fosse ela. Agora entendia que o gato era Ezra. E a Sra. Warren não esperava o que ia acontecer — se esperasse, certamente diria alguma coisa. Mas ela viu o perigo e não fez nada para impedir. A única pessoa que ela tentou avisar foi Hal.

Dê o fora — se sabe o que é melhor para você. Enquanto ainda pode...

— Ela era a única pessoa que sabia a verdade — disse Hal lentamente. — E ele sabia... ele sabia que ela ia me avisar...

Ela pensou em todos aqueles anos, contando os corpos que caíram como peças de dominó desde o primeiro momento de fúria na casa de barcos. E a última peça foi ela, Hal. Só que ela não caiu. Quem caiu foi ele.

— Abel... Mitzi... — ela parou, pensando no que dizer, e a única frase que surgiu foi o eterno clichê de reação ao insuportável. — Sinto muito pela perda de vocês.

— E eu pela sua — disse Mitzi, e havia um tipo de sabedoria no rosto redondo e rosado, que Hal nunca pensou poder ver quando se conheceram. Uma compaixão infinita por trás da fachada esnobe. — Ele era seu pai.

Não foi Hal que reagiu à palavra, e sim Abel. Ele cobriu o rosto com as mãos como se não suportasse aquilo, e Hal teve vontade de dizer para ele que estava tudo bem, que tudo ficaria bem. Quem quer que fosse o pai dela, ou *o que quer que* ele fosse, tivesse sido, ela não teve uma, mas duas mães admiráveis, mulheres que lutaram por ela, que a protegeram, e tinha muita sorte por isso.

Mas ela não encontrou as palavras.

— Quando você melhorar... — Mitzi deu um tapinha no lençol sobre as pernas de Hal — ... vamos pedir para o Sr. Treswick vir encontrá-la mais uma vez, Harriet.

— O Sr. Treswick?

— Parece que... bem, parece que a Sra. Westaway sabia muito bem o que estava fazendo quando redigiu aquele testamento.

— O Sr. Treswick pesquisou — disse Abel. — Dado ao que sabemos agora, o texto é bem claro e nada ambíguo. Aquela herança é para você, Hal. Sempre foi. A casa é sua.

— O quê?

O choque foi tão inesperado que a exclamação saiu como uma acusação, e Hal não conseguiu pensar em nada mais para dizer.

Abel fez que sim com a cabeça.

— Mamãe sabia que você era a neta dela. Acho que isso fica muito claro. E com o testamento... bem, eu acho que ela queria que todos nós fizéssemos perguntas, que começássemos a investigar o passado. Foi o que ela quis dizer, eu acho, com aquela frase que escreveu na carta para Harding.

— *Après moi, le déluge* — disse Hal baixinho.

E ela finalmente entendeu o que a Sra. Westaway tinha posto em movimento com o testamento. Teve malícia, sim, mas também covardia. A verdade era um horror que ela não podia encarar enquanto viva. Por isso a avó dela esperou até ela mesma estar além do sofrimento, e soltou aquela catástrofe nos vivos.

Hal a imaginou acamada, cuidada pela Sra. Warren e planejando o cataclismo que viria. Será que esfregou as mãos ao assinar aquele testamento, com um prazer amargo? Ou será que foi feito com resignação e cansaço, e pena dos vivos?

Ninguém saberia.

— O que me intriga — disse Abel — é por que Ezra não concordou com aquela escritura de variação que você sugeriu. Era a saída perfeita para ele — reconhecendo que você não era neta da nossa mãe. Acho que mamãe deve ter dado por certo que você seria tão voraz e do contra como nós e que forçaria a verdade a aparecer no tribunal. Ela nunca pensou que você renunciaria ao seu legado sem brigar. Você foi mais nobre do que ela poderia imaginar, Hal.

— Não fui nobre — retrucou Hal.

A garganta doía como se não quisesse que ela falasse, mas ela insistiu e continuou, rouca.

— Eu... eu sabia, quando recebi a carta do Sr. Treswick, que tinham cometido um engano. Deixei que vocês pensassem que eu estava confusa como vocês, mas a verdade é que eu não estava. Eu vim para cá... — ela parou e pensou, será que aguento fazer isso? — Eu vim para cá para enganar todos vocês. Vocês não sabem, não podem entender o que é, nenhum de vocês, lutar tanto, nunca saber de onde virá o dinheiro do aluguel do mês que vem. Para mim, vocês eram ricos e eu achei... — ela parou de novo, torcendo o lençol entre os dedos. — Eu achei que era uma forma do destino equilibrar a balança, e que alguns milhares aqui ou ali não iam significar nada para vocês, e para mim era tudo. Eu estava fugindo de um agiota — o Sr. Smith e suas ameaças pareciam tão pequenos e sem importância agora, comparados com o fato de ela ter sobrevivido. — E eu só precisava de algumas centenas de libras para acertar tudo. Esperava... eu esperava escapar com um pouco de dinheiro e recomeçar. Mas quando conheci vocês, vi que estava errada, e quando soube que o legado não era pequeno, que era a propriedade toda, tive certeza de que não podia continuar com aquilo. Mas acho que sei por que Ezra não concordou coma escritura de variação.

— Por quê? — perguntou Abel com certo cansaço, como se não quisesse mais revelações.

Hal teve a impressão de que ele parecia anos mais velho do que quando ela acenou para ele sob o relógio na estação de Penzance, mas o sofrimento e as rugas no rosto tornavam mais aparente a bondade no olhar, e ela sentiu vergonha das suas suspeitas e de ter pensado que o pobre Edward estivesse por trás de tudo aquilo.

— Eu acho que ele ficou preocupado pensando que Harding ia vender a casa e o que poderiam encontrar se ele vendesse. No lago.

— Do que está falando, Harriet? — disse Mitzi, chegando para a frente e pondo a mão na mão de Hal. — Ezra contou alguma coisa antes de morrer?

— Eu acho que a minha... — aquela palavra doeu, entalada na garganta ferida — ... minha mãe ainda está lá, acho que ela está na casa dos barcos, no lago. Será que vocês podem pedir... — ela tossiu, a garganta reclamava por falar tanto. — Vocês podem pedir para a polícia dragar dentro da casa de barcos?

— Meu Deus — sussurrou Abel. — Ai, meu Deus. E mamãe viveu com isso vinte anos.

Ficaram em silêncio no cubículo, cada um com seus pensamentos, suas lembranças, seu horror.

Naquele instante abriram a cortina e um raio de sol iluminou a cama. Era a enfermeira apressada que tinha estado lá antes.

— Terminou o horário de visita, mamãe e papai — disse ela brincando. — Até amanhã para vocês. E a nossa jovem precisa descansar a voz.

— Só um minuto — disse Abel.

A voz dele estava embargada, ele levantou, alisou a calça e Hal o viu piscar quando sorriu para ela.

— Desculpe, Hal, não está certo fazer você falar tanto, sei que deve ser doloroso para você. Mas tem mais uma coisa que quero lhe entregar antes de irmos.

Ele pareceu triste quando pegava no bolso uma fotocópia.

— Fiquei dividido entre mostrar isso para você ou não, Harriet, mas... bem... — ele deu a folha de papel para ela.

— Dei o original para a polícia, achamos isso entre as coisas da Sra. Warren. É... é uma carta. Não precisa ler agora, mas...

Hal pegou o papel, confusa.

— Ora, que ótimo, não? — disse a enfermeira. — Mas agora é hora da nossa paciente descansar.

— Volto amanhã, querida — disse Mitzi, ela abaixou e beijou Hal. — Nesse meio tempo, eu sei como é comida de hospital — ela deu uma batidinha na lata que tinha posto na mesa de cabeceira de Hal. — De café e avelã, feito em casa, para te ajudar a engordar um pouquinho.

— Bom, mamãe — disse a enfermeira —, agora vamos. Ah, se puder, traga roupa quando voltar amanhã, o médico disse que ela receberá alta, então poderá levá-la direto para casa.

— Ah — disse Hal, o coração apertado de pensar na longa viagem de volta para Brighton, no pequeno apartamento gelado. — Eu... Mitzi não é minha mãe. Eu não posso, quero dizer... eu moro sozinha.

— Não tem uma amiga para ficar com você? — perguntou a enfermeira, parecendo chocada.

— Sou tia dela — respondeu Mitzi com autoridade —, e será um prazer levar Harriet para a nossa casa até ela poder voltar para o apartamento dela. Não! — ela virou para Hal e silenciou as objeções com um olhar. — Não quero ouvir mais uma palavra sobre isso, Harriet. Até logo, querida, voltamos amanhã com as roupas. Enquanto isso, quero que coma até a última migalha desse bolo, senão terá de se entender comigo.

Hal viu os dois no corredor de braços dados e sorriu com o simpático aceno de Abel, quando viraram para a enfermaria principal, mas na verdade ficou aliviada de estar sozinha com seus pensamentos ao deitar nos travesseiros. Ela fechou os olhos e sentiu um enorme cansaço. A dor na garganta era muito pior do que tinha deixado transparecer para Mitzi e Abel, mesmo sem a apavorante lista de sequelas que o médico tinha mencionado no dia anterior.

Iam desde a mais branda, como dano permanente nas cordas vocais, até a mais séria de todas, dano invisível ao cérebro pela falta de oxigenação, ou coágulos deslocados de vasos rompidos que poderiam provocar derrame e até a morte dali a semanas. Mas isso era muito raro, o médico havia garantido. Devia saber, mas não se preocupar, e Hal não estava preocupada, não mais.

Já ia puxar a coberta e fechar os olhos, mas alguma coisa estalou em sua mão e percebeu que ainda segurava a folha de papel que Abel lhe havia entregue. Ela desdobrou a carta devagar.

Era uma página só, coberta com uma caligrafia tão familiar que a fez engasgar. Era a letra da sua mãe. Não aquela redonda e sem forma do diário, mas a escrita que tinha crescido vendo em cartões de Natal e de aniversário, nas listas de compras e nas cartas. Vendo agora, ela se perguntou como pode ter achado que a mesma mão tinha escrito o diário. Havia semelhanças, certas peculiaridades, eram parecidas superficialmente, mas havia energia e determinação na letra daquela carta que fez o coração dela apertar ao reconhecer.

Mamãe.

Hal tentou se concentrar e percebeu que tinha os olhos cheios de lágrimas. Era como ouvir a voz da mãe, uma coisa inesperada, um choque que o diário nunca provocou.

Ela piscou sem parar e as letras entraram em foco.

8 de maio de 2013

Mãe querida,

Obrigada pela sua carta. E obrigada também pelo cheque que mandou junto. Usei para comprar um laptop de aniversário para Harriet. Ela espera ir para a universidade ano que vem e precisa muito de um.

Mas essa carta não é só para agradecer. É também para te avisar de uma coisa.

Estou escrevendo para que saiba que resolvi contar a verdade para Hal. Ela completa dezoito anos semana que vem e merece saber a própria história, e não posso mais esconder isso atrás da minha covardia.

O fato é que vivo com medo dele há muito tempo — tive medo do que ele podia fazer com Maggie quando estávamos em Trepassen, medo de que ele nos impedisse de escapar, medo que nos seguisse e medo do que ele fez com ela quando ela não voltou aquela última vez. Porque eu sabia, mamãe, eu sempre soube. Não há a mínima chance de Maggie ter abandonado a recém-nascida sem uma palavra. Ela voltou para aí para enfrentá-lo, para lutar pelo futuro que Hal merecia, e não voltou.

Culpei você amargamente pelo seu silêncio — e, no entanto, eu mesma cometi o mesmo crime. Eu podia ter contado minhas suspeitas para a polícia. Podia ter pedido para eles cavarem no terreno, ou dragar o lago, ou vasculhar as adegas. Mas se fizesse isso teria perdido a custódia de Hal para Ezra, se não encontrassem nada. E não podia fazer isso, mamãe. Não podia correr esse risco. Demorei demais para salvar Maggie com a verdade, mas podia salvar a filha dela com minhas mentiras.

Mas agora Hal vai se tornar adulta e não posso mais me esconder atrás de desculpas. A única possibilidade de perdê-la agora é se ela resolver se afastar de mim. Eu não a condenaria se fizesse isso — Deus sabe que menti para ela por muito tempo, apesar de me convencer de que meus motivos eram bons. O fato de tê-la enganado é imperdoável, só espero que ela consiga perdoar.

Nunca perdoarei você por muita coisa, mamãe. Mas, apesar de tudo, você guardou meu segredo lealmente durante esses últimos anos, e senti que merecia saber meus motivos para tomar essa decisão. Não sei o que Hal fará com as informações, é ela que vai decidir. Mas é possível que ela vá procurá-la. Seja boa para ela, caso faça isso.

Sua,

Maud

Hal deixou a carta cair na coberta, sentiu os olhos marejados de lágrimas e desejou poder abraçar a mãe, voltar no tempo.

Como foi que a Sra. Warren ficou com essa carta? Será que chegou às mãos da Sra. Westaway? Ou será que a Sra. Warren escondeu? De qualquer forma, alguém deve ter contado para Ezra. E pela segunda vez na vida, mas não a última, o pai dela matou uma pessoa inocente para se proteger.

Ah, se sua mãe não tivesse enviado a carta... Parecia uma ingenuidade inacreditável, desistir do anonimato pelo qual tinha lutado tanto e avisar à mãe o que ia fazer.

Será que Maud subestimou Ezra? Ou ela simplesmente confiou demais na Sra. Westaway? Elas já se correspondiam havia um tempo, isso ficava claro na carta. Talvez a confiança tivesse aumentado aos poucos, achando que se a mãe tinha guardado seu segredo até ali, podia confiar mais nela, até que finalmente confiou à Sra. Westaway um segredo que ela não podia guardar.

Mas Hal não tinha certeza. Havia mais alguma coisa nas tentativas da Sra. Warren de alertá-la... uma espécie de sensação de culpa sufocada por muito tempo. Ela pensou naquela sala de estar, nas fotografias nos porta-retratos do menino angelical que a Sra. Warren amou tanto tempo, e no homem que ele se tornou.

Talvez, pelo bem daquele menino, ela tivesse escrito uma carta avisando Ezra para ter cuidado, para ficar longe.

E só depois se deu conta do que tinha feito.

Hal jamais saberia o que realmente aconteceu. Ela só sabia que aquela carta era a primeira peça de uma série de traições que levaram ao dia quente de verão, ao barulho do freio de um carro, e ao corpo da mãe caído na rua na frente da casa delas.

Hal fechou os olhos, sentiu as lágrimas escapando entre as pálpebras e escorrendo pelo rosto, e desejou com mais paixão do que tinha desejado qualquer coisa antes poder voltar no tempo e dizer para a mãe que estava tudo bem. Que não havia nada a perdoar. Eu confio em você. Eu amo você. Não há nada que pudesse fazer para mudar isso. Por mais que eu possa ter falado, pensado ou feito coisas com raiva, eu voltaria para você no fim das contas.

— Está acordada, minha querida?

O sotaque de Cornwall interrompeu seus pensamentos, Hal abriu os olhos e viu uma atendente ao lado de um carrinho com uma xícara branca de porcelana em uma das mãos e um bule de metal na outra.

— Chá?

— Sim, por favor — respondeu Hal.

Ela secou uma lágrima disfarçadamente e piscou para se livrar das outras enquanto a mulher servia uma xícara.

— Ooooh, bolo feito em casa. Você tem sorte! Vou te dar mais um pires — disse a mulher, em seguida servindo para Hal uma fatia generosa e botando na bandeja ao lado da cama.

Depois que ela foi embora para atender outro paciente, Hal pegou um pedaço do bolo e botou na boca, o creme derreteu na língua, aliviou a ardência na garganta e tirou um pouco do amargor dos seus pensamentos.

Ela não podia ficar empacada no que poderia ter sido, só podia seguir adiante, para um futuro diferente.

A carta ainda estava no seu colo, ela a dobrou com cuidado e botou no armário ao lado da cama. Encostou a mão na lata de Golden Virginia que estava lá e, num impulso repentino, resolveu abri-la, fechou os olhos e embaralhou as cartas.

De olhos fechados, quase podia estar em casa, no seu pequeno quiosque no píer, sentindo as bordas suaves das cartas entre os dedos, as partes de trás bem lisas deslizando umas sobre as outras, cada movimento mudando as possibilidades que a vida daria, fazendo diferentes perguntas, revelando diferentes verdades.

Então parou, segurou as cartas entre as palmas das mãos, cortou o baralho e abriu os olhos.

Uma carta olhava para ela, de pé, e ela sorriu apesar das lágrimas que ainda se agarravam aos cílios.

Era o Mundo.

No baralho de Hal, o Mundo era uma mulher de meia-idade, cabelo comprido preto, que olhava diretamente para quem consultava. Estava de pé, com as pernas esticadas e meio afastadas, no centro de uma guirlanda de flores. Nos cantos da carta havia os quatro símbolos da Roda da Fortuna, mostrando que, assim como a roda, o mundo estava sempre girando, e que por mais que a pessoa viajasse, em certo sentido sempre acabaria onde tinha começado.

A mulher estava sorrindo, com uma ponta de tristeza. E nos braços segurava, quase como se acalenta um bebê, o globo do mundo.

Hal não tinha pergunta nenhuma quando cortou o baralho, mas mesmo assim lá estava sua resposta.

Ela sabia o que teria dito se abrisse aquela carta para outra pessoa no seu quiosque.

Ela diria, *essa carta mostra que você chegou ao fim de uma jornada, que você completou alguma coisa importante, que realizou o que tinha decidido fazer. O mundo girou — o* ciclo está completo — sua busca chegou ao fim. Você passou por dificuldades e sofrimento no caminho, mas isso a fez mais forte, mostrou alguma coisa, revelou uma verdade sobre você e sobre o seu lugar em tudo.

Porque o modo de ver o mundo de cima nessa carta, embalado nos braços da mulher, mostra que finalmente você pode ver o quadro completo. Até esse momento você esteve viajando, vendo apenas uma parte do que desejava ver, agora pode ver o sistema completo, o mundo e seu lugar no universo, a sua parte em todo esse plano.

Agora você entende.

E era verdade. Tudo era verdade. Mas não foi o que Hal viu ao olhar para a carta. Ou não foi só isso. Quando era pequena, Hal chamava aquela carta por outro nome. Ela a chamava de Mãe.

Não havia carta de mãe no tarô. O mais próximo disso era a Imperatriz com seus cachos dourados abundantes simbolizando a feminilidade e a fertilidade. Mas quando Hal olhava para essa carta, para essa mulher destemida, de cabelo preto, embalando o Mundo nos braços, via o rosto da mãe. Via seus olhos escuros, cheios de sabedoria e um pouco cínicos; via suas mãos habilidosas e a tristeza no seu sorriso, além da compaixão.

Hal tinha visto sua mãe no Mundo porque a mãe dela era seu mundo.

Mas a verdade era que o mundo era mais estranho e mais complicado do que ela imaginava quando criança — e ela também.

De repente ela se sentiu cansada, imensa e incrivelmente cansada, empurrou o bolo para longe, guardou as cartas de tarô na lata, todas menos a que segurava, deitou de lado com o rosto no travesseiro branco e fresco, com a carta de tarô de Maggie apoiada no lado do armário, olhando para o rosto de Maud.

Os olhos foram fechando e o sono se apoderou dela lentamente.

Ela via desenhos no lado de dentro das pálpebras. Formas de fogo que mudavam de fagulhas esvoaçantes para folhas rodopiando, depois para um bando de pássaros brilhando contra a escuridão avermelhada, e ela pensou nas pegas de Trepassen House, voando e gritando, e na rima que o Sr. Treswick tinha citado naquele primeiro dia, quando iam para a casa.

Um para tristeza

Dois para alegria

Três para menina

Quatro para menino

Cinco para prata

Seis para ouro

Sete para um segredo

Que jamais será revelado

E ela pensou em todos os segredos naqueles anos, em Maggie rasgando as páginas do diário, Maud mentindo para protegê-la, para mantê-la a salvo do próprio pai. Pensou nos segredos que seu pai guardou, abraçando a culpa para si mesmo até virar um veneno que moldou toda a vida dele.

Pensou na Sra. Westaway e na Sra. Warren vivendo ano após ano com a terrível verdade do que seu menino querido tinha feito, e com a feiura que havia na escuridão cheia de folhas da casa dos barcos.

E ela ouviu a voz, sua própria voz agora, firme, sonora e inalterada pelo que havia acontecido. *Chega. Chega de segredos, Hal.*

Tinha a verdade. Isso era tudo que importava.

Impressão e Acabamento:
EDITORA JPA LTDA.